Erschienen
im Jubiläumsjahr 2002
bei Klett-Cotta

– Bitte nicht vor dem 13. Februar 2002 besprechen –

Eugenio Fuentes

MÖRDERWALD

Roman

Aus dem Spanischen übersetzt
von Svenja Becker

UNVERKÄUFLICHES
LESEEXEMPLAR

[redacted]

Klett-Cotta

Ein Problem gibt es immer,
und nach dem Morden geht es weiter.
J. C. Onetti

1

Daß sie Angst hatte, merkte sie in dem Moment, als sie sich scheinbar grundlos umsah. Kein Schatten, kein Laut, kein Geruch störten den Frieden ihres Spaziergangs, aber etwas, das sie nicht zu benennen wußte, hatte sie so erschreckt, daß sie über die Schulter zurückblickte. Allein im Wald lauert immer irgendwo ein Wolf, dachte sie, erstaunt über ihre eigene Ängstlichkeit. Das war ihr noch auf keiner ihrer Wanderungen durch El Paternóster passiert. Sie kannte diesen Teil des Reservats gut, und wenn es hier auch schon zu kleineren Zwischenfällen gekommen war – einmal ein Feuer, über das sie und Marcos an einem stürmischen Tag fast die Kontrolle verloren hätten, ein Sturz, bei dem sie sich am Bein verletzte, einmal hatte sie einen erhängten Hirsch gefunden, und ein Hund hatte den Samenerguß des Tieres aufgeleckt –, so ließen sie sich doch immer dem Zufall zuschreiben, einer Unachtsamkeit oder den rauhen Gepflogenheiten dieser Gegend und waren niemals das Ergebnis mutwilliger Zerstörung. Deshalb blieb sie stehen, atmete eine halbe Minute lang tief durch, horchte auf die Totenstille, die über dem Wald lag, und zum ersten Mal, seit sie vor anderthalb Stunden zu Fuß das Hotel verlassen hatte, redete sie laut mit sich selbst:

»Da ist nichts und niemand. Ich brauche mich nicht zu fürchten.«

Ihre Stimme schien ihr wenig überzeugend. Überrascht stellte sie fest, daß ihr Herz schneller zu schlagen begann und das Wort Angst sich in ihrem Kopf einnistete wie ein unerwünschter Mieter, den sie nicht loswurde. Sie erinnerte sich an das, was sie vor drei Wochen in ihr Tagebuch geschrieben hatte: »Aber Angst ist kein unschuldiges Gefühl«, und mußte sich eingestehen, daß es ihr in der Einsamkeit des Waldes nicht leichtfallen würde, das Unbehagen abzuschütteln.

Sie war gleich nach dem Frühstück aufgebrochen, hatte genügend Zeit eingeplant, um zu den Felsvorsprüngen des Yunque hinaufzusteigen, wo sich die Höhlenmalereien befanden; dort wollte sie rasten, den Proviant aus dem Hotel, den sie in ihrem kleinen Rucksack verstaut hatte, verzehren und sich das eine oder andere Detail noch einmal genauer ansehen, das ihr fehlte, um ihre Bilder fertigzustellen. Bevor sie zurückging, würde sie noch Zeit haben, über ihre Beziehung mit Marcos nachzudenken, in aller Ruhe, mit Blick auf dieses einmalige Panorama, das einen glauben machen konnte, es gäbe keine verschmutzten Flüsse, keine schwarzen Qualmwolken am Himmel und keinen Müll in der Landschaft. Sie hatte die bequemen Goretex-Schuhe, eine leichte Segeltuchhose und ein helles Männerhemd angezogen, ihre Kappe aufgesetzt und war losgegangen. Alles war bestens, wie gewöhnlich, kein Grund also, jetzt dieser absurden Furcht nachzugeben. Sie wußte, so völlig einsam mitten im Wald konnte die Angst kommen, aber sie war doch eine starke Frau, sagte sie sich, sie war unabhängig, lebte seit dem Tod ihres Vaters allein in Madrid und öffnete die Wohnungstür, ohne vorher zu fragen, wer davor stand, sie hatte sich als immun erwiesen gegen diese Verzagtheit, die sich in doppelten Türschlössern und der Furcht vor der Dunkelheit äußerte und aus den mißtrauischen, verbitterten Blicken so vieler Frauen sprach, die einsam und trübsinnig vor sich hin lebten und dachten, das Schellen der Türklingel kündige jedesmal eine Bedrohung an. Sie war schon über neunzig Minuten unterwegs und hätte kehrtmachen können, ohne sich etwas zu vergeben, aber sie wußte, wie niederträchtig die Erinnerung sein kann, und so ahnte sie irgendwie, daß sie, sollte sie jetzt ins Hotel zurückkehren, nie wieder den Mut haben würde, allein wandern zu gehen. Sie rückte die Träger ihres kleinen Rucksacks auf den Schultern zurecht, trank ein bißchen Wasser aus der Feldflasche und ging mit entschlossenen Schritten weiter.

Der befahrbare Forstweg, dem sie bis jetzt gefolgt war, mündete fünf Minuten später auf eine Lichtung. Dort gabelte er sich. Über die breitere, linke Abzweigung gelangte man hinunter zum Stausee. Ohne innezuhalten nahm sie die rechte, die hinauf zu den Höhlen mit den Felszeichnungen führte. Kaum hatte sie die Lichtung verlassen und begonnen, den schmalen, steilen Pfad zu erklimmen, spürte sie wieder die Stille im Nacken, so als würde sie aus geringer Entfernung von jemandem beobachtet, der sichergehen wollte, daß sie den Weg nehmen würde, den er schon seit geraumer Zeit, seit sie aus dem Hotel gekommen war, vorhergesehen hatte. Noch einmal zögerte sie, ob sie nicht umkehren sollte, und noch einmal lenkte sie ihre Schritte entschlossen bergauf, obwohl ihr klar war, daß es von nun an sehr unwahrscheinlich sein würde, einer Menschenseele zu begegnen, daß nur sehr wenige Leute, und die auch nur selten, diesen beschwerlichen, abgeschiedenen Pfad gingen, denn die meisten durchstreiften lieber die Hügel und Senken des Reservats und beobachteten das Hochwild, das zahlreich in der Gegend um den Stausee weidete und sich aus der Ferne photographieren ließ, kaum scheuer als Haustiere. Eine Schweißperle rann über ihre Stirn und bahnte sich einen Weg durch die Augenbraue in Richtung Nase. Sie wischte sie mit dem Ärmel weg und schaute nur so, vielleicht um den Sonnenstand zu prüfen, in den Himmel. Hoch oben unter dem klaren Blau des Morgens kreisten gemächlich zwei satte Milane und verdauten ihre frühmorgendliche Beute aus Mäusen oder Schlangen oder Aas. Mehr noch als andere Tiere oder die Pflanzen hatte sie von jeher die Vögel bestaunt und bewundert – den scheinbar so trägen Milan mit seinem Fischschwanz, den gedrungenen, majestätischen Adler, den reinlichen Schmutzgeier mit seiner weißen Serviette um den Hals, den scheuen Schwarzstorch mit seinem Schnabel voller Frösche, den Geier, für den sich jedes Aas in ein üppiges und blitzsauberes Festmahl verwandelt, den zähen Falken, der immer den Nacken seiner Opfer attackiert, den flinken, geschmeidigen Mauersegler, die vorwitzige Elster, den Habicht, der mit der scharfen Schere seiner Flügel geräuschlos den Tüll des Himmels zerschneidet, den Pirol, der ein Glöckchen in seiner Kehle erklingen läßt, das Rebhuhn, das knackend mit den Flügeln schlägt, als würden ihm beim Fliegen alle Knochen brechen … und hier gab es sie alle in Hülle und Fülle. Das schien ihr der beste Beweis dafür, daß dieser Landstrich noch ziemlich unversehrt war, trotz allem sauberer als andere, weniger verschmutzt. Die Vögel konnte niemand am Himmel einsperren, und wenn sie in El Paternóster blieben, dann weil sie hier Lebensbedingungen vorfanden, die sich ihnen anderswo kaum noch boten. Ein Reservat für Wildschweine oder Rehe ließ sich künstlich anlegen, indem man einen Zaun baute, aber die Luft konnte man nicht einzäunen und die Raubvögel nicht zwingen, zu bleiben und sich zu vermehren. Was für ein Glück, dachte sie, daß die Gegend noch nicht so bekannt ist, nicht jeden Sonntag von Ausflüglern überlaufen, obwohl sie jetzt wieder die Angst spürte und gerne Stimmen in der Nähe gehört hätte, Kindergeschrei, Lachen, selbst das Geplärre einer Fußballübertragung aus einem Kofferradio. Sie hatte gehört, das Reservat solle demnächst zu so etwas wie einem Nationalpark erklärt werden, und fragte sich, ob neben allen Vorteilen, die das mit sich brächte, auch das Privileg aufrechterhalten würde, allein und unbehelligt auf allen Wegen zu wandern, ohne allzuviele Absperrungen und vorgegebene Routen. Sie hörte ein schwaches Geräusch hinter sich und spürte, wie ihre Furcht wuchs. Es hatte sich angehört wie das Knacken eines dürren, brechenden Zweiges, aber sie versuchte sich einzureden, auch das sei kein Grund, an eine Gefahr zu glauben. Im Gegenteil, der Wald war bedrohlich, wenn ihn völlige Stille umfing, nicht wenn er sich mit Geräuschen füllte. Ihre Kehle war wieder trocken, und sie blieb stehen, um noch einen Schluck aus der Feldflasche zu nehmen, die, bequem an die Wölbung ihrer Hüfte angepaßt, an ihrem Gürtel hing. Sie fühlte, wie das noch immer kühle Wasser angenehm durch ihre Kehle floß und die Staubkörner hinunterspülte, die sie auf ihrer Wanderung geschluckt hatte. Von allen Wundern, die der Wald bereithielt, war das zweifellos das größte: sämtliche in der Stadt abgestumpften Sinne zu wecken, das Bewußtsein für jeden Teil ihres Körpers, selbst für den intimsten oder winzigsten. Während sie die Feldflasche schloß, dachte sie daran, daß sie es nirgends sonst so sehr genossen hatte, mit einem Mann zu schlafen, wie hier, mitten im Wald, im Gras oder im Zelt, das sie an einem verborgenen Seitenarm des Stausees aufgeschlagen hatten, und hinterher war sie nackt schwimmen gegangen, jede ihrer Poren ein brodelnder Vulkan, der sie die Kühle des Wassers mit aller Wucht spüren ließ. Sie dachte an ihn, an seine Weigerung, sie an diesem Wochenende zu begleiten, damit sie beide über all das reden konnten, was nicht funktionierte, ohne sich gegenseitig Vorwürfe zu machen, ohne Trost zu erwarten. Sie beugte sich vor, um die Feldflasche am Gürtel zu befestigen, und kaum daß sie wieder aufblickte, nahm ihre Schreckensvision Gestalt an, stürzte sich mit einem Messer auf sie, mit einem dieser dunklen Klappmesser, wie sie die Schäfer gebrauchen, deren Klingen immer aussehen wie frisch an einem Granitbrocken gewetzt, mit der Zeit immer krummer und abgenutzter werden vom vielen Gebrauch, immer besser geeignet, Schaden anzurichten. Sie schrie auf und versuchte sich zu schützen, indem sie die Unterarme hochriß. Der Schmerz im Handgelenk erreichte ihr Bewußtsein eine Zehntelsekunde, bevor sie den Schmerz in der linken Brust spürte, wo sie überdeutlich wahrnahm, wie das Metall in sie eindrang und das weiche Gewebe ihres Fleischs zerschnitt. Sie wurde von Todesangst und Abscheu geschüttelt. Das Messer verließ ihre Brust, holte erneut aus und suchte ihren Halsansatz. Sie hörte das Metall durch die Sehnen und Knorpel ihrer Luftröhre dringen und spürte, wie in ihrem Innern Verbindungen gekappt wurden, während ihr zweiter Schrei in einem animalischen Röcheln erstarb. Überrascht nahm sie die Hitze wahr, die sie durchflutete, die Haut ihrer Brust benetzte und ihre Kehle glühen ließ, als hätte sie etwas kochend Heißes, Schleimiges geschluckt, etwas, das so ganz anders war als das Wasser, das sie noch vor einer Minute getrunken hatte, und ihr einen unwiderstehlichen Brechreiz verursachte. Da war ihr klar, daß sie sterben würde und daß sie es schon gewußt hatte, als sie die Lichtung verließ und den Weg zu den Höhlen einschlug. Sie streckte die Arme nach ihrem Mörder aus und zerrte mit letzter Kraft an seiner Kleidung, obwohl sie dadurch ihre Brust endgültig für weitere Messerstiche preisgab. Die Nadel des Ansteckers bohrte sich in ihren Mittelfinger und tat ihr weh, und ohne zu wissen warum, drückte sie fester zu, als könnte sie über diesen kleinen, wohldefinierten

Schmerz die Schmerzen in ihrer Kehle vergessen. Sie spürte, wie sie nach hinten fiel und in einem scharlachroten Fluß versank, und dann spürte sie nichts mehr.

An diesem Morgen war ein Schuß gefallen, und seit sie im Wald lebte, wußte sie, daß Schüsse Blut bedeuten. Von ihrem Bau aus hatte sie auch den Schrei einer Frau gehört und wenig später das stotternde, sich entfernende Geräusch einer dieser Maschinen, auf die sich die Menschen setzen. Danach verhielt sie sich mucksmäuschenstill, denn sie wollte sichergehen, daß ringsum alles ruhig blieb und keine Vibration den Boden erschütterte. Während etlicher Stunden harrte sie reglos im Dunkel aus und widerstand dem Hunger, der jetzt, da sie wußte, nicht sehr weit entfernt gab es Fleisch, wachgerufen war.

Die Ratte streckte ihre schwarze Schnauze aus dem Schlupfloch und spähte in die einsame Landschaft, die sich vor ihren winzigen Pupillen ausbreitete. Alles war unverändert, die Bäume und die Sonne, die Insekten und der Staub. Sie machte einen Schritt ins Freie und hob den Kopf. Der leichte Duft des Blutes, von dem sie geträumt hatte, seit die Schüsse gefallen waren, stieg ihr in die Nase. Aber noch wagte sie sich nicht weiter vor. Deutlich drang das Echo menschlicher Stimmen zu ihr herauf, sie waren vermutlich auf der Waldlichtung etwas weiter unten, weit genug weg, daß sie sich nicht sonderlich zu beunruhigen brauchte. Sie fürchtete den Menschen wegen seiner Tötungsmaschinen, nicht wegen seiner bloßen Anwesenheit. Unbewaffnet war er das linkischste aller Raubtiere, blind wie ein Maulwurf, mit einem unbrauchbaren Geruchssinn und überdies lächerlich langsam. Sie dachte an einen Hund in der Stadt, wo sie früher gelebt hatte: Immer war er schneller gewesen als ihre Artgenossen, denen er mit einem harten Schlag auf den Boden das Genick brach. Später fraß er sie dann noch nicht einmal. Solange sie von den Menschen auf der Lichtung nicht entdeckt wurde, hatte sie nichts zu befürchten.

Sie spähte wieder um sich und schaute dann zum Himmel. Ihr war klar, daß dort ihre ärgsten Feinde lauerten, der Geier, der sich pünktlich bei jedem Kadaver einstellte, und die ewig hungrigen Raubvögel. Aber nein, dort oben kreiste nichts. Entschlossen schnellte sie aus ihrem Bau und glitt zum Stamm einer Pinie. Sie konnte nicht auf die Nacht warten. Wie sie selbst würde eine Legion nächtlicher Räuber den Schuß gehört haben und das Blut riechen, und alle würden in ihren Unterschlüpfen ausharren, bis die Dunkelheit anbrach und sie sich über die Reste der Beute hermachen konnten oder über die kleineren Tiere, die gekommen waren, um sich daran gütlich zu tun.

Eine Windböe wehte den Geruch deutlicher zu ihr herüber. Jetzt war er durchmischt mit einem Aroma von tausend Blumen, das sie schon an manchen Kleidungsstücken und am Abfall, den die Menschen auf ihrem Weg durch den Wald liegenließen, gerochen hatte. Sie äugte noch einmal in den Himmel, bevor sie in die Nähe ihrer Mahlzeit huschte. Geduckt unter ein paar Zistrosen hielt sie Ausschau. Dort lag der Körper, riesig und zart, genug, um sie ein ganzes Jahr lang zu ernähren, würden sich die Kadaver der Menschen nicht so rasend schnell zersetzen und dabei einen Gestank verströmen, der nicht einmal für hungrige Ratten auszuhalten war. Kein Herzklopfen deutete auf Leben hin, es konnte keine Falle sein. Die Fliegen, die zuverlässigsten Boten des Todes, zeugten auf den leblosen Lippen bereits Nachkommen. Durch den Anblick des Essens und den Blutgeruch wurde der Hunger unerträglich. Voller Zutrauen lief die Ratte zu dem Körper hin, umrundete ihn und war ganz außer sich vor Heißhunger und Freude, wie ein Bettler, der zu einem fürstlichen Mahl geladen ist und angesichts der vielen Leckerbissen nicht weiß, wo er anfangen soll.

Sie stellte sich auf die Hinterbeine und stützte die Vorderfüße auf der Stirn des Kadavers ab, bis ihre Schnurrbarthaare die kalten, angstgeweiteten Pupillen streifen, aber aus der Nähe waren diese offenen Augen so unerträglich starr, daß sie sofort erschrocken zurückwich. Auf der Haut hinterließ sie die erdige Spur ihrer drei winzigen Krallen.

Sie kauerte sich neben den Hals und spähte wieder um sich, denn sie fürchtete die Ankunft stärkerer Rivalen. Schließlich war sie sicher, diese Beute noch nicht mit jemandem teilen zu müssen, und rannte zu den Füßen, die leicht gespreizt dalagen. Bei einer Schuhsohle hielt sie inne und rümpfte die Nase über den Eidechsengeruch, der davon ausging. Sie kletterte auf einen der Schuhe und betrachtete die Aussicht auf den riesigen Körper, den sie ganz für sich allein hatte. Wäre sie dazu fähig gewesen, sie hätte ihn hinter sich her gezerrt und in ihrem Bau versteckt. Eine Sekunde lang beneidete sie die Ameisen, nicht wegen ihrer Stärke, sondern weil sie so stur und organisiert als Gruppe zusammenarbeiteten, um ihre Vorratskammern zu füllen. Aber es war nun einmal eine Eigenschaft ihrer eigenen Sippe, sich in wilden Kämpfen gegenseitig das Territorium und das Essen streitig zu machen. Mit einem Satz war sie bei den Knien und glitt dann langsam weiter, unter ihren Füßen spürte sie die straffen, fleischigen Oberschenkel, und sie hätte schon hineingebissen, wäre da nicht dieses feste Segeltuch gewesen. Ein starker Uringeruch ging davon aus. Sie glitt noch etwas weiter und schnupperte zwischen den Schenkeln, wo ein dunkler Fleck ihren Speichelfluß anregte. So hatte es in ihrem Zuhause in der Stadt gerochen, bevor sie von dem blindwütigen Hund und den Maschinen aus Stahl vertrieben worden war. Sie leckte an der feuchten Stelle der Hose und rieb trunken vor Wonne ihren Bauch daran. Dann setzte sie ihren Marsch fort. Sie gelangte zur Brust, tunkte ihre Schnauze in das Blut der ersten Wunde, hob den Kopf und schmeckte. Es war nicht so dickflüssig wie das der Rehe und süßer. Sie wollte den Schmaus schon beginnen, als sie das Messer sah, das etwas weiter oben im Hals steckte. Blind vor Verlangen, nichts anderes wahrnehmend, nichts als die Stimme ihres aufrührerischen Magens, hieb sie ihre scharfen Zähne neben der Klinge in das aufgerissene Fleisch und biß ein Stückchen heraus. Nie in ihrem ganzen Leben hatte sie so weiches, zartes Fleisch gegessen. Sie schluckte, ohne zu kauen, und zerrte dann erneut wie ein Raubtier an seiner Beute, stemmte sich auf die blutverschmierten Vorderbeine, um ihr Essen besser herausreißen zu können. All das gehörte ihr, war ihre Entdeckung und ihr Eigentum. Sie spürte einen gefräßigen Haß auf die Fliegen, die sich auf den Wunden niederließen und sich ihre klitzekleine Nahrungsration stahlen. Dann hörte sie die nahenden Schritte und richtete sich, noch immer kauend, auf den Hinterbeinen auf. Seit sie ihren Bau verlassen hatte, waren diese Stimmen in der Ferne zu hören gewesen, aber jetzt kam jemand auf sie zu. Sie erblickte den feindlichen Koloß, der sich zögernd näherte, mit gesenktem Kopf stehenblieb und bestimmt auch nach etwas Eßbarem suchte. Aber nun schaute er auf und ging weiter. Schon bestand kein Zweifel mehr: Er kam genau auf sie zu, und sie würde fliehen und ihr Festessen aufgeben müssen. So war es immer. Wie der Kampf um die Nahrung, so war auch das ein Teil des unabänderlichen Schicksals ihrer Sippe: das Paradies berühren, nur um sofort wieder daraus vertrieben zu werden; wie die Adler sein wollen und wie die Maulwürfe leben. Sie biß gierig zwei Stücke ab und füllte ihre Backentaschen. Die Wangen gebläht, machte sie einen Satz und rannte weg, um sich von neuem unter der Erde zu verbergen.

Die Jungen zwischen zwölf und vierzehn Jahren erreichten auf ihren Mountainbikes die Lichtung. Dort hielten sie an, ließen die Räder auf dem nach vier Jahren der Dürre durstigen Boden liegen und suchten sich unter Gelächter und Geschrei einen schattigen Platz zwischen den Pinien, wo sie ihre belegten Brote, die sie in den knallbunten Rucksäcken dabeihatten, essen wollten. Der Oktober war fast vorüber, und es blieben nur noch wenige lange Nachmittage, an denen man einen solchen Ausflug in die Berge unternehmen konnte. Während sie aßen, alberten sie herum und tranken einen Wein mit einer schweren Holznote – immer darauf bedacht, sich ihren Widerwillen nicht anmerken zu lassen –, den einer von ihnen zu Hause abgegriffen hatte. Jemand kramte nach dem Imbiß ein Päckchen Zigaretten hervor, und einige rauchten und unterdrückten den Hustenreiz. Ein paar Minuten lang diskutierten sie, ob sie gleich wieder aufbrechen und noch versuchen sollten, bis zu den Höhlen zu kommen, oder lieber in Ruhe das Essen verdauen wollten. Und da unter gleichen Startbedingungen die Faulheit eine größere Aussicht auf den Sieg hat, waren die Lebhafteren bereit, eine halbe Stunde Rast einzulegen, und wollten sie für einen dieser Kinderspäße nutzen, bei denen sich wie so oft die Grausamkeit mit dem Spiel bis zur Unkenntlichkeit vermischt. Sie holten eine Tube Klebstoff hervor, die sie dabeihatten, falls jemand einen Platten hätte, und drei von ihnen zogen los, um zwei Stöcke mit Astgabeln zu suchen. Andere säuberten einen Kreis von einem halben Meter Durchmesser von Pflanzen und Steinen und legten Gras und trockene Zweige darum.

Erst als sie so weit waren, suchten sie unter den Steinen ringsum nach Skorpionen. Es war früher Nachmittag, eine gute Zeit, um sie aufzuspüren, aber auch die riskanteste, sollte jemand gestochen werden, denn die Hitze steigerte die Wirksamkeit des Giftes. Die beiden ersten Skorpione wurden wenig später in einer beim Picknick geleerten Glasschüssel gebracht und in den Kreis geworfen. Sie waren eher verängstigt als gereizt, rannten wie verrückt herum und versuchten, diese Fläche zu verlassen, die ihnen, bar aller Steine und Pflanzen, keinerlei Schatten oder Schutz vor den riesigen Gestalten bot, die auf sie herabschauten. Jeder Fluchtversuch war zwecklos, denn wieder und wieder wurden sie mit den Astgabeln in die Kreismitte gedrängt. Außerdem setzte einer der Jungen – ungeachtet des ausdrücklichen Verbots auf den Schildern – den kleinen Wall aus Gras und trockenen Zweigen, der rundherum errichtet war, in Brand. Erschreckt von dem Rauch verharrten die Tiere in trügerisch besänftigter Haltung. Es war leicht zu erraten, daß unter dieser äußeren Starre all ihre Gedärme und Drüsen wild damit beschäftigt waren, größere Mengen Gift herzustellen.

Der Augenblick war da, das Spiel zu beginnen. Die beiden Jungen mit den Stöcken klemmten die Skorpione so zwischen Astgabel und Boden ein, daß sie sich nicht mehr bewegen konnten. Ein dritter schraubte die Klebstofftube auf und ließ sehr vorsichtig – aber so zielsicher und geschickt, daß man merkte, er tat das nicht zum ersten Mal – auf jeden der beiden spitzen, gebogenen Stachel einen Tropfen Klebstoff gleiten, der sofort antrocknete. Die Stöcke wurden weggezogen, und die Tiere waren frei. Sie verharrten in spinnengleicher Reglosigkeit und erwogen ihr weiteres Vorgehen, waren zwar noch immer durch die Bewegungen dieser Giganten und den Brandgeruch, der von der Umgrenzung des Kreises ausging, erschreckt, aber zweifellos vertrauten sie auf die Macht ihres Giftes und die Stärke ihres eisernen Willens. Der Junge, der den Klebstoff benutzt hatte, näherte sich ihnen jetzt mit der Hand. Die beiden Skorpione gingen in Verteidigungsstellung, Stachel an Stachel, um sich gegenseitig Rückendeckung gegen einen riesigen Feind zu bieten, der von Knochen und Sehnen geschützt wurde, die tausendmal kräftiger waren als ihre eigenen zerbrechlichen Panzer. Als der Finger sie erreichte, hoben sie ihre Bäuche vom Boden, und ihre Stachel schnellten auf ihn nieder, aber wie jene sonderbaren Stäbe mancher Hirten, die in einer schweren Kugel enden, konnten sie nicht wie Nadeln stechen, sondern lediglich trommeln wie winzige Fäuste. Sie schlugen mehrmals auf den Finger ein, während über ihnen ein nervöses Lachen erscholl, bevor sie, verwirrt wegen des störenden, harten Wulstes an ihren Schwanzenden, innehielten, um Atem zu schöpfen. Jetzt trauten sich auch ein paar andere, sie mit dem Finger zu reizen, sie anzufeuern und herauszufordern, bis die Skorpione erschöpft einer neben dem anderen stillhielten, sich schließlich des Spotts bewußt, dessen Gegenstand sie geworden waren. Zwei Jungen nahmen sie auf die Handfläche, betrachteten sie nahe vor ihren Gesichtern, warfen sie endlich auf den Boden und traten sie kaputt. Noch nicht zufrieden mit diesem Spiel, als wären ihnen ihre beiden Gegner nicht wild genug gewesen, wurde zwischen den Steinen nach einem neuen Pärchen gesucht. Die Jungen verstreuten sich um die Lichtung, und zwei Minuten später gellte ein Schrei, und man hörte einen rennen, der sich in die schützende Gruppe flüchtete. Die anderen dachten, er sei gestochen worden, als er seine Hand unter einen Stein steckte, aber kaum war er bei ihnen, platzte er heraus:

»Da ist eine tote Frau.«

Er war so bleich, daß alle wußten, das war kein Scherz.

Dann griff er sich an die Kehle und erklärte:

»Sie hat ein Messer im Hals.«

Die Sonne war schon vor einiger Zeit hinter dem Kamm des Yunque verschwunden, und wegen des Stockdunkels mußten die Generatoren angeschaltet werden. Hin und wieder flammte der Blitz eines Photoapparates auf und bannte ein Bild, das den Blicken der mitten in der Nacht aufgescheuchten Vögel grell und irreal erschien. Unter den Bäumen bewegte sich ein Dutzend Männer, fast alle in Uniformen der Guardia Civil. Die Gendarmerie war drei Stunden zuvor von den Jungen, die den Körper entdeckt hatten, verständigt worden und nahm jetzt jedes Detail, jedes dürre, niedergetretene Grasbüschel, jeden geknickten Zweig, jeden verschobenen Stein unter die Lupe.

Ein Mann in Unteroffiziersuniform trat zu einem größeren, jüngeren in Zivil, der gerade mit dem Richter und dem Gerichtsmediziner sprach, die heraufgekommen waren, um die Bergung der Leiche zu beaufsichtigen.

»Wir haben alles im Umkreis dreimal abgesucht, Herr Leutnant. Bei diesem Licht können wir nicht viel mehr machen.«

Der Mann in Zivil, der als Teniente die Untersuchung leitete, sah den Richter an und wartete auf dessen Einverständnis. Dann nickte er, und der Unteroffizier gestattete den weißgekleideten Sanitätern, näher zu kommen. Den Krankenwagen hatte man weiter unten stehenlassen, an der Weggabelung, wo der Pfad begann. Vorsichtig wurde der Körper angehoben und auf die Stoffbahre gelegt. Die runden Aluminiumstäbe glänzten, als sich das Licht der Scheinwerfer darin spiegelte.

»Es sieht fast aus, als hätte jemand auf diesen Moment gewartet. Bis zum letzten Wochenende kreiste hier ständig der Hubschrauber des Brandschutzes«, sagte der Teniente und betrachtete das fahle Gesicht der Toten, das Messer mit dem Holzgriff, das im Fleisch steckte und von niemandem angefaßt werden durfte, bis die Fachleute, die aus Madrid anreisen würden, es untersucht hatten, sah die kleinen Spuren aus Erde und Blut, die die Ratte bei ihrer Wanderung auf der Stirn und dem hellen Hemd hinterlassen hatte.

Die Sanitäter deckten eilig ein Tuch darüber. Selbst sie, die es gewohnt waren, schlimm zugerichtete Verkehrstote zu bergen, schienen angesichts der kalten Brutalität dieses Mordes fassungslos.

»Warten Sie«, sagte der Richter und beugte sich über die Bahre. »Ich glaube, jetzt können wir ihre Hand öffnen.«

Es waren mehr als zwölf Stunden vergangen, und die Totenstarre hatte sich über die Gliedmaßen gelegt, hatte alle Gelenke der Hand versteift, die zu einer harten, geschlossenen Faust geballt war. Die Knöchel waren weißer als die übrige Haut, was darauf hindeutete, daß sich etwas zwischen den Fingern befand.

»Eine Spur, eine einzige Spur, irgend etwas«, murmelte der Teniente wie zu sich selbst.

Der Gerichtsmediziner bog die Finger mühsam gerade, einen nach dem anderen, zuerst den kleinen. Als er beim Mittelfinger war, sahen sie das kleine metallene Ding, das in der Fingerkuppe steckte und im Licht der Scheinwerfer und Taschenlampen glitzerte. Es war ein Anstecker. Der Unteroffizier hob ihn mit einer Pinzette hoch und zeigte ihn dem Richter und dem Teniente, bevor er ihn in ein Plastiktütchen gleiten ließ. Er war rund, rot umrandet wie ein Verbotsschild. Innen stand das Wort MURUROA unter einer Zeichnung des kleinen Pazifikatolls, über dem sich ein mächtiger Atompilz erhob. Der Anstecker richtete sich gegen die Atomwaffentests, die von den Franzosen einige Monate zuvor durchgeführt worden waren.

Der Teniente beugte sich über die Leiche und suchte auf beiden Seiten des blutverschmierten Hemds nach der Sicherheitsnadel oder einer Spur, die sie im Stoff hinterlassen hatte, obwohl er schon ahnte, daß er nichts finden würde.

»Ich glaube, etwas haben wir zumindest«, sagte er.

»Ja«, antwortete der erfahrene, skeptische Unteroffizier, »etwas.«

Auf ein Zeichen des Arztes hin hoben die beiden Sanitäter die Bahre an und gingen den Pfad hinab zur Lichtung, wo der Krankenwagen wartete. Der Photograph machte noch einige Aufnahmen von der Stelle, an der die Leiche gelegen hatte, wo sie das trockene Gras und die Zweige niedergedrückt hatte und ihre Umrisse jetzt durch eine dünne Linie aus weißem Kalk markiert waren.

»Ich denke, wir können gehen«, sagte der Teniente. »Drei Mann sollen hierbleiben. Morgen früh, wenn es hell ist, muß alles noch einmal durchkämmt werden. Gründlich. Der Metalldetektor muß her und ringsum alles damit abgesucht werden.«

Sie gingen hinunter zum Jeep. Der Krankenwagen war abgefahren. Aus dem Handschuhfach nahm der Teniente die Papiere des Opfers, die er sich aus dem Hotel Europa, wo die Frau am Abend zuvor abgestiegen war, hatte bringen lassen. Von dem kleinen Paßphoto lächelte ihn eine attraktive junge Frau, der das Haar in hellen Strähnen ins Gesicht fiel, unverwandt an. Noch einmal las er den Namen, Gloria García Carvajal, und Ort und Ausstellungsdatum. Er dachte erleichtert, daß er dieses Mal nicht würde nach Worten suchen müssen, um das Unglück den Eltern mitzuteilen, deren Namen auf der Rückseite standen neben einer Adresse in Madrid. Dieses Mal würden seine aufgeblasenen Kollegen aus der Hauptstadt ihre Mützen abnehmen, die Köpfe senken und einen Ausdruck des Beileids zustande bringen müssen. Er ließ den Unteroffizier nicht fahren, sondern setzte sich selbst ans Steuer, und sie folgten dem staubigen Weg nach unten.

2

Cupido war fünfzehn Minuten vor der vereinbarten Zeit am Treffpunkt und sah ihn zu Fuß zur Chico-Cabrera-Quelle kommen, die der Ausgangspunkt fast aller Ausflüge in die Berge war, sei es, weil dort etliche Wege aus verschiedenen Stadtvierteln von Breda zusammenliefen, sei es, weil fast jeder seine Wasserflasche mit dem klaren, bekömmlichen Wasser füllen wollte, dem nachgesagt wurde, Muskelschmerzen zu lindern und mehr als eine Krankheit zu heilen. Es wunderte ihn, daß er zu Fuß die zwei beschwerlichen Kilometer von der Stadt heraufkam – sie war im Süden auf einem niedrigeren Bergrücken zu erkennen und zog sich, umgeben von Eichen und Olivenbäumen, sternförmig an den Hauptstraßen entlang, so daß es mittlerweile schwierig war, den ursprünglichen Umriß der Altstadt zu erkennen, *die von der Zeit zu Boden gedrückte Taube* –, denn das Laufen schien man sich allenthalben abzugewöhnen, und jeder, den er kannte, hätte die Strecke, selbst wenn sie nur halb so lang gewesen wäre, mit dem Auto zurückgelegt. Es waren die Gruppen von Wochenendausflüglern, die die alte Tradition und den Spaß am Wandern wiederentdeckten, dachte Cupido, sie kamen aus den Großstädten, angelockt von den landschaftlichen Reizen der Gegend und dem Artenreichtum der hiesigen Fauna oder weil sie einen uralten Sport ausübten, der jetzt auf einen ganz neuen Namen getauft worden war: Trekking.

Den Ort des Treffens hatte der Mann ausgesucht, der nun schon auf fast fünfzig Meter herangekommen war. Er war der Freund der jungen Frau, die vor drei Tagen ermordet worden war, und hatte auf Cupidos Anrufbeantworter die Nachricht hinterlassen, er wolle ihn mit etwas beauftragen, das mit diesem Tod zu tun habe. Auf die Entfernung konnte der Wartende erkennen, daß der Mann jung war, groß und kräftig, genau der Typ, der diese langen Wanderungen in die Berge unternahm, eine neue Generation von Reisenden und Touristen, die nach zweitausend Jahren den alten Rat Julius Cäsars beherzigten und zu langen Fußmärschen aufbrachen, Leute, denen etwas daran lag, daß die Namen von Bäumen und Sträuchern nicht völlig in Vergessenheit gerieten, und die mit der Zeit lernten, nicht alles einfach Eiche zu nennen, was zu den *Quercus* gehört. Sie hatten nichts gemein mit den lärmenden Familien, die sonntags die Städte verließen, um die Landschaft mit ihrem Müll zu überziehen, die von einem despotischen, qualmenden Familienoberhaupt befehligt wurden, das zwar wenig sportlich war, es aber darauf anlegte, allen ringsum die hysterische Begeisterung der Fußballkommentatoren aufzunötigen. Diese neuen Besucher waren daran gewöhnt, zu Fuß zu gehen, führten ein gesundes Leben, und wenn sie ihre körperliche Kraft und Geschicklichkeit – noch bis vor kurzem zwei unangefochtene Hoheitsgebiete der Landbevölkerung – mit dem stärksten Kerl aus dem Ort hätten messen wollen, der von harter Arbeit auf dem Feld durchtrainiert war, hätte niemand von vornherein sicher auf den Sieg des einen oder anderen setzen können. Cupido hatte beobachtet, daß diese Leute, die fast alle so hochgewachsen waren wie er selbst, mit einem neuen Respekt vor der Gegend hier herkamen, daß sie alles sauberhielten, höflich waren und sich nicht dazu verleiten ließen, eine vermeintliche Überlegenheit der städtischen Lebens- und Ausdrucksweise über die Unzulänglichkeiten des Landlebens nach außen zu kehren. Aber sie mystifizierten auch nicht die Segnungen der guten Luft und der bäuerlichen Erzeugnisse, was nur eine andere Art war, diese Geringschätzung zu verbrämen. Sie hatten gute Ausrüstung dabei, teure Schuhe, die dem Gelände und der Witterung angepaßt waren, und Kleidung, die zwar leicht war, aber den Körper bestens gegen Nässe und Kälte schützte. Von Anfang an hatte er sie mit Sympathie betrachtet, wenn auch aus einigem Abstand, als wären sie Teil einer verlockenden Welt, die er zu spät kennengelernt hatte, um selbst je dazuzugehören.

Mit ausladenden Schritten, die jedesmal etwas Staub über der nach Regen dürstenden Erde aufwirbelten, trat der Mann auf den Detektiv zu. Aus der Nähe, so wie er jetzt neben dem Brunnen stand, ihm die Sonne direkt in das frischrasierte Gesicht schien und einige feine Fältchen um Augen und Mund betonte, war er gar nicht so jung, wie er im Gehen gewirkt hatte. Er mochte Anfang dreißig sein, vermittelte allerdings den Eindruck, mühelos auch die nächsten zehn Jahre noch danach auszusehen.

Cupido hatte sich daran gewöhnt, daß seine Kunden ältere Leute waren, in aller Regel zwischen vierzig und sechzig, unsicher oder verstockt und ganz offensichtlich zu schwach oder feige, um mit ihren Problemen und Mißgeschicken allein fertig zu werden, und war deshalb ziemlich überrascht, jetzt von einem so energischen jungen Mann konsultiert zu werden.

»Ricardo Cupido?«

»Ja.«

»Marcos Anglada«, sagte der Mann und gab ihm die Hand. »Ich weiß nicht, ob das hier der beste Platz ist, um sich zu unterhalten, aber ich wollte die Stelle sehen, an der es passiert ist.«

»Doch, der Platz ist gut«, meinte der Detektiv. Es war

ihm sehr recht, sich hier zu treffen. Er benutzte seine Wohnung nicht gerne als Büro. Ihm war klar, daß sie auf seine potentiellen Kunden einen unprofessionellen Eindruck machte, die Geschäftsräume eines Dilettanten. Dort befand sich nichts von dem, was man erwarten würde: weder ein sich gemächlich drehender, großflügliger Deckenventilator noch ein stabiler, abschließbarer Aktenschrank aus Metall und auch keine üppige Sekretärin mit lackierten Fingernägeln und viel freier Zeit. Seit er vor drei Tagen mit dem Rauchen aufgehört hatte, roch es nicht einmal mehr nach Zigaretten. Und obwohl er genau wußte, daß er nichts von all dem für seine Arbeit brauchte, war die Vorstellung davon, was ein richtiger Detektiv ist, so tief im Bewußtsein seiner Kunden verankert, daß er immer einen ersten Blick der Verwunderung und Enttäuschung bei ihnen wahrnahm, wenn sie kein einziges der erwarteten Symbole vorfanden.

Cupido schaute nach Nordwesten, zu den bläulichen Felswänden von Volcán und Yunque, in denen sich die Höhlen mit den Felszeichnungen befanden, in die Richtung, wo die junge Frau getötet worden war.

»Kannten Sie die Gegend schon?« fragte er.

»Ja, ich bin ein paarmal mit ihr hier gewesen. Einmal haben wir eine lange Wanderung gemacht. Hier, an diesem Brunnen, haben wir gerastet und, wie man uns empfohlen hatte, unsere Wasserflaschen gefüllt«, antwortete Anglada und deutete auf das schwarze Metallrohr, durch das das Wasser in ein tiefes Granitbecken strömte.

»Welchen Weg sind Sie damals gegangen?«

»Einen Pfad, den sie schon kannte und der zu ein paar Höhlen mit Felszeichnungen führt.«

Der Detektiv nickte und dachte an den Weg, den er selbst vor etlichen Jahren häufig gegangen war.

»War es dort?« fragte Anglada und schaute hinauf.

»Ja, dort.«

Anglada beugte sich über den dunklen Ausguß des Brunnens und hielt die Hand unter den kühlen, duftenden Wasserstrahl.

»Ich glaube, Sie sind der geeignete Mann für diese Aufgabe«, sagte er, zwar ohne ihn anzusehen, aber kein bißchen unsicher. »Sie sind von hier, Sie kennen die Gegend und die Leute.«

»Worum geht es genau?«

»Darum, wer sie umgebracht hat. Ich will, daß Sie ihn finden, und ich will wissen, warum er das getan hat. Ich will seinen Namen erfahren, bevor ihn die Polizei kennt.« Er sagte das leise, und seine Stimme klang kalt, ruhig und überlegt, die Stimme eines Mannes, dachte der Detektiv, der daran gewöhnt ist zu befehlen, zu bestimmen, in welcher Reihenfolge Dinge erledigt werden und von wem. Nur durch das Verlangen nach einer persönlichen Rache, die sich nicht auf die Mühlen des Gesetzes verließ und nicht delegiert werden konnte, war der eisige Tonfall dieser Stimme zu erklären. Er schien mit der notwendigen Geduld gewappnet, um nicht aufzugeben, selbst wenn der Augenblick der Vergeltung auf sich warten lassen würde. Dennoch fand Cupido diesen Auftrag eigenartig.

»Detektive werden normalerweise dafür bezahlt, verschwundene Personen zu finden, oder für noch alltäglichere Dinge, nicht dafür, Verbrecher zu überführen. Das ist Aufgabe der Polizei.«

Anglada blickte vom Wasser auf und musterte ihn neugierig.

»Da haben Sie recht. Dieses Land ist ganz verrückt nach Leuten, die verschwinden, vor allem, wenn es junge Frauen sind. Wer sie findet, darf sich als Held fühlen. Wer dagegen einen Mörder überführt, der fühlt sich als Richter, und das ist eine Aufgabe, die hier keiner übernehmen will. Wenn wir nur von Schöffen hören, läuft es uns kalt den Rücken hinunter, weil wir fürchten, wir könnten einmal selbst dazu berufen werden. Ich bin Anwalt«, schloß er, »vielleicht habe ich deshalb das Vertrauen in die Polizei verloren.«

»Wenn die ihn nicht findet, ist es eher unwahrscheinlich, daß es mir gelingt.«

»Ich werde Sie gut dafür bezahlen, daß Sie es versuchen. Nennen Sie mir Ihren Preis«, beharrte er, freundlich, aber bestimmt, mit dieser Selbstsicherheit, die den Befehlenden vom Gehorchenden unterscheidet.

»Dreißigtausend am Tag, alle Spesen inbegriffen. Außerdem eine feste Summe, falls ich es schaffe, unabhängig davon, wie lange ich dafür brauche.«

»Einverstanden. Dreißigtausend am Tag. Ich gebe Ihnen eine Million zusätzlich, wenn Sie ihn finden.« Die Antwort kam hastig, als wollte er diese Angelegenheit möglichst schnell hinter sich bringen und sich endlich dem zuwenden, was ihm eigentlich am Herzen lag.

Cupido nickte. Er hatte sich noch immer nicht daran gewöhnt, über die Bezahlung seiner Arbeit zu sprechen. Nach wie vor empfand er es als eine kalte und lästige Formalität, mit jemandem, der viel drängendere Probleme hat, über sein Honorar zu verhandeln. Ein diffuses Gefühl von Erpressung ließ sich nicht abschütteln. Dabei wußte er auch, daß es seinen Klienten viel unangenehmer war und es sie mehr beschäftigte als ihn selbst, wenn der Preis nicht von vornherein feststand.

»Kennen Sie die genaue Stelle, an der es passiert ist?« fragte Anglada.

»Ja«, sagte der Detektiv. Er war am Tag zuvor oben gewesen, nachdem er die Nachricht auf seinem Anrufbeantworter gehört hatte.

»Ich würde gerne hinfahren. Wenn es Ihnen recht ist, können wir uns unterwegs unterhalten.«

Cupido war froh, daß ihm alles so leicht gemacht wurde. Anglada war der erste, dem er würde Fragen stellen müssen, und die Autofahrt bot ihm eine günstige Gelegenheit dazu. Die Sache hatte nur einen kleinen Haken.

»Es kann sein, daß jemand dort ist«, sagte er.

»Immer noch?« fragte Anglada ungläubig.

»Ja. Bei einem solchen Verbrechen wird selbst der Tatort zur Meldung. Es könnten ein paar Schaulustige dort sein. Vielleicht sogar der eine oder andere zu spät gekommene Photograph. Die Guardia Civil hat die Absperrbänder noch nicht weggeräumt.«

»Was soll's. Gehen wir.«

»Wie standen Sie genau zu ihr?« fragte der Detektiv, als sie in sein Auto stiegen.

»Wir hätten geheiratet. Wir hatten schon darüber gesprochen, darüber, daß wir endlich zusammenziehen müßten, wie wir alles regeln wollten, auch wenn wir noch keinen genauen Termin in nächster Zeit festgelegt hatten.«

Der Detektiv betrachtete ihn von der Seite. Er war ein attraktiver Typ, seine Haut sonnengebräunt, die Nase klein und das braune Haar kurzgeschnitten. Noch immer kam es ihm merkwürdig vor, daß ein so junger Mann derartige Rachegedanken hegte, die besser zu einer älteren Person gepaßt hätten, zu jemandem, den ein Verlust wie dieser um alles gebracht hätte und der nicht die Kraft aufbringen konnte, noch einmal etwas Neues zu beginnen. Er hätte es nachvollziehbarer gefunden, alles zu vergessen, nichts mehr davon wissen zu wollen und zu versuchen, ein Leben weiterzuführen, das noch immer sehr lang sein würde. In den Wunden zu stochern war ebenso absurd wie fruchtlos.

»Wieso war sie dieses Mal allein hier? Sie sagten, Sie hätten sie manchmal begleitet.«

»Ich hatte es ihr vorgeschlagen, aber sie wollte nicht.« Er stockte, als wäre es noch zu früh, um darüber zu sprechen. »In der letzten Zeit war sie ein bißchen eigenartig, und sie hat mir gesagt, sie wolle ein paar Tage allein sein. Das hatte sie schon öfter gemacht. Ihre Eltern stammen aus Breda, und Gloria ist zwar in Madrid geboren, meinte aber, hier wären viele ihrer Wurzeln. Bis zum Tod ihrer Eltern haben sie häufig gemeinsam ihren Sommerurlaub in Breda verbracht. Gloria kannte die Gegend gut, und sie fand besonderen Gefallen daran, immer wieder herzukommen. Ich habe diese Begeisterung nicht geteilt. Es gibt schönere Ort, die mehr Annehmlichkeiten zu bieten haben. Außerdem arbeitete sie an einer Serie von Bildern über diese Landschaft und über die Felszeichnungen.«

»Sie malte?«

»Ja. Sie war Malerin von Beruf.«

»Konnten noch andere Leute davon wissen, daß sie an diesem Wochenende ins Reservat kommen wollte?«

»Jeder, der sie danach gefragt hat. Gloria hat gerne davon erzählt, wie schön das hier alles ist.« Seine Miene ließ erahnen, daß er nicht in jeder Hinsicht ihren Geschmack teilte.

»Wen kannte sie hier?«

»Fast niemanden. Sie kam nicht her, um Leute zu treffen. Die eine oder andere Urlaubsbekanntschaft. Man grüßte sich, aber von vielen wußte sie nicht einmal den Namen. Und einen Aufseher aus dem Reservat, ich glaube, er heißt Molina. Er hat ihr geholfen, eine Erlaubnis zu bekommen, damit sie auch in den gesperrten Gebieten malen konnte. Außerdem haben wir einmal zusammen ihre Verwandten besucht, Onkel und Tante und einen halbwüchsigen Neffen.«

»Wissen Sie noch, wie sie heißen?«

»Er heißt Clotario. Der Bruder von Glorias Vater. Der Sohn heißt David.«

»Hatte sie sonst noch Familie?«

»Ich glaube nicht. Gloria besaß hier auch ein kleines Haus, in dem man aber nicht wohnen konnte. Es hat seit dem Tod der Eltern leergestanden. Deshalb hat sie sich im Hotel Europa ein Zimmer genommen, wenn sie hier war. Aber in jüngster Zeit hatte sie begonnen, es herzurichten. Sie hat das Dach und das Badezimmer erneuern lassen und es nach und nach renoviert. Ihre Verwandten haben ihr geholfen, Handwerker zu finden. Außerdem hat sie mit der Zeit Möbel und einige Dinge hergebracht, die sie in Madrid nicht brauchte.«

»Und jetzt?«

»Wie meinen Sie das?«

»Wer bekommt das Haus?«

»Das Haus und die Wohnung und das Atelier in Madrid? Ich habe nie gehört, daß sie ein Testament gemacht hat. An so etwas denkt man nicht, wenn man achtundzwanzig ist.«

»Alles zusammen dürfte einen beträchtlichen Wert haben«, vermutete Cupido.

»Ja. Sie war nicht das, was man unter einer Millionärin versteht, aber sie besaß ein ansehnliches Vermögen. Sie werden zwar reichlich Steuern darauf zahlen müssen, aber am Ende wird eine hübsche Summe übrigbleiben. Nach dem Gesetz erben die nächsten Angehörigen.«

Er mußte nicht deutlicher werden. Es war offensichtlich, was er andeuten wollte. Aber vielleicht drückten Anwälte sich eben so aus. Wenn sich allerdings herausstellte, daß die Verwandten in Breda etwas mit dem Mord zu tun hatten, würden sie von dem Erbe nichts zu sehen bekommen.

»Außer Ihnen, hat sie sonst noch jemand aus Madrid

manchmal begleitet?« fragte Cupido weiter, bemüht um diese ersten Informationen, die Dreckarbeit, wie er das nannte, dieses Anhäufen von Eckdaten, von harten Fakten, was manchmal langweilige Routine war, aber immer unerläßlich.

»Einige von ihren Freunden. Zumindest Camila und Emilio.«

Cupido wartete, daß er weiterredete, aber Anglada schwieg.

»Wer ist das?«

»Gloria und Camila hatten zusammen einen Ausstellungsraum in Madrid.«

»Waren sie Geschäftspartnerinnen?«

»Ja. Sie haben sich seit Jahren gekannt und sich gut ergänzt. Camila ist die gründliche, tatkräftige Unternehmerin. Sie hat sich mehr um die geschäftliche Seite gekümmert. Gloria hat ihr Wissen über Malerei beigesteuert. Intuition haben sie das genannt. Ich kann damit nichts anfangen, aber offensichtlich hat das bei den beiden gut funktioniert. Außerdem blieb Gloria dadurch neben ihrer Arbeit in der Galería noch die Zeit zum Malen.«

»Und Emilio?«

»Ihre Freundschaft mit Emilio stammte aus jüngerer Zeit. Was sie verband, war die Kunst«, sagte Anglada mit einem Anflug von Unwillen oder Spott, nicht vertraut mit dem Gebrauch von Wörtern, deren Sinn er nicht recht zu verstehen schien.

»Ist er auch Maler?«

»Nein. Er macht Skulpturen. Er hat hier ein Landhaus, in Breda, von den Großeltern geerbt, glaube ich. Es ist ein großes Herrenhaus, in das er sich manchmal für längere Zeit zurückzieht, wenn er sich erholen will oder einen Auftrag hat und allein sein muß. Emilio spielt den verlotterten

Künstler, ausgegrenzt und unverstanden, aber eigentlich wäre er gerne berühmt und von der Kritik gefeiert. In dieser Hinsicht ist er gescheitert«, sagte er, und der Detektiv merkte nun deutlich die Geringschätzung, die dabei mitschwang. »Er verzettelt sich seit Jahren an unterschiedlichen Projekten, schafft es aber nie, auch nur eines davon zu Ende zu bringen. In letzter Zeit hat er sich auch mit den Höhlenmalereien dort oben beschäftigt«, er zeigte auf den Yunque. »Das war Glorias Idee, etwas gemeinsam zu machen mit verschiedenen Materialien und Techniken. Sie hat sogar eine Ausstellung in der Galería für ihn arrangiert, aber Genaueres kann ich Ihnen dazu nicht sagen. Ich bin nicht mehr dort gewesen, seit ...«, er suchte nach dem am wenigsten schmerzhaften Ausdruck, »... sie umgebracht wurde. Eigentlich habe ich mich nie sonderlich dafür interessiert. Ich wußte, Gloria ist glücklich mit der Galería, mit ihrer Malerei und mit ihren Freunden. Das hat mir genügt, auch wenn wir dadurch weniger Zeit für uns hatten. Ich habe nicht zu ihren Kreisen gepaßt. Gelegentlich sind wir zusammen ausgegangen, aber ich konnte nichts mit ihnen anfangen. Lauter Bohemiens. Ich habe feste Arbeitszeiten in der Kanzlei, so etwas kennen die nicht. Sie werden nicht danach gefragt, wieviel sie arbeiten. Wenn ich mit solchen Leuten zu tun hatte, ist es mir immer schwergefallen, locker zu sein. Gloria war da anders, sie konnte mit mir zusammensein oder mit denen und war einfach immer Gloria. Ihre Freundschaften, das war der einzige Punkt, über den wir uns nicht einig waren.«

»Wir sind gleich da«, sagte Cupido, als Anglada, der nichts mehr zu sagen wußte, schwieg. Der Detektiv hatte aufmerksam zugehört, ohne ihn zu unterbrechen, und war ein bißchen darüber erstaunt, daß dieser augenscheinlich selbstsichere Mann ihm solche Einblicke in sein Privatleben gewährte, ihm seine Schwächen gestand. Häufig erwiesen sich Gespräche wie dieses im nachhinein als die wichtigsten, als ausschlaggebend für die Arbeit.

Sie erreichten die Lichtung, und Cupido stellte das Auto ab. Ihnen gegenüber am Waldrand war ein gelbes Absperrband von Baum zu Baum gespannt. Anders als er befürchtet hatte, war niemand sonst hier. Möglich, daß monatelang kein Mensch es wagen würde, allein diesen Weg zu gehen, ähnlich wie keiner unter einem Baum Schutz sucht, an dem sich jemand erhängt hat.

»War es dort?« fragte Anglada.

»Ja, aber wir würden nichts finden, keine Spur davon. Es ist alles gründlich durchgekämmt worden.«

Anglada blieb vor dem Band stehen und wagte sich nicht weiter. Dann blickte er nachdenklich auf den Boden und widerstand der Versuchung, auf die Prozessionsspinnerraupen zu treten, die eine hinter der anderen langsam auf das abgesperrte Gelände vordrangen. Cupido hielt sich ein paar Schritte abseits und fragte von dort aus:

»Gab es jemanden, der sie umbringen wollte?«

»Sie umbringen? Nein, niemand.«

»Irgendeinen Feind haben wir alle«, sagte der Detektiv in neutralem Ton.

»Aber so weit zu gehen, das traut sich keiner.«

Der Detektiv schwieg und rief sich Gesichter und Namen von Leuten in Erinnerung, die durchaus den Mut besessen hatten zu töten und eines Tages, als sie meinten, keiner würde sie erwischen, auch eine sich bietende Gelegenheit nicht hatten verstreichen lassen.

3

Der Detektiv durchquerte zu Fuß die kleine Stadt, in die sich Breda in nur fünfzehn Jahren verwandelt hatte. Die Wiedereröffnung des alten Kurhauses und die touristische Erschließung des Reservats hatten die Entwicklung beflügelt, und damit war die Gründung eines Dutzends mittelständischer Industriebetriebe einhergegangen, die zwar nur etwa drei- bis vierhundert Menschen beschäftigten, sich aber als solide und wettbewerbsfähig erwiesen hatten. So war es Breda gelungen, einen beschaulichen Mittelweg zu finden zwischen dem ursprünglichen Dorf, das an seinen Gewohnheiten und seiner bäuerlichen Tradition festhielt, und dem mittleren Dienstleistungszentrum, das den Stadträten vorschwebte.

Er war seit fünf Jahren wieder hier; in den ersten drei hatte er die unterschiedlichsten Arbeitsstellen durchprobiert, sich aber nirgends wohlgefühlt, denn zum einen konnte er die strengen Arbeitshierarchien nicht ertragen, und außerdem war er mittlerweile zu alt, um sich an frühes Aufstehen zu gewöhnen und dann acht Stunden hindurch die gleiche eintönige Tätigkeit zu verrichten, er, dessen Leben eine einzige Flucht vor der Monotonie gewesen war. Schließlich hatte er ein Gewerbe angemeldet und ein Schild an seiner Wohnungstür angebracht, auf dem stand: »Ricardo Cupido. Nachforschungen«. Sowenig wie die anderen Privatdetektive, denen er begegnet war, hatte er selbst sich zu dieser Arbeit berufen gefühlt. Auch Cupido hatte ein turbulentes, zerstörtes Leben hinter sich und einen früheren Beruf, mit dem er nicht klargekommen war. Er war zu dem Schluß gelangt, daß der Weg zu dieser Arbeit immer über das Scheitern führt. Eine Arbeit, die ihm Breda niemals verzeihen würde. Das hatte er sich aus dem Kopf geschlagen, denn er hatte frühzeitig erkannt, daß er den Segen dieser Stadt nicht bekommen würde, solange er sich damit beschäftigte, Angelegenheiten ans Licht zu bringen, die die meisten Leute lieber unter dem Teppich halten wollten. Alkali hatte ihm das einmal gesagt: »In dieser Stadt wirst du nie zu Geld kommen mit deinem Beruf. Mit einem Beruf, der so wenig angesehen ist, könnte es hier nur eine sehr angesehene Person zu etwas bringen. Und nach allem, was vorgefallen ist, bist du das nicht mehr.« Aber das kümmerte ihn kaum noch, sagte er sich. Langsam fand er sich damit ab, daß sein Leben auf einem Kurs Richtung Einsamkeit driftete. Er konnte von seiner Arbeit leben und erledigte alle Arten von Anfragen. Am Anfang hatte er kaum glauben können, wie gemischt seine Kundschaft war und wie vielfältig die Aufträge, die er erhielt, die ganze Bandbreite aus Haß, Verunsicherung, Rache, geringfügigen Gaunereien, die es aufzuklären galt, vom Aufspüren des Verantwortlichen kleinerer Viehdiebstähle bis hin zum Finden eines Verwandten, der vor drei Jahrzehnten nach Costa Rica ausgewandert war, vom Eintreiben von Schulden bei saumseligen Sturköpfen bis hin zum Herbeischaffen der traurigen, vulgären Beweise für einen Ehebruch, vom Beseitigen einer Drohung bis hin zum Aufspüren einer Jugendlichen, die von zu Hause ausgerissen war und möglichst schnell und unauffällig gefunden werden mußte, bevor die Nachricht von der Flucht die Runde machte und Scham und Schande über die Familie brachte. Auch an die Einsamkeit seiner kleinen Wohnung hatte er sich gewöhnt, in der – er wußte nicht recht warum, er wußte nicht, welche Art von Anziehung er ausübte – von Zeit zu Zeit eine Frau auftauchte, die gewöhnlich nach einer Weile wieder ging, wenn ihr klargeworden war, daß er jede Verpflichtung ablehnte und außer Zuneigung und Sex nichts zu bieten hatte; eben wenn sie feststellte, daß das Innere des Kopfes, den sie streichelte, und des Brustkorbes, den sie umarmte, niemals ganz ihr gehören würde.

Fast ohne es zu merken, war er bei der neuen Kaserne der Guardia Civil angekommen. Es war eine der Ironien der städtischen Expansion, daß das Gebäude außerhalb der alten Stadtmauer auf einem Gelände errichtet worden war, das genau an eins dieser uralten Freudenhäuser mit einem Kohlebecken unter dem Tisch in der Stube und Spiegelkommoden in den Zimmern grenzte. Sobald die ersten Fundamente gegossen waren, verfrachtete man das Bordell kurzerhand ans andere Ende des Ortes, so weit wie möglich von den neuen uniformierten Nachbarn entfernt. Dieser Umzug war jetzt schon etliche Jahre her, aber Cupido mußte noch immer grinsen, wenn er an Alkalis treffende Bemerkung dachte, der ihn einmal im Morgengrauen zu einem Besuch bei den Huren mitschleppen wollte und sich beklagte, wie weit sie fortgezogen waren: »Die Nutten hätten dieses Haus niemals verlassen sollen. Das älteste und das zweitälteste Gewerbe der Welt sollten zusammenbleiben. Schließlich liegt ihre Geburt nur wenige Stunden auseinander. Das älteste ist entstanden, damit jeder seine Bedürfnisse nach Liebe befriedigen kann, und das zweitälteste, damit nicht jeder auf eigene Faust die Bedürfnisse seines Hasses befriedigt.«

Er sah den häßlichen Klotz aus rotem Backstein, der Mitte der achtziger Jahre gebaut worden war, vor sich aufragen und mußte an den Prozentsatz der Kosten denken, den der feiste Luis Roldán, unter dessen Regie das Vorhaben realisiert worden war, für sich eingestrichen hatte; wieviel hatte er wohl an jedem Ziegelstein verdient, an jedem Sack Zement, an jedem der Krähenfüße, die man ringsum eingelassen hatte, damit keiner sein Auto dort parkte, eine Vorsichtsmaßnahme gegen Attentate, die hier, so weit entfernt vom Norden und abseits vom Zentrum des Landes, ziemlich unwahrscheinlich waren. Er erinnerte sich an die alte Kaserne aus der Zeit, als Breda noch ein großes Dorf war, das sich in seiner sonderbaren Form einer Taube die Berghänge hinabzog. Sie hatte fast im Ortskern gelegen, in einer nicht sehr breiten Straße, und die Stallungen für die Pferde, auf denen die Streife unterwegs war und die Schmuggler im Grenzgebiet zu Portugal verfolgt wurden, waren zwar weitläufig gewesen, aber in jeder Hinsicht unzureichend, um den neuen Wagenpark und die Motorräder zu beherbergen, die der Guardia Civil jetzt für ihre Doppelfunktion als Verkehrs- und Landpolizei im Reservat zur Verfügung standen. Das alte Kasernengebäude war abgerissen worden und die freie Fläche war heute ein öffentlicher Parkplatz, um den mittlerweile niemand mehr einen Bogen machte. Damit war auch die Stille gewichen, die in dieser Straße früher geherrscht hatte, als wären Hunde dort verboten und als würden ihre Anwohner im Vergleich zum Rest der Bevölkerung immer etwas gedämpft sprechen. Vor fünfundzwanzig Jahren waren selbst die Kinder von dieser Mischung aus Furcht und Respekt beeinflußt, die wie eine Käseglocke das Gebäude und seine Bewohner abschirmte. Wenn sie beim Spielen ganz Breda in einen Bolzplatz verwandelten, wurde die Straße mit der Kaserne – ohne daß jemand etwas sagte, ohne Absprache – immer gemieden wie ein verbotenes Territorium, das von den Kindern nicht betreten werden durfte, wie eine Luftblase, die nicht berührt werden sollte. Cupido nahm an, daß die Kinder letzten Endes von der Furcht ihrer

Eltern angesteckt wurden, die den Kasernenbewohnern aus dem Weg gingen, und deshalb wurde selbst der Nachwuchs der Gardisten gemieden, diese geschlossene Gruppe von Mädchen und Jungen verschiedenen Alters, die wie Mitglieder einer Sekte immer gemeinsam zur Schule kamen und außerhalb ihres Kreises mit niemandem Freundschaft schlossen, vielleicht weil sie die Ablehnung spürten, mit der man ihnen sogar beim Spielen begegnete.

Der Wachtposten am Eingang, ein Junge von kaum zwanzig Jahren in makelloser Uniform, hob seine rechte Hand an die Mütze.

»Ich würde gerne mit dem Teniente sprechen«, sagte Cupido.

»Geben Sie bitte Ihren Ausweis ab!«

Cupido gab ihm seine Papiere, und der Junge ging zur Pförtnerloge. Durch die Scheibe konnte der Detektiv sehen, wie der Posten den Telephonhörer abnahm und die Personendaten durchgab. Man ließ Cupido einige Minuten warten, dann erschien ein Gefreiter, der ihn ohne weitere Fragen ins Innere der Kaserne führte. Er war so wenig darauf erpicht, seine Untersuchung mit diesem Treffen zu beginnen, daß er es am liebsten verschoben hätte, aber er wußte, wenn er mit der Unterstützung und dem Wohlwollen der Gesetzeshüter rechnen wollte, mußte er zunächst selbst mit ihnen sprechen, bevor sie aus anderer Quelle erfuhren, daß er im selben Fall ermittelte. Sie hatten schon immer äußerst empfindlich auf Einmischungen reagiert. Außerdem besaß er bisher noch keinerlei Anhaltspunkte, und hier war ein guter Ort, um erste Informationen zu bekommen. Auch wenn die Richter in letzter Zeit dazu übergegangen waren, unverhältnismäßig viele Nachrichtensperren zu verhängen – die schon am nächsten Tag hinfällig waren, weil eine sensationslüsterne Presse mit einigen bestechlichen Beamten zusammenarbeitete, oder sogar die Beschuldigten selbst es darauf anlegten, die Öffentlichkeit zu verwirren, indem sie ihre eigenen Vergehen mit Halbwahrheiten würzten, die sowohl ihre Schuld wie ihre Unschuld nahelegten –, in diesem Fall war ihm nichts dergleichen zu Ohren gekommen.

Der Teniente saß hinter einem Holztisch und erwartete ihn, die Hände über einem schwarzen Aktendeckel gekreuzt, den Ehering gut sichtbar am Finger. Ein weißes Telephon, ein Computer und eine Figur mit den Insignien der Guardia Civil, ansonsten war der Schreibtisch leer. Das Büro wirkte sauber und gut organisiert und paßte damit zu dem Teniente, einem dieser jungen Offiziere, die schon nicht mehr an jeder Wand der Militärakademie Francos Portrait hatten hängen sehen. Er war sonnengebräunt und hatte braunes, allerdings bereits etwas schütteres Haar, in das sich die Geheimratsecken in Hufeisenform eingruben. Zunächst sah es so aus, als trüge er keine Uniform, obwohl sich die Guardia Civil seit zwei Jahrzehnten darum bemühte, ihr äußeres Erscheinungsbild auf den jeweiligen Anlaß abzustimmen: mausgraue Beamte, die in den Straßen auf Tarnung aus waren, stolze Uniformierte bei den Militärparaden und im Innern der Kasernen. Man hätte sich den Teniente nur schwer mit einem Dreispitz, der traditionellen Kopfbedeckung der Gardisten, vorstellen können. Cupido versuchte, auf seinen Namen zu kommen, er war öfter erwähnt worden, fiel ihm aber jetzt nicht mehr ein. Dagegen erinnerte er sich an die Geschichte, die über ihn erzählt wurde. Offenbar hatte er vor kaum einem Jahr durch einen Zwischenfall im Campo de Gibraltar, wo er vorher Dienst tat, um ein Haar seine ganze Karriere aufs Spiel gesetzt. In allen Einzelheiten wurde berichtet, er sei an einem seiner freien Abende in eine Diskothek gegangen. Vom Tresen aus habe er beobachtet, wie einige ausgemergelte Jugendliche mit diesem gehetzten Ausdruck, den er nur zu gut kannte, um ein Individuum herumgeschlichen waren, das zusammen mit einem jungen Mädchen – fast noch ein Kind – an einem etwas verborgenen Ecktisch saß. Immer wenn einer von denen ankam, sei dieser Typ aufgestanden und mit ihm zu den Toiletten gegangen. Der Teniente hatte nicht lange gebraucht, um zu erraten, was da vorging. Es war nicht seine Art, einem solchen Handel untätig zuzusehen. Er ging zu dem Ecktisch hin, wies sich aus und sagte dem Typen er wolle ihn durchsuchen. Der erhob keine Einwände und beschwerte sich auch nicht darüber, daß der Teniente in Zivil war. Er stellte nur eine Bedingung: daß der Gardist ihn nicht an Ort und Stelle, vor dem Mädchen, durchsuchte, sondern so gut wäre, mit ihm in die Kaserne zu gehen. Der Teniente habe das Mädchen angesehen, das noch so jung war und erschreckt dreinschaute, und obwohl ihm einen Moment lang Zweifel kamen, sei ihm das peinlich gewesen, und er habe sie nicht dadurch noch weiter hineinziehen wollen, indem er sie bei einer gründlichen Leibesvisitation und einer Festnahme zusehen ließ. Er war sich sicher, den Typen mit dem Zeug überrascht zu haben, und brachte ihn ohne viel Federlesens in die Kaserne. Irgendwo unterwegs muß der Kerl das, was er da gedealt hatte, wie auch immer losgeworden sein – oder er hatte es gar nicht dabei, vielleicht hatte es das erschreckt dreinschauende Mädchen –, denn als sie ihn in einer Zelle durchsuchten, fanden sie nichts, er war sauber. Der Teniente mußte ihn ohne Auflagen und weitere Formalitäten gehenlassen, aber seine Unterschrift und der Bericht über die Festnahme waren schon bei den Akten. Fünf Tage später wurde der Teniente zu einem Hauptmann der Abteilung für Interne Angelegenheiten zitiert, der durch eine böswillige Zeitungsmeldung und den gesellschaftlichen Druck überempfindlich reagierte: Dem Teniente drohte eine Anzeige wegen Freiheitsberaubung und Mißhandlung. Alle Indizien sprachen gegen ihn: Er hatte innerhalb eines privaten Lokals ohne richterliche Anordnung gehandelt, es gab keinerlei Zeugen für ein Drogengeschäft, und der Typ hatte nichts dabei. Das einstweilige Urteil ließ nicht lange auf sich warten: ein Monat vom Dienst suspendiert wegen Überschreiten der Befugnisse. Der Teniente hatte Einspruch eingelegt, und schließlich wurde der Fall noch einmal aufgerollt und die Strafe aufgehoben. Aber seine Karriere hatte einen Knick bekommen, und er wurde versetzt.

Cupido betrachtete ihn und fragte sich, was er aus dieser Auseinandersetzung gelernt haben mochte, wie sehr sich seine Vorsicht und sein Mißtrauen dadurch erhöht hatten, wie nötig er einen beruflichen Erfolg brauchte, mit dem er die Achtung seiner Vorgesetzten zurückgewinnen konnte.

Als Cupido eintrat, war der Teniente aufgestanden, blieb aber in distanzierter Haltung hinter dem Tisch; über die Tischplatte hinweg gab er ihm die Hand und deutete auf einen Stuhl.

»Ja, bitte?«

»Mein Name ist Ricardo Cupido ...«

»Wir kennen Sie«, fiel er ihm ins Wort. »Wir haben noch nie miteinander gesprochen, aber wir wissen, daß Sie versuchen, diese kleinen Streitigkeiten zu schlichten, die die Leute hier am liebsten verbergen wollen. Als würden wir am Ende nicht doch davon erfahren.« Er sagte das spöttisch, fast unverschämt.

»Gestern ist ein Mann zu mir gekommen, Marcos Anglada, der Freund von dem Mädchen, das im Reservat ermordet worden ist«, fuhr Cupido fort, ohne auf die Bemerkung einzugehen.

»Ja, der Anwalt, er hat uns geholfen, die Leiche zu identifizieren.«

»Er hat mich beauftragt, den Mörder zu finden.«

Er hatte eine ärgerliche Reaktion des Teniente befürchtet – Gallardo, der Name fiel ihm plötzlich wieder ein –, aber er sah, daß dieser nickte, als sähe er lediglich bestätigt, was er bereits bei Cupidos Eintreten vermutet hatte.

»Er hat kein Vertrauen zu uns, aber Sie kommen hierher, um mit uns zu reden«, sagte der Teniente trocken, nicht geneigt, dem Detektiv eine Hilfestellung zu gewähren, die Anglada ihnen verweigert hatte.

»Ja. Ich könnte auch damit anfangen, in dem Hotel nachzufragen, wo die Frau gewohnt hat, ob jemand gesehen wurde, der um sie herumgeschlichen ist. Oder die Aufseher im Reservat befragen. Aber ich würde niemals mehr herauskriegen als Sie.«

»Zur Sache, was wollen Sie wissen?«

»Ob Sie schon etwas haben. Ich möchte meine Zeit nicht mit einer Arbeit verschwenden, die andere bereits getan haben.«

»Wir haben etwas«, antwortete der Teniente und ließ Cupido einige Sekunden zappeln. Dann fügte er hinzu: »Verdächtige.«

Cupido grinste, er wußte die Ironie zu schätzen.

»Das gleiche lese ich seit drei Tagen in der Zeitung«, gab er zurück.

»Warum sollte ich Ihnen Informationen geben, die ich den Journalisten vorenthalte?«

»Weil ich sie nicht veröffentliche.«

Gallardo zögerte einen Augenblick. Cupido fürchtete, er würde ihn mit einer dieser offiziellen Floskeln abspeisen, und bot das einzige an, was er anzubieten hatte, obwohl er wußte, viel war es nicht:

»Ich werde Sie darüber auf dem laufenden halten, was ich herausfinde.«

»Wir kommen nicht ins Geschäft. Sie haben nichts zu verkaufen, was wir nicht anderswo umsonst bekommen könnten. Sie und Ihre Leute hier mit Ihren Gerüchten und alten Geschichten über belanglose Animositäten sind bei dieser Angelegenheit nur Zaungäste. Hier geht es um ein Verbrechen.«

In diesem Augenblick klingelte das Telephon. Der Teniente nahm den Hörer ab und lauschte eine halbe Minute, dabei drehte er den Stuhl, so daß er dem Detektiv sein Profil zuwandte, den Hörer verdeckt, als könnte dieser erraten, was man ihm mitteilte. Die Neuigkeiten gefielen ihm offensichtlich nicht, denn seine Haltung wurde angespannt, und Cupido sah, wie sich seine Gesichtszüge verhärteten.

»Ein Mann, ein einziger?« fragte er gereizt. »Wie stellen Sie sich das vor? Soll ich etwa selbst die Kaserne verlassen und die Vernehmungen durchführen?«

Er blickte hoch, und mit einer Geste verabschiedete er den Detektiv, der aufgestanden war und sich zum Gehen gewandt hatte. Cupido begegnete niemandem, als er den Flur entlang und durch den Innenhof ging, an dessen Rückseite eine der Türen zur Garage offen stand, in der die Fahrzeuge abgestellt waren. Er kam zur Pförtnerloge am Eingang, und während ihm der Wachtposten seinen Ausweis zurückgab, hörte er, daß innen das Telephon klingelte. Er war erst wenige Schritte entfernt, als ihn der Posten rief:

»Der Teniente möchte Sie noch einmal sprechen.«

Gallardo trommelte ungeduldig mit den Fingern auf die Tischplatte.

»Wir kommen doch ins Geschäft.«

Cupido nahm an, daß diese plötzliche Meinungsänderung etwas mit dem Telephonat zu tun hatte, getraute sich aber nicht zu fragen, sondern wartete ab, was der andere ihm vorschlagen würde.

»Ich habe Leute für die Arbeit in Madrid angefordert, und sie geben mir einen einzigen Mann«, erklärte er, wie um zu zeigen, daß er seine Meinung nicht aus einer Laune heraus oder aufgrund persönlicher Sympathie geändert hatte, sondern wegen bürokratischer Scherereien. »Die in Madrid behaupten, sie seien selbst überlastet. Unfug. Für die ist nur wichtig, was in der Hauptstadt passiert; ein Mord in der Provinz ist ein Mord zweiter Klasse, der sie nichts angeht und ihre Familien nicht bedroht. Ich möchte, daß wir ins Geschäft kommen«, sagte er wieder.

»Ja?«

»Sie wollen wissen, was wir haben. Ich brauche jemanden, der mit den Freunden des Opfers in Madrid sprechen kann. Sie haben Ihren Auftrag von dem Freund des Mädchens, und alle werden sich verpflichtet fühlen, auf Ihre Fragen genauer und ausführlicher zu antworten als auf unsere. Ich will, daß Sie mir alles mitteilen, was Sie in Erfahrung bringen.«

»Soweit einverstanden.«

»Außerdem, Sie stammen doch aus dieser Stadt«, er machte eine vage Handbewegung in Richtung Fenster.

»Ja«, antwortete Cupido. Durch die Scheibe sah er eine große Parabolantenne über den Dächern, auf der sich zwei Tauben niedergelassen hatten.

»Ich möchte, daß Sie mich darüber auf dem laufenden halten, was hier geredet wird, diese Art von Bemerkungen, die jeder mitbekommt außer uns; der Klatsch und die Gerüchte, die niemals für eine Anzeige ausreichen. Diese Stadt hat noch nie mit uns zusammengearbeitet, man hat uns hier immer als Fremde betrachtet. Wir werden nach Strich und Faden belogen, und, was schlimmer ist, sie glauben, wir nehmen ihnen ihre Lügen ab.«

»Einverstanden«, wiederholte der Detektiv. Ihm war sofort klar, daß dieses Bündnis gut für ihn war, denn es entsprach seinen eigenen Vorstellungen. Dennoch war ihm bewußt, daß ihn Gallardo leichter würde an der Nase herumführen können als umgekehrt.

»Bevor ich nach Madrid fahre, muß ich alle Informationen haben.«

»Haben Sie schon mit jemandem gesprochen?«

»Nur mit Anglada.«

»Den können Sie vergessen«, sagte der Teniente und zog einige Unterlagen aus der Mappe. »Er war an dem Morgen in Madrid und hat einen Mandanten vor einem Richter vertreten. Das haben wir bereits überprüft, und es besteht keinerlei Zweifel. Sie werden im Umfeld des Mädchens suchen müssen. Sie hat zwar viele Leute gekannt, aber ihr engerer Freundeskreis, Leute, die wissen konnten, daß sie an diesem Wochenende ins Reservat kommen würde, war ziemlich klein. Da ist ein Freund, Emilio Sierra, ein komischer Vogel. Bildhauer«, es klang, als wäre schon der Beruf ein Verdachtsmoment. »Er war an diesem Wochenende auch hier, in Breda, in einem alten Haus der Familie.«

»Anglada hat mir schon von ihm erzählt«, meinte Cupido.

»Er hat ausgesagt, er habe an ein paar Skulpturen gearbeitet, aber gesehen hat ihn niemand. Sie werden noch einmal mit ihm reden müssen.«

»Das werde ich.«

»Dann ist da noch eine Frau, die mit Gloria zusammenarbeitete. Sie waren Geschäftspartnerinnen. Vielleicht kann sie Ihnen ein bißchen mehr erzählen als uns.«

»Es fällt schwer, sich vorzustellen, daß eine Frau einen Mord mit so einem Schäfermesser begeht«, sagte Cupido. Das war eine der veröffentlichten Informationen, auf der die Lokalzeitung, die wie viele Medien des Landes zur Blutrünstigkeit neigte, am meisten herumgeritten war. Das Photo der Waffe war auf der Titelseite erschienen: Eines dieser Messer mit gebogener Klinge, die sich zum Schneiden von Brot ebensogut eignen wie zum Köpfen von Lämmern.

»Ich habe unglaublichere Dinge gesehen«, widersprach ihm Gallardo und bedachte Cupido mit einem so spöttischen Blick, als hätte er einen Amateur vor sich, der zu unbedarft für seinen Beruf war. »Wir haben auch herausgefunden, daß die Frau vor einiger Zeit ein Verhältnis mit einem wesentlich älteren Mann hatte, einem Lehrer, der sich kurz darauf von seiner Frau getrennt hat.« Stück für Stück trug er diese kleinen Geschichten des Scheiterns zusammen, alles, was Anlaß zum Mißtrauen gab, was nicht in Ordnung war, vom Alltagstrott abwich, den Anschein von Glück trübte. »Er heißt Manuel Armengol. Die Einzelheiten können Sie aus den Unterlagen ersehen, die ich Ihnen zum Lesen gebe.«

»Die Frau hatte Verwandte in Breda. Anglada hat angedeutet, daß sie erben werden.«

»Um die Leute hier vor Ort kümmern wir uns. Außerdem würde ich nicht in dieser Richtung suchen. Wir haben etwas in der Hand des Opfers gefunden, das einen anderen Schluß nahelegt. Von dem, was ich Ihnen gleich zeige, weiß die Presse nichts, weil wir es für eine wichtige Spur halten.«

Der Teniente schwieg und wartete auf Cupidos Frage, die nicht kam. Dennoch war der Detektiv außerordentlich ungeduldig. Alles, was sie bisher besprochen hatten, war reine Routine, Angaben, die er ohne größeren Aufwand selbst hätte herausfinden können.

»Das Opfer hielt eines dieser kleinen Dinger umklammert, die den Jugendlichen so gut gefallen, einen Anstecker. Wir wissen mittlerweile, daß er in einer Auflage von tausend

Stück für die Kampagne gegen die Atomtests der Franzosen auf Mururoa hergestellt worden ist, das war im Sommer fünfundneunzig. Eine der Umweltschutzgruppen, die Unterschriften gesammelt hat und Demonstrationen gegen die Tests organisierte, hat sie in Madrid verkauft.«

»Kann er nicht ihr gehört haben?«

»Nein. Die Sicherheitsnadel, mit der man ihn an der Kleidung feststeckt, ist nicht aufgetaucht. Auch sonst gab es keinerlei Hinweis darauf, daß sie ihn getragen hat. Da sind sich die Leute aus dem Labor sicher. Vom Boden hat sie ihn auch nicht aufgehoben, es war kein Krümel Erde daran. Alles deutet darauf hin, daß sie ihn ihrem Angreifer entrissen hat, denn er hat sich tief in die Kuppe ihres Mittelfingers gebohrt. Viel ist es nicht, dadurch, daß sie ihn so fest umklammert hat, wurden mögliche Fingerabdrücke von ihr selbst verwischt, aber das ist unsere einzige Spur. In dem wenigen Gepäck, das sie im Hotel hatte, fand sich weder ein Terminkalender noch sonst irgendein Zettel, der uns weitergebracht hätte. In ihrer Brieftasche waren ihr Ausweis, ein Lieferschein über Zeichenbedarf, zwei Metrofahrscheine, ein bißchen Bargeld und ihre Kreditkarten. Sie ist nicht vergewaltigt worden, und es gibt auch sonst keine Hinweise auf Gewalteinwirkung vor ihrem Tod. Die Frau war nicht schwanger und hat weder geraucht noch Drogen genommen«, fuhr er mit seinem Bericht fort und unterstrich die Schwierigkeit des Falls. »Sie muß eine von denen gewesen sein, die auf ihre körperliche Verfassung achten.«

»Kann ich den Anstecker sehen?«

»Ja.«

Gallardo öffnete eine der Schreibtischschubladen und holte eine durchsichtige Tüte heraus, in der sich der Button befand. Cupido betrachtete die Zeichnung durch die Plastikfolie: Hinter dem roten Balken eines Verbotsschilds stand am unteren Rand grün hinterlegt das Wort MURUROA, und darüber sah man ein blaues Meer mit dem Atoll, über dem sich der Atompilz erhob.

»Wann werden Sie fahren?« fragte der Teniente, während er den Anstecker wieder verwahrte.

»Morgen.«

»Ich erwarte Ihren Bericht.« Er stand auf und kam hinter dem Tisch hervor, um den Detektiv zur Tür des Büros zu begleiten. Sie verabschiedeten sich mit einem kurzen, energischen Händedruck.

Cupido verließ dieses noch immer von der Außenwelt abgeschottete Gebäude. Auch wenn die Angst mittlerweile gewichen war, blieb doch das latente Mißtrauen, der Argwohn. Er dachte, daß der Teniente aufrichtig gewesen war, als er ihm den Pakt vorschlug, aber das war lediglich eine Ausnahme, die sich auf die Umstände und die beidseitigen Interessen zurückführen ließ. Es würde ihm schwerfallen, gut mit der Guardia Civil auszukommen. Zu strikt war ihre Vorstellung von Disziplin und ihr Zusammengehörigkeitsgefühl, das alle Mitglieder dieses Clans an unverbrüchliche Regeln band, eine Zusammengehörigkeit, die Cupido mit seinem Bedürfnis nach Unabhängigkeit nie würde nachvollziehen können. Dennoch hatte er gelernt, daß es für die Ausübung seines Berufs sinnvoll war, ihre Unterstützung zu bekommen.

Bevor er in seine Wohnung ging, schaute er noch im Casino vorbei. Der Tod des Mädchens würde auch nach drei Tagen weiterhin das wichtigste Gesprächsthema an allen Tischen sein. Alkali würde dort sein. Von ihm konnte der Detektiv sämtliche Theorien erfahren – die zusammenphantasierten und die vernünftigsten, die widersprüchlichsten und die ausgefeiltesten –, die sich die Bergbewohner über das Verbrechen zurechtgelegt hatten. Neben den vielen Namen möglicher Schuldiger, die sie im Munde führten, hätten sie womöglich die eine oder andere Tatsache zu bieten, irgendeine Gewißheit, eine Information, die sich darauf stützte, was ein Hirte gesehen hatte oder ein halsstarriger Jäger, der sich weigerte, mit der Guardia Civil zu reden, oder ein Wanderführer, der am Samstagmorgen in der Nähe des Hotels war.

Das Casino befand sich im Erdgeschoß eines alten, ansonsten unbewohnten Herrenhauses, das seine Fenster in den oberen Etagen zur größten Kirche des Ortes hin geschlossen hielt. Gegründet von der *Sociedad de Amigos del País*, der Gesellschaft der Freunde des Landes, war es ein Jahrhundert hindurch das renommierteste Lokal des Bürgertums dieser Bergregion gewesen; hier hatte man sich getroffen, hatte Karten, zumeist Chinchón, oder auch Domino gespielt, aber mittlerweile waren die Art-déco-Tische mit ihren Platten aus Alabaster und den schmiedeeisernen Beinen, bei deren exklusiver Gestaltung man besonderen Wert auf den Buchstaben C gelegt hatte, fast alle verwaist. Seine tiefen Wandschränke, in denen unter einer Staubschicht Hunderte alter Bücher ruhten, wurden nicht einmal mehr vom Reinigungspersonal geöffnet. Selbst das vom übrigen Lokal abgetrennte Hinterzimmer, das mit seinen niedrigeren Decken gemütlicher war, einen Ausgang zu einem Garten mit drei Palmen und Platanen hatte und von einigen alternden Mitgliedern der *Sociedad* Anfang der siebziger Jahre in der Hoffnung hergerichtet worden war, daß ihre Söhne – die lange Mähnen hatten und unbegreifliche Angewohnheiten und sich mit Duftwolken umgaben, die ihre Väter niemals gerochen hatten –, wenn schon nicht den gleichen Vergnügungen, so doch wenigstens dem gleichen Ort des Vergnügens die Treue halten würden, war von der jüngeren Generation rundheraus abgelehnt worden, weil sie eine andere Beleuchtung, einen anderen Anstrich der Wände und andere Sitzgelegenheiten zum Rumlümmeln suchte als die steifen Stühle im Casino. Lediglich dienstags füllte sich das Casino mit einem Treiben, das ihm an allen übrigen Wochentagen fremd war, denn dann fand eine Zeremonie statt, die den Namen *Warenbörse* trug, ein zu hochtrabendes Wort sowohl für den Ort als auch für den Vorgang, bei dem die drei Dutzend Viehhändler der Gegend um die vier oder fünf Zwischenhändler herumstanden, die sich heimlich abgesprochen hatten, um die Preise für die Tiere möglichst niedrig zu halten.

Alkali spielte gerade mit einigen nach Rentnern aussehenden Männern eine Partie Domino. Immer aufmerksam auf das, was ringsherum vorging, sah er Cupido eintreten und bedeutete ihm mit einer Handbewegung zu warten. Der Detektiv bestellte einen Kaffee und fand ihn unverändert, der beste der Stadt, eine milde Röstung, unter die man genau die richtige Menge dunkel gebrannter Bohnen gemischt hatte. Wenig später sah er, daß Alkali einige Münzen vom Tisch klaubte, seinen Platz für einen Ersatzspieler räumte und auf ihn zusteuerte.

»Das sind die mit dem meisten Geld«, sagte er und deutete über die Schulter nach hinten. »Alles steht auf dem Kopf. Heutzutage ernähren die Alten die Jungen.«

Cupido grinste. Es war immer dasselbe mit Alkali, er würde noch unter Wasser weiterreden. Deshalb hatte er ihn treffen wollen.

»Du wolltest mich sehen?« fragte Alkali.

»Ja.«

Sie hatten sich schon immer gut ergänzt, denn dieser unermüdliche Redeschwall und die ausgefallenen Theorien paßten gut zu der Fähigkeit des Detektivs, zuzuhören.

Alkali war sehr dunkelhäutig, klein, nervös, hatte ziemlich schlechte Zähne und zwei lebhafte Augen, über denen die kurzen Wimpern wirkten, als wären sie vom vielen Umherschauen angesengt. Alle nannten ihn Alkali, weil ihm nie der Saft ausging. Nachdem er den Spitznamen einmal akzeptiert hatte, bestand er darauf, einen Kringel um das A zu ziehen, um seine libertäre Gesinnung zu unterstreichen. Er war fähig, Salzsäure zu trinken, und keiner konnte ihn unter den Tisch saufen. Er kam drei Tage ohne Schlaf aus, und man sah ihm seine Müdigkeit nicht an. Er konnte eine Woche lang ununterbrochen reden, ohne daß ihm der Gesprächsstoff ausging und, was schwieriger ist, ohne seine Zuhörer zu langweilen. Zu jedem und zu allem, was er sah, hatte er eine Meinung, die er aber niemandem aufzwingen wollte. Es wurde behauptet – manchmal mit Bewunderung, manchmal mit Furcht oder Abneigung –, er wisse alles, was in Breda vorging, und könne sich an sämtliche Auswärtigen erinnern, die je für längere Zeit in der Stadt gewesen waren. Er verheimlichte niemandem seine Sympathien für die Kommunistische Partei, deren Mitglied er jahrelang gewesen war, und dennoch fühlte er sich dem traditionellen und dekadenten Ambiente des Casinos verbunden und bewegte sich gerne darin.

»Ich habe einen wichtigen Auftrag bekommen«, sagte Cupido, nachdem der Kellner Alkali wie immer einen Cognac serviert hatte.

»Herzlichen Glückwunsch.«

»Von dem Freund des Mädchens, das ermordet wurde.«

Alkali sah ihn ohne die geringste Verwunderung an und trank erst einen Schluck, bevor er antwortete.

»Du sollst den finden, der das gemacht hat. Und zwar hier, in Breda.«

»In Breda oder in Madrid.«

»Wenn es stimmt, was man hört, dann hast du viel Arbeit.«

»Was hört man denn?«

»Alle haben ihre eigene Version und ziehen ihre Schlüsse. In dieser Stadt ist jeder davon überzeugt, daß er der beste Detektiv ist und den Schuldigen binnen Stunden aufspüren würde, wenn man ihm nur freie Hand ließe. Einige meinen, der Mörder sei der Freund selbst, die anderen denken, der Liebhaber, manche ...«

»Der Liebhaber?«

Alkali zog die Augenbrauen hoch, erstaunt, daß Cupido die Untersuchung derart uninformiert beginnen konnte.

»Der Bildhauer. Die Familie Sierra. Warst du nie in ihrem Haus?«

»Nein.«

»Wenn er hier ist, läßt er immer alle Türen offen, und hin und wieder hat er auch schon mal jemanden von hier eingeladen.«

»Ich habe von ihm gehört. Er macht ziemlich viel Wirbel«, erinnerte sich Cupido. Sierra wurde nachgesagt, in dem schönen Herrenhaus der Familie, das sich am rechten Flußufer erhob, Feste mit Leuten von außerhalb zu veranstalten, rauschende Partys, auf denen alles mögliche konsumiert wurde. Zuweilen war Cupido im Vorbeigehen auch aufgefallen, daß ein Auto davor stand und die Türen offen waren, aber er hatte zweifellos zu weniger Orten Zutritt als Alkali. »War er wirklich ihr Liebhaber?«

Alkali schaute skeptisch und wagte nicht, das zu bestätigen. In einer so kleinen Provinzgemeinde wie Breda wurden gewisse Verhaltensweisen immer eindeutig ausgelegt, auch wenn nichts daran sonderbar war.

»Es heißt, sie hätten etwas miteinander gehabt, weil man sie manchmal zusammen gesehen hat, aber ich würde meine Hand dafür nicht ins Feuer legen. Hier gehen wir normalerweise davon aus, daß ein Mann und eine Frau, die allein in einem Haus verschwinden, nichts Besseres zu tun haben, als schnurstracks miteinander ins Bett zu gehen. Wahrscheinlich bumsen wir zu selten und denken deshalb nur an das eine.«

Der Detektiv grinste, obwohl Alkali das in vollem Ernst gesagt hatte.

»Andere sind sich sicher, daß es um eine Erbangelegenheit innerhalb der Familie geht«, fuhr er fort. »Und ein paar wenige, zu denen auch ich gehöre, denken an etwas ganz anderes.«

Er nahm wieder einen kräftigen Schluck von seinem Cognac, schnalzte leise mit der Zunge, rückte etwas näher an den Detektiv heran und flüsterte:

»Ein paar wenige denken an Doña Victoria.«

»Doña Victoria?«

»Ja, die gute Doña. Kennst du sie?«

»Wer kennt sie nicht? Aber es heißt, sie sei ein bißchen übergeschnappt.«

Alkali spreizte den Ellbogen ab und kippte sich den restlichen Cognac in den Mund. Es sah aus, als hätte das Glas seine Lippen nicht berührt. Durch einen Wink gab er dem Kellner zu verstehen, daß er es noch einmal füllen solle.

»Nein, übergeschnappt ist sie nicht. Es sei denn, man hält es für verrückt, zwanzig Jahre lang gegen einen übermächtigen Feind anzukämpfen, der am Ende doch immer gewinnt.«

»Das ist auch eine Form von Wahnsinn«, beharrte Cupido.

»Du warst ein paar Jahre weg«, sagte Alkali sanft, ohne den Ort zu erwähnen, an dem er gewesen war, »gerade, als die Auseinandersetzung zwischen ihr und der neuen Autonomieregierung am erbittertsten getobt hat. Die Gründung des Reservats war offiziell angeordnet worden und auch die

Ausweitung seiner Grenzen. Das war ein heftiges Gefecht, das die Doña mit Heldenmut geführt hat. Hat dir nie jemand davon erzählt?«

»Ich habe nur die Ausläufer mitbekommen. Aber ich würde das alles gerne noch einmal von Anfang an hören.«

»Eine lange und aberwitzige Geschichte. Die Auseinandersetzung hat vor mehr als zwanzig Jahren begonnen, noch zu Zeiten der Diktatur, als ein Minister, einer der letzten aus der Technokratenriege, sämtliche Ländereien um die Gebirgskette von Volcán und Yunque zum Naturschutzgebiet erklärt hat und außerdem alle, die an den Stausee grenzen. Ich glaube nicht, daß die damalige Entscheidung irgend etwas mit den ökologischen Vorstellungen zu tun hatte, die heute modern sind. Du weißt ja, daß noch nicht einmal wir, die Partei, die doch schließlich die Speerspitze des Bewußtseins war«, er sagte das mit einem ironischen Unterton, »etwas darüber in unserem Programm stehen hatten. Es ging eher darum, einige Gebiete, die sich hervorragend für die Jagd eigneten, in ihrem unberührten Zustand zu erhalten. Ich weiß nicht, ob du dich daran erinnerst, daß Franco einmal zum Jagen hier war.«

»Ja. Ich weiß noch, daß sie uns irgendwann aus dem Unterricht geholt haben und uns Spanienfähnchen in die Hand drückten, damit wir ein paar riesigen schwarzen Autos zuwinkten, die vorbeifuhren, ohne daß man im geringsten hätte erkennen können, wer darin saß.«

»Es heißt immer, Franco habe für die Stauseen geschwärmt. Papperlapapp. Der Wassermangel in diesem Land war ihm völlig schnuppe. Sonst hätte er das überschüssige Wasser aus Asturien in die Wüsten von Almería umgeleitet. Er hätte das machen können, weil keiner es gewagt hätte, sich als Geizkragen aufzuspielen, wie der Norden es jetzt tut. Was Franco wirklich begeistert hat, das sind die Jagdgebiete, die da so ganz nebenbei an den höhergelegenen Zuflüssen zu den Seen entstanden sind. Wenn du dir das einmal ansiehst, wirst du feststellen, daß bei der Hälfte der Seen unterhalb der Talsperre Strom erzeugt wird und es bewässerte Felder gibt und oberhalb Jagdreviere sind. Jedenfalls, die Doña hatte dort etwas Weideland und in ein paar tiefergelegenen Senken fruchtbare Äcker, die enteignet wurden, als man den Stausee flutete. Diese Entscheidung akzeptierte sie zunächst und wehrte sich nicht dagegen. Das Gemeinwohl verlangt von Zeit zu Zeit Opfer vom einzelnen. Aber weil man für die Hochwildjagd viel Platz braucht, damit sich der Bestand wieder erholen kann, und das ursprüngliche Revier zu klein war, wurde der Radius der Enteignungen durch eins von diesen Dekreten, die damals üblich waren, ausgeweitet. Diese zweite Entscheidung akzeptierte die Doña nicht und schon gar nicht die stümperhafte Art, mit der sie verkündet worden war. Doña Victoria ist die letzte Erbin eines Namens, der seit ewigen Zeiten mit diesen Ländereien verbunden ist, und auf ihren Schultern lastete eine historische Verantwortung, wenn man das so sagen kann, mit den Worten, die wir in der Partei dafür gebraucht haben. Es heißt, sie habe sogar den ansehnlichen Geldbetrag abgelehnt, der ihr angeboten wurde, nachdem man sich von ihrer Dickköpfigkeit überzeugt hatte, eine Summe, die den realen Wert der enteigneten Ländereien ehrlich aufgewogen hätte. Und zwar, weil es bei dieser ganzen Auseinandersetzung noch eine sentimentale Seite gibt. Hast du El Paternóster gekannt?«

»Ja«, antwortete Cupido. Das waren die Reste einer winzigen Siedlung, die dem Reservat seinen Namen gegeben hatte und bis zu deren Rand das Wasser gestiegen war. Übrig blieb lediglich eine Halbinsel, eine Kuppe, auf der sich der kleine, alte Friedhof befand, der nur einmal im Jahr, an Allerseelen, besucht werden durfte.

»Schon damals wohnte dort kaum mehr jemand, die meisten Einwohner waren in den sechziger Jahren ausgewandert, und die übrigen siedelte man nach Breda um und überschrieb ihnen einige bewässerte Felder, die sie bewirtschaften konnten. Doña Victoria war damals bereits Witwe, schon etwas in die Jahre gekommen, aber reich und für ihr Alter gutaussehend, eine gute Partie, die sich mancher gerne unter den Nagel gerissen hätte. Aber die Doña ist eine außergewöhnliche Frau. Auf diesem Friedhof liegen die sterblichen Überreste ihres Mannes, der bereits kurz nach der Heirat gestorben war, und ihr kleiner Sohn, der kein Jahr alt geworden ist. Ihr einziges Kind. Einerseits gibt es eine gesetzliche Bestimmung, nach der ein Leichnam erst nach ich weiß nicht wie vielen Jahren in ein anderes Grab umgebettet werden darf. Andererseits hatte man es in Madrid eilig, dem General sein Revier zu übergeben. Allen Beteiligten war klar, daß das eine seiner letzten Launen war, und deshalb mußte man ihr schleunigst nachkommen: wie dem Wunsch nach einer Henkersmahlzeit. Mit jedem Jahr, das verging, würde er schlechter zielen können, sein Puls würde stärker flattern, und man würde gezwungen sein, ihm größere Stücke Wild immer dichter vor die Nase zu stellen. Sie konnten die gesetzlichen Fristen nicht einhalten und wollten die Grenzen einzäunen. Aber Doña Victoria wollte nicht zulassen, daß man ihr den Zutritt zu den Gräbern ihres Mannes und ihres Sohnes verwehrte und statt dessen die Jäger mit ihren Stiefeln darauf herumtrampelten. Auf den ersten Blick hatte es etwas Morbides, wie sie da jeden Sonntag zu dem kleinen Friedhof ging, um ihnen Blumen zu bringen, eine Weile bei ihnen zu sein und leise ein paar Worte zu murmeln.«

»Morbide und erschütternd«, sagte Cupido. Er erinnerte sich daran, daß er sie immer nur in Schwarz gesehen hatte, mit erhobenem Kinn, irgendeinen alten, glänzenden Goldschmuck um den Hals oder an den Ohren, der ihre Trauer noch unterstrich.

»Na ja, erschütternd war es vielleicht vor fünfundzwanzig Jahren. So etwas kommt heutzutage nicht mehr vor. Heutzutage versuchen die Witwen, es schleunigst nicht mehr zu sein. Jedenfalls strengte die Doña einen Prozeß gegen das Ministerium an, um es zur Rücknahme dieser zweiten Enteignung ihrer Ländereien zu zwingen. Es heißt, bei dem ganzen Vorgang habe es obendrein einen gravierenden Formfehler gegeben, weil die Fristen für die Zwangsräumung nicht eingehalten wurden, und sie habe dieses Versäumnis des Ministeriums (das bestimmt auf die herrschende Zucht und Ordnung gebaut hat und auf die Unterwürfigkeit, mit der man sich allen Entscheidungen fügte) gekonnt ausgenutzt, um den Konflikt in die Länge zu ziehen, sie ist von Instanz zu Instanz gegangen und hat jedesmal alle Fristen ausgeschöpft. In Madrid hat man wohl darauf gehofft, sie würde irgendwann erschöpft von ihrem Vorhaben ablassen. Oder sterben. Aber Doña Victoria war nicht gewillt zu sterben. Im Gegenteil, sie wußte, daß Franco dreißig Jahre älter war als sie. Das wußte sie genau, weil sie ihm in den ersten Tagen des Bürgerkriegs, als er unterwegs nach Salamanca zum erstenmal kurz in Breda Station gemacht hat, persönlich den Kaffee servierte, denn sie war eine der Jugendlichen der Falange, die man ausgewählt hatte, um ihn bei seiner Stippvisite zu bedienen. Einmal hatte ich Gelegenheit, mir ein Photo von diesem Ereignis anzusehen. Wenn nichts dazwischen kam, würde sein Stündlein jedenfalls eher schlagen als das ihre. Und sie muß geahnt haben, daß ohne ihn die Diktatur und ihre Dekrete purzeln würden wie überreife Früchte. Es wurden schon einige Stimmen des Protests laut, und, nebenbei bemerkt, wer am vernehmlichsten geschrien hat, das waren wir, die Partei. Als sie das ganze Verfahren zum Stillstand gebracht hatte, bereitete sich Doña Victoria geduldig auf die Revanche vor. Sie wußte, daß sich unter denen, die man aus El Paternóster vertrieben hatte, ein Waisenkind befand, das zwischen acht und zehn Jahren alt war und in der Schule durch außergewöhnliche Intelligenz auffiel. Mit vier hatte es den Alten schon aus der Zeitung vorgelesen, mit sieben hatte es Kindern Nachhilfe gegeben, die doppelt so alt waren. Sie redete mit seinen Verwandten, erbot sich, den Jungen aufzunehmen, und nahm ihn mit nach Madrid, wo sie ihn auf eine dieser unerschwinglichen Schulen schickte, auf der die Hälfte aller Abgeordneten war, die heute im Parlament sitzen. Sie wußte schon damals, daß es ein langer Kampf werden würde, und wenn sie ihn nicht verlieren wollte, mußte sie sich mit den besten Waffen ausrüsten.«

»Soviel Berechnung ist erstaunlich bei einem so langwierigen Vorhaben«, sagte Cupido.

»Aber sie hat sich nicht getäuscht«, erwiderte Alkali und legte ihm, gebannt von seinem eigenen Bericht, eine Hand auf den Arm. »Was die Doña vorhergesehen hatte, erfüllte sich in wundersamer Weise. Franco starb schließlich, die Diktatur stürzte, und in einem Referendum wurde der Übergang zur Demokratie bestätigt. Aber der Prozeß war auch nach acht oder zehn Jahren nicht entschieden, sondern wurde von Richter zu Richter weitergereicht in Erwartung neuer Gesetze, die es erlauben würden, aus dieser Sackgasse zu kommen. So selten ist das hierzulande nicht. Denk bloß dran, wie viele Jahre sich das Verfahren wegen des Rapsöls hingezogen hat oder das wegen der Talsperre von Tous.«

»Das wegen Rumasa ist immer noch anhängig«, bemerkte Cupido.

»Mittlerweile war der Junge, den sie bei sich aufgenommen hatte, mit seinem Jurastudium fertig. Sein Bild erschien in der Lokalzeitung, weil er der beste in seiner Abschlußklasse war und der jüngste. Er hatte ein einziges Ziel in seiner zukünftigen Arbeit und seinem Leben: für die alte Dame die konfiszierten Ländereien und das Stückchen Erde zurückzuerobern, in dem die Gebeine ihrer Toten ruhten. Sie hatte ihn mit ihrer Besessenheit angesteckt. Nach all den Jahren der Unsicherheit würde sie sich jetzt etwas erholen können. Ich kenne mich in dem ganzen juristischen Gestrüpp der Geschichte nicht gut aus, aber ich weiß, daß mit dem Übergang zur Demokratie einige der früheren Entscheidungen rückgängig gemacht wurden. Vorhang zu und auf zum nächsten Akt. Doña Victoria, inzwischen beraten von ihrem frischgebackenen, brillanten Anwalt, Octavio Expósito, muß geglaubt haben, alles würde einfach sein, man würde ihr zurückgeben, was ihr auf betrügerische Weise entrissen worden war, ihr langer Atem würde sich auszahlen. Aber diesmal hatte sie sich getäuscht. Zwei oder drei Jahre lang verharrte die Sache an einem toten Punkt, bis verschiedene Zuständigkeiten endgültig an die Autonomieregierungen übertragen waren, darunter die für Umweltangelegenheiten. Denen in Madrid muß ein Stein vom Herzen gefallen sein, als sie diese heiße Kartoffel, die einfach nicht abkühlen wollte, endlich weitergeben konnten. Aber als es so weit war, sah sich Doña Victoria nicht mit einem Wechsel, sondern mit neuen Politikern konfrontiert, die altbekannte Verhaltensweisen an den Tag legten, es muß sie an vergangene Zeiten erinnert haben. Da ging sie zur direkten Aktion über, furchtlos und unverhohlen, und spazierte im Reservat ein und aus, ohne daß die Aufseher, die mit den

Wilderern ganz und gar nicht zimperlich waren, es gewagt hätten, sie daran zu hindern, so eingeschüchtert waren sie von dieser Frau, die immer einen Blumenstrauß für eins der Gräber im Arm hielt und altehrwürdige Eigentumstitel vorweisen konnte, die niemals definitiv für ungültig erklärt worden waren.«

»Aus dieser Zeit erinnere ich mich an sie«, sagte Cupido. »Wir wollten im Reservat einen Dokumentarfilm drehen, über die Höhlenmalereien und die Tierwelt, in einem Amateurformat. Einmal, als wir auf der Suche nach geeigneten Drehorten waren, tauchte sie mit einem Angestellten auf, fragte uns aus, was wir da machten, und meinte schließlich, wir müßten sie und nicht die Autonomieregierung um eine Dreherlaubnis bitten. Danach, als wir ihre Zuständigkeit erst einmal anerkannt hatten, war sie sehr freundlich zu uns.«

»Dann erinnerst du dich bestimmt auch, daß sie irgendwann, als sie festgestellt hatte, daß die Demokratie genauso mit ihr umsprang wie die Diktatur, so weit gegangen ist, einen Geländewagen der Aufseher in Brand zu stecken. Keiner hat sie mit dem brennenden Streichholz gesehen, aber alle wußten, daß sie es war. Vor weniger als einem Jahr schien der Prozeß dann schließlich entschieden: Die Enteignung der umstrittenen Ländereien wurde vom Obersten Gerichtshof für rechtskräftig erklärt, und Doña Victoria sollte dort nicht mehr frei herumspazieren können. Weder ihre eigenen Anstrengungen noch Expósitos Rechtsmittel hatten irgend etwas genützt. Nach zwanzig Jahren Kampf verkündete man, die beiden seien endgültig besiegt. Aber sie gaben sich noch immer nicht geschlagen und riefen den Europäischen Gerichtshof in Luxemburg an. Das definitiv letzte Urteil muß dieser Tage gesprochen werden.«

»Aber was hat das alles mit dem Tod der Frau zu tun?« fragte Cupido, obwohl er die Antwort schon erriet.

»Nachdem dieser vorletzte Urteilsspruch bekannt wurde, hat man die weitere Erschließung des Reservats vorangetrieben. Sie war schon viel zu lange ins Stocken geraten, die Möglichkeiten waren bei weitem nicht ausgeschöpft. Es wurde sofort mit einem neuen Projekt für ländlichen Tourismus begonnen, man legte Reit- und Wanderwege in ehemals abgesperrten Gebieten an, gestattete den Zutritt zu ökologisch weniger wichtigen Plätzen und stellte neue Aussichtsplattformen für die Beobachtung von Raubvögeln und Wild auf. Dem Reservat winkt eine Zukunft im Bereich ländlicher Tourismus, und sie winkt mit Batzen von Geld, denn die Gegend ist schön und hat so viel zu bieten, daß von Wochenende zu Wochenende die Zahl der Besucher steigt. Sie sind alle ganz verrückt danach, das Hochwild zu photographieren und die Sonnenuntergänge über dem Stausee und die Gräber auf dem verlassenen Friedhof«, er sagte das mit verächtlicher Miene. »Auf einer der ausgewiesenen Routen fand man die Leiche der jungen Frau. Glaubst du, Doña Victoria wird ihren Tod sehr bedauern, wo er doch als Abschreckung dient gegen diese Invasion in ein Gebiet, das sie immer als ihr Eigentum betrachtet hat?«

»Nein, bedauern wird sie ihn nicht besonders. Aber ich kann mir auch nicht vorstellen, daß sie einen Mord in Auftrag gibt, um diese Invasion zu stoppen.«

Alkali schüttelte den Kopf, als hätte Cupido einen Dachschaden, so offensichtlich wie unheilbar.

»Ihr jungen Leute habt einfach keine Phantasie«, meinte er. Aber weder war er besonders alt noch Cupido besonders jung. Zwischen ihnen lagen sechs oder acht Jahre.

»Vielleicht hast du recht.«

»Natürlich habe ich recht. Du wirst schon sehen.« Er leerte sein Glas.

Der Detektiv dachte, daß Alkalis Leber bald ruiniert

wäre, wenn er weiter soviel trank. Er zahlte die Rechnung, während er dem anderen hinterherblickte, der zurück zum Spieltisch ging.

4

Wenngleich Cupido dem Teniente gesagt hatte, er würde am nächsten Tag nach Madrid fahren, beschloß er, die Reise um vierundzwanzig Stunden zu verschieben, um sich zunächst in Breda ein besseres Bild zu machen. Er hatte zwar mit Gallardo und Alkali gesprochen, aber keiner der beiden hatte die ermordete Frau persönlich gekannt.

Am Morgen – wie gewöhnlich hatte er ausgeschlafen – fuhr er zum Hotel Europa, in dem viele der Reisenden, die das Reservat besuchen wollten, abstiegen. Es war einer Kette von Reiseveranstaltern angeschlossen, die sich auf ländlichen Tourismus spezialisiert hatten, und so ließen sich die Übernachtungen problemlos von überallher buchen.

Er lenkte den Wagen durch den Torbogen der zinnenbewehrten Mauer, die das ganze Gelände des ehemaligen Palastes umschloß, und parkte vor dem Eingang des Hotels. Er hätte nicht hinsehen müssen, um zu wissen, wie es aussah, doch sein Blick wurde wieder vom Wappen der Familie De las Hoces gefesselt, das fünf Jahrhunderte zuvor in den granitenen Türsturz gemeißelt worden war: Bedrohlich kreuzen sich zwei Sicheln, die von kräftigen Händen gehalten werden, vor einer Weizenähre.

Das Gebäude hatte drei Stockwerke, und die Fenstergitter und schlanken Zinnen verliehen ihm das Aussehen einer Festung. Über der Mittelachse von Tür und Wappen öffnete sich der zentrale Balkon, hinter dem mittlerweile die beste Suite des Hotels lag. Der letzte Eigentümer, der noch immer den inzwischen fünfhundert Jahre alten Namen trug, hatte das Gebäude für dreißig Jahre an ein multinationales Hotelunternehmen abgetreten, das in ländlichen Tourismus investierte, wobei seine Entscheidung weniger mit der spärlichen Pacht zu tun hatte, die er dafür kassierte, als mit den ausgehandelten Instandsetzungsarbeiten, die zu Lasten des Mieters gingen und die einzige Möglichkeit darstellten, das historische Gebäude zu erhalten, das zur Freude der Besucher und zum Leidwesen des Eigentümers unter Denkmalschutz stand, so daß letzterem die Hände gebunden waren, weil er es nicht kostengünstig umbauen konnte und die Restaurierung teurer war als Abriß und Neubau.

Der neue Pächter hatte die Steinmauern gereinigt und die Wände trockengelegt, alle schmiedeeisernen Gitter vom Rost befreit und eine originalgetreue Kopie des früheren Walmdachs anfertigen lassen. Aber dadurch, daß man den Palast von seiner alten Patina des Verfalls reinigte, wurde seine ursprüngliche Persönlichkeit ausgelöscht, wurde er aus der Geschichte gerissen und einer neuen Epoche einverleibt, die ihn begierig bei sich aufnahm, wie eine Familie von Neureichen den letzten bankrotten Erben einer adligen Sippe freudig in ihren Reihen begrüßt, weil er ihr zu gesellschaftlichem Ansehen verhelfen kann. Etwas wehmütig erinnerte sich Cupido an den zauberhaft verwilderten italienischen Garten, in dem vor Jahren, verlassen zwischen dem Moos, der zartweiße Marmor einer nackten Andromeda geschimmert hatte, deren Brüste und Geschlecht von Einschußlöchern durchsiebt waren. Er fragte sich, was aus ihr geworden sein mochte, denn jetzt befand sich an diesem Platz ein prächtiger Swimmingpool.

An der Rezeption wurde Cupido von einer sehr jungen Angestellten mit einem vorfabrizierten Lächeln begrüßt:

»Guten Morgen.«

»Guten Morgen. Ich möchte gerne den Direktor sprechen. Mein Name ist Ricardo Cupido, sagen Sie ihm das bitte.«

Das Mädchen sprach über das Haustelephon, und wenige Sekunden später tauchte Teo auf, José Teodoro Monteserín.

»Laß mich raten, warum du kommst«, sagte er und gab Cupido die Hand. Sie waren seit Kindertagen miteinander befreundet, hatten sich aber durch ihre unterschiedlichen Berufe und Lebensläufe aus den Augen verloren. Cupido war wegen Tabakschmuggels drei Jahre im Gefängnis gewesen; Teo hatte es zum Direktor des besten Hotels der Stadt gebracht, noch dazu im ältesten erhaltenen Steinhaus der Region. Aber gemeinsam waren sie häufig über die Brustwehr an der Rückseite eben dieses Gebäudes geklettert, um die Holländerin zu treffen, die sie beide zu Erwachsenen gemacht hatte. »Um über die Frau zu sprechen, die man im Wald ermordet hat.«

»Getroffen.«

»Ich habe die Antworten noch parat, die ich dem Teniente gegeben habe. Du kannst also anfangen. Möchtest du etwas trinken, während wir uns unterhalten?« fragte er und deutete auf die Bar.

»Gerne, einen Kaffee.«

»Setzen wir uns.«

Sie setzten sich in dem hohen Raum mit der holzvertäfelten Decke in zwei tiefe, ausladende Sessel, und durch die Fenster konnten sie das grünblaue Oval des Pools glitzern sehen, hinter dem sich die Stützmauer des Gartens mit ihren inzwischen leeren Nischen für die Statuen erhob.

»Der Teniente war hier und hat uns vernommen. Mich und alle, die an dem Tag gearbeitet haben«, sagte Teo, als der Kellner gegangen war. »An der Rezeption hat die Frau gearbeitet, die du gerade gesehen hast. Soll ich sie rufen?«

»Später vielleicht. Erzähl du mir erst, was ihr über die Tote wißt.«

»Nicht viel. Sie war sehr zurückhaltend. Sie hat hier öfter übernachtet. Im Gästebuch taucht ihr Name zum erstenmal vor zwei Jahren auf, einen Monat, nachdem wir eröffnet haben. Sie hat immer ein Einzelzimmer genommen, über ein Wochenende, oder an günstig gelegenen Feiertagen. Nur zweimal hat sie ein Doppelzimmer gebucht, weil sie mit einem Mann hier war, wahrscheinlich ihr Lebensgefährte, aber wir haben seinen Namen nicht notiert, weil wir sie damals schon kannten«, erklärte Teo. Dann ließ er seine leeren Handflächen sehen und meinte abschließend: »Keiner erinnert sich an etwas Besonderes an ihr, außer daß sie sehr nett war und sehr hübsch. Vielleicht auch ein bißchen traurig.«

»An diesem Wochenende, wann ist sie da angekommen?«

»Am Freitag, ziemlich spät. Um Mitternacht.«

»Hat sie irgendwelche Nachrichten bekommen?«

»Schriftliche nicht, aber dem Mädchen an der Rezeption ist eingefallen, daß sie ihr zwei Telephonate durchgestellt hat. Es war eine Männerstimme.«

»Wann?«

»Am Samstagmorgen, bevor sie gegangen ist.«

»Sonst nichts?«

»Sonst nichts. Sie erinnert sich daran, daß es ein Mann war, aber es gibt sonst keinerlei Hinweis, weder auf die Stimme noch auf die Dauer der Gespräche. Wenn von außerhalb angerufen wird, legt die Rezeption auf und hat keine Veranlassung, sich weiter darum zu kümmern.«

»Um wieviel Uhr ist sie gegangen?«

»Um neun. Sie wollte um acht geweckt werden. Um neun haben der Koch und sein Gehilfe sie gehen sehen, als sie zur Arbeit kamen. Sie fangen um diese Zeit an. Das stimmt mit dem überein, was die Frau an der Rezeption gesagt hat. Soll ich sie rufen?« fragte er noch einmal.

»Ja, bitte.«

Er stand auf und kam eine halbe Minute später mit der Frau wieder. Er lud sie ein, Platz zu nehmen, aber sie wollte lieber stehen.

»Hat sie das Hotel allein verlassen?« fragte der Detektiv an die Frau gewandt.

»Ja. Sie hat mir ihren Schlüssel zur Aufbewahrung gegeben.«

»Haben Sie gesehen, ob ihr jemand gefolgt ist? Direkt oder kurz darauf?«

»Nein. Jedenfalls nicht sofort. Ich glaube, das wäre mir aufgefallen, weil ich mich gefragt habe, ob sie keine Angst hat, allein in den Bergen wandern zu gehen.«

»Woher wußten Sie, daß sie wandern gehen wollte?«

»Wegen der Kleider und weil ich ihr selbst den Proviant gegeben habe«, antwortete die Angestellte, ohne zu zögern. »Sie hatte Wanderschuhe an und einen kleinen Rucksack dabei, in den sie unsere Picknick-Tüte gesteckt hat.«

»Die Gäste können Proviant für ihre Wanderungen bestellen. Es reicht, wenn sie am Abend vorher Bescheid sagen. Dann können sie ihn morgens an der Rezeption abholen«, erklärte Teo.

»Haben Sie gesehen, ob sie irgendwelchen Schmuck an der Kleidung trug?«

»Was für Schmuck?«

»Einen Anstecker.«

»Nein, das ist mir nicht aufgefallen. Ich kann mich nicht erinnern.«

Die Antworten waren so ausgefallen, wie es der Detektiv befürchtet hatte. Zwar war er nicht besonders zuversichtlich gewesen, bei seinen Nachforschungen im Hotel auf brauchbare Hinweise zu stoßen, aber er mußte alle Möglichkeiten ausloten. Es war schon vorgekommen, daß ihm Hausmeister und Pförtner Dinge erzählen konnten, von denen seine Klienten, die ihn bezahlten, nichts wußten.

Mit einem Wink verabschiedete Teo die Angestellte, die wieder an die Rezeption ging.

»Von wem hast du den Auftrag?«

»Vom Freund der Frau. Er will, daß ich den Mörder finde.«

Der Direktor zog die Augenbrauen hoch und seufzte skeptisch.

»Du wirst es schwer haben, es sieht aus wie die Tat eines Wahnsinnigen. Ich habe die Frau wiedererkannt, als mir der Teniente das Ausweisphoto gezeigt hat. Wer sie einmal gesehen hat, vergißt sie nicht so leicht. Zu attraktiv, um allein hier wandern zu gehen. Aber bloß ein Wahnsinniger kann den Wunsch gehabt haben, eine Frau wie sie umzubringen. Wenn der Freund dich nicht beauftragt hätte, dann hätte ich es getan. Dieser Mord ist Gift für ein Geschäft, das gerade etwas in Schwung kommt«, sagte er und wies mit einer Geste auf die herrliche Szenerie, die sie umgab.

Cupido begriff, daß er auch aus diesem Grund so hilfsbereit alle Fragen beantwortet hatte. Wenn bei den Reiseveranstaltern bekannt wurde, daß im Reservat ein Mörder frei herumlief, würde das Hotel, das man für die erwarteten Touristenströme hergerichtet hatte, wegen Besuchermangels schließen müssen. Doña Victoria und Alkalis Bemerkungen gingen Cupido nicht aus dem Kopf.

»Du kannst uns jederzeit anrufen, wenn wir dir behilflich sein können«, sagte Teo.

»Danke.«

»Viel Glück.«

Das erste, was man vom Kontrollstützpunkt des Reservats sah, war der aus Baumstämmen errichtete Brandschutzturm, der mit seinen fünfzehn Metern Höhe über den Dächern aller anderen Gebäude und über den Baumwipfeln aufragte und so die ganze Umgebung beherrschte. An seinem Fuß erstreckten sich die Unterstände für die Fahrzeuge der Aufseher und die Löschzüge der Feuerwehr, das Werkzeugdepot und ein kleines Gebäude, das nur manchmal als Büro genutzt wurde, denn der eigentliche Sitz der Verwaltung befand sich in Breda. Etwas abseits lagen das Wasserreservoir, wo die Hubschrauber bei Notfällen Löschwasser aufnehmen konnten, der inzwischen seit zehn Tagen verwaiste Hubschrauberlandeplatz und die drei Wohnhäuser, die den Angestellten von der Leitung des Reservats bei Bedarf zur Verfügung gestellt wurden. Nur eines davon war bewohnt, das von Molina, dem Aufseher, der am Tag des Mordes den fraglichen Sektor von El Paternóster hatte überwachen sollen. Auch wenn das bedeutete, auf die kostenlose Unterkunft zu verzichten und jeden Tag pendeln zu müssen, zogen es die anderen Aufseher vor, in Breda zu wohnen, weit weg von dieser Isolation, die nur an wenigen Tagen im Jahr, zur Jagdsaison und donnerstags, wenn das Jagen erlaubt war, oder an den Wochenenden unterbrochen wurde.

Als sie das Motorengeräusch hörte, kam eine Frau mit einem Säugling auf dem Arm aus dem Haus. Sie hatte noch ein weiteres Kind zwischen vier und fünf Jahren im Schlepptau, und der Detektiv fragte sich, ob es nicht eigentlich in der Vorschule sein sollte. Ohne auf ihn zuzugehen, beobachtete die Frau, wie Cupido aus seinem Auto stieg, und ihr Blick war neugierig und forschend, als hätte sie gewußt, daß jemand vorbeikommen würde, aber nicht, wer es war und warum.

»Ich suche Molina, den Aufseher. Man hat mir gesagt, daß er hier wohnt.«

»Ich bin seine Frau. Er kommt gleich.«

Der Detektiv betrachtete sie, während sie warteten. Vielleicht war sie noch keine fünfundzwanzig, sah aber schmutzig und ungepflegt aus, was sie älter machte. Ihr Haar hatte diese trübe strohige Farbe, die eigentlich gar keine Farbe ist. Es war halblang geschnitten, und hinter den Strähnen, die ihr von der Stirn ins Gesicht fielen, verbarg sich der unterwürfige und argwöhnische Blick eines Menschen, der zuallererst das Vertrauen in sich selbst verloren hat. Sie trug ein Männerhemd, dessen Ärmel so lang waren, daß es unmöglich für sie selbst gekauft worden sein konnte, und eine schäbige braune Hose. Trotz dieses Aussehens hatte sie keinerlei Anstalten gemacht, ihr Haar glattzustreichen oder ihre Kleidung zurechtzurücken, als hätte sie sich schon lange mit der Verwahrlosung abgefunden und damit, einen schlechten Eindruck zu hinterlassen.

In der Haustür erschien Molina. Der Detektiv nahm an, daß er gerade Siesta gehalten hatte und aufgestanden war, als er das Motorengeräusch hörte, denn sein Haar war feucht und frisch gekämmt. Dadurch traten die Unterschiede zu der Frau noch deutlicher zutage. Cupido erinnerte sich, ihn hin und wieder in der Stadt gesehen zu haben. Aufmerksam betrachtete er Molinas braunes, wettergegerbtes Gesicht, seinen Kopf, der im Verhältnis zum Körper zu klein war und an dessen Schläfen vereinzelte graue Haare das dichte Schwarz durchzogen, seine schlanke Statur, seine fast verwegene Pose, die Eleganz, mit der er seine Landarbeiterstiefel und die schwarze Breitkordhose zu tragen verstand, kleidsamer als die blaßgrüne Uniform der Reservatsaufseher. Er mochte um die vierzig sein, also bedeutend älter als die Frau, war aber einer dieser Männer, die mit vierzig zäher und kräftiger wirken als mit fünfundzwanzig.

Molina trat auf den Detektiv zu. Er konnte sich sehr wohl denken, warum dieser gekommen war.

»Was wollen Sie?« fragte er.

»Ich möchte Ihnen ein paar Fragen stellen.«

»Worüber?« fragte er, ohne sein Mißtrauen zu verbergen, und wie er so dastand, hochgewachsen und dunkel, und den Kopf ein wenig in den Nacken warf, wirkte es herausfordernd.

»Über den Tag, an dem die Frau ermordet wurde.«

»Polizei?«

»Nein.«

»Journalist«, folgerte er.

»Nein. Ich bin Privatdetektiv.«

Molina betrachtete ihn jetzt neugieriger, erwog die Konsequenzen dieser unvorhergesehenen Möglichkeit.

»Fragen Sie die Guardia Civil. Der habe ich schon alles erzählt, was ich weiß.«

»Das habe ich bereits getan. Man hat mir gesagt, daß Sie der einzige waren, der an diesem Morgen zur Kontrolle in diesem Sektor des Reservats eingeteilt war. Sie hatten die Aufgabe zu beobachten, ob jemand dort hinging oder die ausgewiesenen Zeltplätze und Wanderwege verließ.«

Der Aufseher starrte ihn an und fragte sich, was ihm noch erzählt worden war und bis zu welchem Punkt der Detektiv mit der Unterstützung des Teniente hatte rechnen können, um an diese Informationen zu kommen.

»Zweitausend Hektar sind ein zu großes Gebiet, um jederzeit zu wissen, wer dort ein und aus geht«, entgegnete er hastig, als hätte er diese Antwort einstudiert und schon immer nützlich gefunden.

Cupido sah ein, daß er auf diese Weise nicht viel aus ihm herausholen würde. Molina war einer von der argwöhnschen Sorte, halb gerissen, halb vorsichtig und geübt darin, Dinge für sich zu behalten. Der Detektiv mußte ihm beweisen, daß er es nicht mit einem Grünschnabel zu tun hatte.

»Sie haben die Ermordete gekannt«, sagte er und sah, daß der Aufseher bei diesen Worten kurz zusammenzuckte und auch seine Frau angespannt und aufmerksam den Kopf hob.

»Woher wissen Sie das?« fragte Molina. Er versuchte, gleichgültig zu wirken, aber der Detektiv wußte bereits, daß es ihm gelungen war, ihn zu verunsichern.

»Von Marcos Anglada, dem Freund des Mädchens.«

»Der Freund hat sie beauftragt?«

»Ja.«

»Es stimmt, ich habe sie gekannt«, bestätigte er, als hätte es ihn beruhigt, den Auftraggeber zu kennen. »Ich habe sie ein paarmal gesehen.«

»Wann?«

»Einmal haben sie und ihr Freund fast einen Brand verursacht. Ein andermal mußte ich die Frau zu ein paar Plätzen führen, wo sie malen wollte. Es war das gleiche wie den Jägern die Tränken zu zeigen, nur daß sie nicht zum Schießen dort hinwollte. Sie hatte bei der Reservatsleitung eine Erlaubnis beantragt und sie bekommen.«

»Haben Sie sie am Samstag gesehen?«

»Nein. Und ich hatte auch keinen Anlaß dazu. Als sie umgebracht wurde, befand sie sich noch in dem frei zugänglichen Gebiet, und das wird nicht so streng überwacht. Außerdem ist es nicht leicht, eine einzelne Person auszumachen, die zu Fuß unterwegs ist.«

»Sind Sie an dem Morgen irgendwann dort in der Nähe vorbeigekommen?«

»Nein«, wiederholte er gereizt. »An dem Morgen habe ich eine andere Tour gemacht.«

»Sind Sie jemandem begegnet? Irgendeinem Auto?«

»Ich habe Ihnen doch schon gesagt, daß ich niemanden gesehen habe.«

Mit demonstrativer Ungeduld schaute der Aufseher auf seine Armbanduhr. Dann blickte er zum Wald, als würde dort jemand auf ihn warten. Er sagte:

»Sind Sie fertig mit Ihren Fragen?«

»Fürs erste ja, fürs erste bin ich mit meinen Fragen fertig. Auf Wiedersehen«, verabschiedete sich Cupido, auch an die Frau gewandt.

Auf dem Rückweg stellte er sich die Frage, ob Molina die Frau getötet haben konnte, und war nicht erstaunt, sie sich mit ja zu beantworten. Auch wenn kleinere Diebstähle und erbärmliche Bestechungsversuche besser zu ihm gepaßt hätten als ein Mord, schien er doch hinlänglich hartgesotten, um in einer besonderen Situation auch weiter zu gehen. Cupido hatte gelernt, daß jemand sowohl aus einer bestimmten Geisteshaltung heraus als auch aufgrund einer günstigen Gelegenheit zum Mörder werden kann. Molina wirkte auf ihn wie einer, der sich für den Krieg eignet: Unter einem Vorwand oder unter einer Fahne würde er morden und wäre das, was man einen guten Soldaten nennt. Aber etwas an dem Tod der jungen Frau paßte nicht zu dem Eindruck, den Molina auf ihn gemacht hatte: Er stellte ihn sich als einen Täter vor, der sein Opfer vor dem Mord vergewaltigt. Auf viele Frauen, die vor allem auf Männlichkeit Wert legten, mochte Molina eine körperliche Anziehung ausüben, aber sicher nicht auf dieses Mädchen aus der Stadt, auf Gloria, von der sich Cupido ein – zweifellos voreiliges – Bild zu machen begann: das einer schönen und unabhängigen jungen Frau, die Zärtlichkeiten mehr schätzt als Härte, Behutsamkeit mehr als Ungestüm.

Die schwarzgekleidete Frau hatte ihm gesagt, wo er ihren Mann finden würde: auf einem kleinen Gehöft zwischen Olivenhainen und Gemüsefeldern drei Kilometer außerhalb von Breda, auf halbem Weg von der Stadt zum Reservat. Während er hinfuhr, war er sich bewußt, daß diese Befragung nicht einfach sein würde. Er brauchte Informationen, konnte dem Alten aber nicht wie die Guardia Civil mit einer systematischen Vernehmung zu Leibe rücken: Was haben Sie an diesem Tag, um diese Uhrzeit gemacht? In welcher Beziehung standen Sie zu ihr? Wann haben Sie sie zum letzten Mal gesehen? Wer kann ein Motiv gehabt haben, um sie zu ermorden? Schon seit zwanzig Jahren, seit seiner Kindheit, kannte er Clotario, der damals häufig auf seinem gutmütigen Maultier über den alten Weg durch den Gemeindeanger geritten war, auf demselben von der Zeit gezeichneten Tier, das ihn auch auf jener Pilgerfahrt begleitet hatte, auf der er seinen Stolz verlor. In seiner Jugend war Clotario bei der Legion gewesen, hatte es aber beim Militär nicht weit gebracht und war nach Breda zurückgekommen, um eine Kneipe aufzumachen und, zu einer Zeit, als die Hälfte der Bauern bereits ihren Beruf an den Nagel hängte, einige karge Felder zu bewirtschaften. Damals war er gewalttätig und stolz gewesen, hatte sich gut in Rechtsfragen ausgekannt, mit seinen Reisen geprahlt und damit, daß er zwei Dutzend Wörter in einem verhunzten Französisch sagen konnte. Mit einem spöttischen Unterton, den er nie mitbekam, hatten ihn alle Don Notario genannt. Sein jüngerer Bruder, Glorias Vater, war auch beim Militär gewesen, und mit mehr Erfolg. Er hatte sich freiwillig zur Luftwaffe gemeldet, hatte schon damals genügend Gespür besessen, um zu ahnen, welche Teile der Armee mit dem Jahrhundert und dem technischen Fortschritt aufblühen würden und welche zum Niedergang oder zum Verschwinden verurteilt waren. Obwohl er schließlich Pilot geworden war, hieß es in Breda, es werde jedem, der mit ihm fliege, angst und bange, es bliebe allen schleierhaft, wie er diesen Apparat in der Luft hielt und es schaffte zu landen, ohne sich selbst umzubringen oder das Flugzeug zu zertrümmern. Ein Wehrpflichtiger, der bei derselben Einheit wie Clotarios Bruder stationiert war, hatte Cupido vor Jahren erzählt, dieser habe einmal, als er einem hohen Militär aus einem arabischen Land die Vorzüge und technischen Möglichkeiten eines zweisitzigen Kampfflugzeuges vorführen wollte, aus Versehen auf einen falschen Knopf gedrückt und seinen bestürzten Copiloten mitsamt Sitz aus der Maschine geschleudert, was dieser nur heil überstanden habe, weil sich der Fallschirm automatisch öffnete. Aber ob diese Anekdoten nun stimmten oder nicht, er war jedenfalls bei der Truppe in einen hohen Offiziersrang aufgestiegen. Damit ergab sich auch in dieser Familie, wie in so vielen, die paradoxe Situation, daß sich der eine Bruder unweigerlich auf dem Weg zum Triumph wiederfindet, während der andere mit der gleichen Geschwindigkeit auf die Niederlage zusteuert, obwohl beide vergleichbare Anlagen haben, die gleiche Ausbildung und die gleichen Möglichkeiten.

Clotarios Arroganz war der Resignation gewichen, als die traurige Sache mit seiner kleinen Tochter Rosario passierte. Der Detektiv lächelte wehmütig, als er an sie dachte. Alle Jungen waren damals, im letzten Jahr der Grundschule, in sie verliebt gewesen. Jetzt war eine ihrer Cousinen, die er selbst nicht gekannt hatte, ermordet worden, und er fragte sich, ob sie auch so hatte lächeln können, auch so schön gewesen war und so anziehend, daß die Männer sie umkreist hatten wie die Vögel einen Glockenturm. Als es Sommer wurde, war Rosario mit einem jungen Stierkämpfer, der im Getümmel des Stadtfestes von Breda aufgetaucht war, durchgebrannt. Damals hatte Clotario Ansehen und Würde verloren, hatte die Kneipe geschlossen und sich in ein gedemütigtes und verbittertes Schweigen geflüchtet. Vielleicht wäre er damals gerne aus Breda weggegangen, in die große Stadt, wo ihn niemand kannte und wo er einen Bruder hatte, der beim Militär Karriere machte. Aber er tat es nicht, und aus dieser Zeit mußte sein Groll stammen, dieses Gefühl, in das der Neid unweigerlich mündet. Ein Bruder, der auf dem Gebiet triumphiert, auf dem der andere scheitert. Ein Bruder, der Höhenflüge macht, während der andere dazu verdammt ist, vom Ertrag einer erbärmlichen Ernte, von ein bißchen Gemüse, Getreide und Öl zu leben, an ein Stück Land gekettet, das ihm niemals Ruhe gönnen würde, das, wie sehr er die öden Brachen auch beackern würde, immer nur ein paar Ar groß war und Zentner abwarf, wo doch schon alle in Tonnen und Hektar maßen, verurteilt zu anachronistischen Anbaumethoden, die er nicht mehr ändern würde, zum Wildern von Wildschweinen, die aus dem geschützten Reservat von Zeit zu Zeit bis zum Gehöft kamen und denen er nachts mit einer aus Afrika mitgebrachten Flinte auflauerte, den Finger am Abzug, nicht weil er in den Genuß ihres Fleisches kommen wollte oder ihm das Jagen gefiel, sondern weil sie die ohnehin spärliche Ernte auf seinen Feldern verwüsteten. Marcos Anglada hatte gegenüber Cupido angedeutet, daß Clotarios Familie Glorias gesamten Besitz erben würden, die Wohnung in Madrid, das Atelier, das kleine Haus in Breda, das Auto, die Bilder. Ob Clotario wußte, wieviel das alles wert war?

Er stellte den Wagen an der Einfahrt ab, die ihm die Frau genannt hatte, und folgte dem Weg zu Fuß. Noch bevor er jemanden sehen konnte, hörte er die rhythmischen Axthiebe auf die Stämme der Olivenbäume niedergehen und schloß aus ihrer Häufigkeit, daß zwei Personen an der

Arbeit sein mußten. Er konnte sich ihnen unbemerkt nähern und sie einige Sekunden lang beobachten, während die harten, präzisen Schläge auf die knochig verwachsenen, grauen Stämme niedersausten. Die Schneiden dieser besonderen Äxte glänzten im Sonnenlicht, wenn sie geschwungen wurden, und der Detektiv bewunderte einmal mehr den Einfallsreichtum, mit dem die Menschen vom Lande Werkzeuge erfanden, die perfekt auf die Erfordernisse jeder ihrer Tätigkeiten abgestimmt waren. An einem vierzig bis fünfzig Zentimeter langen Holzgriff war eine breite Sichel befestigt, an deren Rücken ein weiteres kleines Werkzeug in Form einer Axt geschweißt war, und dadurch verwandelte sich dieses Gerät in eine fürchterliche Waffe, die, gleichgültig welche Seite man benutzte, todbringend sein konnte. Er dachte an die Angst, die häufig von allem Bäuerlichen geweckt wird, an die pure Gewalttätigkeit, die man unterschwellig in der Arbeit und den Werkzeugen wahrnehmen konnte.

Cupido hatte ihn längere Zeit nicht gesehen, aber Clotario war wenig verändert. Er wirkte noch immer verhärmt, wenngleich er etwas gebeugter und sein Gesicht faltiger geworden war. Der Sohn war sechzehn oder siebzehn Jahre alt, ein Nachzügler, mit dem seine Eltern schon nicht mehr gerechnet hatten, und weil er genauso schlank und sehnig wie sein Vater war, sah er diesem merkwürdig ähnlich. Es wirkte gekonnt, kraftvoll und tüchtig, wie sie da im gleichen Rhythmus jeder einen Baum von überschüssigen Trieben befreiten. Sie bemerkten den Detektiv gleichzeitig, und gleichzeitig hielten sie mit den Schlägen inne.

Cupido trat auf sie zu, und sie betrachteten ihn ohne einen Funken Neugier, wußten von Anfang an, weshalb er gekommen war, sich zu dieser Olivenpflanzung aufgemacht hatte, um sie zu treffen.

»Ich möchte Ihnen ein paar Fragen stellen«, wandte er sich an den Alten. Es war das zweite Mal binnen zwei Stunden, daß er genau diesen Satz sagte, und er dachte daran, wie oft er ihn noch würde wiederholen müssen, bevor er die ganze Wahrheit erfuhr, und an all die Lügen, die er bis dahin noch würde zu hören bekommen.

Clotario nickte so resigniert wie vor zwanzig Jahren, als er von der sinnlosen Verfolgung seiner Tochter nach Breda zurückgekehrt war und nur vorzuweisen hatte, was er selbst als die schlimmste Schande empfand und was für die Jungen schon damals bloß eine weitere lächerliche Tragödie war, die aus der unabänderlichen bäuerlichen Sturheit erwuchs, von der alles Leben im Dorf beeinflußt wurde.

»Ich bin damit beauftragt worden, den Mörder Ihrer Nichte zu finden«, sagte Cupido und hoffte, die beiden würden es nicht als Herausforderung verstehen, sondern als eine ehrliche Art, sein Anliegen deutlich zu machen. Clotario kannte ihn, und er kannte seinen Beruf.

»Von wem? Von diesem Typ, der behauptet, ihr Freund zu sein?« mischte sich der Sohn ein, bevor der Vater etwas sagen konnte.

»Ja«, antwortete Cupido und war überrascht, wie verächtlich und herausfordernd dieser Halbstarke geklungen hatte, der da mit seiner hitzigen Antwort herausgeplatzt war.

Der Junge wandte sich wieder dem Baum zu und hieb noch heftiger als zuvor auf ihn ein. Der Detektiv mußte lauter sprechen, damit sie ihn verstanden.

»Mögen Sie ihn nicht?« fragte er.

Clotario hob den Kopf und sah ihn an, einige Holzspäne hingen in seinen schmutzigen, drahtigen Haaren, aber wieder war es der Sohn, der ihm mit der Antwort zuvorkam:

»Nein, wir mögen ihn nicht. Er ist ein Lackaffe.«

Der Detektiv wartete schweigend, daß der Junge fortfuhr, aber der war jetzt vorsichtig geworden und schwieg. Cupido trat etwas näher an den Alten heran.

»Erzählen Sie mir von Gloria«, bat er ihn. Erstaunt stellte er fest, daß er zum erstenmal ihren Namen aussprach und er mit dieser schlichten Erwähnung nun begonnen hatte, zu ihr vorzudringen. Er spürte, daß es sich bei allem bisher Gesagten um einen (sicher notwendigen, aber unproduktiven) Prolog gehandelt hatte, der auf diesen Moment zugesteuert hatte.

»Da gibt es nicht viel zu erzählen. Wir hatten nicht viel miteinander zu tun, obwohl wir uns in den letzten Monaten, nachdem sie angefangen hat, das Haus wieder herzurichten, etwas öfter gesehen haben. Vielleicht wäre sie eine bessere Nichte gewesen, wenn ihr Vater und ich bessere Brüder gewesen wären.«

»Waren Sie zerstritten?«

»Wir hatten fast keinen Kontakt. Er hat uns manchmal besucht, wenn er in Breda war, und an Weihnachten hat er angerufen. Er war in Madrid, in einer guten Stellung. Der Grund, daß wir so wenig miteinander zu tun hatten, liegt schon Jahre zurück, und seine Tochter konnte nichts dafür. Ich hatte nichts gegen sie. Aber ihr Vater hätte mich unterstützen können, als er schon ihn Madrid war und ich noch in Afrika. Er hätte mir unter die Arme greifen können. Aber er hat es nicht getan«, sagte Clotario mit verhaltenem Groll.

Einmal mehr stellte Cupido fest, wie lange die Verbitterung bei diesem bäuerlichen, dem Rotwein und den Kordhosen zugetanen Menschenschlag vorhalten kann, Leute, die fähig waren, die Erinnerung an eine kleine Kränkung über Jahrzehnte zu bewahren, wie sie in ihren Schuppen altes Werkzeug horteten, mit dem kein Mensch mehr etwas anzufangen wußte, oder große schwarze Eisenschlüssel, mit denen sich keine Tür mehr öffnen ließ. In der Stadt, dachte er, geht alles schneller, dort gibt es weder den Platz für so viele Dinge noch ein so hartnäckiges Erinnerungsvermögen für den Groll.

»Und Gloria?«

»Gloria wollte von alldem nichts wissen. Sie hat mit uns nie darüber gesprochen. Sie kam uns hin und wieder besuchen und hat sich bemüht, nett zu sein, aber es gab nicht viel, worüber wir reden konnten.«

»Gloria war anders«, mischte sich der Sohn wieder ein, während er zu einem anderen Baum ging. Der Tonfall der Bewunderung überraschte den Detektiv, die Stimme schien wie ausgewechselt. Langsam beunruhigte ihn dieser Junge. Aber niemand hatte ihm etwas über ihn erzählt. Auch an seinen Namen konnte er sich nicht erinnern.

»Hat sie Sie am Tag zuvor besucht?«

»Am Tag zuvor?«

»Am Tag, bevor sie ermordet wurde.«

»Nein«, sagte der Alte. »Wir wußten nicht, daß sie an diesem Wochenende hier war. Am Samstagmorgen waren wir genau hier und mit ähnlichen Arbeiten beschäftigt wie heute. Wir haben erst einen Tag später erfahren, daß sie tot ist.«

Der Detektiv hätte gerne gefragt, ob sie irgend jemand um halb zehn am Morgen bei der Arbeit gesehen hatte, konnte sich aber nicht dazu durchringen. Er war nicht der Teniente.

»Hat sie einmal erwähnt, daß sie vor etwas Angst hatte?«

»Nein«, antwortete Clotario. »Uns gegenüber nicht.«

»Der, der sie umgebracht hat, muß mit ihr hergekommen sein«, sagte der Junge. Zum erstenmal sah ihn sein Vater mit einer Miene an, die ihm gebot, den Mund zu halten.

»Was meinst du damit?«

»Gloria war auch mit diesem Bildhauer zusammen, dem das Haus am Fluß gehört. Das wissen alle.«

»David!« brüllte der Vater.

»Suchen Sie unter denen. Hier wissen wir nichts«, fügte der Sohn noch hinzu.

Aus der Hosentasche zog Cupido den Zettel, auf dem er das Motiv des Ansteckers skizziert hatte, und zeigte ihn beiden.

»Haben Sie diese Zeichnung schon einmal gesehen?«

Vater und Sohn betrachteten das Stück Papier aufmerksam.

»Nein«, antworteten beide.

Er steckte den Zettel in seine Brieftasche, verabschiedete sich und ging Richtung Wagen. Hinter ihm dröhnten sofort wieder die dumpfen Schläge des Metalls auf den verwachsenen Stämmen der Olivenbäume.

»Mir wurde gesagt, daß Sie Ricardo Cupido heißen. Außerdem, daß Sie den Tod dieser jungen Frau untersuchen. Und mir wurde gesagt, Sie seien gut.«

»Was den letzten Punkt betrifft, hat man Sie belogen«, entgegnete Cupido. »So viel Gutes sollte nicht über mich gesagt werden. So viel Gutes sagt man nur über die Toten«, scherzte er.

Die alte Dame deutete ein Lächeln an, das ihre Lippen kaum öffnete, die Falten ihres Gesichts jedoch betonte. Für einen Augenblick erschien sie ihm älter als bei der Begrüßung, für die er sich zu ihr hinuntergebeugt und sie ihm ihre Hand gegeben hatte, deren Gelenk von einer zierlichen, ovalen Golduhr gesäumt wurde. Sie mochte Anfang siebzig sein, und selbst in diesem tiefen Sessel mit der hoch aufragenden Rückenlehne wirkte sie wie eine Frau, die einst stattlich gewesen sein mußte. Das blasse Gesicht hob sich so elegant von dem dunklen Hintergrund des Sessels ab, daß Cupido keinen treffenderen Ausdruck dafür fand als ›vornehm‹. Ihr Haar – dünn und grau wie Spinnweben – war hochgesteckt, aber der Dutt saß so weit oberhalb ihres Nackens, daß es nicht streng wirkte. Sie trug Ohrringe und eine dazu passende Halskette, einen alten Goldschmuck, so barock ziseliert wie er heutzutage nicht mehr gefertigt wurde, und der Detektiv erinnerte sich daran, einen ähnlichen bei seiner Mutter gesehen zu haben, wenn aus den tiefsten Tiefen der Truhen der Familienschmuck und die schweren Trachten hervorgeholt wurden, was nur zu ganz besonderen Anlässen geschah. Aber Doña Victoria trug ihn, als wäre er etwas Alltägliches, an dessen Wert sie nie auch nur einen einzigen Gedanken verschwendet hatte. Sie war schwarz gekleidet, wirkte aber keineswegs traurig.

»Möchten Sie etwas trinken? Einen Portwein, ein Glas Cognac?«

»Danke, gerne einen Cognac.«

»Octavio, bist du so gut?«

Der Mann, der – nachdem er sich mit »Octavio Expósito, angenehm« vorgestellt hatte – etwas abseits im Hintergrund Platz genommen hatte, stand auf und ging zu einer dunklen Kredenz an der gegenüberliegenden Wand des großen Wohnzimmers. Er schenkte Cognac in einen Schwenker und Portwein in zwei kleine Gläschen mit filigraner Goldverzierung und stellte alles auf ein Tablett mit Spitzendeckchen. Cupido bemerkte Doña Victorias Initialen in einer Ecke des Tuchs. Alles in diesem Haus, jeder nützliche, jeder dekorative Gegenstand wirkte auch unabhängig von dem Rahmen, der ihn umgab, kostbar: von den gleichmäßigen Granitquadern der Fassade bis hin zu diesem Raum, in dem die alten Möbelstücke unter vielen Wachsschichten tadellos erhalten schimmerten, von dem großen Lüster aus Bronze und Glas, an dem nicht ein einziger Glastropfen fehlte, bis hin zu den Marmorstufen, von denen der Detektiv gehört hatte, daß auf ihrer Unterseite verborgen die Namen von Verstorbenen standen.

Erst als Cupido das Glas an den Mund führte, tranken auch sie langsam ihren Portwein. Expósito saß jetzt vor dem hohen Fenster, und in diesem Licht konnte Cupido die kleinen Herpesbläschen erkennen, von denen seine Unterlippe wund war. Es war das erste an ihm, was dem Detektiv auffiel, und er wunderte sich, weil er bei Leuten, mit denen er sprach, immer auf die Augen achtete; nur bei Tieren, die ihm gefährlich werden konnten, achtete er in erster Linie auf den Mund. Expósito war groß, schlank und ein bißchen bleich. Er trug eine Brille mit einem ziemlich aufdringlichen Metallgestell, die ihm zusammen mit der stumpfen Gesichtsfarbe das trostlose Aussehen eines Klosterschülers verlieh, der sich nur seinen Studien widmet und dem es an gesellschaftlichem Umgang mangelt.

»Ich nehme an, man hat Ihnen gegenüber bereits behauptet, ich sei eine der Hauptverdächtigen, was den Mord an dieser jungen Frau betrifft«, sagte Doña Victoria, nachdem sie ihr Glas auf den Tisch gestellt hatte.

Cupido zögerte einen Moment und überlegte, ob er lügen sollte.

»Nicht mit diesen Worten«, entgegnete er.

Wieder spielte ein zartes Lächeln um Doña Victorias Mund, als hätte sie mit dieser Antwort gerechnet. Kurz schimmerten zwischen ihren schmalen Lippen die Zähne auf, zu weiß, um echt zu sein.

»Überdies sind Sie sehr höflich, und vor Ihrer Höflichkeit wurde ich nicht gewarnt. Aber ich bitte Sie, bei unserer Unterhaltung nicht aus Anstand die Unwahrheit zu sagen.

Ich kenne diese Stadt gut«, sagte sie mit einer Kopfbewegung in Richtung Fenster, »und ich weiß, daß die Hälfte ihrer Bewohner mit dem Finger auf mich zeigt. Sie haben mich nie verstanden. Man hat Ihnen sicher gesagt, daß ich, nach allem, was ich schon zu tun gewagt habe, vor einem Mord nicht zurückschrecken würde, gerade jetzt, wo doch endlich, nach zwanzig Jahren, diese langwierige Auseinandersetzung auf eine Lösung zusteuert.«

»Auf eine Lösung?« fragte Cupido. Er bewunderte diese Frau, die sich so stolz und wild entschlossen zwei Jahrzehnte lang zwei Ministerien widersetzt hatte, weil sie nicht zulassen wollte, daß ihr geraubt wurde, was sie als ihr Eigentum ansah, weil sie sich weigerte, das Stück Land aufzugeben, wo sie geboren worden war und von dem sich ihre Familie zwanzig Generationen hindurch ernährt hatte. Vielleicht, dachte er, häuften die Generationen den Stolz genauso an wie den Reichtum und gaben beides an ihre Nachkommen weiter.

»Ja, das Ende ist absehbar«, sagte sie und schaute wieder in Richtung Fenster.

Das Abendlicht strahlte draußen auf den gekalkten Hauswänden, brach sich in den weißen Gardinen an der Scheibe und beleuchtete das Gesicht der alten Frau, das der Detektiv im Profil betrachtete. In ihrer Jugend mußte sie umwerfend schön gewesen sein, um noch immer diesen Teint und diese leuchtend braunen Augen zu haben.

»Aber die da draußen wissen nicht, daß wir verlieren werden«, fuhr sie fort. »Zwanzig Jahre und wir werden verlieren. Wenn sie es wüßten, hätte Ihnen gegenüber niemand diese absurden Verdächtigungen ausgesprochen. Alle warten nur darauf, uns geschlagen zu sehen, um uns zu Märtyrern zu machen. So ist es immer gewesen. Diese Stadt wird sich niemals ändern.«

»Das darfst du nicht sagen«, ließ sich Expósito vernehmen. »Das Urteil wird bestimmt anders ausfallen.«

Er stand auf und stellte sich neben den Sessel der Frau. Doña Victoria nahm seine Hand und sah ihn zärtlich an, dankbar für seine Zuversicht.

»Wir haben noch nie zuvor so gute Chancen auf ein günstiges Urteil gehabt. Zum erstenmal wird unser Fall vor einem unparteiischen Gericht verhandelt. Kennen Sie sich mit rechtlichen Fragen aus?« fragte Expósito, an Cupido gewandt.

»Nein«, antwortete dieser, obwohl er sich an jeden einzelnen Argumentationsschritt erinnerte, der vor Jahren zu seiner Verurteilung geführt hatte.

»Der Gerichtshof in Luxemburg hat vor etwas mehr als einem Jahr unsere Klage angenommen und ist damit der Auffassung gefolgt, daß der ursprüngliche Vorgang der Enteignung gesetzwidrig war. Damit können alle nachfolgenden Verfügungen, die sich auf diesen ungesetzlichen, wenn nicht verbrecherischen Vollstreckungsbefehl stützten, für die Entscheidung nicht mehr herangezogen werden. Es gibt nur ein mögliches Urteil«, sagte er, und seine geschundenen Lippen bewegten sich hastig, um dieses juristische Kauderwelsch zu formulieren.

Doña Victoria hörte ihm mit einem betrübten Lächeln zu, wie jemand, der weiß, daß recht zu haben nicht immer bedeutet zu gewinnen. Dann blickte sie zu Cupido und fragte ihn:

»Wissen Sie, daß ich Ihren Vater gekannt habe?«

»Nein, das wußte ich nicht«, antwortete er verwundert.

»Er hat in diesem schönen deutschen Lieferwagen, den er Schraube für Schraube hergerichtet hatte, die eine oder andere Fahrt für mich gemacht. Er war ein großartiger Mann. Und verschwiegen. Ich hatte ihn gebeten, nicht darüber zu sprechen, und jetzt weiß ich, daß nicht einmal sein Sohn davon erfahren hat. Ich bin ihm noch immer dankbar.«

Der Detektiv schwieg. Jetzt begriff er, warum ihn Doña Victoria gebeten hatte, zu ihr zu kommen, noch bevor er selbst versuchen konnte, mit ihr zu reden.

»Ich habe Sie hergebeten, weil ich Ihnen etwas sagen möchte, von dem ich glaube, daß Sie nicht den Mut aufgebracht hätten, uns danach zu fragen. Sie werden es nicht nötig haben herumzufragen, ob uns jemand an diesem Morgen gesehen hat oder weiß, wo wir waren, als die Frau ermordet wurde. Ich werde Ihnen unser Alibi nennen. So heißt das doch, oder?«

»Ja.«

»Das ist ein häßliches Wort. Und wie leicht kann man sich mit einer einzigen Lüge eines verschaffen! Wir waren in unserer Wohnung in Madrid. Octavio ist morgens zu einer Blutuntersuchung in die Klinik gegangen. Das können Sie sicher leicht nachprüfen. Wir waren zweihundertfünfzig Kilometer vom Reservat entfernt, ich möchte also nicht, daß Sie noch einmal wie dieser Teniente hierherkommen, um uns zu vernehmen. Für alles andere stehen Ihnen die Türen dieses Hauses offen.«

Cupido nickte, wußte jedoch, daß er nichts würde versprechen können.

»Der Tod dieses Mädchens kommt für uns offensichtlich wie gerufen, aber wir haben nichts damit zu tun«, bestätigte Expósito.

Der Detektiv dachte, daß es stimmen konnte. Er hatte schon vor langer Zeit gelernt, daß es nicht unbedingt der beste Weg war, einen Täter zu finden, indem man fragte: »Wer profitiert am meisten vom Tod des Opfers?« Das würde bedeuten, die Irrationalität, die bei vielen Morden eine Rolle spielte, auf logische Kausalzusammenhänge reduzieren zu wollen. Er sah, wie Expósito in die Innentasche seines Jacketts griff und eine Brieftasche aus schwarzem Leder herauszog.

»Ich habe das Haus kurz vor zehn verlassen und bin mit dem Auto zum Labor gefahren, mit nüchternem Magen. Dort ließ man mich ungefähr fünfzehn Minuten warten, dann wurde mir Blut abgenommen«, erklärte er und zeigte Cupido einen Krankenhausbeleg, auf dem sein Name, die Blutgruppe, die durchgeführten Untersuchungen und die Uhrzeit standen, 10 Uhr 43.

»Waren Sie krank?«

»Mir war in der Woche zuvor manchmal schwindelig. Der Hausarzt hat mich angewiesen, einige Tests machen zu lassen.«

»Er sah nicht gut aus und konnte nicht arbeiten«, mischte sich Doña Victoria ein. »Ich mußte auf ihn einreden, damit er ins Krankenhaus ging.«

»Haben Sie die Ergebnisse schon?«

»Ja. Ich habe sie heute morgen abgeholt, bevor ich aus Madrid gekommen bin. Ich habe keine Virusinfektion. Nachdem ich am Samstag die Klinik verlassen hatte, habe ich eine Zeitung gekauft und in einem Café anständig gefrühstückt, um wieder zu Kräften zu kommen. Ich weiß nicht, wie lange ich dort war, schätze aber ungefähr eine halbe Stunde. Dann bin ich zu Fuß einkaufen gegangen. Ich habe mit Karte bezahlt«, sagte er und zeigte dem Detektiv einen Kaufhausbeleg von El Corte Inglés. »Wahrscheinlich hätte ich die Quittung gar nicht aufgehoben, wenn mich der Teniente nicht gleich vernommen hätte. Ich bin zum Auto zurückgegangen und nach Hause gefahren. Das ist alles, was ich an dem Morgen getan habe.«

Es paßte lückenlos zusammen. Die Zeit der Blutabnahme und die Notwendigkeit, sich dafür persönlich auszuweisen, belegten, daß er weit von dem Ort entfernt gewesen war, wo die Frau ermordet wurde.

»Kannten Sie sie?«

»Nein.«

»Nein.«

Sie hatten gleichzeitig geantwortet, und die Stimme des Anwalts hatte zwar verhaltener geklungen als die der alten Frau, dennoch bekam Cupido den flüchtigen Eindruck, diese Antwort sei abgesprochen. Daß in diesem Haus, in dem alles so langsam war – jeder Schritt und das Licht, das durch die Gardinen fiel, die Bewegungen der bezaubernden Hausangestellten, die ihn hereingebeten hatte, und die bisherigen Antworten –, diese beiden Silben genau gleichzeitig und schnell ausgesprochen wurden, weckte für einen kurzen Moment seinen Instinkt für den Betrug, sein Gespür für die Gegenwart der Lüge.

»Damit sind wohl alle meine Fragen beantwortet«, sagte er abschließend und erhob sich aus dem Sessel.

»Sie haben einen schönen Namen«, sagte die alte Dame und sah ihm in die Augen. »Ricardo Cupido. Ich hatte Sie mir anders vorgestellt. Sie sehen weder aus wie ein Raufbold noch wie ein Trinker, und ich dachte immer, alle, die Ihren Beruf haben, wären das.«

Cupido lächelte. Die Zeiten, in denen ein Detektiv, der nicht rauchte wie ein Schlot und nicht trank wie ein Loch, eine Schande für seinen Berufsstand war, gehörten schon lange der Vergangenheit an. Beinahe hätte er ihr erzählt, daß er jetzt seit fünf Tagen nicht mehr rauchte, aber er hielt den Mund, denn er nahm an, sie würde, wie die Mehrheit derer, die selbst nie geraucht haben, unterschätzen, welche Mühe ihn das kostete.

»Sie sind eine zu angenehme Person, um in einem so scheußlichen Beruf zu arbeiten«, meinte sie noch.

»Das ist das einzige, was ich gut kann«, entgegnete er.

Er wandte sich zur Tür, und als er das Haus verließ, hatte er das Bild der sitzenden Greisin noch vor Augen und das eines jungen Mannes, der stumm, groß und bleich mit einer vom Herpes gezeichneten Lippe neben ihr stand.

Um halb elf hatte der Detektiv zu Abend gegessen und wollte sich mit niemandem mehr unterhalten. Es war zu viel geredet worden an diesem Tag. Er war sich sicher, manches davon war gelogen, aber noch konnte er nicht entscheiden, was. Er legte sich barfuß auf das Sofa und weigerte sich, weiter darüber zu grübeln. Er hatte sich bereits über alle Gespräche und Vorkommnisse dieses Tages Notizen gemacht und sie mit den Unterlagen des Teniente verglichen, ohne auf Widersprüche zu stoßen, und obwohl er zunächst versucht war, alles noch einmal durchzulesen und sich die Gesichtszüge des Opfers auszumalen, ein Gesicht, das er am Ende kennen würde wie das einer Geliebten, griff er schließlich zur Fernbedienung und probierte alle Fernsehkanäle durch, ohne etwas zu finden, womit er sich hätte ablenken können. Dennoch war er nicht erfreut, als es an der Tür klingelte, zweimal, als wäre es sehr dringend oder jemand in Eile.

Vor der Tür stand David, Glorias halbwüchsiger Cousin. Er hatte sich gewaschen und das feuchte Haar schnurgerade an der Seite gescheitelt. Auch die neuen Kleider, die er trug, ließen darauf schließen, daß er diesen Besuch wichtig nahm. Schüchtern wie ein bezähmter Kettenhund drückte er sich vor dem Detektiv herum und traute sich nicht, um Einlaß zu bitten – vielleicht war er wegen seines heftigen Ausbruchs am Morgen verlegen –, wußte aber wohl, daß er das, was er zu sagen hatte, nicht auf dem Treppenabsatz loswerden konnte.

»Komm rein.«

Cupido bot ihm einen Sessel an, und der Junge hockte sich auf die Kante, lehnte sich nicht zurück und war noch immer unfähig, seine sprungbereite Haltung aufzugeben.

»Magst du ein Bier?«

»Ja. Bier ist gut.«

Der Detektiv ging in die Küche und hantierte eine Weile mit dem Flaschenöffner, damit der Junge Zeit hatte, sich zu entspannen, die Einrichtung und die Wände der Wohnung zu begutachten und sich an diesem unbekannten Ort sicher zu fühlen.

Er drückte ihm die Flasche in die Hand, setzte sich ihm gegenüber und wartete, daß er zu sprechen begann.

»Ich möchte mit Ihnen reden«, sagte David schließlich fast herzlich, als wollte er sich für seine frühere Grobheit entschuldigen.

»Du brauchst mich nicht zu siezen«, unterbrach ihn Cupido, dem die abrupten Gemütsschwankungen von Jugendlichen, die unter Spannung stehen, nicht geheuer waren. »Einverstanden?«

»Einverstanden.«

»Worum geht es?«

Der Junge nahm einen kräftigen Schluck von seinem Bier.

»Um die Zeichnung, die wir uns ansehen sollten. Dieser Kreis mit der Insel und der Bombe. Heute morgen, vor meinem Vater, konnte ich Ihnen nicht sagen ... konnte ich dir nicht sagen«, verbesserte er sich sofort, »daß ich sie schon einmal gesehen habe. Er kann es nicht ertragen, wenn ich vom Malen rede.«

Der Detektiv spürte ein Kribbeln in den Fingerspitzen, als betastete er zum erstenmal während dieser Nachforschungen etwas Handfestes, das keine Finte sein konnte.

»Wo hast du sie gesehen?«

»In ihrem Tagebuch.«

»Gloria schrieb Tagebuch?« Das hatte ihm niemand gesagt. Weder von Anglada noch vom Teniente war das erwähnt worden, sofern sie überhaupt davon wußten.

»Ja.«

»Wann war das?«

»Vor weniger als einem Monat, das letzte …«, wieder verbesserte er sich, »… das vorletzte Mal, als sie in Breda war. Ich hatte ihr Auto vor dem Haus stehen sehen und wollte sie fragen, ob sie etwas braucht.«

»Dort hast du das Tagebuch gesehen?«

»Ja. Ich habe an die Tür geklopft, sie stand offen, und weil Gloria nicht geantwortet hat, bin ich davon ausgegangen, daß sie beschäftigt ist und mich nicht gehört hat. Links neben dem Eingang ist ein kleines Zimmer, und dort habe ich das aufgeschlagene Heft auf einem Tisch liegen sehen. Ich habe nach Gloria gerufen, aber auch darauf hat sie nicht geantwortet. Dann bin ich ans Fenster gegangen, und als ich nach unten auf das Heft geschaut habe, konnte ich das Datum lesen und einen einzigen Satz, den sie offensichtlich gerade geschrieben hatte, denn es lag ein Füller ohne Kappe auf dem Heft, als wäre sie unterbrochen worden.«

»Kannst du dich erinnern, was sie geschrieben hatte?«

»Ja. Es ging mir nicht aus dem Kopf, ich habe es nicht verstanden und noch tagelang darüber gegrübelt. Da stand: ›Gestern hat er mir Angst gemacht. Aber Angst ist kein unschuldiges Gefühl‹.«

Der Detektiv schwieg nachdenklich, konnte aber diese einzelnen, aus dem Zusammenhang gerissenen Worte nicht interpretieren. Allerdings klang in den beiden Sätzen eine vage, namenlose Bedrohung an.

»Mehr nicht? Kein Name?« fragte er. Für einen Moment kam ihm der Gedanke, der Junge könnte ihn anlügen, aber er verwarf ihn sofort: Er konnte sich nicht vorstellen, daß sich der Junge etwas ausdachte, was ohne den Rest der Seite so schwer zu verstehen war.

»Unter dem Datum dieses Tages stand sonst nichts. Als ich die Seiten davor durchgeblättert habe, ist mir klargeworden, daß es ein Tagebuch ist, und ich wollte nicht mehr weiterlesen. Aber was ich noch gesehen habe, ein paar Seiten vorher, ist diese Zeichnung, die du uns heute morgen gezeigt hast.«

»Bist du sicher, daß es die gleiche war?«

»Ja. Ich könnte sie sofort nachzeichnen.«

Er sah sich um, entdeckte auf einem Regal einen Kugelschreiber und das Heft, in dem sich Cupido Notizen zu seinen Nachforschungen gemacht hatte, stand auf und griff danach. Als er sich wieder an den Tisch gesetzt hatte, zeichnete er auf einem leeren Blatt das Motiv des Ansteckers nach, veränderte dabei zwar leicht die Größenverhältnisse der einzelnen Bestandteile, ließ aber nichts weg und irrte sich auch nicht bei der Anordnung. Verblüfft beobachtete der Detektiv, wie gekonnt der Junge jeden Strich zog, wie präzise der Kugelschreiber einer Linie folgte und ohne zu zögern an der richtigen Stelle innehielt. Er fragte sich, ob diese zeichnerische Begabung, die ihm da gerade vorgeführt wurde, nicht auf die gleichen genetischen Anlagen zurückzuführen war wie bei Gloria, die von ihrem Talent hatte leben können.

»Das ist er«, bestätigte Cupido. »Malst du auch?«

Halb beschämt, halb geschmeichelt senkte der Junge den Kopf. Ob es an der fremden Wohnung lag oder daran, daß er es genoß, über das Malen zu reden – der feindselige und aggressive Ton, den er unter den Olivenbäumen angeschlagen hatte, war endgültig verschwunden.

»Ein bißchen. Manchmal Landschaften und auch einmal Portraits.«

»Aquarelle?«

»Nein, in Öl. Ich habe Farben. Sie hat sie mir geschenkt.«

»Gloria?«

»Ja. Es weiß niemand etwas davon. Mein Vater hätte mir nicht erlaubt, so ein Geschenk von ihr anzunehmen. Dafür ist er immer noch zu stolz. Außerdem sind meine Eltern ziemlich alt.«

»Hat Gloria dir das Malen beigebracht?«

»Beigebracht? Nein. Ich hätte mir gerne etwas von ihr zeigen lassen, aber sie hat es mir nie angeboten«, erklärte er, und Cupido merkte, daß unter der Oberfläche wieder ein leichter Groll aufkeimte. »Wenn sie herkam, war sie immer sehr damit beschäftigt, im Reservat vorbeizugehen oder bei diesem Bildhauer. Aber ich war ein paarmal mit, wenn sie die Landschaft um den Stausee gemalt hat. Oder das Wild. Ich habe ihr geholfen, die Staffelei zu tragen, und bin dann dort geblieben und habe zugesehen, wie sie die Farben auf der Palette gemischt hat. Wieder zu Hause habe ich versucht das nachzumachen, was ich bei ihr gesehen hatte. Gloria hat mir das Malen nicht beigebracht, ich habe es allein gelernt.«

Der Detektiv stellte sich vor, wie David reglos hinter ihr stand, von beidem geblendet, von ihren künstlerischen Fähigkeiten und von ihrer Schönheit, wie er mit weit aufgerissenen Augen ihre Hände und ihren Nacken, ihre Schultern, ihre Hüften betrachtete und sich zurückhalten mußte, um die Grenze nicht zu überschreiten, auf deren anderer Seite man der Begierde nichts mehr entgegensetzen kann.

»Du hast sie auch oft in dem Haus besucht.«

»Oft nicht, ab und zu. Ich habe mir ihre Bücher über verschiedene Maler angesehen und sie gefragt, wie es in Madrid so ist. Ich hasse die Arbeit auf dem Feld und würde gerne von hier weggehen. Selbst mein Vater ist rumgekommen. Das dumme ist nur, daß Väter, die etwas von der Welt gesehen haben und mit leeren Händen zurückgekommen sind, nicht wollen, daß ihre Söhne es genauso machen«, sagte er, und es klang für einen Siebzehnjährigen erstaunlich durchdacht.

»Hast du Gloria nie darum gebeten, dir zu helfen?« fragte Cupido beschwichtigend.

»Nein.«

Cupido war sich sicher, was die Gefühle des Jungen betraf: Blinde Bewunderung für eine Cousine – ein paar Jahre älter, verwirrend schön, reich und mit allen Merkmalen eines Glücks versehen, das für ihn unerreichbar war –, und unter dieses Gefühl mischte sich bisweilen das Mißtrauen wegen der früheren Kränkung, die dazu geführt hatte, daß alles so gekommen war. Er mußte panische Angst davor haben, sich in eine aktuelle Version seines Vaters zu verwandeln, davor, daß es zu einer Neuauflage dieser Geringschätzung kommen würde, mit der die wohlhabende Verwandte aus der Großstadt ihr armes Familienmitglied vom Land betrachtet, dessen tägliches Leben eine animalische Plackerei ist.

David trank sein Bier aus, stellte die leere Flasche auf den Tisch und betrachtete mit gesenktem Kopf seine leicht zitternden Hände. Cupido vermutete, daß er in eine ähnliche Richtung dachte: sich noch vier, fünf Jahre mit den groben Gerätschaften für die Feldarbeit abrackern, und diese Finger, die das Zeug zu angenehmeren Tätigkeiten hatten, würden nicht mehr zu gebrauchen sein, nicht mehr in der Lage, mit behutsamen und präzisen Pinselstrichen ein Bild zu malen. Er fragte sich, ob diesem Jungen, der ihm da gegenübersaß, niemals in den Sinn gekommen war, daß Glorias Tod es ihm erlauben würde, all das zu tun, was er sich wünschte.

»Sonst hast du nichts gelesen in dem Tagebuch?« drängte er.

»Ich kann mich an nichts anderes erinnern. Es waren bloß ein paar Sekunden. Gloria ist sofort gekommen und hat mich dabei überrascht, daß ich es angesehen habe. Sie hat gelächelt, das Heft zugeklappt, es an die Brust gedrückt und, ohne ärgerlich zu werden, gemeint: ›Das ist geheim. Da steht mein Leben drin‹.«

Obwohl die Information, daß es ein Tagebuch gab, wichtig war, fühlte sich Cupido nicht besonders zuversichtlich. Er hatte seine Nachforschungen nie gerne auf die Suche nach einem Gegenstand gestützt, denn er wußte, wie leicht Pistolen auf dem Grund von Stauseen verschwinden und wie schnell Papier in Flammen aufgeht.

»Was hat dein Vater zu all diesen Besuchen gesagt?«

»Er hat nie gedacht, daß ich so oft dort war. Er war damit einverstanden, daß ich hinging, um ihr beim Transport irgendwelcher Sachen oder bei der Einrichtung zu helfen, aber alles, was mit Malerei zu tun hatte, hätte er mir verboten. Ich bin sein einziges Kind, das noch hier ist, und er will nicht wahrhaben, daß auch ich eines Tages weggehe.«

»Danke für alles, was du mir erzählt hast«, sagte Cupido. »Wenn dir noch irgend etwas einfällt, was mit ihr zu tun hat, kannst du jederzeit vorbeikommen.«

»Einverstanden.«

5

Das Gebäude war einer jener hohen Wohnblocks aus Stahl und Glas, in dem der leitende Angestellte und die Luxusprostituierte Wand an Wand leben. Der Korridor sah aus wie der eines Hotels, er war mit Marmor ausgelegt, und durch die vielen Türen zu beiden Seiten gelangte man in Wohnungen, in denen jeder Quadratzentimeter restlos ausgenutzt war. Eine Architektur, die den Bienenstöcken nachempfunden ist, der es aber gleichwohl nicht gelingt, den Menschen auf ein insektenhaftes Dasein zu reduzieren.

Cupido drückte auf die Klingel und hörte kurz darauf Schritte, die sich zielstrebig näherten, denn er war erwartet worden, seit er aus der Telephonzelle angerufen hatte. Anglada öffnete, ohne zunächst durch den Türspion zu spähen, und bat den Detektiv mit einer knappen Begrüßung und einer Handbewegung herein. Er hatte wohl gerade geduscht, trug einen Bademantel, schlurfte in eleganten Lederpantoffeln über das Parkett, und seine Haare waren feucht.

»Ich ziehe mich schnell an, und dann können wir gehen. Machen Sie es sich bequem«, sagte er und verschwand durch eine Tür.

Es war eine mittelgroße Wohnung, das Wohnzimmer mit Blick auf die Calle del Comandante Zorita. Durch eine offene Tür konnte man die Küche sehen, kein Geschirr weit und breit, nicht ein Fleck oder Brotkrümel auf der Arbeitsplatte, die Klappen sämtlicher Küchengeräte geschlossen, alles sauber und offensichtlich wenig benutzt, von einer metallischen, keimfreien Kälte, wie man sie von Haushalten kennt, in denen keine Kinder leben, deren Bewohner wenig zu Hause kochen und für gewöhnlich auswärts essen.

Das Wohnzimmer hatte zwei Fenster mit Kunststoffrahmen und Jalousien zwischen der Doppelverglasung, und vor einem der beiden war eine Ecke mit einem Schreibtisch abgeteilt, um auch außerhalb des Büros arbeiten zu können. Der Computer stand auf einem kleinen Beistelltisch. Es waren kaum Bücher zu sehen, aber die Wände hingen voller Bilder. Als er sie eingehender betrachtete, fielen Cupido zwei Radierungen auf, außerdem ein Portrait von Anglada, auf dem er hervorragend getroffen war, und etliche Aquarelle, unter die Gloria mit einem runden und leserlichen Schriftzug ihren Namen gesetzt hatte, was Cupido, ohne daß er hätte sagen können, warum, nicht zu einer Malerin zu passen schien, als sollte jemand, der solche Bilder malen konnte, sie nicht hinterher derart schlicht und unschuldig signieren. Gut sichtbar für alle Besucher hatten zwischen den beiden Fenstern auch das Abschlußbild der Universität, auf dem die Portraitphotos aller Studenten des Jahrgangs und ihrer Professoren kunstvoll angeordnet waren, und darunter die offizielle Zulassung als Anwalt einen Platz gefunden.

Anglada kam fast sofort wieder, und sie verließen das Appartement. Nach zehn Minuten gelang es ihnen, ein Taxi zu erwischen, das sie zu Glorias Wohnung in der Calle de Cea Bermúdez brachte. Der Verkehr war höllisch. Die Metrofahrer streikten und hielten dabei auch die von der Stadtverwaltung angeordnete Grundversorgung nicht aufrecht, so daß der unterirdische Verkehr vollkommen lahmgelegt war. Deshalb hetzte die ganze Stadt wie wahnsinnig geworden über den Asphalt.

Unterwegs erzählte Anglada dem Detektiv etwas über das Viertel, in dem Glorias Wohnung lag. Wie alle Militärs auf die Absicherung der Zukunft bedacht – vielleicht war das ihre Art, das auf der Militärakademie Gelernte auf den häuslichen Bereich zu übertragen, denn letzten Endes ging es dabei ja immer darum, seiner Zeit voraus zu sein, dem Feind in der Schlacht oder einem Attentat zuvorzukommen und sich gegen alle erdenklichen Notfälle abzusichern –, hatte Glorias Vater eine dieser großen Wohnungen gekauft, die seinerzeit dort in der Gegend günstig zu haben waren und sich nach und nach mit Soldaten füllten, die in den nahegelegenen Kasernen der Moncloa stationiert waren. Später hatte dann Gloria von ihren ersten Einnahmen – und zweifellos mit Unterstützung ihres Vaters, dachte Cupido – eine der Atelierwohnungen, in die man die ehemaligen Speicher und Dachterrassen des Gebäudes verwandelt hatte, zunächst gemietet und später gekauft. Dort gingen sie zuerst hin.

»Hier kam sie zum Malen herauf. Oder wenn sie allein sein wollte«, sagte Anglada und ließ Cupido den Vortritt.

Das Atelier war ein großer, heller Raum mit rechteckigem Grundriß, zwei Stützpfeilern in der Mitte und drei großen, runden Fenstern an einer der langen Seitenwände, was dem Ganzen einen Hauch von Extravaganz verlieh. Dahinter verlor sich eine rötliche Dachlandschaft im grünen Dunst der Dehesa de la Villa. Dem Eingang gegenüber, an der anderen Schmalseite, befanden sich zwei geschlossene Türen, hinter denen der Detektiv die Toilette und einen weiteren kleinen Raum vermutete. Zwischen den beiden türmten sich auf den weit auseinanderliegenden Brettern eines Regals Farbdosen, Pinsel, Mappen, Hefte und einzelne Bücher, alles in einem malerischen Durcheinander, das Cupido von den Photographien vieler Künstlerateliers her kannte. An der letzten Wand hingen Bilder, und manche lehnten, die Leinwand verdeckt, dagegen und zeugten von dem Widerwillen, den ein Künstler dabei empfindet, Entwürfe zu zeigen, die er zwar nicht hat vollenden können, aber auch nicht ganz verwerfen kann, denn letztendlich, dachte Cupido, erzählte jedes unvollendete Gemälde die Geschichte eines kleinen Mißerfolgs, so wie für einen Schriftsteller aus jeder Idee, jedem Handlungsstrang, jeder Erzählung, die er nicht hat fertigstellen können, und aus jedem vorzeitig abgebrochenen Roman ein Unvermögen sprach, die Überschätzung der eigenen Fähigkeiten oder Begabung. Er wußte, daß sich auch für einen Detektiv jedes Rätsel, das er nicht zu lösen vermag, in eine Niederlage verwandelt.

An den beiden breiten Stützpfeilern, an der Wand zwischen den Fenstern und auf zwei Staffeleien, die nach dem Lichteinfall ausgerichtet waren, sah man die Bilder, an denen Gloria zuletzt gearbeitet und die sie zum Teil nicht ganz fertiggestellt hatte. Es war eine Serie von Ölgemälden über die Landschaft des Reservats, man erkannte die schroffe Gegend um Yunque und Volcán, die in den Berghängen verborgenen Senken und den Stausee, Gruppen von Rotwild, das in der Abenddämmerung zum Trinken an die Ufer kommt, oder scheue Damhirsche, deren Schaufeln über einem Zistrosengestrüpp aufragten. Andere, kleinformatigere Leinwände griffen die Motive der Höhlenmalereien auf, die Cupido vor zwanzig Jahren häufig betrachtet hatte. Hier und da waren, in einer Anordnung, die der Detektiv nicht zu durchschauen vermochte, der aber möglicherweise eine verborgene, in Glorias Augen stringente Logik zugrunde lag, einige Photographien der Originale mit Reißzwecken an die Wände gepinnt. Obwohl es zwei verschiedene Serien waren, hatte er den Eindruck, daß beide – die Erde und ihre Bewohner – einander ergänzten und sich Schilderung und Poesie dabei gerade die Waage hielten, so als seien diese wundervollen Zeichnungen mit ihren rostfarbenen Schattierungen, die vor zwanzig Jahren von den Jungen dadurch belebt worden waren, daß sie dagegenpinkelten, nur in einer solchen Landschaft vorstellbar, wo sich die urzeitliche Schroffheit mit Anklängen an das verlorene Paradies mischte; so als könnte diese Gegend nur solche filigranen Gestalten hervorbringen, die an der Grenze zum Figurativen, manchmal auf die Quintessenz des Zeichens reduziert waren und manchmal mehr darstellten als Menschen, die sich um ihre Nahrung und ihr Überleben sorgten: Gloria hatte ihnen Gesichter gegeben, hatte in ihre rötlich finsteren Mienen Gefühle der Angst, Begierde und Freude gemalt, hatte versucht, unsere Vergangenheit zu begreifen, um unsere Gegenwart zu verstehen.

Cupido ging zu dem Regal. Einige der mit roten Bändern zugeschnürten Mappen quollen von Skizzen und Entwürfen über. Das übrige waren Zeichenblöcke, Ausstellungskataloge und Monographien über einzelne Stilrichtungen oder Maler.

Anglada hatte stumm die Bilder betrachtet, sich mit Selbstverständlichkeit, aber Respekt im Atelier bewegt, ohne etwas zu berühren, wie ein Vater, der nicht eine Kleinigkeit im Zimmer einer auf tragische Weise zu früh ums Leben gekommenen Tochter verändern will.

»Wußten Sie, daß Gloria Tagebuch schrieb?« fragte ihn der Detektiv.

»Das Tagebuch!« rief er und tippte sich an den Kopf. »Ja, ich wußte davon, gesehen habe ich es allerdings nie. Sie hat öfter davon gesprochen. Ist es wichtig?«

»Es könnte wichtig sein. Vielleicht kann es uns dabei helfen, manche Dinge besser zu verstehen. Gloria hat es hin und wieder nach Breda mitgenommen, aber an diesem letzten Wochenende hatte sie es nicht dabei. Jedenfalls war es nicht bei ihren Sachen.«

»Woher wissen Sie davon?«

»Von David, Glorias Cousin. Er hat einmal gesehen, wie sie darin geschrieben hat. Ich glaube, wir sollten es suchen.«

Er sah, daß Anglada aufmerkte und ihn diese unvorhergesehene Entdeckung offensichtlich beunruhigte. Es war mehr als wahrscheinlich, daß Gloria Urteile und intime Details über ihn festgehalten hatte, Dinge, für die sie ihm dankbar war oder die sie gekränkt hatten, kleine Alltagsreibereien oder zügellose und lustvolle Eskapaden, und er mußte befürchten, der Detektiv würde in all dem herumstochern, von Teilen seines Privatlebens erfahren, die mit den Nachforschungen nichts zu tun hatten. Dennoch hörte Cupido, wie Anglada ihm beipflichtete:

»Ich glaube, in diesem Fall wäre Gloria damit einverstanden gewesen.«

»Wo kann sie es aufbewahrt haben?«

»Mir fällt gerade ein, daß ich einmal im Scherz zu ihr gesagt habe, ich würde es heimlich lesen. Sie hat geantwortet, ich würde es niemals finden, sie verwahre es hinter den sichersten Türen«, meinte er nachdenklich.

Sie sahen sich im Atelier um und suchten nach möglichen Verstecken.

»Ich glaube nicht, daß es hier ist. Bestimmt hatte sie es in der Wohnung. Wenn Sie die sehen, werden Sie wissen, warum ich das sage.«

»Sie hatten recht«, bestätigte Cupido, als sie nach unten gegangen waren.

Die Räume der Wohnung waren etwas höher als üblich, die Decken mit mächtigem Stuck und ziemlich pompösen Lampen dekoriert. Vom Flur aus gelangte man in ein großes Wohnzimmer, das in der Mitte durch eine Zwischenwand mit einer zweiflügligen Schiebetür unterteilt war. Es sah nicht nach der Wohnung einer jungen Frau aus, die Hinterlassenschaft der vor kurzem verstorbenen Eltern hatte der überladenen Einrichtung ihren Stempel aufgedrückt. Gloria hatte sich weder von dem exklusiven Mobiliar trennen wollen noch von den vielen Nippessachen und den Photographien, die von den beiden angesammelt worden waren, hatte aber auch nicht darauf verzichtet, eigene Möbel dazuzustellen und die letzten frei gebliebenen Lücken an den Wänden mit einigen ihrer Bilder zu schließen. Die große Wohnung war also mit allen erdenklichen Gegenständen vollgestopft und bot unzählige Versteckmöglichkeiten.

»Es würde einen ganzen Tag dauern, das alles gründlich zu durchsuchen. Dieses Möbelstück zum Beispiel«, sagte Anglada und deutete auf eine Anrichte, eine Sonderanfertigung, die aus einem Corpus mit vielen flachen Schubladen bestand, ähnlich denen, die in Druckereien verwendet werden, und aus zwei weiteren Teilen mit großen, offenen Ablagen für Gläser. »Gloria hat es entworfen, sie kann überall ein Geheimfach eingebaut haben.«

»Wenn wir zu zweit suchen, brauchen wir nur einen halben Tag«, schlug Cupido vor.

Er glaubte nicht, daß sie das Tagebuch, falls sie es überhaupt versteckt hatte, in dem verborgenen Winkel eines Möbelstücks aufbewahrte, sondern dachte eher an einen Ort, der sowohl leicht zugänglich als auch schwer vorstellbar war.

Er vermutete, Anglada hätte es lieber allein gesucht und gelesen, aber für einen Rückzieher war es schon zu spät. Die Nachforschungen wurden von ihm bezahlt, und er konnte sie nicht gut selbst behindern.

»Einverstanden, wir suchen es gleich. In ein paar Tagen kann ich vielleicht nicht mehr hierherkommen«, sagte er und klang dabei so niedergeschlagen, wie ihn Cupido noch nicht einmal bei ihrer ersten Begegnung erlebt hatte, als er den Auftrag von ihm erhielt. »Aber vorher muß ich telephonieren.«

Anglada nahm den Hörer ab und wählte routiniert. Er teilte dem Büro mit, sie könnten in den nächsten Stunden nicht mit ihm rechnen, er habe etwas zu erledigen. Er legte auf und wandte sich an den Detektiv.

»Wir fangen am besten im Schlafzimmer an.«

Es wurde eine lange, minuziöse und systematische Suche. Jeder Freiraum, jeder Winkel, jede Lücke zwischen zwei Kisten oder zwei Kleidungsstücken im Schrank, jedes Bücherbord voller Kunstbände oder Abhandlungen über Fliegerei oder Biographien berühmter Militärs, jeder Zeitschriftenkorb, alles wurde von den beiden Männern gründlich durchgesehen, von Anglada, der bisweilen innehielt, um über etwas nachzusinnen oder sich zu erinnern, und von dem Detektiv, der das unbehagliche Gefühl hatte, etwas Unerlaubtes zu tun. Die Wohnung wirkte, als würde Gloria noch leben, und ihr jähes Verschwinden hatte alles in dem Zustand überrascht, in dem sie es eben noch benutzt hatte, alles erwartete die Rückkehr der Besitzerin, die alltäglichsten Gebrauchsgegenstände lagen griffbereit: Pinzetten neben dem handlichen Vergrößerungsspiegel, das halb gelöste Kreuzworträtsel aus der letzten Tageszeitung, eine nicht weggeräumte leere Cola-Dose, die Klassik-CD noch im CD-Player. Jedes Teil ihrer Unterwäsche, die zu durchsuchen Cupido vermied, darauf bedacht, daß es Anglada war, der sie streichelte, jeder Duft, den er in einem ihrer Halstücher entdeckte oder an einer alten, aus der Mode gekommenen Handtasche, die sie nun nicht mehr benutzen würde, jeder Kamm oder Lippenstift, der unter ein Kissen gerutscht war: alles erzählte dem Detektiv etwas über Gloria, über ihre Vorlieben, ihre Flausen und kleinen Ticks, über das, was ihr Freude gemacht und das, was sie spürbar gelangweilt in einer Ecke sich selbst überlassen hatte. All diese Kleinigkeiten ließen in ihm das Bild einer außergewöhnlich feinfühligen Frau entstehen, die ganz erfüllt war vom Sehen und Riechen, den beiden Sinnen, von denen die Sehnsucht am stärksten geweckt wird. In einem Kleiderschrank oder der Schublade einer Kommode hatte er getrocknete Thymiansträuße gefunden oder diese kleinen Holzfrüchte, die nach Obst rochen, oder eine Schachtel, in der tausenderlei Blüten gesammelt waren, die manchmal ein kaum wahrnehmbares Aroma verströmten und im nächsten Moment eine intensive Mischung ihrer Düfte. Was das Sehen anging, so hatten all ihre Kleidungsstücke, ihre Taschen und persönlichen Dinge kräftige und sinnliche Farben, die dazu einzuladen schienen, sie miteinander zu kombinieren.

Hin und wieder stellte Cupido Anglada Fragen zu irgendeinem Gegenstand oder etwas, das ihm besonders aufgefallen war. Dann wieder war es Anglada, der ihm etwas zeigte, ein Reiseandenken oder ein Photoalbum mit Bildern der beiden, bei deren Betrachtung der Detektiv allerdings den Eindruck hatte, daß immer etwas Drittes sie voneinander trennte, sich zwischen sie schob, sei es das Bild einer Ausstellung oder selbst der Schreibtisch in Angladas Wohnung, an dem sie sich Hand in Hand gegenübersaßen, während die hundert winzigen Gesichter vom Abschlußphoto der Universität aufdringlich auf sie herabblickten.

Der Detektiv war überrascht, als er in einem Tontopf voller kleiner Accessoires den gleichen Anstecker fand, der am Tag ihres Todes in Glorias Mittelfinger gesteckt hatte.

»Was ist das?« fragte er Anglada.

Der Anwalt nahm ihn in die Hand, ohne ihm besondere Beachtung zu schenken.

»Das war das Zeichen einer dieser Umweltkampagnen, die nie irgend etwas erreichen. Gloria hat die Plakette entworfen oder zumindest daran mitgearbeitet. Später hat sie dann alle, die etwas mit ihr zu tun hatten, überredet, eine zu kaufen. Bei mir zu Hause müssen noch immer etliche davon herumfliegen.«

Sie durchsuchten alles gründlich, aber das Tagebuch, in dem Gloria notiert hatte: »Gestern hat er mir Angst gemacht. Aber Angst ist kein unschuldiges Gefühl«, jene Worte, von denen Cupido nicht wußte, wie er sie interpretieren sollte und auf wen sie sich bezogen, in denen sich aber ein deutliches Gefühl der Furcht spiegelte, sie fanden es nicht. Er sah zu Anglada hinüber, der gerade neben der Stereoanlage auf dem Boden saß und einzeln die Schallplatten durchging, die sie sicher oft zusammen gehört hatten, sich die Lieder ins Gedächtnis rief, die sich vielleicht schon in eine ferne Erinnerung verwandelten, lange vergangen. Der Anwalt hob plötzlich den Kopf und schaute sich um, als hätte er für einige Augenblicke vergessen, wo er sich befand und was er suchte oder wie er dort hingekommen war. Er stand vom Boden auf und stellte die Platten wieder an ihren Platz. Das Wohnzimmer war der letzte Raum, den sie durchsucht hatten, und beide waren sich sicher, jede Ritze, die breiter als ein Zentimeter war, unter die Lupe genommen zu haben. Anglada rieb sich die Augenlider und spürte, wie müde er von der dreistündigen Suche war. Sie hatten bei Rodilla telephonisch ein paar belegte Brote bestellt, als sie Hunger bekamen und merkten, wie viel sie noch vor sich hatten. Entmutigt erhoben sie sich jetzt und verließen die Wohnung, um wieder ins Dachgeschoß zu gehen. Mit neuer Hoffnung rückten sie sämtliche Bilder beiseite und durchstöberten die wenigen Verstecke, die das unmöblierte Atelier mit seinen glatten Wänden bot, bis sie enttäuscht einsahen, daß das Tagebuch an keinem der beiden Orte war.

»Bleibt nur noch ihr Büro«, sagte Anglada. »Wahrscheinlich ist es zwar nicht, daß sie es dort aufbewahrt hat, aber eine andere Möglichkeit haben wir nicht mehr.«

»Ihr Büro?«

»Ja, in der Galería. Ich kann nicht länger bleiben. Wir trinken hier irgendwo einen Kaffee, dann bringe ich Sie hin und lasse Sie mit Camila allein. Sie wird Ihnen suchen helfen. Außerdem kann sie Ihnen etwas über Gloria erzählen.«

»Wie lange haben Sie sich gekannt?« fragte Cupido, als sie schon beide eine Tasse Kaffee vor sich hatten.

»Seit drei Jahren. Drei Jahre«, wiederholte er.

»Hatte sie Angst vor etwas, das ihr früher passiert war, vor jemandem, dem sie weh getan hat, vielleicht ohne es zu wollen?« fragte Cupido. Er wußte, im nachhinein erkannte man nicht selten, daß es gute Gründe gegeben hatte, sich vor einem Unglück zu fürchten, und daß man es hätte vermeiden können.

»Nein«, kam die kategorische Antwort. »Gloria war sehr durchschaubar. Sie zu verstehen, war vielleicht nicht so einfach, aber eine dunkle Vergangenheit hätte sie nicht verbergen können, falls es das ist, worauf Sie anspielen. Sie war zu jung, als daß ihr Weg schon mit Leichen hätte gesäumt sein können.«

Er hatte den Kopf über die Theke gebeugt und rührte mit dem Löffel konzentriert in seinem heißen Kaffee. Der Detektiv fragte sich, was Gloria über ihn in ihr Tagebuch geschrieben haben mochte. Jede Frau würde sich in einen so attraktiven, so selbstsicheren Mann verlieben können, der einen guten Job hatte und wahrscheinlich clever genug war, um zu genießen, was er abwarf. Wie brüsk sein Gegenüber plötzlich den Löffel losließ und mit der Faust auf die Theke hieb, überraschte Cupido.

»Ich hätte sie begleiten sollen«, sagte Anglada entmutigt,

als forderte er für sich einen Schuldspruch wegen Fahrlässigkeit, der ihn gleichzeitig in subtiler Weise von der Schuld an dem Mord freispräche.

»Wo waren Sie an dem Morgen?« fragte Cupido und war darauf bedacht, daß seine Worte frei von jeglicher Verdächtigung klangen.

»Ich habe mich schon gewundert, daß Sie mich bis jetzt nicht danach gefragt haben. Ich habe mich gewundert, daß Sie andere befragen konnten, ohne das vorher mit mir zu tun.«

»Wenn jemand als Mandant in Ihre Kanzlei kommt, stellen Sie ihm dann solche Fragen?«

»Nein. Ich vertraue erst einmal immer darauf, daß es stimmt, was mir derjenige sagt, der mich bezahlt. Das muß ich ja. Aber schon nach unserem ersten Gespräch war mir klar, daß Sie ein guter Detektiv sind und ein schlechter Anwalt wären. Sie brauchen die Wahrheit, um arbeiten zu können. Wir Anwälte brauchen nur die Arbeit, mit oder ohne Wahrheit.«

Cupido lächelte und dachte im stillen, Anglada müßte bei diesen Gerichtsverhandlungen, bei denen es zu schnellen und harten dialektischen Wortgefechten kommt, ein gefürchteter Gegner sein. Ihn hatte er schon so weit, daß er um eine Antwort verlegen war.

»Das war ein ruhiger Morgen«, erklärte Anglada. »Dieser Teniente, den sie da in Breda haben, hat mich genau dasselbe gefragt, und da mußte ich mich an alles erinnern, was ich gemacht habe. Um neun bin ich ins Büro gekommen ...«

»Sie öffnen samstags so früh?« unterbrach ihn Cupido.

»Fast jeden Samstag. Früh aufzustehen ist eine der Grundvoraussetzungen, um ein guter Anwalt zu werden. Wer bei einer Verhandlung nicht eine halbe Stunde vor dem Richter im Saal ist, hat den Prozeß schon verloren.«

Der Detektiv nickte, das leuchtete ihm ein. Seine Unfähigkeit, früh aufzustehen, war der zweite Grund, warum er niemals ein guter Jurist werden konnte. Er dachte, daß es für jemanden, der daran gewöhnt war, selbst Befragungen durchzuführen, nicht schlecht war, wie Anglada all die Fragen hinnahm.

»Im Büro habe ich dann mit meiner Sekretärin einige Unterlagen fertiggestellt und sie eine halbe Stunde später persönlich dem Richter übergeben, in Vertretung eines Mandanten. Auf dem Rückweg vom Gericht habe ich irgendwo einen Kaffee getrunken und einen Blick in die Zeitung geworfen, anschließend bin ich wieder ins Büro gegangen und habe die Arbeit für Montag vorbereitet. Außer dem Richter kann man Ihnen in der Kanzlei ein halbes Dutzend Zeugen nennen, die das bestätigen.«

Das war nicht nötig. Der Detektiv zweifelte nicht an dieser Darstellung, die mit dem übereinstimmte, was der Teniente überprüft hatte.

Anglada kam ihm mit dem Bezahlen zuvor, und sie traten wieder hinaus auf die Straße. Sie hatten Glück und mußten nicht lange auf ein Taxi warten. Eine halbe Stunde später erreichten sie die Galería. Zwei Arbeiter mühten sich damit, einige Eisenskulpturen einer gerade beendeten Ausstellung von ihren Sockeln zu heben, die Cupido, der flüchtig hinsah, bekannt vorkamen.

Sie durchquerten den Saal und gelangten zu einer offenen Tür, die in ein Büro mit etlichen Schränken, ein paar Ausstellungsplakaten an den Wänden und zwei Schreibtischen führte. Auf einem davon stand eine geschlossene Pappkiste neben einigen gestapelten Aktendeckeln und Künstlermappen. Hinter dem anderen Tisch sah eine Frau von ein paar offiziell aussehenden Schreiben auf, als sie die beiden Besucher bemerkte, und erhob sich, um Anglada mit einem höflichen Kuß auf die Wange zu begrüßen. Dann stellte der Anwalt sie einander vor:

»Ricardo Cupido. Camila.«

Die Frau gab Cupido die Hand und musterte ihn.

»Er ist Privatdetektiv«, bemerkte Anglada kühl, und es klang weder verschwörerisch noch herausfordernd.

Camila konnte ein leichtes Staunen nicht verbergen. Cupidos Äußeres entsprach wohl nicht dem, was sie nach Angladas Worten erwartet hätte.

Sie war um die fünfunddreißig und damit etwas älter als Gloria, und im Unterschied zu deren eigenwilliger Natürlichkeit, die aus den gerade durchsuchten Kleidungsstücken gesprochen hatte, vermittelte Camila den Eindruck einer mit Hilfe von Cremes und gewissenhaftem Zupfen verschiedener Härchen gekonnt zurechtgemachten Dame, die sich mit ihrer sorgfältig aufgetragenen Schminke offensichtlich vor anderen schützte, der einige wohldosierte Tropfen Parfüm zu einer moderaten Distanz verhalfen und die insgesamt so beherrscht und zurückhaltend wirkte, daß einem insgeheim Zweifel am Glück des Ehemanns kommen konnten.

»Ich habe ein paarmal bei dir angerufen, zu Hause und im Büro, aber ich habe dich nicht erreicht. Glorias Sachen habe ich alle eingepackt. Du willst sie sicher mitnehmen«, sagte sie zu Anglada und deutete auf den Tisch mit der Kiste und den Mappen.

Ohne seine Ungeduld zu verbergen, beugte sich der Anwalt darüber und wollte sie öffnen.

»Weißt du, ob das Tagebuch dabei ist?« fragte er.

»Glorias Tagebuch? Nein, das war nicht hier. Ich habe alle ihre persönlichen Sachen eingepackt, aber das Tagebuch war nicht da. Ich glaube, sie hatte es zu Hause.«

»Haben Sie es einmal gesehen?« fragte Cupido.

»Ja, ein paarmal.«

»Hier?«

»Nein, bei ihr.«

»Hat Gloria viel geschrieben?«

»Ich glaube, eher wenig, aber sie hat alle wichtigen Erlebnisse oder Gefühle festgehalten. Das hat sie mir einmal erzählt, allerdings ist sie nicht so weit gegangen, es mich lesen zu lassen. Wahrscheinlich hat sie aufgeschrieben, was wir Frauen nie jemandem eingestehen.« Sie sah den Detektiv an, während sie sich selbst von diesem Hang zur Heimlichtuerei nicht ausnahm, so als wollte sie nicht beiseite stehen.

Anglada schaute auf seine Uhr und nahm die Mappen und die Kiste.

»Ich muß gehen«, sagte er. »Ich muß sofort ins Büro und einige Dinge für morgen vorbereiten. Ich bin den ganzen Nachmittag dort. Rufen Sie mich an, wenn Sie etwas brauchen.«

Dann wandte er sich an die Frau:

»Er möchte mit dir reden.«

»Selbstverständlich.«

»Also, ich gehe dann.«

»Du bist bestimmt mit dem Motorrad da«, bemerkte Camila, während sie ihn zur Tür des Büros begleitete.

»Nein.«

»Du wirst eine Stunde brauchen bis zur Kanzlei. Wegen dieses Streiks geht ja heute überhaupt nichts.«

»Wir sind mit dem Taxi gekommen und haben nicht sehr lange gebraucht. Ich hoffe, ich habe auch diesmal Glück.«

Der Detektiv und die Frau blieben allein. Cupido ohne recht zu wissen, wie er mit dem Fragen beginnen sollte; die Frau auf der Suche nach dem grundsätzlichen Unterschied zwischen jenen beiden biederen Beamten, die sie schon vernommen hatten, und diesem attraktiven privaten Ermittler, der kein Jackett trug und freundlich um alles bat. Zumindest konnte man nicht bei jeder Bewegung die Ausbuchtung der Waffe unter seiner Achsel erkennen.

Cupido wurde sich jedenfalls schlagartig bewußt, daß er schlecht rasiert, sein Haar zerzaust und seine Kleidung nicht sonderlich sauber war, nachdem er Stunden damit zugebracht hatte, Glorias Tagebuch in ihrer Wohnung und in ihrem Atelier zu suchen. Er wußte, solche Gefühle bekam er nur in Gegenwart von Frauen, die er anziehend fand, und zwang sich dazu, an die Arbeit zu denken, für die er bezahlt wurde, und an die Informationen, die er von Camila bekommen wollte.

»Erzählen Sie mir von Gloria«, bat er. Sie war die erste jüngere Frau, mit der er bei dieser Arbeit zu tun hatte, und ihn interessierte ihr Teil der Wahrheit.

»Gloria!« seufzte sie. »Keiner hat sie eigentlich wirklich gekannt.«

Sie sah ihn ein paar Sekunden lang an, ohne etwas zu sagen, ohne zu wissen, wie sie mit einer Frage umgehen sollte, die sich auf derart viele Dinge beziehen konnte. Dann wandte sie sich plötzlich zur Tür und sagte:

»Kommen Sie.«

Ganz Chefin ging sie zielstrebig vor Cupido her in den Saal. Die Arbeiter packten gerade die letzten Skulpturen ein und räumten alles in eine Ecke neben der Tür zur Straße. Der kahle Raum mit seinen langen nackten Wänden, den ausgeschalteten Strahlern und leeren Sockeln war vollständig seines Zwecks beraubt, und man hätte darin auch eine Bar, einen Lagerraum oder Büros einrichten können.

»Gloria hat diese Ausstellung arrangiert. Sie hat sich persönlich dafür eingesetzt. Und jetzt mit ihrem Tod scheinen sich auch die Skulpturen und der, der sie gemacht hat, plötzlich in nichts aufzulösen, weil da niemand mehr ist, auf den sie sich stützen können. Gloria ist nicht zu ersetzen. Es gibt Leute, die verschwinden, ohne daß jemand Notiz nimmt«, sagte sie und ließ den Blick über die leeren und nutzlosen Sockel gleiten. »Gloria werden alle vermissen. Sie hinterläßt bei jedem, der sie näher gekannt hat, eine Lücke.«

Ihre Andeutungen waren nicht das, was Cupido sich erhofft hatte. Aber er wußte, auch sie waren nicht unnütz, denn wer spricht, riskiert immer, mehr preiszugeben, als er möchte. Herauszufinden, wer dieses brutale Schäfermesser geführt hatte, war eine bedächtige Arbeit, jedes Gespräch mußte ein bißchen mehr Licht ins Dunkel bringen; wie in den Episteln, so durfte auch hier nichts auf unfruchtbaren Boden fallen, jedes Wort, das über das Opfer gesagt wurde, wie belanglos es auch immer erscheinen mochte, mußte im Erdreich der Erinnerung vergraben werden, und er würde abwarten müssen, daß eines davon keimte und die ganze Wahrheit durch die Oberfläche bräche. Außerdem würde jedes neue Detail, das er erfuhr, jede einzelne Information, wenn er sie mit dem in Beziehung setzte, was er schon wußte, dazu beitragen, das früher Gesagte besser zu begreifen, genau wie man mit jeder neuen Sprache die bereits erlernten besser versteht.

»Von wem sind die Skulpturen?«

»Von Emilio Sierra.«

»Dem Freund von Gloria?«

»Ja.«

Jetzt wußte er, warum ihm diese stilisierten Skulpturen aus verbogenem Eisen bekannt vorgekommen waren, denn ihm wurde klar, wieviel sie den Bildern, die er wenige Stunden zuvor betrachtet hatte, schuldeten und wieviel sie mit ihnen verband.

»Sie erinnern an einige von Glorias Bildern.«

Camila lächelte zum erstenmal, erstaunt und zufrieden über seine Bemerkung. Einer noch nicht versiegelten Kiste entnahm sie eine etwa fünfzig Zentimeter hohe Figur aus Rohren und Eisenblechen, die an einen mit einem Bogen bewaffneten Jäger erinnerte, und stellte sie auf den Boden.

»Sehen Sie hier. Auch Emilio war von ihr beeinflußt«, erklärte sie. »Gloria behauptete, beide würden an zwei unterschiedlichen Aspekten, an zwei unabhängigen Interpretationen von Malereien in irgendwelchen Höhlen arbeiten. Aber wenn man sich die Ergebnisse ansieht, errät man sofort, wer für die Kreativität verantwortlich war und wer für das Plagiat. Glorias Figuren sind bewegt; Emilios bleiben statisch. Glorias Figuren haben Gesichter, und diese hier tragen bloß Masken. Mit Gloria war das immer so: Wir saugten uns alle mit ihr voll. Ich habe Frauen gesehen, die nach einem Essen mit ihr oder nach ein paar Stunden gemeinsamer Arbeit beim Sprechen ihren Tonfall nachahmten, und wenn sie lächelten, war es Glorias Lächeln, obwohl natürlich auf anderen Lippen.«

»Aber Gloria hat die Ausstellung doch für ihn arrangiert«, sagte Cupido und deutete auf die Skulptur, »also hat ihr das offensichtlich nichts ausgemacht.«

»Nein, natürlich nicht. Tatsächlich schmeichelte es ihr, daß sie sogar jemanden, der so von sich selbst überzeugt ist wie Emilio, mit ihrem Schaffensdrang anstecken konnte. Außer zu malen war Gloria nämlich in der Lage, von Zeit zu Zeit innezuhalten und über Malerei nachzudenken. Ich nehme an, das geht allen wirklich kreativen Menschen bisweilen so. Für Gloria hatte in den letzten Monaten eine neue Phase ihrer Entwicklung begonnen, sie war nachdenklicher geworden. Daß Emilio sie kopierte, bedeutete nur, daß sie ihm voraus war. Außerdem, ich nehme an, damit verrate ich Ihnen nichts Neues, gab es ja noch persönliche Gründe, die die beiden verbanden, nicht wahr?«

»Hatten sie ein Verhältnis?«

Einer der beiden Arbeiter hörte die Frage und sah interessiert über die Schulter. Aber unter Camilas vorwurfsvollem Blick wandte er sich sofort wieder seiner Arbeit zu.

»Jedenfalls taten sie so, als hätten sie eins.«

»Wußte Anglada davon?«

»So etwas weiß man immer, selbst wenn man es nicht weiß, meinen Sie nicht?«

»Ich denke schon«, antwortete Cupido. Er hatte den Eindruck, als wollte sie ihm etwas andeuten, das zu verstehen er nicht imstande war. »Trotzdem war die Beziehung zwischen den beiden stabil. Sie haben sogar davon gesprochen, demnächst zu heiraten.«

Camila lächelte skeptisch.

»Heiraten? Sie müssen nicht alles glauben, was Marcos Ihnen erzählt. Vielleicht haben die beiden einmal darüber gesprochen, aber ich glaube nicht, daß Gloria es getan hätte. Jedenfalls nicht in absehbarer Zeit. Sie war ein leidenschaftlicher Mensch, einer von denen, für die eine Partnerschaft keine Zweckgemeinschaft ist, noch nicht einmal ein Pakt gegen die Einsamkeit. Sie hat oft gesagt, daß eine Liebesbeziehung, die dich nicht ins Paradies zu führen versteht, dich irgendwann in die Hölle führt, wenn du es nicht schaffst, von ihr loszukommen. Außerdem meinte sie, daß bei jedem Paar in ihrem Bekanntenkreis der eine Teil das Tempo vorgeben würde und der andere ein Klotz am Bein sei, der eine schneller vorangehe und der andere ihn bremse. Sowohl Marcos als auch Emilio waren für Gloria, selbst wenn beide sie geliebt haben, ein Klotz am Bein.«

Cupido fragte sich, was für eine Art Frau Gloria gewesen sein mußte, damit alle Leute, die in irgendeiner Weise mit ihr zu tun gehabt hatten, von ihr fasziniert gewesen waren. Er fragte sich, ob auch er, wenn er sie kennengelernt hätte, der Anziehungskraft erlegen wäre, die sie zu Lebzeiten ausgestrahlt haben mußte.

»Seit wann wurden die Arbeiten hier ausgestellt?« fragte er.

»Seit neun Tagen. Die Vernissage war am Mittwoch letzter Woche.«

»War Sierra die ganze Zeit hier?« fragte er weiter, obwohl er die Antwort schon kannte. Der Teniente hatte ihm gesagt, Sierra sei am letzten Wochenende in Breda gewesen.

»Falls Sie wissen wollen, ob er am Samstag hier war, nein, er war es nicht. Wir haben am Wochenende geschlossen. Ich war den ganzen Vormittag hier und habe die Buchführung auf den neuesten Stand gebracht. Gloria hat diese Tätigkeiten verabscheut, deshalb habe ich mich darum gekümmert. Es ist niemand vorbeigekommen an dem Morgen«, antwortete sie und tappte damit in eine dieser kleinen, unbeholfenen Fallen, die Cupido auslegte, wenngleich ihm nicht wohl dabei war, weil er immer meinte, sein Gegenüber würde es merken. Aber zu seiner Überraschung funktionierten sie häufig. Aus dem, was Camila gerade gesagt hatte, ließ sich ableiten, daß auch sie an diesem Morgen von niemandem gesehen worden war.

»Hatte Gloria Feinde in ihrem beruflichen Umfeld?«

»Es gibt nicht einen einzigen Künstler, der nicht eine Legion von Feinden unter seinen Kollegen hätte«, sagte sie selbstsicher und lächelte spöttisch. »Sie hassen einander bis aufs Blut. Sie sollten hören, wie sie übereinander herziehen, sobald sie einander den Rücken zuwenden. Aber wenn Sie deshalb meinen, einer von ihnen hätte sie umgebracht, dann, glaube ich, täuschen Sie sich. Nicht, weil sie es sich nicht gewünscht hätten, sondern weil ihr Beruf die Künstler feige macht. Viel Grübelei und wenig Tat. Die Geschichte der Kreativität ist so gespickt mit Selbstmorden wie rühmlicherweise frei von Mördern. Außerdem ist diese Art, sie umzubringen, so ...«, sie zögerte und suchte nach dem passenden Wort, »... so barbarisch, darauf kann nur jemand verfallen, der in einer rohen Umgebung vollkommen abgestumpft ist.«

Cupido hatte Zweifel an dieser Behauptung, widersprach aber nicht. Er nahm den Zettel mit der Zeichnung des Ansteckers aus seiner Brieftasche.

»Haben Sie diese Zeichnung schon einmal gesehen?«

Camila warf nur einen kurzen Kennerblick darauf und blinzelte dabei wie jemand, der eine Brille braucht, sie aber vielleicht aus Eitelkeit nicht tragen will.

»Ja.«

»Wo ist sie Ihnen schon einmal begegnet?«

»Kommen Sie mit«, sagte sie und ging zurück ins Büro. Sie öffnete eine Schranktür, wühlte in einem Holzkästchen und präsentierte ihm schließlich auf ihrer Handfläche drei gleiche Anstecker.

»Wir haben sie Gloria abgekauft. Sie hat bei dem Entwurf mitgeholfen. Es war das Logo einer Umweltschutzkampagne. Ich finde die Zeichnung ein bißchen platt, zu simpel, sie war nicht alarmierend genug, um irgend jemanden aufzurütteln. Aber ich habe meine Zweifel, ob sich die Franzosen überhaupt um die Proteste geschert haben. Einige Leute trugen diese Plaketten, während die Tests stattfanden.«

Der Detektiv ließ keine Enttäuschung erkennen, als er das hörte. Alle stimmten bei ihren Aussagen über den Anstecker überein, und alle schienen mindestens einen zu haben. Es war nicht möglich, den Besitzer damit zu überführen.

Einer der Arbeiter kam ins Büro und ließ sich von Camila

die getane Arbeit quittieren. Cupido nutzte seine Anwesenheit, um sich zu verabschieden.

Zu dieser späten Nachmittagsstunde war endgültig kein Durchkommen mehr, denn eine Million Menschen versuchte, nach Hause zu kommen, alle im gleichen, durch den Streik wahnsinnig gewordenen Verkehr wie am Morgen, jetzt aber langsamer, mit gesenkten Köpfen. Er brauchte eine halbe Stunde, um zu Fuß bis zu dem Haus beim Park Las Vistillas zu gelangen, wo der Bildhauer wohnte. Er stieg die Treppe eines renovierten Altbaus bis zum vierten Stock hoch und drückte auf die Klingel. Weit innen war das Schellen zu hören, aber es dauerte nicht lange, bis sich die Tür öffnete.

»Emilio Sierra?«

»Ja.«

»Mein Name ist Ricardo Cupido ...«

»Ja«, unterbrach ihn der andere und ersparte ihm so den schwierigsten Teil der Begrüßung. »Als ich das letzte Mal mit Marcos telephoniert habe, hat er mir von dir erzählt«, sagte er, den Detektiv duzend. »Ihr Privatdetektive sucht euch Namen aus, die man so schnell nicht vergißt. Komm rein.«

Sie betraten die Wohnung, die zwei Etagen hatte, die untere davon als Wohnraum eingerichtet. Der obere Stock bestand aus einem großen, hellen Raum, der als Werkstatt diente, wenngleich der Bildhauer dort die Metallskulpturen, die hier und da herumstanden, nicht geschweißt haben konnte. Auf einem Sockel ragte ein halb behauener Holzklotz, dessen begonnene Rundungen an so etwas wie eine afrikanische oder prähistorische Gestalt erinnerten. Auf einem mit Papieren übersäten Tisch brannte eine Kerze in einem Ständer.

»Ich war am Arbeiten. Wenn du nichts dagegen hast, mache ich weiter, während wir uns unterhalten.«

»Einverstanden.«

Sierra setzte sich vor dem Holzklotz auf einen hohen, drehbaren Hocker, der aussah, als wäre er aus einer Bar geklaut worden, griff nach einem Klüpfel und einem schmalen Meißel, lehnte sich zurück, um den verlorenen Blickwinkel wiederzufinden, und begann mit festen und präzisen Schlägen, Späne von dem Holzklotz zu schälen.

»Ich nehme an, Marcos hat dir nichts Gutes über mich erzählt«, sagte er, und es klang halb selbstgefällig, halb verächtlich. »Jetzt, wo Gloria nicht mehr da ist, hat er keinen Grund, weiter höflich zu sein. Als er mir erzählte, daß er dich beauftragt hat, war mir nicht klar, ob er es als Information oder als Warnung meinte.«

»Er hat mir nur gesagt, Sie und Gloria seien sehr gut miteinander befreundet gewesen«, entgegnete Cupido, ohne das Du zu akzeptieren.

Der Bildhauer hielt einen Moment bei der Arbeit inne. Seine Hände verharrten zögernd in der Luft, bevor sie erneut das Holz verletzten, als müßten sie bei ihrer Arbeit einen Mittelweg zwischen dem Zerhacken des Holzklotzes und dem Erschaffen einer geometrischen Form finden. Der Detektiv betrachtete Sierras breite Unterarme, seine Fäuste, die bärenstark aussahen, wenn sie das Werkzeug umschlossen und die Adern hervortraten.

»Waren Sie das?« fragte er.

»Wie bitte?«

»Waren Sie sehr gut befreundet?«

Anstelle einer verärgerten Reaktion grinste Sierra belustigt, geduldig und spöttisch, vielleicht, weil es ihm schmeichelte, Gegenstand einer derartigen Verdächtigung zu sein.

»Ich weiß nicht, warum jedesmal, wenn eine hübsche

junge Frau stirbt, alle Welt sich ausmalt, daß da ein Dritter und ein Dreiecksverhältnis im Spiel ist«, meinte er ironisch.

Weil das Dreiecksverhältnis nicht selten der Grund für ihren Tod ist, dachte der Detektiv. Aber noch wagte er nicht, das auszusprechen. Der Bildhauer gefiel ihm nicht. Er hielt ihn für einen Angeber, für einen dieser arroganten, bissigen Leute, denen er hin und wieder in Künstlerkreisen begegnet war, die den Mund verziehen und das Kinn vorschieben, wenn man nicht einer Meinung mit ihnen ist, so als wären sie immerfort darauf aus, offene Rechnungen mit jemandem zu begleichen.

»Hatten Sie ein Verhältnis?« beharrte er, weil das die Art von Fragen zu sein schien, die Sierra erwartete.

»Ja«, antwortete dieser, ohne zu zögern. »Hat Camila dir das erzählt?«

Cupido gab keine Antwort. Detektiv ist der dritte Beruf, der niemals seine Informationsquellen preisgeben sollte. Sierra ließ eine Folge schneller Schläge auf das Holz niedergehen und legt dann das Werkzeug auf den Sockel. Die Inspiration schien ihn verlassen zu haben.

»Verstehen Sie sich nicht gut mit Camila?«

»Nur Gloria hat sich gut mit ihr verstanden. Sie war auf jede Freundlichkeit eifersüchtig, die Gloria für mich übrig hatte. Für die Ausstellung hat sie keinen Finger krumm gemacht. Nachdem Gloria tot war, hat es keine vier Tage gedauert, da hatte sie sie wieder abgebaut.«

»Sie hat mir erzählt, die Ausstellung sei nicht sehr erfolgreich gewesen«, warf Cupido ein.

»Erfolgreich? Erfolgreich?« kam die genervte Reaktion. »Sie hat alles daran gesetzt, daß sie es nicht war, hat diese ganzen Dünnbrettbohrer eingeladen, denen mein Stil nicht gefallen konnte, und den Teil der Kritiker vergessen, die mich gefeiert hätten.«

Cupido betrachtete ihn eingehender, während sich Sierra über einem kleinen Waschbecken an der Wand die Hände wusch. Er mochte um die fünfunddreißig sein, war aber angezogen wie ein Achtzehnjähriger. Seine Haare waren sehr kurz, fast rasiert, und die Koteletten lang. Er war bereits aus dem Alter raus, in dem sich Eitelkeit, Selbstdarstellung und Arroganz mit dem Ungestüm und ungebrochenen Selbstvertrauen der Jugend rechtfertigen lassen. Falls er tatsächlich, wie Camila sagte, kein Talent besaß und in Glorias Windschatten gearbeitet hatte, und falls er selbst sich seiner Grenzen bewußt war, so machte er jedenfalls keinerlei Anstalten, das offen einzugestehen, und hatte vielleicht deshalb so aggressiv auf die Bemerkung des Detektivs reagiert. Einer von diesen aufbrausenden Künstlern, die mit ihren Ausbrüchen versuchen, ihre Mittelmäßigkeit zu vertuschen. Sein Gebiet ist die verbale Auseinandersetzung, und er fühlt sich wohl, wenn er sich streiten kann, lautete Cupidos Diagnose. Er dachte, daß auch der Teniente ihn nicht mögen würde, der, wie alle Militärs, bestimmt eine Abneigung gegen exzentrisches Getue hatte.

»Hat sie dir auch erzählt, daß sie jetzt, nachdem Gloria tot ist, alleinige Eigentümerin der Galería wird?« fragte Sierra, sich weiter die Hände waschend, plötzlich in anklagendem Ton.

»Nein, davon hat sie nichts gesagt«, antwortete Cupido. Auch Anglada hatte es nicht erwähnt, als sie am ersten Tag über die Erbschaft sprachen.

»Wo waren Sie am Samstagmorgen?«

Sierra sah ihn mit einem Lächeln an, trocknete sich die Hände ab und ging zu dem unaufgeräumten Tisch. Er nahm eine Zigarette aus einem Etui und bot dem Detektiv eine an.

»Auch eine?«

»Nein, danke.« Er rauchte jetzt seit sechs Tagen nicht mehr, und solche Angebote machten ihn immer noch unruhig.

Sierra zündete die Zigarette an der Kerze an und blies die Flamme danach aus.

»Seit du an meiner Tür geklingelt hast, warte ich auf diese Frage. Ich war in Breda, in meinem Haus dort. Ich mußte einige Stücke schweißen, Auftragsarbeiten. Hier kann ich das nicht machen, deshalb fahre ich immer, wenn es nötig ist, nach Breda. Ich kann dort eine Schmiede benutzen.«

»Waren Sie den ganzen Tag in der Schmiede?«

»Nur am Nachmittag. Morgens war ich zu Hause und habe alles vorbereitet.«

»Wann sind Sie in Breda angekommen?«

»Am Freitagnachmittag.«

Dem Detektiv erschien es wenig logisch, daß ein Künstler, der gerade eine Ausstellung eröffnet hat und eigentlich für Werbung und Verkauf zur Verfügung stehen sollte, am zweiten Tag verschwindet. Außer er ist bereits felsenfest überzeugt, daß sie ein Mißerfolg wird, und will der eigenen Niederlage nicht beiwohnen.

»Hat Sie an diesem Morgen jemand gesehen?«

»Nein, ich glaube nicht. Ich habe mit den Leuten im Ort kaum etwas zu tun. Von ein paar Ausnahmen abgesehen sind sie nicht sehr zugänglich, wenn jemand von außerhalb kommt, der ein anderes Leben führt als sie.«

Der Detektiv grinste. Sierra lag in seiner Einschätzung völlig richtig.

»Weißt du, was sie gemacht haben, als mein Großvater den Ort an die Stromversorgung angeschlossen hat?«

»Nein.«

»Am dem Tag, als die Einweihung war, ist die Hälfte der

Bewohner in die Berge geflüchtet, weil sie dachten, die Glühbirnen würden explodieren und Glasscherben speien.«

Jetzt konnte Cupido ihn in seinen Erinnerungen einordnen. Der Bildhauer war der letzte Erbe des illustren Politikers, der in den zwanziger Jahren einmal mehrere Jahre im Exil in Breda zugebracht hatte. Als er in dem politischen Hin und Her seinen Posten wieder einnehmen konnte, veranlaßte er fast sofort, daß der Ort Strom bekam, um sich bei einigen Leuten zu bedanken, die ihm während seines Exils bei allem behilflich gewesen waren und ihn nie als jemanden behandelt hatten, von dem man sich fernhalten mußte. Später hatte er dann das Herrenhaus am Fluß gebaut.

»Wußten Sie, daß auch Gloria an diesem Wochenende in Breda war?«

»Nein, das wußte ich nicht. Sie muß sich spontan zu der Reise entschlossen haben, wie zu so vielem. Zwei Tage vorher waren wir noch zusammen bei der Ausstellung, und sie hat mir nichts davon gesagt. Ich habe sie nicht wiedergesehen.«

»Kennen Sie diese Zeichnung?« Er zeigte ihm den mittlerweile zerknitterten Zettel.

»Ja. Ich habe einen Anstecker mit diesem Motiv.«

»Könnte ich ihn sehen?«

»Selbstverständlich.«

Er wandte sich wieder dem riesigen, unordentlichen Tisch zu und wühlte in einer Schachtel, in der er Krimskrams gesammelt hatte.

»Ist es sehr wichtig?« fragte er.

»Nein«, log Cupido.

»Da ist er«, sagte Sierra und zeigte ihm schließlich die Plakette mit dem Umriß des Atompilzes über der grünen Insel.

6

Es war kein guter Tag gewesen. Obwohl der Unterricht erst vor knapp einem Monat wieder angefangen hatte, waren die Schüler besonders unruhig und aufsässig, hatten sich jeder Aufgabe verweigert und die Arbeit schlampig erledigt, in Gedanken schon bei ihren Plänen für das Wochenende. Wenn es Mai würde, hätten sie genug von dem Fach und definitiv das Interesse verloren. Nicht, daß sie jetzt besonders viel gehabt hätten. Kunst war kein Fach, das sie fürchteten wie Mathematik oder Sprachen, aber ein wenig darum bemühen mußte man sich schon, und dazu war die Mehrheit seiner Schüler nicht bereit. Sein Beruf war ihm zuwider, seit ihm klar geworden war, daß der Schlüssel dazu, diese Jugendlichen zu unterrichten, nicht im Wissen des Lehrers lag, sondern in seiner Fähigkeit, sie zu motivieren. Einer konnte ein genialer Maler sein und doch nicht in der Lage, anderen die Triebfeder dieser Genialität begreiflich zu machen. Bereits nach zwei oder drei Schuljahren hatte er erkannt, daß die Mauer zwischen ihm und seinen Schülern, die jede Kommunikation unmöglich machte, nichts mit seiner Unerfahrenheit als Lehrer zu tun hatte, nichts damit, daß er keine Ahnung hatte, durch welches komplizierte Verfahren sich ein Kind oder ein Jugendlicher das Wissen aneignet, das die Gesellschaft für ihren Erhalt als notwendig erachtet, sondern einzig darauf zurückzuführen war, daß seinen Schülern das Ohr van Goghs vollkommen schnuppe war. Der Unterschied zwischen Tier und Mensch, dachte er, besteht darin, daß die Tiere mit jeder Generation alles neu entdecken müssen – und deshalb bleiben sie immer auf der gleichen Evolutionsstufe stehen –, während der Mensch das bereits Erlernte weitergibt und sich von dem Punkt aus entwickelt, an dem seine Vorfahren bei diesem Staffellauf, den wir als Zivilisation begreifen, den Stab übergeben haben. Das Mikroskop, das Penizillin, Don Quijote, *Las Meninas*, das römische Recht, der Hebel, die Schrift oder das Feuer waren Sprossen, die ein heute Geborener nicht mehr zu erklimmen brauchte, um weiter aufzusteigen. Aber mit Schülern wie diesen würde es einen Rückschritt geben, sagte er sich. Er hatte sich schon vor etlichen Schuljahren, nachdem alle seine Bemühungen, ihr Interesse zu wecken, gescheitert waren, für die Gleichgültigkeit entschieden und gehofft, auf diese Weise würde sich eine Art höfliches Miteinander einstellen wie unter Fremden. Aber auch dieses Verhalten war keine Lösung gewesen. Die Jugendlichen hatten mit Verachtung darauf reagiert, als bräuchten sie Lehrer, denen sie sich widersetzen konnten, und fänden diese Geringschätzung ärgerlicher als hartes Durchgreifen. Schließlich war er zu der Überzeugung gekommen, daß es ihm unmöglich war, sie zu verstehen.

Er öffnete die Tür zu seiner kleinen Wohnung. Er hatte keinen Hunger, wußte aber, daß er etwas essen mußte, um seine Magenschmerzen zu lindern. Den ganzen Tag hatte er noch nichts zu sich genommen außer den kleinen Knabbereien, die man ihm in den vier oder fünf Kneipen des Viertels, in denen er langsam zum Stammkunden wurde, zu seinem Wein servierte. Es war ihm nicht entgangen, daß manche Kellner ihm sein Getränk schon brachten, bevor er es bestellt hatte, und dieses professionelle Erinnerungsvermögen sah er mit Argwohn, weil er lieber ein Unbekannter sein wollte.

Er blickte sich um: das kleine Wohnzimmer, die offene

Tür zum Schlafzimmer, durch die man das ungemachte Bett sehen konnte, die Arbeitsplatte der Kochnische, auf der sich Teller, schmutzige Gläser und Essensreste türmten und die an den Rändern angenagt aussah, weil er die Angewohnheit hatte, seine unzähligen Flaschen Bier mit einem gezielten Schlag auf die Kante zu öffnen. Der Schmutz erzählte von seinem Niedergang und seiner Verlassenheit und auch davon, wie wenig Achtung er vor sich selbst hatte. Alles mußte einmal saubergemacht werden. Die Wohnung war weder groß noch üppig möbliert, aber er fühlte sich den Strapazen einer solchen Aufgabe nicht gewachsen. In den ersten Monaten nach seiner Trennung hatte er noch den Vorsatz gehabt, an einigen Gewohnheiten eines kultivierten Lebens festzuhalten und nicht, wie er es bei vielen alleinstehenden Personen beobachtet hatte, völlig zu verwahrlosen, zumindest ein bißchen auf seine Gesundheit zu achten und auf den hygienischen Zustand seines Zuhauses, das dadurch, wenn auch nicht komfortabel, so doch wenigstens ansehnlich geblieben wäre. Aber nach und nach hatte auch er die Waffen gestreckt, bis er in diesem fast barbarischen Zustand hauste, aus dem man sich mit jedem Tag schwerer befreien kann. Manchmal erwachte er nachts im Dunkeln und dachte an sein früheres Leben, an den durchschnittlichen Wohlstand, in dem er sich eingerichtet hatte, an seine Ehe mit einer annehmbaren Frau, die nicht anregender und nicht langweiliger gewesen war als andere Ehen, an seine beiden Kinder, die er mit jedem Monat, den er getrennt von ihnen verbrachte, weniger liebte, als wäre auch die Liebe eine Gewohnheit, die mit der Wiederholung gedeiht und mit der Entfernung verdorrt. Alles war aus dem Ruder gelaufen, als er Gloria kennenlernte. Von da an waren ihm alle anderen Frauen langweilig und belanglos erschienen, als hätten sie nur dazu gedient, ihm einige grundlegende

Lektionen zu erteilen, die er für diese Begegnung brauchte, Lektionen, die für eine Annährung ausreichten, die aber völlig ungenügend waren, um Gloria zu halten. Nachdem sie gegangen war, hatte er alle anderen als plumpe Imitationen empfunden. Hatte er mit einer nicht übermäßig fetten, nicht zu schmutzigen Prostituierten geschlafen oder irgendein flüchtiges Liebesabenteuer gehabt, verspürte er hinterher immer den Wunsch, die Frau mit Fußtritten die Treppe hinunterzubefördern. Nach Gloria schien ihm jeder nackte weibliche Körper ein Betrug. Und er war so besessen gewesen, daß er es unmöglich verheimlichen konnte. Es hatte nur zwei Monate gedauert, da war seine Ehe ein Scherbenhaufen. Und kaum einen Monat nach seiner Trennung hatte Gloria begonnen, ihn zu belügen.

Er setzte sich in den fleckigen, mit Krümeln übersäten Sessel und schlug die Zeitung auf, um noch einmal unter Vermischtes die kurze Meldung über ihren Tod zu lesen. Es war jetzt vier Tage her, daß er in der Schule zufällig diese Notiz gesehen hatte, als er beim Hausmeister einen Schlüssel abgab. Die Meldung enthielt keine Photos und außer Namen und Alter keine weiteren Angaben über das Opfer, wohl aber eine Beschreibung der Mordwaffe: ein Messer, wie es die Schäfer benutzten, mit dem ihr eine kleinere Wunde im Brustbereich und dann die tödliche am Hals zugefügt worden war, an der empfindlichsten Stelle des Körpers, die kaum durch Knochen geschützt ist, obwohl dort alle lebensnotwendigen Adern verlaufen. Wieder wühlte es ihn auf wie an jenem Morgen: Er spürte einen stechenden Schmerz in der Nähe des Herzens, und gleichzeitig fühlte er sich gerächt.

Vom Durst getrieben – sein Mund war trocken, sein Magen brannte – ging er zum Kühlschrank und holte eine fast volle Flasche Wein heraus. Sein Blick suchte zwischen dem Geschirr nach einem sauberen Glas, und als er keines fand, setzte er sich die Flasche an den Hals und nahm einen langen, geräuschvollen Schluck. Als würde Wasser auf glühende Steine geschüttet, spürte er den Dampf in seiner Kehle aufsteigen, der seinen Kopf vernebelte und die jähe Empfindung, sein Leben mit einer Leiche zu teilen, verschwimmen ließ.

Es hatte schon so lange niemand mehr an seiner Wohnungstür geläutet, daß ihn der schrille Klingelton erschreckte. Zu jedem anderen Zeitpunkt hätte er es für einen Streich seiner Schüler gehalten, hätte geglaubt, daß sie schließlich herausgefunden hatten, was er wie ein Geheimnis hütete, weil er Angst hatte, jemand könnte ihm auf den Leib rücken: die Anschrift seiner Wohnung. Aber jetzt war klar, daß Gloria daran schuld war, und er haßte sie wieder, weil sie ihn selbst als Tote nicht in Ruhe ließ. Bevor er die Tür öffnete, führte er noch einmal die Flasche an den Mund und ließ seinen Magen mit Wein vollaufen. Danach erhob er sich und entriegelte die beiden Türschlösser. Vor ihm stand ein großer Mann, der aber nicht bedrohlich wirkte. Er sah nicht aus wie ein Polizist.

»Manuel Armengol?«

»Ja«, antwortete er und fluchte im stillen, weil es wie ein Klagelaut aus ihm herausgequollen war.

»Ich heiße Ricardo Cupido. Ich untersuche Glorias Tod.«

Der Lehrer sah auf die Hände seines Besuchers, die untätig neben den Hüften baumelten, und wartete, daß sie eine Plakette, einen Ausweis oder ein anderes bedrohliches Ding zückten.

»Polizei?« fragte er endlich.

»Nein, ich bin Privatdetektiv.«

Cupido rechnete mit der Frage, wer ihn beauftragt hatte,

aber der Mann machte ihm Platz und ließ ihn eintreten, als wäre er erleichtert, es nicht mit einem Polizeibeamten zu tun zu haben. Er bot dem Detektiv einen Sessel an, von dem er eine aufgeschlagene Zeitung weggenommen hatte. Cupido blieb Zeit, die Schlagzeile des Artikels über den Mord an Gloria zu erhaschen. Dann besah er sich die Unordnung, das ungemachte Bett im Schlafzimmer, die offene Weinflasche auf dem Tisch, das Fehlen eines Glases. Am Blick und an der Stimme Armengols merkte er, daß dieser getrunken hatte. Er wartete, bis sein Gastgeber zwei Gläser aus dem Wohnzimmerschrank genommen und sich ihm gegenüber gesetzt hatte, um ihn dann zu fragen:

»Wissen Sie, wie sie gestorben ist?«

»Ja. Ich habe es vor ein paar Tagen durch Zufall in einer Zeitung gelesen, die schon etwas älter war. Es war eine traurige Überraschung. Wie ein schlimmer Traum«, erklärte er. Seine Zähne waren schlecht, gelb wie Maiskörner, und seine Stimme durch den Beruf, den Wein und zu viele Zigaretten rauchig geworden. Er hatte den verhuschten und wachsamen Blick des Einsiedlers.

Armengol hob das Glas zum Mund und trank. Dann zündete er sich eine Zigarette an und sog genüßlich den Rauch ein. Er gehörte zu den Rauchern, denen zuzusehen die Lust auf eine Zigarette weckt.

»Wer hat Ihnen von mir erzählt?«

»Der Teniente, der die Untersuchung leitet. War noch niemand bei Ihnen?«

»Doch, in der Schule, an der ich unterrichte. Wenigstens war der Beamte diskret«, sagte er düster. »Ich hatte geglaubt, mit dieser Aussage sei alles erledigt.«

»Es hat gerade erst angefangen«, entgegnete Cupido.

Armengol betrachtete ihn einige Sekunden lang schweigend durch den Rauch der Zigarette und fragte sich, wie er diese letzten Worte interpretieren sollte. Dann brach es aus ihm heraus:

»Für Sie alle bin ich der perfekte Verdächtige: ein alleinstehender Kerl, der in sie verschossen war und allen Grund hatte, sie zu hassen.«

Er hat zuviel getrunken, er sollte nicht so daherreden, dachte Cupido, den Pegel der Weinflasche betrachtend.

»Haben Sie Gloria lange nicht mehr gesehen?«

»Lange, sehr lange sogar. Das letzte Mal Anfang des Jahres, es muß sieben oder acht Monate her sein. Ich hatte noch einige Sachen von ihr und habe sie angerufen, weil ich sie ihr zurückgeben wollte. Danach haben wir uns nicht mehr gesehen. Dieses Portrait von mir ist alles, was ich noch von ihr habe.« Er zeigte auf ein Bild, auf dem er zehn Jahre jünger wirkte.

»Gloria hat es gemalt?«

»Ja. Ich sehe zehn Jahre jünger darauf aus«, antwortete er. »Es ist nichts mehr übrig von dem, was Sie da sehen.«

Cupido hatte sich schon bisweilen gefragt, was einige seiner Klienten dazu veranlaßte, bei ihm – einem Fremden, den sie kaum kannten – eine so unverblümte Beichte abzulegen, wie sie es vielleicht bei einem Priester tun konnten, was sie dazu trieb, ihm zu gestehen, sie seien Opfer einer haarsträubenden Betrügerei geworden oder eines Ehebruchs, wo es sich doch um Dinge handelte, die sie ihrem besten Freund nicht erzählen würden. Er erklärte es sich damit, daß ein Privatdetektiv sich nicht um die moralischen und zuweilen ungesetzlichen Hintergründe eines Auftrages kümmert; ein Privatdetektiv verhält sich niemals wie ein Richter oder ein Priester, verhängt keine Strafen und erlegt keine Buße auf. Er hört nur zu, nickt und bedient wie eine Prostituierte die Bedürfnisse der Kundschaft. Solange er anständig dafür bezahlt wird, natürlich.

»Als sie mich verlassen hat, war mir klar, daß ich endgültig alt werde«, redete Armengol weiter.

Cupido war sich jetzt sicher, daß sein Gegenüber zuviel getrunken hatte und er nur eine einzige Frage zu stellen brauchte, damit Armengol ihm eine kummervolle Geschichte erzählte, der er am Ende dieses langen Tages nicht mehr ohne Ungeduld würde folgen können.

»Kennen Sie diese Zeichnung?« fragte er Armengol und zeigte ihm die Skizze des Ansteckers.

Armengol warf einen flüchtigen Blick darauf.

»Nein. Ich kann mich nicht erinnern, sie je gesehen zu haben.«

Mit dieser Antwort hatte der Detektiv gerechnet: Als der Anstecker hergestellt wurde, war Armengols Affäre mit Gloria schon seit einigen Monaten vorbei. Ihre einzige Spur schien nirgendwo hinzuführen.

»Noch dazu eine schlechte Zeichnung«, meinte der andere noch. »Man hätte sie ohne große Mühe besser machen können.«

»Malen Sie auch?«

»Nein, nicht mehr. Ich habe es eine Zeitlang versucht, bis ich eingesehen habe, daß jemand, der nicht malen kann, es lassen sollte und sich damit begnügen muß, die Malerei anderer zu erläutern. Auf diese Art habe ich Gloria kennengelernt.«

Der Detektiv sah ihn fragend an.

»Einmal im Jahr besuchen wir normalerweise mit den Schülern eine Ausstellung. Die Galería ist nicht weit von der Schule entfernt, und letztes Jahr haben wir beschlossen, dort hinzugehen, obwohl ich dachte, daß es wieder nichts bringen würde, daß sich die Schüler kein bißchen für das interessieren würden, was sie zu sehen bekämen. Als wir dort waren, hat es aber sogar den Teilnahmslosesten für einen Moment die Sprache verschlagen, und sie haben sich staunend die Bilder betrachtet. Ich glaube, es war das letzte Mal, daß es mir gelungen ist, sie zu beeindrucken. Die Arbeiten stammten von einer jungen Frau, die auch da war und unsere Reaktion beobachtete. Sie freute sich, daß ich meine Schüler mitgebracht hatte. Wir kamen ins Gespräch, und am Tag darauf rief ich bei ihr an, um sie zu bitten, in der Schule über ihr Werk zu sprechen. Möglich, daß man ihr aufmerksamer zuhören würde als mir. Den Rest … den können Sie sich ja denken.«

»Wie lange ging es?«

Armengol lächelte wie ein Bettler, dem man mitten im Essen den Teller weggenommen hat. Er goß noch einmal sein Glas voll, ehe er antwortete:

»Kaum fünf Monate. Zu lange, um es zu vergessen. Zu wenig, um ihm nicht nachzutrauern.«

»Wo waren Sie am Samstag?« fragte Cupido unvermittelt.

»Ich habe geschlafen«, antwortete Armengol nach einem kurzen Schweigen gefügig. »Ich hatte eine schlimme Nacht hinter mir und fühlte mich nicht gut. Ich bin bis nachmittags im Bett geblieben.«

Cupido sah die Ungeduld, mit der die Hände erneut nach dem Glas griffen, und wurde davon angesteckt, hatte es plötzlich selbst eilig, aus dieser Wohnung zu kommen, die stickig war wie ein Gewächshaus. Die sechs Tage ohne Zigaretten zeigten erste Wirkung. Er brauchte frische, saubere Luft und sehnte sich danach, auf die Straße zu gehen und die erfreulichen Gesichter glücklicher Menschen zu sehen.

7

Seit Glorias Tod war schon eine Woche vergangen, Cupido war ohne Ergebnis zurück in Breda, und wenn ihn die Ermittlung auch ratlos machte, so war er doch nicht unruhig, denn er wußte, daß er wie immer würde Geduld haben müssen. All die anderen, diejenigen, die etwas mit Gloria zu tun gehabt hatten, stellte er sich ruhelos vor, starr darauf wartend, daß etwas geschah, das die Last der Verdächtigung von ihnen nehmen würde.

Am Montagmorgen stand er spät auf und ging ohne Eile zur Kaserne, um mit dem Teniente zu sprechen. Da man ihn inzwischen schon kannte, ließ man ihn am Eingang kaum warten.

»Wie ist es in Madrid gelaufen?« fragte ihn Gallardo.

»Viel Gerede, aber nichts Bestimmtes.«

Der Teniente schüttelte betrübt den Kopf.

»Ich hasse diese Stadt. Ich hasse diese großen Städte, in denen alle aneinander vorbeihetzen und keiner den anderen kennt. Es ist kein Wunder, daß alle Kriminellen dort untertauchen und wir sie nie kriegen.«

Cupido hatte am Tag zuvor in der Lokalzeitung die jüngste Meldung zum Stand der Ermittlungen gelesen: eine Erklärung des Gouverneurs, die vage zuversichtlich klang. Aber er wußte bereits, daß, wenn von offizieller Seite verlautbart wurde, eine Untersuchung verlaufe zufriedenstellend und es werde allen Hinweisen nachgegangen, es in Wahrheit keine einzige brauchbare Spur gab und man im Dunkeln tappte. Ähnlich wie bei Kriegsmeldungen: Wenn ein General überheblich und voller Zuversicht verkündet, es werde an allen Fronten gekämpft, versucht er eigentlich zu vertuschen, daß nicht eine einzige Schlacht gewonnen wurde.

»Mit wem haben Sie gesprochen?«

»Noch einmal mit Anglada. Mit Camila. Mit diesem Bildhauer, der hier ein Haus hat. Mit dem sonderbaren Lehrer, Armengol, der ein Verhältnis mit der Frau hatte. Nur Anglada scheint für diesen Vormittag ein wasserdichtes Alibi zu haben.«

»Das haben wir bereits überprüft«, bestätigte Gallardo.

»Die anderen haben niemanden, der ihre Aussagen bezeugen könnte. Camila behauptet, den ganzen Vormittag in der Galería gewesen zu sein, allein. Sierra, der Bildhauer, war hier in Breda, versichert aber, das Haus nicht verlassen zu haben. Armengol scheint im Bett gewesen zu sein, hat vielleicht seinen Rausch vom Vorabend ausgeschlafen. Er trinkt zuviel.«

Der Teniente glich alles mit den getippten Protokollen ab, die er vor sich hatte. Er unterbrach sich einen Moment, um eine Zigarette anzuzünden und Cupido eine anzubieten. Der Detektiv freute sich, daß es ihm leichter fiel als noch wenige Tage zuvor, sie abzulehnen.

»Uns haben sie genau dasselbe erzählt«, sagte der Teniente, während er den Papierstapel mit einem leichten Schlag auf die Tischplatte zurechtrückte. »Auch Expósito war an dem Morgen in Madrid: Wir haben einen eindeutigen Beleg des Labors, in dem er sich vormittags für einige Analysen hat Blut abnehmen lassen. Was die Leute hier in Breda angeht, da ist alles völlig unklar. Die Angehörigen des Opfers«, er benutzte diesen kalten, juristischen Ausdruck, der weder etwas über das Geschlecht noch über das Alter aussagte und von Cupido immer gemieden wurde, der nach anderen Worten suchte, um Gloria als Individuum zu sehen und zu verhindern, daß sie Teil der gesichtslosen Masse der Toten wurde, »Vater und Sohn, machen die gleiche Aussage, aber sie wiederholen sie so wortgetreu, daß beide lügen könnten. Auch dieser Aufseher, Molina, könnte die Unwahrheit sagen, wenn er behauptet, an dem Morgen in einem anderen Gebiet unterwegs gewesen zu sein. Das wird schwierig. Wir wissen so wenig wie am Anfang.«

»Es ist noch zu früh. Noch haben alle Angst«, meinte Cupido.

»Angst?«

»Die Angst ist der ärgste Feind. Sie macht alle mißtrauisch und verstockt. Wer mit einer solchen Bluttat konfrontiert ist, wird immer vorsichtig.«

Im Gegensatz zum Teniente hatte Cupido bei der Ermittlung keine Eile. Er mußte keine Fristen einhalten und fühlte sich weder von Angehörigen noch von Vorgesetzten unter Druck gesetzt und auch nicht von einer Presse, die Geduld häufig mit Unfähigkeit verwechselt. Die Geduld war schon immer sein Vorteil gewesen, und er hatte ihn stets zu nutzen gewußt.

»Und der Anstecker? Haben Sie etwas darüber herausgefunden?«

»Einiges. Hier und in Madrid.«

Der Teniente richtete sich ein wenig in seinem Stuhl auf. Seit sie die Plakette in der geschlossenen Faust der jungen Frau gefunden hatten, die Metallkante in die Kuppe des Mittelfingers gebohrt, war sie ihm als ihre einzige heiße Spur erschienen. Aber bis jetzt hatte sie noch nirgendwo hingeführt.

»Was denn?« fragte er ziemlich drängend.

»Glorias Cousin hat die Zeichnung des Ansteckers in ihrem Tagebuch gesehen. Das war wohl nicht gelogen, denn er konnte vor meinen Augen das Motiv genau nachzeichnen.«

»Außer, er kannte es, weil er den Anstecker kannte, was wesentlich interessanter wäre.«

»Ja, wenn er der einzige wäre.«

»Sonst noch jemand?«

»Alle, oder fast alle. Dieser Anstecker war in den Künstlerkreisen um Gloria allgemein bekannt, weil sie bei seinem Entwurf mitgearbeitet hat und später alle dazu brachte, welche zu kaufen, um die Protestkampagne zu unterstützen. Alle kannten ihn und besaßen wenigstens einen, außer Armengol. Aber er hatte damals schon nichts mehr mit ihr zu tun.«

»Gerade haben Sie gesagt, daß die Frau Tagebuch schrieb.«

»Ja. Und es könnte uns helfen, viele Dinge zu klären. Haben Ihre Leute es nicht gesucht?«

»Nein. Keiner hat es uns gegenüber erwähnt. Aber auf Unterlagen dieser Art ist man scharf. Die aus Madrid versichern, daß sie die Wohnung gründlich durchsucht haben. Wenn sie es gesehen hätten, hätten sie es nicht links liegenlassen.«

Die beiden Männer schwiegen, es blieb ihnen nichts mehr zu sagen. Viel hatten sie nicht erreicht. Vielleicht befand sich der Mörder noch nicht einmal unter denjenigen, die sie als Verdächtige betrachteten. Einzig der Anstecker ließ sie vermuten, das Verbrechen sei nicht von einem Wahnsinnigen, sondern von jemandem aus Glorias Umfeld begangen worden.

»Die Autopsie ist abgeschlossen. Es hat sich nichts mehr gefunden. Keine Spur, die auf einen bestimmten Täter hindeutet, nicht eine Faser unter den Fingernägeln des Opfers. Nichts«, schloß der Teniente.

Aber vielleicht wollte er nicht niedergeschlagen klingen oder ausdrücken, daß es unmöglich war, diesen Fall zu einem guten Abschluß zu bringen, sondern deutlich machen, daß er seinem Gesprächspartner vertraute. Womöglich wunderte er sich selbst darüber – als ein an beständige und berechenbare Strukturen gewöhnter Militärangehöriger, der die Uniform, die er trug, sicher schätzte und Probleme nur von denjenigen erwartete, die sie nicht trugen –, daß er sich so mit einem Detektiv unterhielt, der aktenkundig war, weil er wegen Schmuggels gesessen hatte. Aber ihr Bündnis war aus der Not geboren, und wenn sie auch nie kameradschaftlich miteinander umgehen würden, so waren sie doch nahezu loyal. Noch schien keiner von beiden schneller über den nächsten Schritt nachzudenken oder mehr Spürsinn bei der Analyse der wenigen bekannten Fakten an den Tag zu legen. Und dieses Gleichgewicht trug zweifellos dazu bei, daß beide sich entschlossen hatten, fair zu spielen.

»Wir werden noch einmal bei Gericht vorsprechen«, beendete Gallardo das kurze Schweigen. »Es wird nicht schwierig sein, die Genehmigung zu bekommen, alle Telephone anzuzapfen. Obwohl ich fürchte, auch das wird uns nicht weiterbringen. Alles deutet darauf hin, daß wir es mit einem wahnsinnigen Einzeltäter zu tun haben.«

8

»Ich habe ein bißchen Angst, allein hierzubleiben«, sagte das Mädchen. Sie war etwa zweiundzwanzig oder dreiundzwanzig Jahre alt, hatte ein zartes Stimmchen, und der sinnliche Reiz ihres Körpers wurde durch den schmalgeschnittenen Pullover und die hautengen Jeans betont, die sehr alt waren, fast kaputt, ausgefranst am Saum. Das schwarze Haar umrahmte ein sauberes, glattes Gesicht, auf dem sich erste Sommersprossen zeigten, nachdem sie den ganzen Tag draußen gewesen und in der Sonne gewandert waren.

Der große, muskulöse Junge, der in ihrem Alter war und kurze Hosen und Wanderschuhe trug, drückte sie an sich, bis ihn die Erregung überkam, in die ihn ihre warmen Rundungen nun seit knapp einem Monat immer aufs neue versetzten. Er strich über ihre prallen, in der Hose eingezwängten Pobacken und zog sie an seine Hüften.

»Komm schon, sei doch nicht so. Ich habe auch keine Lust zu fahren«, sagte er, küßte sie flüchtig auf den Mund und verstärkte den Druck seiner Finger auf den Seitennähten der Hose. »Mit dem Auto brauche ich weniger als eine halbe Stunde. Wir können das Zelt und alles nicht unbeaufsichtigt lassen. Sonst klaut es noch jemand.«

»Aber hier ist doch niemand«, protestierte sie.

»Im Wald streift immer jemand herum, den wir nicht sehen«, entgegnete er mit fachmännischer Überheblichkeit.

»Wir können auch ohne die Batterien klarkommen«, beharrte das Mädchen und schlug einen sanften, einschmeichelnden Ton an, hob den Kopf und bot ihm erneut ihre

Lippen zum Kuß, während sie seinen Nacken streichelte. »Wir legen uns zeitig hin, und es fällt uns bestimmt etwas ein, wofür man kein Licht braucht.«

Der Junge spürte das fast unwiderstehliche Kribbeln, das die Finger auf seinem Nacken hervorriefen. Er lächelte geschmeichelt, löste sich aber mit einem abrupten Schritt rückwärts von ihr und stieg ins Auto, einen Geländewagen, mit dem man noch auf den holprigsten Wegen in die verborgenen Winkel des Reservats gelangen konnte.

»Ich bin in weniger als einer halben Stunde zurück«, versprach er.

Sie stand reglos, allein vor dem Zelt, dessen tiefblaue Farbe sich wie ein Spiegel von der braunen, trockenen Erde abhob, und schaute sich um wie ein schönes Tier, das plötzlich erschrocken feststellt, daß es seine Herde verloren hat. Sie sah dem davonfahrenden Auto nach, das eine Staubwolke hinter sich herzog, und hörte das schwächer werdende Motorengeräusch noch, als es schon außer Sichtweite war. Dann, endgültig allein, holte sie ein Päckchen Zigaretten aus der Tasche, steckte sich eine an und setzte sich vor dem Zelt auf einen massigen Stein. Sie warf einen Blick auf die Armbanduhr, zuckte resigniert mit den Schultern und fand sich damit ab, die vorgesehene halbe Stunde zu warten. Sie fühlte sich verlassen, dachte an den Jungen und schwor sich, daß sie zum letzten Mal etwas mit ihm unternommen hatte. Sie hatte nicht vor, noch einmal allein in diesem Wald zu bleiben, in dem sie keiner Menschenseele begegnet waren, seit sie an diesem Morgen die Zivilisation hinter sich gelassen hatten. Sie hatte nicht vor, mit dem Rauchen aufzuhören, bloß weil ihn der Qualm störte. Sollte er sie eben nicht küssen, wenn ihre Lippen nach Nikotin schmeckten! Sie hatte nicht vor, nur Dosenfraß und belegte Brote zu essen und ewig brühwarme Coca-

Cola zu trinken. Und sie hatte nicht vor, noch einmal zwölf oder fünfzehn Kilometer auf Ziegenpfaden zu kraxeln, wo sich einem die Steine in die Fußsohlen bohrten, so wie an diesem Tag, alles wegen ein paar komischer Höhlenmalereien, auf denen sie fast nichts hatte erkennen können. Kaum zurück, mit geschwollenen Füßen und dem einzigen Wunsch, sich hinzulegen und sich von ihm vom Nacken bis zu den Fußspitzen massieren zu lassen, blieb ihr nichts anderes übrig, als allein auf das Zelt aufzupassen, mitten in diesem Wald, der etwas Bedrohliches hatte, vor allem heute, am ersten Tag im November, Allerheiligen. Wie sie es bereute, in diesen verfluchten Ausflug eingewilligt zu haben! Sie sah, wie eine dicke schwarze Ameise zwischen ihren Füßen herumsuchte. Sie hob den Schuh und trat sie wütend in den Staub, ließ ihre Fußspitze mehrmals auf ihr kreisen. Als sie den Kopf hob, nahm sie eine eigenartige Stille ringsum wahr, als hätte die ganze Natur sie bei dieser gewalttätigen, sinnlosen Hinrichtung ertappt und strafte sie nun mit einem vorwurfsvollen Schweigen. Dann kam die Angst, aber sie wollte es nicht wahrhaben, denn sie wußte, wenn sie sich in dieser Situation darauf einließe, könnte sie der Furcht nicht mehr Herr werden, bevor sie nicht Leute um sich hätte oder der Junge zurückkehrte und sie in die Arme schloß. Sie blickte um sich, wollte sich vergewissern, daß diese Stille anders war als eine, die durch die Nähe eines Raubtiers hervorgerufen wird. Aber alles war nicht nur stumm, sondern gleichsam erstarrt. Sie war machtlos gegen den plötzlichen Schauder, der sie überlief, so daß ihre Zähne aufeinanderschlugen. Hastig stand sie auf, ohne nach links und rechts zu sehen, warf die brennende Kippe auf den Boden und kroch ins Zelt. Mit einem krampfhaften Ruck zog sie den Reißverschluß zu. Drinnen kniete sie mit weit aufgerissenen Augen vor dem Ausgang, hörte, wie das

Blut durch ihre Adern gepumpt wurde, und war der Panik hilflos ausgeliefert. Etwas in ihrem Bauch drängte nach unten, und sie spürte, daß ihr Schließmuskel dem Druck kaum standhalten konnte. Die Strahlen der tiefstehenden Nachmittagssonne preßten die Schatten der Äste auf das blaue Zeltdach und sprenkelten das Zwielicht im Innern mit wirren, unregelmäßigen Flecken. Ihr fiel plötzlich eine Zeitungsmeldung ein, die sie eine Woche zuvor überflogen hatte und in der vom gewaltsamen Tod einer Frau berichtet wurde, die eine Wanderung gemacht hatte, allein in einem Wald. Sie wußte nicht mehr, in welcher Gegend es passiert war, nahm aber an, daß der Ort sich nicht wesentlich von dem unterschied, an dem sie sich gerade befand. Wenn jemand über sie herfallen wollte, könnte im Umkreis von vielen Kilometern keiner ihre Schreie hören und ihr zu Hilfe eilen. Sie erinnerte sich an das, was der Junge vor wenigen Minuten gesagt hatte: »Im Wald streift immer jemand herum, den wir nicht sehen«, aber jetzt kam ihr das nicht mehr wie dummes Geschwätz vor, sondern wie eine furchteinflößende Vorahnung. Wieder fragte sie sich, wie sie so blöd hatte sein können, seinen Vorschlag anzunehmen und ihn auf diesem schrecklichen Zeltausflug zu begleiten, wo sie eigentlich ein Fünf-Sterne-Hotel von ihm hätte verlangen sollen. Sie haßte den ausgetrockneten, harten Boden, der sich jetzt in ihre Knie bohrte, den Geruch von angewärmtem Plastik, das Gewicht, das sie schleppen mußten, den fauligen Gestank des beginnenden Herbstes, die Schuhe, von denen ihre Füße eingeschnürt wurden wie Mumien, die Schnecken, die ihr von den Bäumen auf den Kopf fallen konnten, das winzige Viehzeug, gegen das sie den ganzen Tag angekämpft hatte und dem es doch immer gelang, in ihre Kleider zu krabbeln, die blutgierigen Insekten, von denen ihre Haut noch eine Woche lang jucken würde. Wenn das die Freude am Wandern war, von der alle schwärmten, konnte sie auf diesen Genuß gut verzichten. Sie zog seßhaftere Freuden vor. Sie hatte dieser Reise zugestimmt, weil sie es verlockend gefunden hatte, das zu tun, was die Liebenden schon immer getan hatten: sich gemeinsam an einem einsamen Ort verkriechen, wo sie ungestört ihre Liebe auskosten konnten. Aber so hatte sie sich das nicht vorgestellt. Wenn der Junge zurückkam, würde sie darauf bestehen, sofort das Zelt abzubauen und in dieses zauberhafte Hotel zu fahren, das wie ein Schloß an der Straße von der kleinen Stadt herauf lag, in die er jetzt wieder hinuntergefahren war, um Batterien zu besorgen. Sie würde sich nicht von ihm anfassen lassen, bevor er nicht einwilligte. Sie empfand eine instinktive Abneigung gegen ihren von der Wanderung verschwitzten Körper, gegen ihr staubiges Haar, gegen ihre von Wind und Sonne ausgetrockneten Lippen.

Auf einmal merkte sie, daß ihr Haß sie von einem Teil ihrer Panik befreit hatte, daß der Zorn ein wirksames Antidot gegen den giftigen Biß des Entsetzens war. Sie hatte noch immer Angst, aber es war ihr gelungen, sie auf ein vernünftiges Maß einzudämmen. Nervös wie sie war, mußte sie wieder eine rauchen. Sie kramte erfolglos in ihren Taschen, bis ihr einfiel, daß Päckchen und Feuerzeug noch auf dem Stein lagen, auf dem sie gesessen hatte. Widerstrebend öffnete sie den Reißverschluß des Zeltes, während sie sich einredete, innen sei sie auch nicht sicherer oder weniger aufgeregt. Ihr Freund käme bald zurück, und dann könnten sie beide über diese Hasenherzigkeit lachen. Sie krabbelte auf allen vieren ein Stück vorwärts und streckte mit der Vorsicht einer Schildkröte den Kopf durch die Öffnung. Sie schaute sich um und sah niemanden. So verharrte sie einige Sekunden und wurde das stechende Gefühl nicht los, von jemandem, der sich im Unterholz verbarg, beobachtet zu werden. Sie war es nicht gewöhnt, allein zu sein, immer waren Freundinnen um sie herum oder Jungen und Männer, die wie brünstige Tiere von ihrem Körper angelockt wurden. Deshalb hatte sie ein Gespür dafür entwickelt, wenn man sie vom gegenüberliegenden Bahnsteig der Metro aus anstarrte oder von der Theke einer Kneipe oder aus den dunklen Ecken eines Tanzsaals. Sie zog bewundernde, lüsterne und taxierende Blicke auf sich, das wußte sie, und genau dieses Gefühl hatte sie jetzt. Sie lauschte angespannt, erwartete das ferne Motorengeräusch des Wagens, aber noch war nichts zu hören. Die unverschämteste Anmache, das unverblümteste und obszönste Angebot wären ihr lieber gewesen als diese Stille ringsum. »Wieso braucht er so lange, um ein paar einfache Batterien zu kaufen?« fragte sie sich genervt. »Weil alles geschlossen ist. Weil Allerheiligen ist«, gab sie sich prompt selbst die Antwort. Die Sonne würde bald hinter den Bergen verschwinden. Sie setzte sich wieder auf den Stein, ließ das Rädchen des Feuerzeugs schnarren und schirmte die Flamme mit der Hand ab, eine einstudierte Geste, die vollkommen unnötig war, denn es wehte überhaupt kein Wind. Mit zwei gehetzten Zügen brachte sie die Zigarette zum Glimmen, und als sie aufblickte, sah sie den dunklen Schatten, der sich auf sie stürzte, das entschlossene Gesicht, die moosgrüne Windjacke und vor allem das Messer mit der gebogenen Klinge, das auf der Höhe ihrer Zähne auf sie zukam. Sie wußte, was geschehen würde, und griff sich an den Hals, wollte sich schützen. Als hätte es mit dieser Deckung gerechnet, suchte das Messer eine Lücke zwischen den Fingern und fuhr die Fingerglieder entlang, bis es die Kehle erreichte. Es drang ein, verharrte dort einen Moment und kostete das süße, heiße Blut, bevor es wieder in die Kälte entwich. Wie die

Zähne eines wilden ausgehungerten Tieres hieb es gleich darauf erneut auf den Hals ein, unbehelligt jetzt, ohne den Widerstand der Hände, die nach vorne ausgestreckt waren, drängte weiter nach innen und verharrte dort, bis es das Hämmern des Herzens nicht mehr wahrnahm.

Ein sehr junger Gardist, kaum älter als zwanzig, war zu ihm nach Hause gekommen, um ihn abzuholen. »Es ist noch eine Frau ermordet worden, da oben in den Bergen. Der Teniente möchte, daß Sie sofort kommen«, hatte er gesagt, hatte auf der Türschwelle gestanden und nicht eintreten wollen, und dabei hatte er versucht, so kaltblütig zu klingen wie einer, der es gewohnt ist, schlechte Nachrichten zu überbringen. Cupido war noch einmal zurück ins Zimmer gegangen, wo er gerade zu Abend gegessen hatte, hatte andere Schuhe angezogen und die Schlüssel genommen. Er überraschte sich selbst dabei, wie er an den Taschen tastete, als hätte er etwas Wichtiges vergessen und käme nicht darauf, was es ist. Er brauchte drei Sekunden, bis er merkte, daß er nach dem Zigarettenpäckchen suchte. Es war nicht das erste Mal, daß die alte, seit zwei Jahrzehnten eingefleischte Gewohnheit ihn hinterrücks überfiel. Er rauchte jetzt seit zehn Tagen nicht mehr, und wenn es auch so aussah, als hätte der Wunsch an Virulenz verloren, ertappte er sich nun dabei, daß er nach Kniffen und Winkelzügen suchte, um seine Entscheidung umzustoßen, wie ein im fairen Duell unterlegener Gegner, der seine Niederlage nicht hinnehmen will und sich statt dessen subtilerer Kampfmethoden bedient, um den anderen einzuschüchtern und zu narren. Cupido folgte dem Gardisten zum Wagen, und wieder nahmen sie den Weg nach El Paternóster. Der Polizist wußte wenig Einzelheiten über den Mord und hatte auch die Leiche nicht gesehen, denn kaum oben angekommen, hatte der Teniente ihn losgeschickt, damit er den Detektiv holte.

Das Zelt stand sehr dicht am Ufer, in einer der verborgenen Buchten, die der Stausee zwischen den Hügeln geschaffen hatte. Mit der besonderen Schamlosigkeit von Leichen, die mit dem Gesicht nach oben gefallen sind, lag der Körper der jungen Frau neben einem Stein, auf dem sie gesessen haben mußte, als sie angegriffen wurde. Die blutverschmierten Hände wiesen zum Himmel, als würde sie beten oder eine Erklärung für die beiden großen Wunden an ihrem Hals erflehen. Das Blut floß nicht mehr und gerann auf der Erde, nachdem es den ganzen Brustbereich ihres Pullis getränkt hatte.

Cupido hatte bereits mit diesem grausigen Anblick gerechnet, hatte sich unterwegs auf alles eingestellt, was er würde betrachten müssen. Glorias Leiche hatte er nicht gesehen, aber durch das, was ihm der Teniente gesagt, und durch die Photos, die er ihm gezeigt hatte, konnte er sich ein ziemlich genaues Bild der Vorfälle machen. Dennoch überkam ihn Mitleid und ein namenloser, diffuser Haß, als er den Griff des Messers sah, das im Hals der jungen Frau steckte, das bestürzte Glotzen der Augen, den Mund, der weit aufgerissen war wie der eines Asthmatikers, der nach Luft ringt, weil er zu ersticken meint.

»Großer Gott!« rief der Gardist, der ihn abgeholt hatte, neben ihm. Sein Mund blähte sich wie ein Ballon, und er stürzte zum Ufer. Man hörte ihn heftig würgen und das Erbrochene ins Wasser klatschen. Der Teniente warf ihm einen vernichtenden Blick zu.

Unter dem Licht der Scheinwerfer waren alle Mann damit beschäftigt, auch die kleinste Kleinigkeit unter die Lupe zu nehmen. Cupido hatte sie nie in der Anfangsphase ihrer Arbeit gesehen, wenn sie am sorgfältigsten vorgingen – er dachte einmal mehr, daß es das perfekte Verbrechen nicht gab, nur mangelhafte Ermittlungen –, und er war von der ameisengleichen Disziplin, mit der die Ermittler zusammenarbeiteten, beeindruckt, davon, wie sie alles begutachteten und beschnüffelten, sich austauschten, wenn sich ihre Wege kreuzten, um sich nicht gegenseitig zu behindern oder etwas doppelt zu erledigen. Einer photographierte den Körper und jedes mögliche Indiz, ein zweiter bestäubte die Zeltplane mit einem safranfarbenen Pulver, um Spuren sichtbar zu machen, andere sperrten mit gelbem Plastikband den Tatort ab, wieder andere suchten in einem weiteren Umkreis mit Hilfe starker Taschenlampen nach jedem umgedrehten Stein, jedem farblich auffälligen Erdbrocken, dessen Herkunft später im Labor festgestellt werden konnte.

Der Teniente beendete seine Unterredung mit einem Mann in einem weißen Kittel und trat auf den Detektiv zu.

»Ich habe Ihnen Bescheid geben lassen, damit Sie kommen und es sich ansehen. Diese Sache entwickelt sich zu einem Albtraum.«

»Ist es wie beim letzten Mal?«

»Ja, sieht so aus. Das gleiche Messer, die gleichen Verletzungen und ähnliche Umstände. Derselbe Täter.«

Der Detektiv betrachtete das Zelt, dessen blaue Plastikplane unter dem Licht der Scheinwerfer glänzte.

»Wieso hat sie es gewagt, hierherzukommen, nachdem der andere Mord passiert war?«

»Sie war nicht allein«, antwortete Gallardo. Er deutete auf einen Jungen, der etwas abseits auf einem Stein saß, die Ellbogen auf die Knie gestützt, das Gesicht in den Händen vergraben. Er schien nichts mit all dem zu tun zu haben, jemand, den man inmitten des Trubels vergessen hatte, das einzige gelähmte Wesen zwischen einem Dutzend Männern, die wie entfesselt herumliefen, weil wieder Blut geflossen war. »Er sagt, sie seien hergekommen, um ein paar Tage ihre Ruhe zu haben. Bevor es dunkel wurde, hat er sie eine halbe Stunde alleingelassen, weil er unten im Ort ein paar Batterien kaufen wollte. Sonst hätten sie die Nacht ohne Licht verbringen müssen. Als er zurückkam, hat er sie gefunden, verblutet. Der Junge kennt sich ein bißchen mit Bergrettung und Erster Hilfe aus, aber er konnte nichts mehr für sie tun.«

»Haben Sie das überprüft?«

»Ja. Er lügt nicht. Seine Aussage stimmt auf die Minute mit dem überein, was der Angestellte der Tankstelle sagt, der ihm die Batterien verkauft hat. Außerdem steht die Uhrzeit auf dem Kaufbeleg. Er hätte sie niemals allein lassen dürfen.«

»Dieser neue Mord kann alle unsere Überlegungen ändern«, sagte Cupido.

»Ja. Er wirft alles über den Haufen. Vielleicht hatte das mit der ersten Frau nichts mit persönlichen Motiven zu tun. Der Gedanke liegt nahe, daß wir es mit einem Wahnsinnigen zu tun haben. Entweder mit einem Wahnsinnigen oder mit jemandem, der nicht an Besuchern interessiert ist.«

»Ja, wenn da nicht dieser Anstecker wäre«, bemerkte Cupido. »Kann ich mit dem Jungen reden?«

»Natürlich.«

Sie gingen zu ihm hin. Als er sie kommen hörte, hob er den Kopf, stand auf und starrte sie an. Er wirkte eher verstört als traurig.

»Erzähl mir alles von Anfang an«, bat ihn Cupido.

»Wir sind hergekommen, um ein paar Tage zusammen zu verbringen. Wir hatten das Zelt dabei, weil wir allein sein wollten, keinen sehen. Tagsüber haben wir alles im Auto gelassen, hier unten am Ufer, wo wir später zelten wollten, und sind hinauf zu den Höhlen mit den Felszeichnungen gegangen«, erklärte er. Jeder seiner Sätze wurde von einer nervösen Handbewegung begleitet, mit der er auf das Zelt deutete, auf das Auto, in Richtung der Höhlen. »Als wir nachmittags zurückgekommen sind, haben wir das Gepäck ausgeladen und das Zelt aufgebaut. Erst da ist mir aufgefallen, daß wir keine Batterien für die Taschenlampen hatten und die ganze Nacht kein Licht haben würden. Ich wollte schnell in die Stadt hinunter, um welche zu kaufen. Sie mußte hierbleiben und auf die Sachen aufpassen, damit uns keiner beklaute. Mit dem Geländewagen dauert es ja auch nur knapp eine halbe Stunde hin und zurück. Ich kannte den Weg. Sie hatte ein bißchen Angst und wollte nicht dableiben, aber ich habe sie überredet, ihr gesagt, es könne nichts passieren. Ich hätte auf sie hören sollen«, sagte er. Seine Stimme brach schließlich, und er begann zu weinen. Cupido und der Teniente sahen ihn an und überlegten, die Befragung zu verschieben.

»Warum seid ihr gerade hierher gekommen?«

»Ich kannte die Gegend schon. Ich war zwei- oder dreimal im Reservat und fand den Ort perfekt, wenn man seine Ruhe haben will.«

»Wußtet ihr nicht, daß hier in der Nähe vor knapp einer Woche eine junge Frau ermordet worden ist?«

»Nein, das wußten wir nicht. Ich habe es gerade erst erfahren. Wenn wir das gewußt hätten, wären wir nie hergekommen.«

»Woher seid ihr?«

»Aus Madrid.«

»Wußte sonst noch jemand, daß ihr ein paar Tage hier sein würdet?«

»Nein, es hat keiner davon gewußt. Es war ein Geheimnis. Zuhause haben wir beide erzählt, wir würden mit ein paar Freunden wegfahren. Wir waren erst seit einem Monat zusammen, und es war noch nicht richtig spruchreif.«

Alles schien sehr logisch. Natürlich mußte nachgeprüft werden, ob zwischen ihm oder dem Mädchen und jemandem aus Glorias Bekanntenkreis irgendeine Beziehung bestand, ob es einen Berührungspunkt gab. Ansonsten handelte es sich um einen Zufall. Gloria war gestorben, weil sie an einem bestimmten Ort gewesen war, zu einem bestimmten Zeitpunkt, genau wie dieses Mädchen. Damit hätte es wenig Sinn, das persönliche Umfeld zu durchleuchten. Man müßte davon ausgehen, daß der Mörder geistesgestört war oder jemand, der keine Touristen im Reservat wollte, und wer das Opfer war, spielte keine Rolle. Außer, jemand legte es genau darauf an, wollte den Ermittlungen eine andere Richtung geben. Cupido ging die kleine Plakette nicht aus dem Kopf.

»Habt ihr tagsüber jemanden gesehen, hier oder bei den Höhlen? Ist euch jemand unterwegs begegnet?«

»Nein, niemand, keine Menschenseele. Von den Höhlen aus haben wir zwar ein paar Autos gesehen, aber keins in der Nähe.«

Der Teniente wurde gerufen, und Cupido ging hinter ihm her. Zum zweitenmal binnen zehn Tagen bargen die Sanitäter die Leiche einer jungen Frau, der die Kehle mit einem Messer durchgeschnitten worden war. Als er sah, wie sicher all ihre Handgriffe saßen, dachte der Detektiv, daß es nicht lange dauert, bis der Mensch sich daran gewöhnt, mit den Ergebnissen der Gewalt zu leben.

»Entweder wir kriegen ihn bald oder es gibt noch mehr Opfer«, sagte der Teniente neben ihm.

»Ja.«

»Wir stehen wieder am Anfang. Und ich wette eins zu hundert, daß wir diesmal nicht eine einzige Spur finden.«

9

Wie jeden Morgen schickte er sich einige Minuten vor acht an, das metallene Garagentor im Kontrollstützpunkt zu öffnen. Er war immer der erste. Die anderen beiden Aufseher der Schicht und die Arbeiter, die für Fütterung und Pflege der Tiere zuständig waren, kamen später. Sie hatten nicht in den Häusern wohnen wollen, die ihnen von der Reservatsdirektion zur Verfügung gestellt wurden, und mußten jeden Morgen aus Breda kommen, aber Molina schrieb ihre gewohnheitsmäßige Verspätung nicht der Entfernung zu, sondern dem Schlendrian, der durch das Leben in der Stadt hervorgerufen wird. Das Leben auf dem Land dagegen machte jeden zum Frühaufsteher, denn die reichhaltige Fauna aus lärmenden, emsigen Tierchen schien sich an der Trägheit zu stören und stimmte allmorgendlich ihr Spektakel an, um die Faulpelze aus dem Bett zu scheuchen.

Der Direktor des Reservats tauchte nur ein- oder zweimal in der Woche auf und nie so früh am Morgen, was weniger daran lag, daß die Büros der Geschäftsleitung in Breda waren, als daran, daß er ein bleicher Stadtmensch war, der sich für Ausflüge aufs Land wenig eignete, denn er hatte eine irrationale Panik vor jeglicher Art von Insektenstichen. So fühlte sich der Aufseher jetzt, wo auch der Wachmann vom Brandschutz mit seinem immer startbereiten Hubschrauber nicht mehr da war, ein bißchen als Eigentümer all dessen, was ihn umgab, als ein kleiner König, dem dieses Reich für sechs Monate im Jahr überlassen wurde, für die Zeit der Hirschbrunft und der Regenfälle, die Zeit, wenn die

Blätter fielen und im Wald Ruhe einkehrte. Ein wohliges Gefühl der Befreiung überkam ihn jedesmal, wenn er im Oktober allein blieb, denn wenngleich er niemanden herumkommandieren konnte, mußte er jetzt selbst auch vor keinem kuschen.

Aber an diesem Morgen war er müde wie schon lange nicht mehr. Er hatte die ganze Nacht kein Auge zugetan, und selbst daß er es seiner Frau besorgt hatte – als sie schon eingeschlafen war und ohne darauf zu achten, daß sie sich über seine Eile und Grobheit beschwerte –, hatte ihn nicht schläfrig werden lassen, obwohl er sich sonst danach immer ganz entspannt fühlte. Erst als es Tag wurde und die ersten Sonnenstrahlen eine sanfte Helligkeit durch die Jalousien schickten, war er für einige Minuten eingenickt, bis die Tiere beharrlich zum Morgenappell riefen.

Es war ihm gelungen, die Folgen von Glorias Tod in den Griff zu bekommen, mit ihnen umzugehen, ohne daß sie seine Interessen, seinen gewohnten Tagesablauf und seine Ruhe störten. Aber jetzt waren durch den Tod der zweiten Frau vor ein paar Tagen, an Allerheiligen, alle Grenzen überschritten worden. Als er den Schlüssel in das Schloß des schweren Garagentors steckte, sah er sich um, blickte auf den Wald, der das offene Gelände wie eine undurchdringliche Mauer umschloß und auf einmal verstummte, als würde alles Leben darin ihn überwachen und jede seiner Bewegungen aufmerksam verfolgen. Der Riegel hatte sich verklemmt, und als er daran rüttelte, bis er ihn wieder bewegen konnte, ritzte er sich die Fingerknöchel an einem rostigen Dorn auf, der an der Querschiene vorstand. Er fluchte vor sich hin, denn diese Art Schürfwunden an den Gelenken war lästig, durch den Staub entzündeten sie sich häufig, und es dauerte lang, bis sie verheilten. Er ging zum Handschuhfach des Wagens, in dem er den kleinen Verbandskasten mit Mercurochrompulver, Wasserstoffperoxidlösung, Alkohol, einigen Binden, Tupfern, Pflastern, Aspirin und Nadel und Faden zum Nähen von Schnittwunden aufbewahrte. Eine Grundausrüstung, mit der alle Einheiten im Reservat ausgestattet worden waren, nachdem sie einen Kurs in Erster Hilfe erhalten hatten. Medizinische Nähte hatte er bisher nur an verletzten Hirschen ausprobiert, nie an Menschen. Er desinfizierte seine Schürfwunde mit Alkohol und schützte sie mit einem Pflaster, bis sie aufhörte zu bluten. Als er den Verbandskasten wieder verstaute, kamen ihm unerwartet eine andere Verletzung und das Blut eines anderen Menschen in den Sinn.

Er hatte sie auf dem schwierigen Pfad von den Höhlen herunterkommen sehen. Mit dem starken Fernglas hatte er jede ihrer Bewegungen beobachtet: wie sie sich die losen Haarsträhnen aus dem von der Wanderung verschwitzten Gesicht strich, wie sie vorsichtig auf das Geröll trat, wie ihre Brüste unter dem Pulli wippten, wenn sie über irgendein Hindernis sprang. Diese Frau war nicht leicht zu vergessen, der Versuchung, ihr aus sicherer Entfernung nachzuspionieren, konnte man nicht widerstehen, und sein Beruf lieferte ihm ein Alibi. Schließlich bestand seine Tätigkeit genau darin. Er wurde dafür bezahlt zu sehen, zu beobachten, diejenigen zu überwachen, die in sein Gebiet, El Paternóster, eindrangen. Eine innere Stimme sagte ihm, daß diese Arbeit, wenn sie jahrelang ausgeübt wurde, nicht nur einige berufsbedingte Gewohnheiten mit sich brachte, sondern im Wesen eines Menschen deutlichere Spuren hinterläßt. Ein so eigenartiger Beruf erfordert Charakter, und er hatte sich mehr als einmal dazu verleiten lassen, die Grenzen seiner Tätigkeit zu überschreiten, sich in einer Art auf die Lauer zu legen, die nahezu voyeuristisch war, denn er wußte, daß die Einsamkeit die Seele des Menschen bloßlegt, und achtete deshalb weniger darauf, ob die Besucher sich an die Regeln hielten, sondern wollte ihre intimsten Regungen entdecken, wollte wissen, wie sie sich verhielten, wenn sie sich allein glaubten. Wenn man sie eine Stunde lang aus der Ferne beobachtete, erfuhr man mehr von ihnen, als wenn man sich einen ganzen Tag mit ihnen unterhielt. Auf einem Felsbrocken liegend oder an einen Baum gelehnt, das Fernglas unter die Augenbrauen geklemmt, konnte er binnen weniger Minuten ihre Absichten aufdekken, ihre Angst erkennen oder herausfinden, wie vertraut sie mit dem Wald, mit seiner Flora und Fauna, waren. Nach und nach war er bei seiner Beschäftigung waghalsiger geworden und zuweilen auch ein echtes Risiko eingegangen. Oft war er Jägern zuvorgekommen, die unbedingt etwas erlegen wollten und viel für eine Trophäe bezahlten, und hatte Rotwild und Damhirsche vor ihrer Nase aufgescheucht, ohne daß sie oder der Aufseher, der sie begleitete, mitbekommen hätten, was ihnen im letzten Moment die leichte Beute vertrieben hatte. Auf diese Weise wuchs ihre Gier nach Trophäen, aus der er Profit schlagen konnte. Andere Male hatte er sich geräuschlos wie ein Wolf an die Fersen von Wanderern geheftet, weil er aus ihrem Benehmen geschlossen hatte, daß sie die gesperrten Gebiete betreten würden, und hatte sie überrumpelt, wenn sie es nicht mehr abstreiten konnten. Und schließlich hatte er Liebespärchen ausspioniert, die fieberhaft nach einem Platz zwischen zwei Felsen oder nach einer Lichtung im Unterholz suchten, hatte haargenau gesehen, wie sie es miteinander trieben, hatte sie stöhnen hören, alles direkt vor seiner Nase.

Von seinem Beobachtungspunkt aus hatte er Glorias Abstieg einige Minuten lang verfolgt. Die Frau hatte eine Abkürzung genommen, um sich die Kurven zu sparen, die sich flacher, aber langgezogen den Hang hinunterschlängelten, und als sie bei der letzten kurzen Böschung vor dem befestigten Weg angekommen war und er schon zum Geländewagen zurückgehen wollte, sah er sie stolpern und zwei oder drei Schritte taumeln, bevor sie seitlich in den trokkenen, harten Graben fiel und heftig aufschlug, was bestimmt weh getan hatte. Ohne nachzudenken rannte er zum Auto, das halb verborgen unter den Bäumen an einer Wegbiegung stand. In nur drei Minuten war er bei ihr. Sie trug eine Segeltuchhose mit Reißverschlüssen an den Oberschenkeln, womit man das Kleidungsstück einfach in eine kurze Hose verwandeln konnte, und war gerade mit schmerzverzerrtem Gesicht dabei, die Hosenbeine abzunehmen. Er brachte den Wagen mit einer Vollbremsung neben ihr zum Stehen, sprang heraus und fragte: »Ist Ihnen etwas passiert?«, ohne darüber nachzudenken, daß er damit verraten konnte, daß er sie heimlich beobachtet hatte. »Ich bin gestürzt und habe mir irgendwas hier hineingerammt«, hatte sie geantwortet und auf die Außenseite ihres Oberschenkels gedeutet, noch ohne abschätzen zu können, wie schwer oder geringfügig die Verletzung war. Bevor er sich der Blutung zuwandte, suchte er den Boden nach der Ursache für die Verletzung ab. Er sah den kleinen Stumpf des Zistrosenstrauchs sofort, einen blutverschmierten Strunk, der scharf wie eine Messerspitze aus dem Boden ragte. Gloria war seinem Blick gefolgt. »Es war das Holz«, bestätigte sie gequält, als würde durch diese Erkenntnis das Ausmaß ihrer Verletzung deutlicher als durch jede Erklärung. Er kniete sich neben sie, um den Schnitt zu betrachten, und Gloria hob das blutige Tuch hoch, das sie darauf gepreßt hatte, um den Blutverlust einzudämmen. Erneut floß ein rotes Rinnsal ungebremst ihr Knie hinab bis zur Socke, die schon fast ganz vollgesogen war. Der Schnitt war nicht sehr lang, kaum zwei oder drei Zentimeter, aber sehr tief: Wie Lippen öffnete sich das Fleisch weit innen. Und die Blutung war so schwer zu stoppen, daß irgendeine wichtige Ader verletzt sein mußte. Die junge Frau begann, bleich zu werden, in ihrem Gesicht stand die Qual, und es drängte ihn, die Wunde mit seinen Fingern zuzuhalten, sanft dagegen zu drücken, aber noch traute er sich nicht, die Haut zu berühren, deren Poren wegen des Schmerzes hervortraten. Durch das Blut wurde etwas tief in seinem Bewußtsein wachgerufen, kristallisierte sich in dem Wunsch, die Wunde zu küssen und mit seinem Mund von Splittern und Erdresten zu befreien, wie er einen Schlangenbiß gereinigt hätte. Als er ihr wieder in die Augen sah, begegnete er einem Blick voller Vertrauen, sie sah ihn an wie ein kleines Mädchen, das folgsam darauf wartet, daß der Erwachsene die Entscheidungen trifft, die es auf wunderbare Weise von seinem Schmerz befreien. Während er aufstand, sagte er: »Das muß desinfiziert werden«, und wandte sich zum Auto, in dessen Handschuhfach wie vorgeschrieben der Verbandskasten verstaut war. Er kniete sich hin und stellte den Kasten vor sich, öffnete ihn mit einem sicheren Handgriff und holte das Fläschchen mit der Wasserstoffperoxidlösung und ein viereckiges Metallkästchen heraus, dem er zwei Tupfer entnahm. Er tränkte sie unter einem Strahl aus der Flasche, und bevor er die Wunde damit berührte, hielt er mit erhobener Hand inne und sagte zu der Frau: »Es wird nicht weh tun, es ist Wasserstoffperoxid, es wird nicht weh tun«, als bitte er darum, sie berühren zu dürfen, bevor er mit Daumen und Zeigefinger den tiefen Schnitt etwas öffnete und mit dem Tupfer den Staub, einige kleine Splitter, die sich ins Fleisch gebohrt hatten, und die schwarzen Rindenkrümel, die an den Rändern klebten, wegwischte. Wieder schaute er auf, um zu sehen, wie sie reagierte, rechnete damit, daß sie sich über die Reinigung beschwerte, weil das bläschenwerfende Desinfektionsmittel bestimmt auf der Haut brannte, aber in ihrem Gesicht sah er nur Gehorsam. Die junge Frau nahm jeden seiner Handgriffe klaglos hin, hatte sich den sicheren Bewegungen dieser starken braunen Hände anvertraut, die nach ihr griffen und in jedem Augenblick genau wußten, was zu tun war, gab sich dem Können der Finger hin, die sie verarzteten, als würden sie Zärtlichkeiten verteilen. Er wiederum nahm wahr, wie das Bein unter seinen Händen sanft zitterte, wie sich die langen, geschmeidigen Muskeln leicht anspannten. »Sie ist wie ein Reh, warm und schön wie ein Reh«, dachte er und betrachtete ihre von einem kaum sichtbaren Flaum bedeckte Haut, die leicht sonnengebräunt war, makellos, ohne das geringste Anzeichen von Krampfadern. »Schon sauber«, sagte er schließlich laut, als innen und an den Rändern kein Schmutz mehr zu sehen war. Noch einmal blickte er auf, und er täuschte sich, als er dachte, daß ihre Augen so feucht glänzten, weil es ihr schon besser ging. Sie glänzten aus Dankbarkeit.

Aber das Blut floß immer noch, wenn auch nicht mehr so stark. Als er die Wunde erst einmal vom Schmutz befreit hatte, merkte er, wie tief sie war. Da war ihm klar, daß das Wichtigste noch getan werden mußte; und auch das Schmerzhafteste. Der Holzstrunk hatte eine größere Arterie oder Vene verletzt. Der Schnitt mußte genäht werden, um die Blutung endgültig zu stoppen. Ein Tupfer und ein Pflaster würden nicht genügen. Und das Krankenhaus von Breda war ziemlich weit entfernt, etwa zwanzig Minuten auf einem holprigen Forstweg, auf dem sie ständig durchgeschüttelt würden und kaum einen Moment ruhig würden sitzen können. Er hatte nicht genug Erfahrung, um die Wunde zu nähen. Er hatte es nie bei einem Menschen gemacht, hatte nur einmal zugesehen, wie einer seiner Kollegen die Verletzung eines Wanderers nähte, der ein bißchen zu übermütig mit dem Messer herumgespielt hatte. Er selbst hatte nur ein halbes dutzendmal die Wunden von Wildtieren genäht. Er wußte, die Technik war im wesentlichen dieselbe, und es kam nur darauf an, wie stark die Haut war, deshalb waren die gekrümmte Nadel und der Faden in dem Verbandskasten viel dünner. Der eigentliche Unterschied bestand in der Fähigkeit des Verletzten, die Schmerzen auszuhalten, und in der Kaltblütigkeit des Chirurgen, der sie verursachte. Zum erstenmal, seit er Gloria mit dem Feldstecher ausspioniert und stürzen gesehen hatte, zögerte er, den nächsten Schritt zu tun. Er griff in den Verbandskasten und tastete darin herum, bis seine Finger den Beutel berührten, in dem er alles Notwendige aufbewahrte. Dort verharrten sie, konnten sich nicht entschließen, irgend etwas herauszuholen. Die Nadel würde ihr Schmerzen verursachen; wenn sie Schmerzen hätte, würde sie jammern; und wenn sie jammerte, könnte er nicht weitermachen. Also war schon diese erste Quälerei unnötig. »Ich kann ihr nicht weh tun; ihr kann ich nicht weh tun«, sagte er sich. Er schaute sie wieder an und sah, daß sie noch immer jeder seiner Entscheidungen bereitwillig Folge leisten würde. »Ich kann die Blutung nicht stoppen. Sie müssen ins Krankenhaus. Ich glaube, die Wunde muß mit ein paar Stichen genäht werden«, sagte er und erhob sich aus seiner Gebetshaltung, in der er die ganze Zeit vor ihr gekniet hatte. Er machte seinen Gürtel los und legte ihr einen Druckverband um den Oberschenkel, versuchte, das zarte, weiche Fleisch, das sie ihm anvertraut hatte, nicht fester als unbedingt notwenig einzuschnüren. Danach machte er keinerlei Anstalten mehr, ihr zu helfen, wartete aber an ihrer Seite. Gloria hatte sich auf seine Schulter gestützt, und gemeinsam waren sie die paar Schritte bis zum Geländewagen gegangen.

Sie brauchten keine zwanzig Minuten bis zum Krankenhaus. Unterwegs beobachtete er sie ständig, sah sie blasser werden und gegen die Ohnmacht ankämpfen, aber sie zeigte keine Furcht und beschwerte sich auch nicht über den Zustand des Weges. Sie erlaubte ihm nicht anzuhalten, um den Druckverband kurz zu lockern, damit das Bein wieder durchblutet werden konnte. Sie machte es selbst. Da war aus der Wunde ein kräftiger Strahl gequollen, hatte aber keinen Fleck auf dem Bezug des Autositzes hinterlassen, weil Gloria ihre Windjacke unter das Bein gelegt hatte. »Sie ist wie ein Reh, warm und schön wie ein Reh«, sagte er sich wieder. Er wunderte sich selbst über sein Verhalten, kam sich vor wie ein Halbwüchsiger, als hätte eines der Rädchen seiner inneren Uhr im Magnetfeld der jungen Frau die Richtung gewechselt und ihn in eine frühere Zeit seines Lebens versetzt, ehe er zu Stein geworden war.

Er hatte vor der Notaufnahme gewartet. Gloria war nach einer halben Stunde wieder herausgekommen. Tatsächlich war die Verletzung unter örtlicher Betäubung mit ein paar Stichen genäht worden. Außerdem hatte man ihr eine Tetanusspritze gegeben. Der Verband war unter der Hose verschwunden, an der sie die Hosenbeine wieder festgemacht hatte. Sie hinkte ein bißchen, als sie ins Freie trat, und sah sich sofort suchend nach ihm um. »Danke für alles«, hatte sie gesagt und ihm die Hand gedrückt, noch immer bleich durch den Blutverlust, aber noch schöner als vor dem Unfall. Er hatte die Zärtlichkeit in dieser Berührung wahrgenommen, die länger dauerte, als es die reine Höflichkeit vorgeschrieben hätte. »Wo übernachten Sie?« fragte er, denn an der Art, wie sie redete, hatte er gemerkt, daß sie nicht aus Breda kam. »Im Europa.« – »Ich bringe Sie hin.« Die junge Frau war ins Auto gestiegen, während er ihr die Tür mit der fürsorglichen Geste eines alten diensteifrigen

Chauffeurs aufgehalten hatte. Vor dem hohen schmiedeeisernen Zaun, der das Hotel umgab, fühlte er sich verpflichtet, es ihr zu sagen: »Auch wenn Sie diesen Unfall hatten, Sie sind eine gute Bergsteigerin. Keine andere Frau würde sich trauen, allein dort hinaufzuklettern.« – »Nochmals vielen Dank«, hatte sie geantwortet, geschmeichelt, als würde ihr diese Bemerkung von einem Aufseher des Reservats wirklich etwas bedeuten. Dann hatten sie sich verabschiedet.

Noch viele Tage lang waren ihm alle Einzelheiten dieser erlebnisreichen Stunde durch den Kopf gegangen. Damals, während er auf einen Anruf von ihr wartete, darauf, daß sie sich wenigstens für seinen Namen interessierte oder ihm bestätigte, daß es ihr besser ging, war ihm zum erstenmal der Gedanke gekommen, daß er mehr verdiente als ein paar schlichte Worte des Dankes. Er hatte sich gefragt, ob sie noch an ihn dachte und ob ihr klar war, daß er ihr gegenüber von seinem eingefleischten Prinzip abgewichen war, sich alle seine Dienste bezahlen zu lassen.

10

Schon vor zehn Uhr am Morgen stellte Cupido sein Auto neben dem Weg ab und ging zu Fuß weiter zum Tatort des zweiten Mordes. Er schätzte, daß es bis dorthin noch zwei oder drei Kilometer waren, aber der Spaziergang würde ihm guttun.

Er schritt weit aus auf dem Forstweg, der zwar nicht in einem guten Zustand war, aber doch befahren werden konnte, sofern man ein Auto mit ausreichend Bodenfreiheit oder einen Geländewagen besaß. An manchen Stellen berührten sich die müden Kronen der Pinien über dem Kopf des Detektivs und filterten die milden Sonnenstrahlen dieser ersten Novembertage; an anderen waren die dem Weg zugewandten Äste weiß vom Staub, während die dem Wald zugewandten noch grün waren, ein Hinweis darauf, daß viele Fahrzeuge diesen Weg in den letzten Tagen genommen hatten. Frustrierte Jäger, offensichtlich unfähig, ein bewegtes Ziel zu treffen, hatten einige der Schilder, die das Feuermachen oder Jagen verboten, mit Schüssen durchsiebt.

Trotz des fortgeschrittenen Herbstes war es noch immer angenehm warm; der wolkenlose Himmel ließ keine Hoffnung auf Fruchtbarkeit aufkommen. Zu beiden Seiten des Weges hallte der einsame Wald vom Zwitschern der Vögel wider, die sich nicht um die Gewalt und die Angst der Menschen scherten. Man müßte nur den Pfad verlassen, über trockenen Blättern, leeren Schneckenhäuschen und toten Insekten ins Innere des Waldes vordringen, und schon wäre man in einer anderen Welt, plötzlich fernab von der Zivilisation. Sich ein paar Minuten vom Weg zu entfernen würde genügen, und man fände sich in einer unberührten, unerforschten Sphäre wieder, die voller Geräusche von Tieren war, die es schafften, lautstark auf sich aufmerksam zu machen und doch nicht gesehen zu werden. Wie viele Leichen hatte man heimlich in diesem Wald verscharrt? fragte er sich, wieviel Diebesgut, wie viele Waffen, wie viele Föten, wie viele Beweise für alle erdenklichen Verbrechen? Der Wald verschlingt alles und verbirgt es, der Wald mag die Leichen genausosehr, wie das Meer sie verabscheut, das sie am Ende immer zurückgibt. Und vielleicht bewahrt der Wald deshalb seine Einsamkeit und sein Mysterium, weil er wie ein blutrünstiger alter Gott von Zeit zu Zeit seinen Blutzoll fordert. Hin und wieder ein Toter, das ist der Tribut, der ihm zu zahlen ist, damit die Kinder weiter von ihm träumen können als dem Ort, an dem die Ungeheuer hausen.

Aber der Mensch weiß, daß er dort, wo er sich fürchtet, auch Schätze finden kann. Wann hat er entdeckt, daß das lebensnotwendige Feuer im Wald schlummert, das Holz in den Flammen knistern und bersten gehört? Der Mensch nähert sich dem Wald und entfernt sich von ihm, getrieben von Schrecken und Verlockungen. Er flieht ihn, wenn er Schemen sieht, kann aber ohne seine Geschenke nicht leben.

Bei diesen beiden Morden hatte auch der Wald eine Rolle als idealer Schauplatz gespielt. Während er ging, fiel Cupido ein früherer Gedanke wieder ein: Als er aus Madrid in das ländliche Ambiente von Breda zurückgekommen war, hatte er den Eindruck gehabt, Geld müsse das Motiv gewesen sein, das Vermögen, das Glorias Verwandte erben würden oder der Besitz, der die Interessen von Doña Victoria berührte. Der Ort rief ihm die harten Worte Machiavellis in Erinnerung: »Die Menschen vergessen eher den Tod ihres

Vaters als den Verlust des väterlichen Erbteils.« Dagegen hatte er in Madrid schließlich gemeint, als Motiv für das Verbrechen käme nur die Leidenschaft in Frage, und hatte damit den am tiefsten verwurzelten Theorien über die Ursachen von Morden widersprochen, die darauf hinauslaufen, daß auf dem Land aus heißem Begehren Blut vergossen wird und in der Großstadt aus kalter Berechnung.

Er kam beim Tatort an und blieb vor dem gelben Absperrband stehen. Einige Gardisten, die noch immer mit dem Metalldetektor nach möglichen Spuren suchten, sahen ihn, erkannten ihn wieder und grüßten flüchtig. Das Zelt war abgebaut worden und vermutlich bereits im Labor. Schon bald würde hier, am Ufer des Sees, nichts mehr auf ein Verbrechen hindeuten; schon bald wäre die große Blutlache verschwunden, in der Sonne verdunstet, vom Tau verdünnt oder von den Insekten und kleinen Raubtieren aufgeleckt. Bald würde sogar der genaue Ort in Vergessenheit geraten, und der Fluch des Verbrechens würde sich über den gesamten Wald legen, sich ausbreiten und El Paternóster schließlich ganz umfangen.

Dieser neue Mord verwirrte den Detektiv, und es schien ihm unvorstellbar, daß jemand von da unten aus dem alten Dorf, das alle schon Stadt nannten, daß einer der fünfzehn- oder zwanzigtausend Einwohner zwischen achtzehn und sechzig Jahren der Täter sein könnte. Ein Mann oder eine Frau, denen er womöglich dutzende Male über den Weg gelaufen war, mit denen er geplaudert hatte, ein Mann oder eine Frau, die jeden Morgen aufstanden und vielleicht zur Arbeit gingen – keine der beiden Frauen war an einem gewöhnlichen Werktag ermordet worden – und die sich jeden Abend in der Gewißheit schlafen legten, nicht erwischt zu werden, wenn sie auch womöglich nachts von Albträumen heimgesucht wurden. Wie sollte er die Untersuchung fortsetzen? Er hatte keine Idee. Jeden Schritt, der ihm einfiel, hatte er bereits getan, ohne das geringste Licht ins Dunkel zu bringen, ohne Ergebnis. Außerdem hatte er gestern nachmittag mit dem Teniente gesprochen. Diesmal hatten sie es eiliger gehabt, die Alibis von Glorias Bekannten zu überprüfen, und diejenigen, die für den Samstag vor zehn Tagen keines vorweisen konnten, waren diesmal unwiderlegbar mit jemandem zusammengewesen, womit auszuschließen war, daß sich der Mörder unter ihnen befand. Sollte er mit Anglada reden und ihm mitteilen, daß er den Fall abgab, daß es keinen Sinn hatte, täglich diese Summe Geld zu kassieren, wenn er keinerlei Fortschritte machte, die das rechtfertigten? Er entschloß sich, noch zwei Tage zu warten, bis die Ergebnisse der Autopsie vorlägen. Falls er dadurch keinen Anhaltspunkt bekam, würde er die Rechnung schreiben und sie dem Anwalt schicken. Letzten Endes war er so etwas wie ein Tagelöhner, ein gutbezahlter zwar, aber ein Tagelöhner, der nicht dafür Geld nehmen konnte, daß er die Füße hochlegte.

Er fuhr wieder nach Hause. Im Briefkasten fand er unter einem riesigen, unpersönlichen Haufen von Postwurfsendungen einen in der Mitte gefalteten weißen Zettel. Er klappte ihn auf und las die handgeschriebene Nachricht: »Ich habe etwas Wichtiges für Dich. Komm vorbei. Bin im Casino.« Er klappte den Briefkasten zu und machte sich sofort auf den Weg, ohne vorher in die Wohnung hinaufzugehen.

Alkali spielte bereits wieder eine seiner nicht enden wollenden Dominopartien, aber als er Cupido sah, gab er seinen Platz ab und kam zur Theke.

»Zwei Cognac«, bestellte er.

Sie warteten, daß der Kellner sich zurückzog, bis sie ihr Gespräch begannen.

»Ich glaube, es ist ein wichtiges Detail. Du wirst wissen, ob du etwas damit anfangen kannst.«

»Laß hören.«

»Es war noch jemand im Reservat, als die erste Frau ermordet wurde: ein Jäger, der einen Schuß gehört hat. Und er war nicht sehr weit von der Stelle weg, an der es passiert ist.« Alkali flüsterte fast, in verschwörerischem Ton, war sich des Wertes seiner Worte bewußt.

»Was für ein Schuß?«

»Aus einer Schrotflinte oder einem Gewehr.«

»Von wem hast du das?« fragte Cupido.

»Das wirst du von mir nicht hören. Ich kann dir nur versichern, daß er nicht lügt. Er ist auch in der Partei«, antwortete Alkali, als gäbe es nur eine einzige Partei und Cupido wäre dort ebenfalls Mitglied. »Das ist die Bedingung dafür daß ich überhaupt mit dir darüber reden kann, ich darf keine Namen nennen. Er will keinen Ärger. Und er hat einen triftigen Grund: Er besitzt keinen Jagdschein und hat an dem Morgen gewildert.«

»Woher weißt du, daß er selbst nichts mit dem Mord zu tun hat?«

»Glaubst du, dann hätte er mir erzählt, daß er dort unterwegs war, bloß etwa einen Kilometer von da entfernt, wo die Frau umgebracht wurde?«

»Nein, dann hätte er es nicht erzählt«, stimmte Cupido zu, »aber wieso sagt er es erst jetzt?«

»Er hat Angst bekommen«, antwortete Alkali, sich seiner Sache sicher. »Als er von dem zweiten Mord an einer Frau gehört hat, ist es ihm unheimlich geworden. Es ist sein kleiner Beitrag zur Aufklärung dieser Angelegenheit. Alle sind der Meinung, daß es noch mehr Tote gibt, falls der Täter nicht bald geschnappt wird«, wiederholte er das, was auch Gallardo schon gesagt hatte.

»Warum sagt er es mir und nicht dem Teniente?«

Verärgert über die mißtrauischen Nachfragen, schüttelte Alkali den Kopf. Er griff nach dem Glas und leerte es mit einem kurzen Ruck aus dem Handgelenk zur Hälfte.

»Du glaubst einem auch gar nichts, Cupido. Der Typ hat schon einmal ein sattes Bußgeld wegen Wilderei bezahlt. Wenn er das jetzt der Guardia Civil erzählt, glauben sie ihm zwar vielleicht, aber er kann sich nicht vorstellen, daß sie darüber hinwegsehen, warum er an dem Morgen dort in der Gegend unterwegs war. Andererseits beweist er dadurch, daß er es dir anvertraut, daß er mit den beiden Morden nichts zu tun hat, denn andernfalls hätte er den Mund gehalten. Nimm es einfach hin. Die Entscheidung zu reden ist ihm schwergefallen. Und ich lege meine Hand dafür ins Feuer, daß er die Wahrheit sagt.«

»In Ordnung«, meinte Cupido.

Es gab keinen Grund, warum sich jemand die Geschichte mit dem Schuß ausdenken sollte. Hatte man das einmal akzeptiert, blieben zwei Möglichkeiten: Entweder war der Schuß von Glorias Mörder abgegeben worden, oder es war noch jemand dort in der Nähe gewesen. Cupido verwarf die erste Hypothese – daß der Mörder geschossen hatte –, denn hätte er eine Schußwaffe gehabt, wäre es absurd gewesen, das Risiko einzugehen, den Mord mit dem Messer zu verüben. Also mußte man diese vierte Person finden, denn wenn sie sich bisher verborgen gehalten hatte, wußte sie wahrscheinlich etwas, das den Mörder belastete.

»Bist du weitergekommen?« fragte Alkali.

»Nein, ich habe keine sicheren Hinweise. Aber ich kann nicht ausschließen, daß derjenige, der die erste Frau ermordet hat, sie gut kannte.«

Alkali sah ihn durchdringend und vielsagend an.

»Vor ein paar Monaten habe ich ein kleines Buch gefunden«, begann er unvermittelt und gab dem Gespräch damit wie so oft eine völlig neue Wendung. »Jemand hatte es im Park in den Mülleimer geworfen, zweifellos hatte ihn die Bleiwüste angeödet und daß es überhaupt keine Dialoge gab. Ich war neugierig und habe angefangen, es zu lesen. Alles habe ich zwar nicht verstanden, aber ich konnte nicht mehr aufhören. Es handelte von einem ziemlich verschrobenen Typ, der im tiefsten Wald hauste und allen, die es wagten, eine unsichtbare, von ihm festgelegte Grenze zu überschreiten, mit einem gezielten Schuß den Garaus machte. Es ist sonderbar, aber ich erinnere mich daran, als hätte ich es erst gestern gelesen. Und auch an den Namen des Wächters kann ich mich noch erinnern. Numa, er hieß Numa. Eine Weile ging mir das nicht mehr aus dem Kopf, und ich habe das Buch noch ein zweites Mal gelesen, weil ich verstehen wollte, warum er das tat, wer ihn fürs Morden bezahlte, wem er diente. Daran habe ich neulich abend denken müssen, als die zweite Frau umgebracht wurde. In jedem Wald gibt es einen Numa, einen fanatischen Wächter, der eine einzige Mission verfolgt: daß die Wildnis Wildnis bleibe.«

Er unterbrach sich kurz, trank sein Glas aus und fuhr dann in bedeutungsschwangerem Ton fort:

»Du bist auf dem falschen Dampfer, Cupido. Der Wächter ist erwacht. Es wird mehr Tote geben.«

»Dann glaubst du also nicht mehr, daß Doña Victoria dahintersteckt?«

»Nein, inzwischen nicht mehr. Vor ein paar Tagen habe ich sie gesehen, als sie aus Madrid zurückkam, sie konnte kaum aus dem Auto steigen. Ich habe das Bild noch vor Augen, ihre Knöchel waren geschwollen, ihre Füße in ein paar schwarzen Schuhen eingezwängt, und damit tastete sie sich auf den Gehweg vor. Die Doña ist in letzter Zeit sehr alt geworden. Ich kann mir nicht vorstellen, daß sie einen Mord ausheckt.«

Cupido lächelte. Er war bereits an diese unvermittelten Meinungsänderungen gewöhnt. Alkali war immer für Informationen gut, für Vermutungen nie.

»Ich weiß nicht, wie ich dir danken soll«, meinte er.

»Fürs erste kannst du mir noch einen Cognac bezahlen. Irgendwann werde ich den Rest des Tributs fordern.«

Er klopfte Cupido auf die Schulter und wandte sich mit einem vollen Glas in der Hand wieder dem Tisch zu, an dem die Spieler schon nach ihm verlangten.

Im Hinausgehen dachte der Detektiv über die Zwickmühle nach, in die ihn diese neue Information gebracht hatte. Bis jetzt hatte er dem Teniente gegenüber fair gespielt und ihm nichts verheimlicht. Aber er hatte Alkali versprochen, diese letzte Entdeckung für sich zu behalten.

»Hier können Sie nicht durch«, sagte Molina, als er sich zum Seitenfenster von Cupidos Auto hinunterbeugte.

Der Aufseher hatte seinen Wagen mitten auf dem Weg abgestellt und ihm die Durchfahrt versperrt. Aber darauf hatte es der Detektiv angelegt, er wollte allein mit Molina sprechen, ohne daß dessen Frau alles schweigend mit anhörte und dabei so erschreckt aussah, als flehe sie ihn an, zu gehen und ihren Mann und sie in Frieden zu lassen. Deshalb war er ohne Erlaubnis in den gesperrten Teil des Reservats hinter dem Kontrollstützpunkt gefahren. Dabei hatte er auch feststellen können, daß Molina keine zehn Minuten brauchte, um den Eindringling innerhalb des von ihm kontrollierten Gebiets zu entdecken.

»Ich weiß«, sagte Cupido, »aber ich wollte mit Ihnen reden.«

Der Aufseher trat einen Schritt zurück, damit der andere

die Tür öffnen und aussteigen konnte. Cupido sah das Pflaster um Molinas rechten Zeigefinger, er hatte sich also verletzt.

»Ich dachte, Sie seien fertig mit Ihren Fragen«, sagte Molina mißmutig.

»Das dachte ich auch. Aber eine letzte Frage hatte ich vergessen.«

Molina legte den Kopf schief. Die schlechte Laune war der Neugier gewichen.

»An diesem Samstagmorgen, haben Sie da den Schuß nicht gehört?«

»Was für einen Schuß?« fragte er überrascht.

»Den Schuß aus einem Gewehr oder einer Schrotflinte, nicht weit von der Stelle entfernt, an der die Frau ermordet wurde.«

»Nein, ich habe keinen Schuß gehört. Ich habe Ihnen doch schon gesagt, daß ich um diese Zeit woanders unterwegs war, mit dem Auto«, erklärte er und deutete mit dem Kopf in Richtung auf den Jeep, der den Weg versperrte. »Falls ein Schuß gefallen ist, habe ich ihn gar nicht hören können, weil ich so weit weg war und der Motor alles übertönt«, fügte er hinzu.

Cupido bohrte die Schuhspitze etwas in den Staub und hakte dann nach:

»Hier kann man Schüsse über weite Entfernungen hören. Ich dachte, Sie hätten vielleicht etwas gehört und nicht mehr daran gedacht.«

»Ich habe ein gutes Gedächtnis«, sagte Molina mit einem spöttischen Grinsen.

»Erzählen Sie mir, wann Sie Gloria kennengelernt haben«, bat der Detektiv, als hätte die Antwort des Aufsehers ihn irgendwie dazu ermutigt.

Molina sah ihn gelangweilt an, zögerte zu antworten. Er

hatte diese Frage schon einmal kurz beantwortet und fühlte sich nicht verpflichtet, es ein zweites Mal zu tun, auch wenn er wußte, daß der Detektiv mit der Unterstützung des Teniente rechnen konnte. Aber schließlich meinte er:

»Vor etwas mehr als einem Jahr, zu Beginn des letzten Herbstes. Es war jedenfalls vor dem fünfzehnten Oktober, weil die Mannschaft vom Brandschutz mit dem Helikopter noch da war. Die Frau war zusammen mit ihrem Freund aus Madrid hier, mit dem, von dem Sie jetzt den Auftrag haben. Die beiden haben erzählt, daß sie morgens aus Breda bei schönem Wetter losgegangen sind. Aber nachmittags hat es sich zugezogen und ist ein paar Grad kälter geworden, einer dieser plötzlichen Wetterumschwünge, die es hier im Herbst häufiger gibt. Sie müssen gefroren haben, und dem Mann ist nichts Besseres eingefallen, als ein kleines Feuer zu machen, um sich aufzuwärmen, obwohl die Wege mit Verbotsschildern gepflastert sind. Wir haben die Rauchfahne sofort von einem der Wachtürme aus gesehen und Alarm ausgelöst. Es war nicht weit weg. Wir sind mit den Autos vorgefahren, während der Hubschrauber klargemacht wurde. Trotzdem wären wir fast zu spät gekommen. Der Oktober ist tückisch. Wenn es noch nicht geregnet hat, ist alles trocken und die Erde noch vom Sommer aufgeheizt, so daß ein Funke genügt, und es gibt eine Katastrophe. Dazu kommt, daß es oft sehr windig ist. Als wir hinkamen, versuchten sie schon, das Feuer einzudämmen. Sie hatten es auf einer Lichtung angezündet, aber es hatte auf einige Büsche übergegriffen, und sie konnten es nicht unter Kontrolle bekommen. Wir haben es sofort erstickt, und der Helikopter mußte nicht eingreifen. Der Chef vom Brandschutz war fuchsteufelswild und wollte die beiden wegen ihrer Fahrlässigkeit anzeigen. Es sah so aus, als wäre es der Freund gewesen, der die Idee mit dem Lagerfeuer hatte und nicht auf die Warnungen des Mädchens gehört hat. Angelockt durch den Hubschrauber oder den Rauch, tauchte auch Doña Victoria mit ihrem Anwalt dort auf, damals ist sie noch im Reservat ein und aus gegangen, als würde es ihr gehören, weil es kein abschließendes Gerichtsurteil gab und keiner sich traute, die beiden zurückzuhalten. Als all die Leute da um sie herumstanden, muß sich die Frau in die Enge getrieben gefühlt haben, und ich kann mich noch erinnern, daß sie uns angesehen hat, als wollte sie sich entschuldigen. Nach und nach hat keiner von uns mehr etwas gesagt. Es war, als würde sie uns mit diesem Blick entwaffnen. Selbst die Besatzung des Hubschraubers hat weiter ihre Runden gedreht, um zu sehen, wie das ausgehen würde. Und auch die Doña war plötzlich nur noch auf uns sauer und meinte, das Reservat sei in Gefahr, wenn es solchen Nichtsnutzen anvertraut würde.«

»Dann kannten also auch Doña Victoria und der Anwalt die Frau?« fragte Cupido nach. Beide hatten das abgestritten.

»Jedenfalls haben sie sich an dem Tag kennengelernt. Als wir den Freund der Frau mitgenommen haben, damit er im Büro ein geringfügiges Bußgeld bezahlt, sind Doña Victoria und der Anwalt noch dort geblieben. Die Doña hat immer von allen Leuten verlangt, daß sie sich ihr gegenüber ausweisen, als wäre eigentlich sie diejenige, die im Reservat das Sagen hat. Aber auch die Alte, die allen gegenüber so mißtrauisch war, muß von der Frau angetan gewesen sein. Ich bin eine halbe Stunde später noch einmal dort vorbeigefahren, um zu sehen, ob alles in Ordnung ist, und da haben sie sich immer noch unterhalten.«

»Sie haben sie öfter gesehen«, sagte Cupido.

»Hin und wieder haben wir sie hier getroffen, das habe ich Ihnen doch schon gesagt. In letzter Zeit hat sie häufiger Ausflüge unternommen. Sie hatte eine Erlaubnis von der

Reservatsleitung und durfte auch in die gesperrten Gebiete, um die Tiere und die Landschaft zu malen. Einmal mußte ich sie begleiten, weil sie eine bestimmte Stelle suchte.«

Molina hatte nach und nach einen neuen Ton angeschlagen, als wollte er das Vertrauen des Detektivs gewinnen.

»Ich glaube, Sie verschwenden Ihre Zeit mit dieser ganzen Sache«, sagte er unvermittelt freundlich wie einer, der einen guten Rat gibt. »Wollen Sie meine Meinung hören?«

»Bitte«, sagte Cupido. Es war schon das zweite Mal an diesem Tag, daß ihm eine Theorie angeboten wurde.

»Die Frau hätte nicht allein ins Reservat kommen sollen. Weder sie noch die andere, die danach getötet wurde, noch sonst irgendeine Frau. Der Wald ist nichts für Frauen ohne Begleitung. Der Wald ist nicht dazu da, angeschaut zu werden, der Wald ist dazu da, bezwungen zu werden.«

Der Detektiv wußte, daß Molina nicht der einzige war, der so dachte. Noch immer fand sich bei vielen Leuten die verquere Tendenz, den Opfern die Schuld in die Schuhe zu schieben, als hätten die das Verbrechen provoziert, als wäre eine vergewaltigte Frau selbst schuld, weil sie einen Minirock getragen hatte, oder als hätte jeder vom Schnee verschüttete Bergsteiger die Lawine verdient, die ihn unter sich begräbt.

»Aber es war Ihnen doch klar, daß sie sich hier gut auskannte.«

»Ich habe Ihnen doch bereits gesagt, daß es nicht die Frage ist, wie gut jemand das Gelände kennt, sondern eine Frage des Geschlechts. Glauben Sie, ein Mann wäre ermordet worden?«

»Ich glaube, nicht auf diese Art«, antwortete Cupido. Er hatte keine Ahnung, wohin diese Unterhaltung führen würde, vertraute aber darauf, daß etwas dabei herauskommen würde.

»Natürlich nicht! Kein Mann würde es wagen, einen anderen Mann mit einem Messer zu überfallen. Der Waldboden ist übersät mit Ästen und Steinen. So wird nur eine Frau überfallen«, schloß er fast ungehalten und ging ein paar Schritte zurück zu seinem Auto. Aber er blieb noch einmal stehen und sagte, so als hätte er das schon oft gedacht: »Eine Frau, die allein durch einen Wald wandert, ist ein potentielles Opfer; und der Mann, der sie beobachtet, ist ein potentieller Mörder.«

Cupido begriff, daß er nicht viel mehr aus ihm herausholen würde. Der Aufseher war einer von denen, die sich eher auf Taten als auf Worte verlassen, und dennoch war er bei diesem Gespräch nicht kurz angebunden gewesen. Der Detektiv fragte sich, ob Molina dadurch, daß er Gemeinplätze von sich gab, ohne etwas Konkretes zu sagen, nicht etwas zu verbergen versuchte. Ihm war, als hätte der Aufseher bei seinen letzten Bemerkungen einen Dialekt gesprochen, den er nicht richtig verstehen konnte. Jeden Satz für sich konnte er zwar begreifen, aber er spürte, daß sich hinter dem ganzen eine Bedeutung verbarg, die er nicht zu fassen bekam. Er wollte die Gelegenheit nicht ungenutzt verstreichen lassen und entschloß sich, ihn zu fragen:

»Wo waren Sie am Mittwoch?«

Molinas Miene wurde hart, denn nachdem er dem anderen so weit entgegengekommen war, hatte er nicht mehr mit dieser Frage gerechnet.

»Diesmal habe ich keinen Schuß hören können. Ich hatte den Nachmittag frei und war in Breda. Es gibt zwanzig Zeugen dafür«, antwortete er trocken, fast beleidigt. »Hat Ihnen das der Teniente nicht gesagt?«

Cupido begriff sofort, daß er einen Fehler gemacht hatte. Molina ließ sich nicht auf die Art steuern, wie er es versucht hatte, indem er ins Blaue hinein eine verschleierte Drohung fallen ließ. Nach dieser letzten Frage hatte der Aufseher den Mund gehalten, ihm endgültig den Rücken gekehrt und war in einer Staubwolke mit dem Geländewagen davongebraust.

Auf dem Rückweg warf sich der Detektiv seine übermäßige Eile vor. Er übte bei seinen Befragungen niemals Druck aus, aber diesmal hatte er die Geduld verloren. Das passierte ihm selten, denn für gewöhnlich hatte er eine Losung Darwins im Kopf, die er bei seiner Arbeit als ein wirksames Gegengift zur Bekämpfung der Ungeduld anwandte: »Logisches Denken ist ein fataler Fehler während der Beobachtung, aber ebenso notwendig vorher wie nützlich danach.« Wie unterschiedlich die beiden Berufe auch sein mochten, letzten Endes waren auch Nachforschungen eine Art Forschung. Er hatte zu schnell den nächsten Schritt tun wollen, und Molina hatte sich wie ein Reptil zurückgezogen, weil ihm nicht genug Zeit gelassen wurde, Vertrauen zu fassen.

Er fluchte laut, als er feststellte, daß es schon zu spät war, um mittagessen zu gehen. Er hatte einen Bärenhunger, würde aber in keinem Restaurant mehr etwas bekommen. In der Stadt kaufte er ein paar belegte Brötchen und eine Flasche Ribera del Duero. Er trank nicht gern allein, aber als er mit den Sandwichs fertig war, hatte er schon vier Gläser Rotwein intus. Urplötzlich überkam ihn das Bedürfnis zu rauchen mit solcher Macht, daß er, bevor er sich bremsen konnte, bereits seine komplette Garderobe nach einer Zigarette durchwühlt hatte.

Er mußte etwas tun, mußte raus und entschloß sich, Doña Victoria einen Besuch abzustatten, auch auf die Gefahr hin, ihre Siesta zu stören oder ungelegen zu kommen.

Das Dienstmädchen ließ ihn nicht lange warten. Er wurde in die Stube geführt, die er bereits kannte, wo noch immer das gleiche sanfte Licht durch die Gardinen fiel, der gleiche nostalgische Geruch nach altem Silber in der Luft hing und alles den traurig düsteren Eindruck von großen Häusern vermittelte, in denen es nicht eine einzige Zimmerpflanze gibt. Jetzt kam ihm die Einrichtung überladener vor als bei seinem ersten Besuch. Er fragte sich, wie viele der Gegenstände aus den vom Stausee überfluteten Häusern stammten. Er hatte gehört, jemand habe an einem anderen Ort schon einmal diese schönen Fenstergitter gesehen. Er hatte gehört, die Doña habe in den Tagen, als der See geflutet wurde und das Dorf auf dem Landweg nicht mehr zugänglich war, einige Beutezüge mit dem Boot unternommen, hatte Bauteile zusammengeklaubt, Verzierungen und traditionelle Schmiedearbeiten, weil die Eigentümer sie nicht hatten transportieren können oder sich keine Vorstellung von ihrem zukünftigen Wert machten. Das hatte sie vielleicht gemeint, als sie von den Fahrten seines Vaters in dem alten DAF sprach, Fahrten, die ihr heute mit dem früheren Beigeschmack von Piraterie wieder in den Sinn kamen.

Doña Victoria gab ihm die Hand, ohne aufzustehen, eine schmale Hand voller Altersflecken, auf der sich deutlich die blauen Adern abzeichneten. Bei der Begrüßung sah Cupido dieselbe ovale Uhr, dasselbe Armband, das er schon kannte, den Ehering, dieselben etwas protzigen Ringe, von denen die unteren Fingerglieder eingezwängt wirkten und die sie vielleicht nicht mehr abstreifen konnte, weil ihre Knöchel leicht geschwollen waren. Sie sah nicht gut aus, ihr Gesicht schien in der Woche, die seit ihrem letzten Gespräch vergangen war, gealtert.

Nachdem er ihr die Hand gegeben hatte, wandte er sich an den Anwalt, der neben dem Fenster stand. Der Detektiv konnte sich nicht verkneifen, ihm wieder auf die Lippe zu sehen: Der Herpes hatte eine braune Kruste gebildet, was seinem Mund beim Reden eine gewisse Strenge verlieh. Expósito wartete nicht auf einen Wink Doña Victorias, sondern ging gleich zur Kredenz und servierte Cognac und Portwein.

»Ich wußte, Sie würden uns noch einmal besuchen«, sagte die alte Dame. »Als diese zweite Frau umgebracht wurde, war mir klar, Sie würden noch einmal mit uns reden wollen. Passendere Verdächtige sind nicht aufzutreiben.«

Cupido war froh, daß sie selbst gleich zur Sache kam, wie beim erstenmal. Aber ihre Stimme klang traurig, als hätte sie sich widerwillig damit abgefunden, einen Kampf fortzusetzen, den sie nicht gewollt hatte, den sie aber – einmal begonnen – auch nicht aufgeben konnte.

Nachdem Expósito die Getränke gebracht hatte, stellte er sich hinter den Sessel der Doña, seine kurzsichtigen Augen unter den geschwollenen Lidern des Klosterschülers fixierten Cupido, und seine Haltung wirkte viel beschützender als beim erstenmal, denn er ließ seine Hände auf der Rükkenlehne des Sessels ruhen, als schöbe er den Rollstuhl einer Invaliden oder wollte der alten Frau Rückendeckung geben.

»Aber Sie sind zum großen Teil selbst an den Verdächtigungen schuld«, bemerkte der Detektiv. »Der Teniente sagt, bei seinem zweiten Besuch hätten Sie jede Aussage verweigert, solange er keine richterliche Anordnung vorlegte, Sie seien ihm in keiner Weise entgegengekommen.«

»Der Teniente«, wiederholte Expósito verächtlich. »Der Teniente hat noch immer die Folgen seines Übereifers in seiner Personalakte stehen. Die Lösung dieses Falls käme ihm wie gerufen, um seine Reputation zu retten. Aber es wird ihm nicht gelingen, sich auf unsere Kosten zu rehabilitieren.«

Doña Victoria hob die linke Hand, als wollte sie ihrem Schützling Einhalt gebieten.

»Was hat er erwartet?« erklärte sie. »Daß wir mit ihm zusammenarbeiten, wo er einer der erbittertsten Gegner unserer Ansprüche auf meine Ländereien gewesen ist? Wissen Sie, was seine erste Frage war, als er gestern durch diese Tür kam?«

»Nein.«

»Er hat ihn gefragt«, sie deutete auf Expósito, »wo er am Mittwochabend war, um die Zeit, als diese andere Frau ermordet wurde. Er hätte ihn festgenommen, wenn nur ich sein Alibi hätte bestätigen können.«

Der Teniente hatte dem Detektiv Expósitos Antwort bereits mitgeteilt: Es gab verschiedene Zeugen, die sich daran erinnerten, ihn zur fraglichen Zeit gesehen zu haben.

»Aber ich glaube nicht, daß Sie gekommen sind, um uns das zu fragen«, fuhr die Doña fort. »Ich habe Ihnen ja bereits beim letztenmal gesagt, wir würden Sie nicht gerne empfangen, um Ihnen dieselben Fragen zu beantworten wie dem Teniente.«

»Ja, da ist noch etwas anderes.«

»Raus damit«, befahl sie.

Der Detektiv sah, daß beide auf der Hut waren, nicht fähig, die Spannung zu verbergen, unter der sie nach den langen Tagen als Verdächtige standen. Expósitos Fingerknöchel wurden etwas weiß auf der Lehne des Sessels der alten Frau.

»Wissen Sie es von diesem Aufseher?« kam ihm Doña Victoria zuvor.

»Ja.«

»Wir dachten, er würde sich nicht mehr daran erinnern. Es ist über ein Jahr her.«

»Es sieht so aus, als wäre es schwer, etwas zu vergessen,

was mit dieser Frau zu tun hat. Alle erinnern sich gut an die Momente, die sie mit ihr verbracht haben«, sagte Cupido.

Doña Victoria nahm einen Schluck Portwein, behielt ihn wie eine Katze kurz im Mund, bevor sie ihn hinunterschluckte, benetzte ihre Kiefer, die einst nicht zahnlos gewesen waren, ihre trockenen Lippen, die einmal sanft und zärtlich einem toten Kind einen letzten Kuß gegeben hatten.

»Ja, sie war etwas Besonderes. Auch ich erinnere mich an sie«, sagte sie und schaute durch das Fenster in die Ferne. »Man vergißt sie nicht so leicht. An dem Tag, als sie den kleinen Brand verursachten, wäre jeder andere hysterisch geworden oder hätte gejammert, um Mitleid zu erregen und das deftige Bußgeld nicht bezahlen zu müssen, das für so eine Fahrlässigkeit fällig ist. Aber dieses Mädchen konnte uns alle von ihrer Reue überzeugen, wenn ich dieses Wort gebrauchen darf. Sie konnte mit den Augen um Entschuldigung bitten, ohne im geringsten ihre Würde zu verlieren. Mehr noch, sie gab einem das sichere Gefühl, so etwas würde nie wieder vorkommen.«

Für ein paar Sekunden schwiegen alle drei, als würden sie sich das Bild vor Augen rufen, das die alte Frau gerade heraufbeschworen hatte.

»Außerdem«, fuhr sie leise fort, »war sie sehr schön. Eine Frau, für die ein Mann jede Dummheit begehen könnte.«

Cupido sah in Richtung Expósito und wartete auf die männliche Version der Geschichte. Aber der Anwalt hielt den Kopf stur gesenkt, den Blick auf das graue Haar der Greisin gerichtet, das dünn war wie Spinnweben, durch einen schnurgeraden Scheitel in zwei gleiche Hälften geteilt wurde und dennoch elegant wirkte, überhaupt nicht streng.

»Warum haben Sie gelogen? Warum haben Sie behauptet, die Frau nicht zu kennen?« drängte Cupido.

»Wenn wir es gesagt hätten, hätte uns der Teniente unangenehme Fragen gestellt. Und nachdem wir es ihm gegenüber verneint hatten, konnten wir Ihnen nicht etwas anderes erzählen«, erklärte Expósito. »Auf jeden Fall spielt es keine Rolle. Welche Rolle sollte es wohl spielen, daß wir uns einmal mit ihr unterhalten haben?«

»Keine, wenn das alles ist.«

»Ja, das ist alles.«

»Haben Sie die Frau später noch einmal gesehen?«

»Nein, nie mehr. Das nächste, was wir von ihr hörten, war, daß sie ermordet worden war. Wir haben sie wiedererkannt, als wir ihr Photo in der Zeitung sahen.«

»Ich habe Ihnen ja schon gesagt, sie war nicht leicht zu vergessen«, bestätigte Doña Victoria.

Diese Art, im Plural zu sprechen, wie ein gut aufeinander eingespieltes Ehepaar die Version des jeweils anderen zu unterstützen, ließ wieder vermuten, daß sie ihre Antworten abgesprochen hatten. Der Detektiv hatte den Eindruck, dieses Gespräch würde nicht mehr viel Neues bringen, würde nirgendwo hinführen, als hätten die beiden alle seine Mutmaßungen bereits vorhergesehen und sich passende Antworten auf jede seiner Fragen zurechtgelegt. Er erhob sich aus seinem Sessel und trat auf sie zu, um sich zu verabschieden. Doña Victoria gab ihm wieder die Hand und neigte ihre Handfläche dabei in einer altmodisch damenhaften Art.

»Sie können jederzeit vorbeikommen, wenn Sie uns etwas fragen möchten«, meinte Expósito, und dem Detektiv entging die Ironie nicht.

»Danke«, antwortete er und spielte das Spiel mit.

11

Vielleicht war sich der Detektiv gar nicht bewußt, wie treffend seine Bemerkung über Gloria gewesen war: »Alle erinnern sich gut an die Momente, die sie mit ihr verbracht haben.« Er selbst erinnerte sich genau an jede ihrer Gesten, an jedes ihrer Worte, an jeden ihrer Blicke. Als er sie zum erstenmal gesehen hatte, war sie Opfer einer Situation gewesen; beim zweitenmal war sie aufgebracht und vertrat die Seite der Ankläger. An dem Nachmittag, als es zu dem kleinen Brand gekommen war, fanden sie Gloria umringt von Angestellten des Reservats, die ihr vorwarfen, daß sie so leichtsinnig gewesen war, an einem stürmischen Tag in einem gefährdeten Gebiet Feuer zu machen. Er hatte sich ein paar Schritte abseits gehalten, hatte sich geweigert, in diesen Chor der Ankläger einzustimmen, der binnen weniger Minuten, in denen sie sich für die Fahrlässigkeit entschuldigte, schwächer wurde und schließlich ganz abebbte wie eine Welle in einem stillen Teich. Er hatte im Hintergrund gestanden und darüber nachgedacht, was geschehen wäre, wenn er einen solchen Brand verursacht hätte. Schon lange war ihm klar, daß etwas Ureigenes an ihm – seine bloße körperliche Erscheinung, sein Verhalten, seine Bitterkeit, diese ansteckend wirkende Mutlosigkeit von einem, der nicht mehr daran glaubt, jemals glücklich zu werden, und das nicht kaschieren kann –, irgend etwas, das er nicht in den Griff bekam, weil er nicht recht wußte, was es war, daß dieses Etwas alle, mit denen er zu tun hatte, unverzüglich zu seinen Gegnern machte. Diese Gewißheit zwang ihn zu einer ständigen Verteidigungshaltung, denn er war davon überzeugt, daß der Mensch als solcher dazu neigte, sich in seinen Feind zu verwandeln. »Vielleicht hätten sie mich sogar verprügelt, mir hätten sie dieses Feuer nicht verziehen«, dachte er und erinnerte sich an den Geländewagen des Reservats, den er einmal nachts mit Hilfe von Gabino angezündet hatte. Während er beobachtete, wie Gloria die Aufseher und die Männer vom Brandschutz umstimmte, die ihre Blicke nicht von ihr lassen konnten, hatte er ihr gegenüber ein zwiespältiges Gefühl gehabt, hatte sie bewundert und gleichzeitig gehaßt. Bewundert, weil alles an ihr – ihre Schönheit, ihr Verhalten, die Lust am Leben, die sie ausstrahlte – sie zum Glücklichsein vorherzubestimmen schien; gehaßt, weil durch sie alles, was ihm selbst fehlte, nur noch deutlicher zutage trat.

Wie immer, wenn mehrere Tage mit Verhandlungen hinter ihm lagen und er viel unter Leuten gewesen war, so hatte er sich auch an diesem Donnerstag, als er aus Madrid in das große Haus in Breda zurückgekommen war, sehr einsam gefühlt. Ständig in Gesellschaft zu sein und sich mit seinen Mandanten zu befassen, erschöpfte und streßte ihn, und er brauchte stets einige Tage, bis er sich davon erholt hatte. Als der Detektiv gegangen war, hatte er sich in sein Zimmer zurückgezogen und sich diese Worte wiederholt: »Alle erinnern sich gut an die Momente, die sie mit ihr verbracht haben.«

Auch eine Woche nach ihrer ersten Begegnung hatte er sie noch nicht vergessen können. Seine Erfahrungen mit Frauen beschränkten sich bis dahin auf flüchtige Besuche bei Prostituierten, die ihre Freier diskret in irgendeiner Wohnung empfingen, denn in ein Bordell zu gehen, wo er mit anderen aufgegeilten und angetrunkenen Männern hätte rangeln, sich hätte mit ihnen messen müssen, erfüllte ihn mit Grauen. Danach war er immer unbefriedigt und traurig und hatte das Gefühl, sein Geld zum Fenster hinausgeworfen zu haben, weil er alles einfach über sich ergehen ließ und es nie wagte, um das zu bitten, wonach ihn verlangte, weil alles schnell und professionell und schmutzig abgehandelt wurde und er unfähig war, die Frau, die vor ihm kniete und dreckige Sachen sagte, zum Schweigen zu bringen, ein bißchen Freundlichkeit zu fordern, nicht einmal Behutsamkeit oder gar Liebe, nur, daß sie den Mund hielt und nett zu ihm war. Aber die Begegnung mit Gloria hatte seiner Vorstellung von dem, was er von einer Frau erwarten konnte, eine neue Dimension verliehen. Einerseits brannte er darauf, sie wiederzusehen; andererseits hatte er keine Eile damit, das Leid neu anzufachen, das sie ihm bereitet hatte. Nachts vor dem Einschlafen dachte er über diese widersprüchlichen Empfindungen nach. Er fühlte, daß ihm die Welt offenstand – er verfügte über ein sagenhaft gutes Gedächtnis und hatte ein außergewöhnliches Geschick, seine Zeit einzuteilen, auf jedem Wissensgebiet konnte er mit seiner Intelligenz brillieren, und seine Konzentrationsfähigkeit und Ausdauer hätten einem professionellen Schachspieler zur Ehre gereicht –, aber ihm fehlte eine Frau, der er diese Möglichkeiten hätte anbieten können. Außer natürlich Doña Victoria, deren Kampf um die widerrechtlich enteigneten Ländereien er sich verschrieben hatte. Manchmal kam er sich vor wie ein Radfahrer in Topform, der über das Lungenvolumen eines Walfischs verfügt und über das Herz eines Pferdes, der aber mutterseelenallein an einer Weggabelung im Gebirge steht und nicht weiter weiß, weil da niemand ist, der ihm den Weg zeigt, und er keine Landkarte besitzt, um sich zwischen den nebelverhangenen, zerklüfteten Bergen selbst zurechtzufinden. Andere Male, wenn es ihm gelang einzuschlafen, träumte er, in einem tiefen schwarzen Brunnen zu versinken, schon viele Meter unter der Wasseroberfläche zu sein und noch immer nicht am Grund. Dort ruderte er verzweifelt mit den Armen, versuchte, nach oben zu kommen, und wußte gleichzeitig genau, daß er nur würde auftauchen können, wenn er sich zuerst bis auf den Schlick sinken ließe, wo er etwas finden würde – eine Leiter, ein Seil mit einem Haken –, das es ihm schließlich ermöglichen würde, den Brunnenrand zu erklimmen.

Erst zwei Monate später, als der Herbst des vergangenen Jahres bereits in den letzten Zügen lag, war es ihm gelungen, Gloria wiederzusehen. Damals hatten sie ihren Kampf mit der Verwaltung in Erwartung der abschließenden Gerichtsurteile besonders erbittert ausgefochten, und die Verwirrung war so groß gewesen, daß keiner der Reservatsaufseher es wagte, sich ihnen in den Weg zu stellen, wenn sie die umstrittenen Ländereien besuchten, immer in Begleitung des treuen Gabino, der lange Jahre Pächter auf Doña Victorias Land gewesen war, niemals einen anderen Patron gehabt hatte und ihr treu ergeben war, ein Mann, der auf die sechzig zuging, der es verstand, beim Wildern unsichtbar zu bleiben, und der die rauhe Gegend von El Paternóster noch aus der Zeit vor dem Bau des Stausees wie seine Westentasche kannte. Er strotzte noch immer vor Kraft und konnte als kleine Zwischenmahlzeit ein Pfund Brot nebst einem Kilo Dörrfleisch verdrücken und das ganze danach wie eine Boa verdauen. Aus Kindertagen, als ihn der Pächter einmal auf dem Esel mitgenommen hatte, war ihm ein unauslöschliches Bild von Gabino in Erinnerung: Ein paar Jungs hatten eine Gittertür öffnen wollen, an deren Scharnier die Wespen ihr Nest gebaut hatten, und er hatte gesehen, wie Gabino das bedrohliche Ding mit der Hand zerdrückte, ohne daß ein einziger giftiger Wespenstachel es geschafft hätte, die von dreißig Jahren harter Arbeit schwielig gewordene Haut zu durchdringen.

In diesem letzten Herbst war ihnen zu Ohren gekommen, daß Giscard d'Estaing, der frühere Präsident Frankreichs – ein leidenschaftlicher Hochwildjäger, der bereits in den Jahren zuvor stattliche Trophäen aus dem Reservat mit nach Hause genommen hatte –, am letzten Wochenende der Jagdsaison nach Breda kommen wollte. Doña Victoria war der Meinung, sie dürften sich diese Gelegenheit nicht entgehen lassen und sollten ein wenig mehr Druck machen, um für den unwahrscheinlichen Fall, daß es zu einem abschließenden Vergleich käme, eine günstige Ausgangsposition zu haben. Sie hatte sich eine Überraschung ausgedacht, die den ganzen protokollarischen Ablauf des Politikerbesuchs durcheinanderbringen und eine gewisse Öffentlichkeitswirkung entfalten sollte.

Einen Tag vor dem besagten Termin waren Gabino und er kurz nach Mitternacht ins Reservat eingedrungen, zur selben Stunde, zu der die Wölfe auf Beutejagd gehen. Der Alte war mit ihm einen vergessenen Uferweg entlanggefahren, der damals wieder benutzt werden konnte, weil der See wenig Wasser führte. Wie sie vorhergesehen hatten, war ein kapitaler Hirsch in eine der Schlingen getreten, die der Pächter, der genau wußte, wo die Tiere ästen und schliefen, in der Nacht zuvor an geeigneten Orten ausgelegt hatte. Der Hirsch lag auf der Erde und machte keine Anstalten aufzustehen, als sie näher kamen. Zuerst dachten sie, er sei erschöpft, nachdem er den ganzen Tag versucht hatte, sich zu befreien, aber schnell merkten sie, daß er sich so oft gedreht und sich dabei so stark in dem Draht verheddert hatte, daß er sich schließlich ein Bein gebrochen hatte, das nun merkwürdig verkrümmt unter seinem Körper lag. Im Licht der Taschenlampen konnten sie sehen, daß das Fell an der ledrigen Haut abgeschabt war und die offenen Wunden bereits die ersten Ameisen angelockt hatten. Er hatte sich ein bißchen schuldig gefühlt: Dieser Schmerz war unnötig. Er sah Gabino zu, der kaltblütig herumhantierte, sich von Zeit zu Zeit kurz aufrichtete und lauschte, ob alles um sie her still blieb, und dann beruhigt im Stockdunkeln weitermachte. Er fragte sich, ob der Alte eine eigene Meinung zu all dem hatte oder bloß gehorchte, sich darauf beschränkte, Befehle auszuführen, ohne sie zu hinterfragen. Der Mann wirkte immer gleich, einen Tag wie den anderen, wie ein Stein, unberührt von den Ereignissen, leidenschaftslos, egal, ob es Tag war oder Nacht. Dagegen spürte er, der von Kindesbeinen an für den Kampf auf dem Papier vorgesehen gewesen war, wie das Herz in seiner Brust heftig hämmerte. Nie war er der Nacht so nah, so mitten in ihr gewesen wie an diesem Ort, umgeben von Millionen von Tieren, von denen viele giftig und hungrig waren. Dennoch, das war keine Angst, und er sagte sich, er hätte auch ohne Gabino keine Bange, die ganze Nacht dort unterwegs zu sein.

Bevor sie den Hirsch aus der Falle befreiten, banden sie seine Hufe zusammen. Dann knotete Gabino das Seil am Ansatz des Geweihes fest, zog den Kopf des Tieres nach einer Seite und verknotete das Seilende am Wedel, so daß der Hirsch sich nicht wehren konnte, indem er den Kopf herumwarf. Das Tier war zu einem Knäuel aus Fleisch und Fell verschnürt, aus dem die Geweihenden ragten. Sie fuhren mit dem Land Rover rückwärts darauf zu und zerrten den Hirsch gemeinsam in den Kofferraum.

Den Ort, an dem sie es tun wollten, hatten sie vorher genau ausgesucht, ganz nah am Kontrollstützpunkt, wo ihn die Jäger am nächsten Tag auf jeden Fall sehen würden, wenn sie auf die Pirsch gingen. Aber als sie sich der Stelle nährten, schlugen in der Ferne die Hunde an, und sie hielten und fuhren ein Stück zurück, um einen geschützteren Platz zu suchen. Wegen des bevorstehenden Politikerbesuchs hatte man schon einen Tag zuvor die Wachmannschaften im Reservat verstärkt. Deshalb entfernten sie sich vorsichtig einige Kilometer von der ursprünglich vorgesehenen Stelle.

Der Alte hatte nicht mehr viel Zeit verlieren wollen, und sobald er sich sicher fühlte, hielt er in einer eichenbewachsenen Senke an. Gabino untersagte ihm, die Taschenlampe einzuschalten, als sie aus dem Auto stiegen: Die Augen des Alten hatten sich an die Dunkelheit gewöhnt, und die Sichel des Mondes spendete ausreichend Licht, um sich zurechtzufinden.

Sie zerrten den Hirsch auf den Boden und schleiften ihn ein paar Meter unter eine massige Eiche, deren Äste geschnitten worden waren, so daß sich die Krone wie ein Kandelaber öffnete. Gabino bewegte sich hastig und verbat sich jede Einmischung, als erfordere diese letzte Aufgabe eine Entschlossenheit und Kaltblütigkeit, die er seinem Begleiter nicht zutraute. Der Alte warf ein Seil über einen kräftigen Ast, gebot ihm, das eine Ende festzuhalten, während er das andere Ende um den Hals des Tieres schlang. Zwar war ihm vorher klar gewesen, was sie tun würden, aber jetzt verstand er auch, wie sie es tun würden. Der Hirsch, der sich nicht bewegen konnte, sah sie von unten her an, sein an den Wedel gebundener Kopf war heftig verdreht, in seinen aufgerissenen Augen stand dieser Schreck, der ein Kennzeichen aller Säugetiere ist. Er sah, wie der Alte eines dieser Messer mit Holzgriff und gebogener Klinge aus der Hosentasche zog, die von fast allen Bauern der Gegend benutzt wurden, und es mit einem leisen Schnappen aufklappte. Er hörte den Alten sagen: »Fest ziehen«, aber erst beim zweitenmal kapierte er, daß er gemeint war. Er zog mit aller Kraft an dem Seil und konnte nur den Kopf des Tieres heben, das die Zunge ein wenig herausstreckte, als es den Druck am Hals spürte. Das Seil glitt nicht gut über den Ast, die rauhe Rinde taugte nicht als Flaschenzug. Er versuchte es noch einmal, bis seine Handflächen von der Reibung des Stricks brannten, aber er schaffte es nicht, den Hirsch hochzuziehen. Der Alte wandte ihm das Gesicht zu, und er vermutete, daß er ihn ansah, obwohl man bei der Dunkelheit unmöglich sagen konnte, wohin diese Augen, die von dem ständigen Blinzeln in der hellen Sonne ganz zusammengekniffen waren, blickten. »Ich ziehe ihn hoch. Sie müssen schneiden«, sagte Gabino und drückte ihm das geöffnete Messer in die Hand. Mit kurzen, heftigen Rucken zerrte der Alte den Hirsch Stück für Stück in die Höhe. Das Tier wäre erstickt, wäre das Seil nur an seinem Hals befestigt gewesen, aber der Alte hatte es auch um den Strick geschlungen, der das Geweih mit dem Wedel des Tieres verband; dadurch verteilte sich das Körpergewicht gleichmäßig. Gabino hatte entschieden, den Hirsch nicht zu ersticken, sondern zu erhängen, um die menschliche und rituelle Seite dieses Todes deutlich zu machen. Ohne daß der Alte es ihm erklärte, verstand er, was er zu tun hatte. Er betrachtete das Messer in seiner Hand, dessen Klinge im spärlichen Mondlicht schimmerte, als wäre sie aus Silber. In der Luft hängend hatte der Hirsch sich gewunden und zu entkommen versucht, aber weil das nur den Druck auf seine Kehle verstärkte, hielt er sofort wieder still. Der Kopf war in ihre Richtung gedreht, und er konnte seinen Blick nicht von den angsterfüllten Augen des Tieres abwenden. »Jetzt«, hörte er die Stimme hinter sich sagen. »Sie müssen den Wedel in einem Zug abschneiden.« Es war ihm völlig klar, was dann passieren würde: Wenn er den Wedel durchschnitt, würde das ganze Gewicht des Körpers mit einem Schlag auf dem Hals lasten, und das Genick würden brechen. Ein schneller und häßlicher Tod, mit allen Arten von Ausscheidungen. Er fragte sich, ob das Tier ahnte, was ihm bevorstand, ob es so entsetzt schaute, weil es bereits gewußt hatte, was von den Menschen zu erwarten war, als es sich in der Drahtschlinge verheddert hatte. Er fragte sich auch, wie viele Hirsche oder Hunde der Alte schon getötet haben mußte, um mit solcher Sicherheit zu wissen, was in jedem Moment zu tun war. Er hob die linke Hand und umfaßte den Wedel dort, wo das Seil daran verknotet war, das die Hälfte des Gewichts trug. Er spürte etwas Feuchtes, Klebriges an den Fingern: Das Tier hatte gekackt. »Genau wie bei Menschen. Er weiß, daß er stirbt«, dachte er. Es war über eine Stunde her, daß sie das alte Haus in Breda verstohlen durch die Hintertür verlassen hatten. Wie immer war er bereit gewesen, bei allem, was getan werden mußte, zu helfen, aber er hätte sich nicht träumen lassen, daß er nur siebzig Minuten später mit der einen Hand ein scheußlich scharfes Landarbeitermesser und mit der anderen den Wedel eines prächtigen, zu Tode erschreckten und hilflosen Tieres umklammern würde, das er mit einem Schnitt töten würde. Das bißchen Erfahrung, das er bei den früheren kleinen Sabotageakten gesammelt hatte, bezog sich nur auf Gegenstände – ein in Brand gesteckter Jeep, ein Seitenschneider, mit dem wieder und wieder ein Zaun durchtrennt wird … – jedenfalls auf nichts, das derart lebendig war und zappelte. Diese Art Arbeit war immer dem Alten aufgetragen worden. »Näher am Arsch«, hörte er wieder die Stimme hinter sich, diesmal fester und drängender. Er gehorchte und senkte die Waffe bis zum Ansatz des Wedels. Er spürte, wie angespannt und heiß das Fleisch durch die heftige Dehnung der Muskeln und Sehnen war, und berührte mit der Klinge die Haut des Tieres einen Zentimeter unterhalb seines Daumens. »Durchschneiden und schnell wegspringen, daß Sie nichts abkriegen, wenn er fällt«, hörte er noch. Er holte tief Luft, nahm seinen Mut zusammen und wartete auf die letzten Anweisungen. Aber der Alte hinter ihm sagte nichts mehr, sondern harrte darauf, daß endlich Blut floß. Einen Moment lang dachte er daran, noch einmal die Rollen zu tauschen, selbst das Seil zu halten, jetzt, wo der Hirsch hochgezogen war, aber es fiel ihm nichts ein, womit er diesen Vorschlag hätte rechtfertigen können. Er legte die gebogene Klinge an und stellte fest, daß sie die ersten Borsten mühelos wie ein Rasiermesser durchtrennte. Dann plötzlich drückte er mit aller Kraft zu, während er gleichzeitig das Messer vom Griff bis zur Spitze durch das Fleisch zog. Er hatte den Wedel durchtrennt und warf sich nach hinten, im selben Moment wurde der Hirsch mit einem heftigen Ruck nach unten gezerrt und baumelte nur noch am Kopf. So, mit vor Entsetzen geweiteten Augen, zuckte das Tier noch ein paarmal und hing dann reglos. Er spürte, daß etwas Feuchtes und Heißes über seine zusammengepreßten Lippen rann, und ehe er darüber nachdenken konnte, hatte er es schon abgeleckt und erkannte den süßlichen Geschmack von Blut. Er spuckte nach einer Seite aus und betrachtete dann das sanfte Schwingen des Tierkörpers. Gabino machte keine einzige anerkennende Bemerkung. Der Alte zog bloß den Hirsch etwas höher und verknotete den Strick am Stamm der Eiche, so daß das tote Tier weit oben gut sichtbar und drohend im Baum hing.

Danach machten sie sich in aller Stille wieder auf den Heimweg. Er bebte innerlich und war aufgewühlt wie ein Halbwüchsiger, aber tief drinnen war er stolz, eine Mutprobe bestanden zu haben – ein lebendes Tier zu quälen –, die von den gleichaltrigen Jungs aus seinem Dorf bereits vor fünfzehn Jahren abgelegt worden war. In gewisser Weise empfand er das, was er mit dem Messer getan hatte, als Taufe, das Blut auf seinen Lippen als Kommunion.

Doña Victoria hatte dem Dienstmädchen an diesem Wochenende freigegeben und wartete zu Hause ungeduldig auf die Rückkehr der beiden, kein Auge konnte sie zutun, saß in dem Sessel mit der hohen Lehne und horchte auf das Geräusch des Land Rovers, dessen Motor sie unter hundert anderen herausgehört hätte. Zwar war es nicht das erstemal, daß er sich zu einer solchen Aktion bereitgefunden hatte, die so ganz anders war als seine Arbeit in der Kanzlei, jedoch war es diesmal durch die Anwesenheit des französischen Politikers besonders riskant. Er hatte sie unruhig und ein wenig besorgt zurückgelassen.

Als er nun wieder in die nur vom Licht der Straßenlampen erhellte Stube trat, die Stiefel vom Staub überzogen, einige kleine Blutflecken auf den Ärmeln des Hemdes und im Gesicht neben den Lippen, hatte sie ihn zu sich gebeten, und als er da vor ihr stand, betrachtete sie ihn wie einen Sohn, der nach langer Abwesenheit wieder nach Hause zurückgekehrt ist. Sie bat ihn, sich zu ihr in das Dämmerlicht zu setzen, und ließ sich alles haarklein erzählen, den Ablauf jeder einzelnen Minute. Schließlich gingen sie auf ihre Zimmer, um auf die Wirkung zu warten, die all das am nächsten Tag entfalten würde, in nur wenigen Stunden. Jeder Skandal, jede Destabilisierung waren besser als die Normalität, um die sich die Verwaltung innerhalb von El Paternóster bemühte, so, als gehörte ihr das alles bereits und der Oberste Gerichtshof hätte sein Urteil schon gesprochen. Sie hatten verschiedene Schlachten verloren, nicht den Krieg, und sie klammerten sich an die Hoffnung auf den endgültigen Sieg wie ein Land, das am Rand der Zerstörung steht und noch immer an die todbringende Macht einer neuen Waffe glaubt, deren unmittelbar bevorstehender Einsatz das Kriegsglück wenden wird.

Womit sie nicht gerechnet hatten, war, was sich in den ersten Morgenstunden des darauffolgenden Tages abspielte, als sie unter dem Vorwand, einige Dokumente vorzulegen, zum Kontrollstützpunkt fuhren, denn sie wollten vor Ort sein, wenn man den erhängten Hirsch fand, und dafür Sorge tragen, daß der Vorfall nicht unter den Teppich gekehrt wurde. Anders, als sie sich das ausgemalt hatten, war es weder ein Aufseher noch ein Jäger, der ihn am Strick baumelnd fand. Es war Gloria, die damals bereits die Erlaubnis bekommen hatte, auch in den gesperrten Gebieten von El Paternóster ein und aus zu gehen, um zu malen. Nachdem sie ihn entdeckt hatte, war sie zum Kontrollstützpunkt gerannt und hatte den Fund gemeldet. Doña Victoria und er waren da, warteten auf eben diese Nachricht, allerdings auf einen anderen Boten. Gloria war mit den Aufsehern in einen Wagen gestiegen, und sie beide waren hinterhergefahren bis zu der Stelle, die auf ihn bei Tageslicht ganz anders wirkte als der Ort, den er im Dunkel der Nacht gesehen hatte. Alle hatten für einen Moment unbeweglich dagestanden und bestürzt den Kadaver betrachtet. Ein Hund der Aufseher, der hinter ihnen hergehetzt war, kam näher und leckte den Samenerguß auf, den der Hirsch gehabt hatte. Da hatte Gloria es nicht mehr mit ansehen können und verlangt, man möge ihn abhängen, und Doña Victoria hatte das unterbunden, damit der Vorfall so viel Aufsehen wie möglich erregte. »Nicht so eilig, junge Frau. Davon, daß man ihn da runterholt, wird der Hirsch auch nicht wieder lebendig«, hatte sie zu ihr gesagt. Gloria hatte ihnen beiden einen vernichtenden Blick zugeworfen, und ihm war das Blut in die Wangen gestiegen. Er wußte, er war rot geworden wie ein ertappter Schulbub, den man zur Rede stellt, weil er eine Taube gequält hat, aber sie konnte es nicht gemerkt haben, weil sie sich unverzüglich und voller Verachtung von ihnen abwandte. Er hatte einen kratzigen Belag in der Kehle gespürt und mehrere Sekunden gebraucht, bis er Doña Victorias Aufforderung nachkam und in den Ort hinunterfuhr, um einen Photographen zu suchen.

Das Tier war unter Qualen gestorben, er selbst hatte sich geschämt, und noch dazu war es eine einzige Pleite gewesen: Den französischen Politiker hatte man von allem ferngehalten, und die Grausamkeit hatte keinerlei Echo außerhalb der lokalen Grenzen gefunden.

In jener Nacht, als er zu Bett ging und trotz seiner Erschöpfung nicht einschlafen konnte, waren ihm zum erstenmal Zweifel an der Wirksamkeit ihrer Strategie gekommen.

12

Er drehte den Hahn auf, und als das Wasser warm zu werden begann, schlüpfte er unter die Dusche und ließ sich den Strahl über die Stirn rinnen. Einige Minuten verharrte er so, bevor er nach Duschgel und Shampoo griff, um sich die Schmutzschicht abzuwaschen, die nach einem Tag auf dem Feld an seinem Körper klebte und von der er sich jeden Abend befreite, wie sich eine Schlange im Frühjahr von ihrer alten Haut befreit. Auch die Gewohnheit, sich jeden Tag gründlich zu waschen, hatte er von Gloria übernommen, nachdem er ihr einmal nachmittags dabei geholfen hatte, ihre Staffelei zu einer der tiefen Buchten des Stausees zu tragen, wohin in der Abenddämmerung, das hatte Molina, der Aufseher, behauptet, das Rotwild und die Damhirsche zum Trinken kamen. Eine Stunde lang sah er ihr zu, wie sie die Leinwand aufteilte, die Proportionen von Wasser, Land und Himmel festlegte und einige Stellen in Erwartung der Tiere, die den Raum füllen sollten, freiließ, noch unbestimmt. Gloria würde sie nur wenige Minuten anschauen können, wenn sie auf der anderen Seite der Bucht auftauchten, und ihre Pupillen würden das Bild bannen müssen, würden es nach den gleichen Regeln, denen auch die ersten Bewohner der Gegend beim Bemalen der Höhlenwände gefolgt waren, zerlegen und schließlich auf der Leinwand wieder zusammensetzen müssen. Er hatte sie stumm betrachtet, ohne sie zu stören, im Hintergrund hatte der See gelegen, in dem sich kleine Inseln gebildet hatten, weil der Wasserstand niedrig war, und diese Kulisse hatte

Glorias Schönheit noch betont, von der er bezwungen war, so verliebt in sie, daß es weh tat, in ihre Hände, die malen konnten, wie er selbst es nie fertigbringen würde, in ihre rebellischen Haarsträhnen im Nacken, die sich nicht hatten in ihrem hohen, etwas strubbeligen Pferdeschwanz einfangen lassen, in die sanfte Linie ihrer Hüften, die auch unter ihrer hellen, weiten Hose nicht verborgen bleiben konnte, in ihr freundliches Lächeln, mit dem sie ihm zuweilen, wenn sie den Kopf wandte, für seine Hilfe dankte, stets schweigend, denn sie wollten die Stille nicht brechen, die notwendig war, damit die Tiere zum Ufer kämen. Dennoch, vielleicht weil das Wild sie gewittert hatte, vielleicht weil sie beide nicht geduldig genug gewesen waren, um unbeweglich wie die Jäger in Deckung zu bleiben, oder aus einem anderen Grund, der gar nichts mit ihnen zu tun hatte, jedenfalls kamen die Tiere an diesem Abend nicht.

Wenn er gekonnt hätte, er wäre auf die Suche nach ihnen gegangen, hätte sie in ihren Verstecken aufgestöbert und dorthin getrieben, wo Gloria wartete. Alles hätte er getan, wenn sie ihm bloß Beachtung schenkte, ihrem jungen Cousin, den sie bestimmt nett fand und ein bißchen bemitleidete, weil er ein so ärmliches Leben führte, weil er kaum Möglichkeiten hatte, seine Begabung zu entwickeln, weil sein Vater so mürrisch war. Dieses halbgare und passive Mitleid, das sich nie zu wirklicher Großzügigkeit durchringt. Des Wartens müde und die Enttäuschung ins Gesicht geschrieben, hatte Gloria zu ihm gesagt: »Ich glaube, sie kommen heute nicht mehr. Wir haben Pech gehabt.« Er wußte nichts zu entgegnen, und sie hatte auch nicht auf eine Antwort gewartet, sondern die Staffelei zusammengeklappt und die Pinsel eingepackt und war die fünfzehn Meter bis zum Ufer gegangen. Er hatte gesehen, wie sie sich am Wasser auf einen Stein setzte, die Wildledermokassins abstreifte und so einige Minuten mit dem Rücken zu ihm reglos dasaß, versunken in die Stille der Abenddämmerung und die letzen Lichtstrahlen, die von der Sonne über den Kamm von Volcán und Yunque zu ihnen heruntergeschickt wurden. Nie zuvor hatte er eine so schöne Frau gesehen, nie hätte er sich träumen lassen, daß die Liebe ihn so würde durcheinanderbringen können. Er wußte, was auch immer geschehen mochte, an dieses Bild seiner Cousine würde er sich ein Leben lang erinnern, wie sie dort auf dem Stein saß, die Knie umschlungen, die nackten Füße nahe am Wasser und im Hintergrund die Berge im Abendlicht. Selbst der Himmel trug seinen Teil bei, eine Szene zwischen Wirklichkeit und Trugbild zu erschaffen: Einige violette Wolkenfetzen, die aussahen wie Pferde, zogen vor der Sonne vorbei und verliehen diesen Momenten etwas Irreales. Wäre er je in der Lage, einmal, in einem einzigen Bild, festzuhalten, was er gerade sah, er würde nie wieder etwas malen müssen.

Als hätte sie sich plötzlich seiner besonnen, hatte Gloria sich umgedreht und gesagt: »Ich gehe schwimmen. Ich kann den Schweiß nicht ertragen. Kommst du mit oder wartest du auf mich?« Hätte sie nur den ersten Teil der Frage ausgesprochen, womöglich hätte er es gewagt, sie in das ölig graue, tiefe Wasser des Sees zu begleiten, womöglich hätte er die Feigheit und Schüchternheit überwunden, seine Verstocktheit, hätte seine Scham und Aufregung vor Glorias nacktem, heißersehntem Körper nicht gezeigt, hätte sich nicht davor gefürchtet, was Gloria von seinem eigenen Körper denken mochte, der die Pubertät zwar schon hinter sich hatte, aber noch nicht richtig erwachsen war, sich an diesem schwindelerregenden Punkt befand, auf der letzten Etappe, die viel erschreckender ist als das Jungsein an sich, weil man sich nicht mehr als Jugendlicher fühlt und doch weiß, daß man weder so kräftig noch so selbstsicher ist wie einer, dessen Entwicklung abgeschlossen ist. »Ich warte hier«, hatte er geantwortet und es im selben Moment bereut, hatte sich verflucht, weil er so schüchtern war und nicht der Draufgänger, der sich kopfüber in die spiegelglatte Wasseroberfläche warf und hinter ihr herschwamm, unter ihr hindurchtauchte, unter ihrem Körper in dem bleiernen, unbeweglich stillen, fast bedrohlichen Wasser, wo nur sie beide gewesen wären, inmitten eines Sees, in dem es nichts gab außer dem hellen Fleck ihres Rückens und lauter Gründen, wie im Spiel mit Zärtlichkeiten zu beginnen, was die einzige Chance eröffnet hätte, einer Cousine nahe zu sein, die zu lieben sich wegen der familiären Bande verbot.

Er drehte sich um, als er sah, wie sie entschlossen das T-Shirt über den Kopf zog, aber ihm blieb der Bruchteil einer Sekunde, in dem sein Blick auf ihren geraden, nackten und sonnengebräunten Rücken fiel. Er wußte nicht, was tun, und sagte deshalb, von ihr abgewandt: »Ich laufe ein bißchen herum, vielleicht sehe ich ja doch noch ein paar Rehe«, obwohl er genau wußte, daß es dafür schon zu spät war, daß die Tiere sich schon in ihre Verstecke zurückgezogen hatten, um zu ruhen oder zu äsen, und daß seine Bemerkung nur ein Ausrede war, mit der er die Aufregung, in die ihn ihre Nacktheit versetzte, vertuschen wollte. »Einverstanden«, kam Glorias Antwort. Während er auf die erste Reihe Pinien zuging, hörte er das Wasser klatschen. Sie mußte von dem Stein aus hineingesprungen sein. Dann traute er sich endlich, über die Schulter zu blicken, und sah, wie sie auftauchte und Luft holte, wie ihre Arme, die sich hell vom Wasser abhoben, in einem ruhigen Rhythmus die Oberfläche des Sees teilten. Noch war Zeit umzukehren, dachte er, noch konnte er seine Kleider loswerden, es ausnutzen, daß sie schon weiter weg war, und sich mit ihr jenseits des Ufers treffen, das sie voneinander trennte wie eine

Grenze aus Angst und Scham. Da drin wäre alles einfacher, sie beide wären naß und nackt im Herzen des Sees, würden darin eintauchen, bis ihre Zehenspitzen die schlickigen Dächer der überfluteten Häuser berührten, beide würden von derselben flüssigen Materie gestreichelt und geschaukelt wie in einer Wiege. Aber er entfernte sich weiter. In seinen Augen sammelten sich zwei Tränen der Wut gegen sich selbst und – in einer plötzlichen Aufwallung des alten, unbändigen Stolzes, den er von seinem Vater geerbt hatte – gegen sie, weil sie sich vor ihm ausgezogen hatte, als wäre er noch ein kleines Kind. Er ließ die Tränen ungehindert über sein Gesicht rinnen, und dann machte er entschlossen kehrt, nahm einen kleinen Umweg, duckte sich zwischen Büschen und Baumstämmen, bis er sich einige Meter links von der Stelle, wo sie gewesen waren, am Saum des Waldes ins Unterholz legte. Die durstigen Wurzeln der Pinien drängten an die Oberfläche und schlängelten sich unter einer ausgedorrten Schicht Erde wie Adern unter einer gealterten Haut.

Noch immer lag diese letzte Helligkeit über allem, die von der Dämmerung wie ein Aufschub gewährt wird, wenn eigentlich bereits die Nacht angebrochen sein müßte. Und ein fast voller Mond stieg auf und schüttete sein milchiges Licht aus. Er schob die welken Zweige der Büsche vor seinen Augen zur Seite und blickte aufs Wasser. Gloria ruhte unbeweglich auf der glatten, dunklen Wasseroberfläche, ließ sich mit ausgestreckten Armen treiben, das Gesicht vom Ufer abgewandt. Für einen Moment bildete er sich ein, sie würde auf ihn warten, würde all das nur tun, damit er sich ihr leise näherte, sie im Spaß erschreckte, denn sie konnte ihn doch unmöglich vergessen haben. Aber er wußte inzwischen, daß er sich nicht trauen würde. Hier war es in Ordnung, aus seinem Versteck konnte er sie beobachten, ohne selbst gesehen zu werden, umgeben von den schweren Gerüchen der trockenen Erde und den leisen Geräuschen des Waldes, der sich unter dem Einbruch der Nacht und dem heller werdenden Licht des Mondes duckte. Alle Sinne waren wach, und das Herz knisterte zwischen den Rippen.

Es war die Zeit, wenn die Fliegen trinken und die Fische zum Jagen an die Wasseroberfläche kommen. Ein Karpfen sprang in einem großen Satz, um irgendein Insekt zu erwischen, und als er wieder zurück ins Wasser fiel, zerstörte er die spiegelglatte Fläche und die Stille. Als würde sie plötzlich von Angst gepackt, machte Gloria eine halbe Drehung und schwamm zum Ufer. Er rührte sich nicht. In jedem Teil seines Körpers, der den Boden berührte, konnte er das schneller werdende Pochen seines Herzens spüren. An derselben Stelle, wo sie hineingesprungen war, bei dem Stein, auf dem ihre Kleider lagen, kam Gloria aus dem Wasser und stellte ihre atemberaubende Nacktheit zwar nicht zur Schau, verbarg sie aber auch nicht, obwohl sie nur einen kleinen, hellen Slip trug, durch den sich jetzt, naß wie er war, der dunkle Fleck ihrer Schamhaare abzeichnete. Sie fröstelte ein bißchen, bückte sich und begann, sich mit dem kleinen mitgebrachten Handtuch abzutrocknen. Er hatte Zeit gehabt, sie zu betrachten und sich ihr Bild für immer einzuprägen, ihre langen, leicht schimmernden Oberschenkel, ihre Brüste, die mit jedem Schritt ihrer nackten Füße zitterten, das dunkle und magische Dreieck unterhalb ihres Bauchs, ihre nasse Haut.

Sein ganzer Körper bebte vor Lust, als er unter der Dusche nochmal einen Orgasmus hatte. Fast erschrak er, als die müde, zärtliche Stimme seiner Mutter von draußen rief: »David, mach mal Schluß, ich brauch auch noch heißes Wasser«, um ihn wieder in die Welt der Armut, des Mangels und der quälenden Sparsamkeit zurückzuholen, in der sie lebten. Aber noch blieb er einige Minuten unter dem Wasserstrahl stehen, ließ sich sauber werden, während er auch die letzten Bilder dieses Abends vor seinem inneren Auge wachzuhalten versuchte: Gloria, die auf dem Stein saß und sich anzog, die dann nach ihm rief, und er, der sich rufen ließ, ohne aus seinem Versteck zu kommen. Er wußte nicht recht warum, aber es war ihm ein Bedürfnis und erregte ihn, sie zu beunruhigen, sie zu erschrecken, sie dazu zu bringen, daß sie sich vorstellte, er sei nicht mehr da, sei verschwunden: doch noch unentbehrlich für sie zu werden, wenn auch nur für ein paar Minuten. Er beobachtete, wie sie sich kämmte und sich dann eine Zigarette ansteckte, wie sie immer unruhiger wurde, immer lauter nach ihm rief.

Als er meinte, jetzt sei es genug, kroch er rückwärts, achtete darauf, daß sich keiner der Büsche bewegte und ihn verriet, und richtete sich erst auf, als er außer Sichtweite war. Er vergewisserte sich, keine Flecken auf seiner Kleidung und keine Spur von Tränen im Gesicht zu haben, und ging zum Ufer. »Wo warst du? Du bist ganz schön weit weggegangen«, sagte sie, als sie ihn kommen sah. Er war enttäuscht, weil ihre Stimme eher vorwurfsvoll als erfreut klang, aber er antwortete freundlich, er habe ein paar Hirsche drinnen im Wald gesehen und über ihrer Beobachtung die Zeit vergessen. Sie nahmen die Pinsel und die Staffelei und gingen zurück zum Auto. Um unnötigen Streit zu vermeiden, hatte er seinem Vater verschwiegen, daß er ihr geholfen hatte.

Er drehte den Wasserhahn zu, zog den Bademantel an und verschwand in seinem Zimmer, einem Raum im oberen Stockwerk des Hauses, der zwar kalt und nur spärlich möbliert war, ihm aber eine gewisse Unabhängigkeit bot, weil er weit genug von Küche und Eßzimmer entfernt lag, um seine Ruhe zu haben. Er machte die Tür hinter sich zu.

Dann zog er frische Kleider an, und bevor er sich an den kleinen, runden Tisch mit der Plastiktischdecke setzte, stieg er auf einen Stuhl und griff auf dem hohen Kleiderschrank nach dem Skizzenblock, in dem er ein paar Kohlezeichnungen gemacht hatte. Zwischen den Blättern zog er einen losen Bogen hervor, auf dem das Gesicht eines Jungen zu sehen war: Es war das Portrait mit Widmung, das Gloria an einem ihrer letzten gemeinsamen Abende von ihm gezeichnet hatte. Sie hatten sich über das Malen unterhalten, während er ihr half, einige Sachen in das alte Haus ihrer Eltern zu räumen. Sie hatte gefragt, ob er die Ölfarben, die sie ihm geschenkt hatte, schon verbraucht habe, und er hatte das verneint, hatte ihr gestanden, daß er sich zwar beim Zeichnen ganz sicher fühlte, es ihm aber schwerfiel, mit den Farben genau den Ton zu treffen, der ihm vorschwebte. Als Dank für seine Hilfe hatte ihn Gloria irgendwann, als er sich vor dem Fenster ausruhte und sein Gesicht im Dreiviertelprofil beleuchtet wurde, gebeten, still zu sitzen. Sie hatte einen Bleistift und ein Blatt Papier genommen und mit schnellen, präzisen Strichen dieses Portrait gezeichnet, das er wie einen Schatz hütete. Er hatte es vor seinen Eltern versteckt, aber hinter der geschlossenen Tür holte er es häufig hervor und betrachtete es wie ein schwerreicher Sammler, der für sich allein ein Meisterwerk anschaut, das er niemandem zeigen kann, weil es aus einem Museum gestohlen worden ist. Er verbrachte viel Zeit damit, die Linienführung zu studieren, die Intensität der Schraffur, die Tiefe der Schatten. Dieses schlichte Stück Papier schien wie ein großes Kunstwerk die Fähigkeit zu haben, das Modell wahrheitsgetreuer abzubilden als ein Spiegel. Gloria hatte es verstanden, den Ausdruck seiner dünnen, fast ärgerlich abwehrenden Lippen einzufangen, das Haar, das ihm von einem zu hoch sitzenden Scheitel in die schweißbedeckte Stirn fiel, die Nase, deren Nasenflügel sich blähten, als würde er versuchen, den Geruch der Malerin zu erhaschen, während sie ihn portraitierte. Selbst die leichten Spuren der Akne hatten ihren Platz auf dem Papier gefunden. Er sah sich die Augen genauer an, aus ihnen sprachen sowohl Schüchternheit als auch Staunen und Sehnsucht. Er fragte sich, ob sie gewußt hatte, wie verliebt er in sie war. Zweifellos mußte sie etwas geahnt haben, denn sie hatte in dem Portrait diese Begierde angedeutet, die entsteht, wenn ein Wunsch niemals erfüllt werden kann. Würde er je lernen, so zu malen? fragte er sich. Würde er noch Zeit haben, die verlorenen Jahre aufzuholen? Jetzt vielleicht, mit all dem Geld, das sie erben würden. Das sie von Gloria erben würden. Er drehte das Blatt um und las die Widmung, die sie für ihn geschrieben hatte: »Such nicht weiter in deiner Umgebung. Alle Farben sind in deinen Augen.« Mit einem Ruck hob er den Kopf und horchte auf das schlafende Echo, das von der Widmung geweckt worden war und widerhallte wie der weit entfernte Klang von Glocken in einer verlassenen Eremitage. Noch einmal las er die Sätze, und dann fiel ihm ein, was Gloria an dem Nachmittag, als sie ihn dabei ertappte, wie er in ihrem Tagebuch blätterte, über das Versteck gesagt hatte. Weil sie ihm offensichtlich wegen seiner Neugier nicht böse war, hatte er sich getraut zu sagen, sie solle das Buch besser hüten und nicht offen auf dem Tisch liegenlassen. Wortwörtlich fiel ihm ihre Antwort wieder ein: »Niemand kann es finden. Selbst wenn man die Türen des Verstecks öffnet und schließt, sieht man es nicht. Es bleibt verborgen.« Er hatte damals gegrübelt, was das wohl heißen sollte, aber weil ihm nichts dazu eingefallen war, hatte er es schließlich vergessen. Mit der verschütteten Erinnerung an die Widmung, die er seit ihrem Tod nicht mehr gelesen hatte, waren nun auch diese Worte wieder ans Licht gekommen.

Obwohl es schon spät war, zog er sich Schuhe an und stahl sich aus dem Haus, ohne seinen Eltern Bescheid zu sagen. Fünf Minuten später klingelte er an Cupidos Wohnungstür. Der Detektiv hatte sich gerade über ein Tablett mit seinem Abendessen hermachen wollen und bat ihn herein. Er fragte, ob er ein Bier wolle.

»Mir ist etwas zu dem Tagebuch eingefallen«, sagte David. Seine Stimme bebte ein wenig, weil er aufgeregt war oder weil er den Weg bis zur Wohnung des Detektivs im Eiltempo zurückgelegt hatte.

»Ja?« fragte Cupido. Den ganzen Samstag hatte er nicht einen Finger für die Ermittlung krumm gemacht. Am Vormittag hatte er einige noch ausstehende Aufträge erledigt, nachmittags gelesen und sich ein Fußballspiel im Fernsehen angeschaut, alles, was er tat, war, auf das Laborergebnis zu warten, das der Teniente am Montag haben würde. Er fühlte sich wegen des vergeudeten Tages nicht wohl, und Davids unerwarteter Besuch kam ihm gelegen, um sein Gewissen zu beruhigen.

»Ich war zuhause und habe mir ein Portrait angesehen, das Gloria von mir gezeichnet hat, und als ich die Widmung las, ist es mir plötzlich wieder eingefallen. Es hat etwas mit dem Versteck zu tun. Sie hat gesagt: ›Niemand kann es finden. Selbst wenn man die Türen des Verstecks öffnet und schließt, sieht man es nicht. Es bleibt verborgen‹.«

Er sah Cupido an, als erwartete er von ihm die Lösung eines Rätsels, das zu entschlüsseln er selbst nicht in der Lage gewesen war. Aber der Detektiv war von dieser Bemerkung nicht minder irritiert. Von dieser Bemerkung und von der geradezu enthusiastischen Unterstützung, die er von dem Jungen bekam, der noch einmal seine barsche Scheu überwunden hatte und zu ihm gekommen war, weil er sich an etwas erinnert hatte und es ihm erzählen wollte. Wieder fragte er sich, ob alles wirklich so spontan war, wie es wirkte, oder ob der Junge ein besonderes Interesse daran haben konnte, daß er das Tagebuch fand.

»Bist du dir sicher?«

»Ja. Genau das hat sie gesagt: ›Niemand kann es finden. Selbst wenn man die Türen des Verstecks öffnet und schließt, sieht man es nicht. Es bleibt verborgen‹.«

»Was meinte sie damit?«

»Keine Ahnung, ich weiß es nicht.«

Plötzlich hatte Cupido eine Idee und verstand überhaupt nicht, warum er nicht schon vorher darauf gekommen war.

»Könnten wir uns das Haus ansehen?«

»Glorias Haus?«

»Ja.«

David schaute etwas unglücklich drein, als wäre er zu weit gegangen und sein Besuch bei dem Detektiv könnte unvorhergesehene Folgen für ihn haben. Seit Glorias Tod war er nicht mehr dort gewesen. Er hatte gar nicht daran gedacht, daß es vielleicht jetzt ihm gehören würde, denn sein sehnlichstes Verlangen war auf die Wohnung und das Atelier in Madrid gerichtet, wo er ein einziges Mal zu Besuch gewesen war, zur Beerdigung seines Onkels, des Militär-Onkels, und damals war er völlig begeistert gewesen von dem Atelier mit seinen Farbflecken auf dem Boden, den runden Fenstern, in deren Licht man nicht lange auf eine Inspiration würde warten müssen, von dem hellen Raum und den Wänden, an denen sich die Leinwände stapelten, von den vielen Pinseln und Dosen mit Ölfarben und von den Aquarellfarben, die er würde restlos aufbrauchen können.

»Ich glaube schon. Zu Hause haben wir die Ersatzschlüssel.«

»Könntest du sie besorgen?«

»Jetzt gleich?«

»Es ist ein günstiger Moment«, meinte Cupido, wohl wissend, daß es schon ziemlich spät war. Aber er fürchtete, der Junge könnte es sich anders überlegen, wenn er ihm Zeit zum Nachdenken ließe.

»Einverstanden«, sagte David.

Gemeinsam verließen sie die Wohnung und stiegen in Cupidos Auto. Der Detektiv wartete etwa zehn Minuten vor Glorias Haus auf David. Es lag in einer der Straßen, die zu weit vom Zentrum entfernt sind, um sich in Einkaufsmeilen zu verwandeln, aber wiederum nicht weit genug, als daß es sich gelohnt hätte, die Häuser dem Erdboden gleichzumachen und Platz für Neubauten zu schaffen. Cupido nahm an, es werde, wenn es erst einmal hergerichtet wäre, einen ansehnlichen Wert haben.

David tauchte an der Straßenecke auf und sah sich um, als fürchtete er, daß ihm jemand gefolgt war.

»Ich hab sie«, sagte er.

Er öffnete die Türschlösser, ohne vorher die einzelnen Schlüssel durchprobieren zu müssen, was darauf schließen ließ, daß er schon öfter hier gewesen war. Ohne Zögern schaltete er nach und nach überall das Licht an und zeigte Cupido die Räume im Erdgeschoß. Wie in vielen älteren Häusern, so trat man auch hier zunächst in eine langgezogene Diele, an deren Ende sich eine Tür befand, durch die man in einen großen Hof kam, der die innen liegenden Räume mit Licht versorgte. Es war kein großes Haus, aber alle Zimmer waren hell. Cupido verstand, warum Gloria es hatte renovieren wollen: Der Ort war wie geschaffen für jemanden, der gerne malt. Auf der linken Seite des Flurs lagen zwei Zimmer, die je ein Fenster hatten, das eine zur Straße, das andere zum Hof. Der Raum zur Straße war fast vollständig eingerichtet. Man sah eine Chaiselongue, einen Tisch mit vier Stühlen und ein Regal mit kleinen Figürchen und Büchern. Außerdem hingen an den Wänden einige Bilder, die Gloria auf ihre schlichte Art signiert hatte, aber ihr Stil wirkte zögerlicher und plumper als bei den Arbeiten, die Cupido in ihrem Atelier in Madrid gesehen hatte. David und er suchten aufmerksam und klappten jedes einzelne Buch auf, aber keines davon war ein Tagebuch. Den innen liegenden Raum hatte sie als eine Art Abstellkammer benutzt, in der sie mißglückte Skizzen, zwei Staffeleien, Pinsel und jede Menge Tuben und Farbdosen aufbewahrte. Auch dort war das Tagebuch nicht. Sie gingen ins Obergeschoß. Von den vier Räumen war lediglich der mit dem Balkon über der Haustür bereits als Schlafzimmer eingerichtet. In der Mitte stand ein breites altes Bett mit einem schmiedeeisernen Gitter und runden Knäufen aus Marmor am Kopfende, allerdings noch ohne Matratze, und den Rest des Raumes teilten sich ein zweitüriger Kleiderschrank aus ungebeiztem Holz, zwei Nachtschränkchen und eine Kommode. Bald würde man in dem Haus wohnen können, aber noch fehlten Möbel, Küchengeräte und die Wärme, die mit der Zeit durch das Leben darin entsteht. Sie sahen in dem halbleeren Kleiderschrank nach, dort hingen nur einige Sommerkleider und Wandersachen, und in einer der Schubladen lag Unterwäsche, die David fast aufgeregt betrachtete, ohne daß er es gewagt hätte, sie zu berühren, als wäre sie sakrosankt. Sie stiegen wieder die Treppe hinunter und gingen in den Hof.

»Auch eine?« bot ihm der Junge eine Zigarette an. Er hatte sie aus dem Päckchen genommen und hielt sie am Filter, wie es ein erfahrener Raucher niemals täte.

»Nein, danke«, lehnte Cupido ab. Seit er nicht mehr rauchte, kam es ihm vor, als hätte jeder in seiner Umgebung Zigaretten und würde ihm fortwährend eine anbieten, ob Männer oder Frauen, ob sie nun alt waren oder so jung wie der, der da gerade vor ihm stand, und keinem war klar, daß diese höfliche Selbstverständlichkeit es ihm schwermachte, die Leere, die er noch immer in der Magengrube spürte, und das Wasser, das ihm jedesmal im Mund zusammenlief, wenn er das Wort Zigarette nur hörte, zu vergessen. David befand sich in diesem Anfangsstadium, wo man es noch mühelos lassen kann, dachte der Detektiv, aber er verkniff sich jeden Kommentar, weil er nicht altväterlich klingen wollte, zweifellos das letzte, was der Junge von ihm erwartete. Man beginnt mit dem Rauchen, weil man so sein will wie irgendein bewundertes Vorbild. Das tückische daran ist bloß, daß der Anfangsimpuls, der die Gewöhnung hervorruft, zwar irgendwann verschwindet – und einem die früher angehimmelten Vorbilder lächerlich vorkommen –, die Sucht aber bleibt.

An der abgeschlossenen Haustür hörte man plötzlich jemanden vier- oder fünfmal schnell hintereinander hartnäckig und ungeduldig klopfen. David sah Cupido an; dann trat er besorgt die gerade angezündete Zigarette aus und schaute auf seine Armbanduhr.

»Wer weiß davon, daß wir hier sind?« fragte der Detektiv.

»Niemand. Aber das ist mit Sicherheit mein Vater, falls er gemerkt hat, daß die Schlüssel weg sind. Es ist schon spät.«

Cupido ging zur Tür und öffnete. Clotario war einen Moment durcheinander, bevor er über die Schulter des Detektivs hinweg seinen Sohn bemerkte.

»Was machen Sie hier? Wer hat Ihnen erlaubt, hier hinein zu gehen?«

»Ich habe Ihren Sohn gebeten, mich kurz umsehen zu dürfen. Ich hatte gehofft, etwas zu finden, das mir helfen würde, den Mord an Ihrer Nichte aufzuklären«, antwortete Cupido beschwichtigend.

»Und, haben Sie was gefunden?« fragte der Alte höhnisch.

»Nein.«

»Sie hätten nicht den Jungen fragen sollen. Mich hätten Sie fragen sollen.«

»Hätten Sie mir die Schlüssel gegeben?«

»Nein«, sagte Clotario und sah ihm in die Augen.

»Vater ...!« ließ sich David aus dem Hintergrund vernehmen.

Cupido drehte sich nicht nach ihm um, sondern beobachtete ausschließlich das wütende Gesicht des Alten, der sich dagegen sträubte, den Stab weiterzugeben, Autorität und Entscheidungsbefugnis an die nächste Generation abzutreten.

»Du hältst den Mund!« sagte er. »Geh heim. Wir beide sprechen uns noch.«

David setzte sich nur zögernd in Bewegung, aber schließlich trat er mit gesenktem Kopf in das Halbdunkel der Straße, ohne seinen Vater anzusehen, der ihm ein bißchen Platz gemacht hatte. Cupido konnte sich vorstellen, welches Kaliber die Beschämung hatte, denn zu den Vorwürfen des Alten kam noch, daß der Detektiv Zeuge dieser Demütigung geworden war.

»Ich habe Ihnen schon einmal gesagt, Sie sollen woanders suchen, wir wissen nichts über den Mord. Sie werden von diesem Hanswurst aus Madrid bezahlt, der bloß mit ihr zusammen war, weil er es auf ihr Hab und Gut abgesehen hatte. Andernfalls hätte er sich das nicht bieten lassen, was Gloria mit ihm angestellt hat«, sagte der Alte, als sie allein waren. »Der weiß, daß er leer ausgeht, und versucht, das zu verhindern, indem er uns was anhängt.«

»Nein, das glaube ich nicht. Davon hätte er nichts«, entgegnete Cupido, aber sofort kamen ihm Zweifel, ob der

Anwalt nicht eine Möglichkeit finden könnte, an das Erbe heranzukommen, wenn er sich auf irgendwelche Regelungen zu bestehenden Lebensgemeinschaften berief.

Clotario musterte ihn einige Sekunden, bevor er antwortete:

»Vielleicht macht er Ihnen auch etwas vor. Darin scheinen die alle Fachleute zu sein. Genauso wie Gloria ihm etwas vorgemacht hat.«

Er griff in die Hosentasche und fummelte ein Päckchen Kruger heraus, eine bitter schmeckende, starke Zigarette, von der Cupido geglaubt hatte, sie sei längst vom Markt verschwunden. Dann zog er ein Päckchen Streichhölzer aus der Tasche, holte eins heraus und entzündete es an der Reibfläche. Der Detektiv betrachtete die Hände des Alten: Zwei breite, kräftige Pranken, zwischen denen das Streichholz wirkte wie ein hilfloses Fädchen, dessen Flamme ihnen nichts anhaben konnte.

Beobachten war Cupidos Beruf. Und das Beobachten hatte ihn gelehrt, daß es, egal was jemand verbergen oder vorgaukeln will, immer einen rebellischen Teil des Körpers gibt, durch den sich die Seele eines Menschen offenbart. Bei Clotario waren das die Hände, die dauernd bäuerliche Gerätschaften umklammerten und die er deshalb kaum mehr öffnen konnte, weil die Finger immer dazu neigten, sich zu Fäusten zu ballen, stumpfe, kurze Finger, denen es schwerfallen würde, mit einem dieser alten Telephone mit Wählscheibe eine Nummer zu wählen.

Diese Hände riefen ihm Bilder in Erinnerung, die er längst verschüttet geglaubt hatte: Vor zwanzig Jahren, eine Gruppe Jungs steht vor einem Gittertor und wagt nicht, es zu öffnen, weil die Wespen, angelockt von der Wärme des sonnenbeschienenen Eisens, ein Nest zwischen den Torpfosten gebaut haben. Ein Bauer kommt vorbei, er führt einen

Esel am Zügel, auf dem ein Kind sitzt, er hält an, als er das Geschrei der Jungs hört, die sich nicht trauen, die Tür zu bewegen, und mit einer gefühllosen, schwieligen Hand zerdrückt er das warme Wespennest, ohne daß die Insekten ihm etwas anhaben können. Als er die Faust öffnet, zeigt er ihnen eine kleine, klebrige Kugel aus Wachs, Blut und Gift.

Cupido verfolgte die Bewegung der Hände, die Zigaretten und Streichhölzer wieder in die Hosentasche steckten. Er mußte sich zwingen, nicht daran zu denken, wie sie ein Messer benutzen würden, sondern sich auf das zu konzentrieren, was der Alte zu ihm sagte:

»... keiner wird uns das wegnehmen, haben Sie mich verstanden? Keiner wird uns das wegnehmen.«

Der Detektiv gab ihm Zeit, sich zu beruhigen, bevor er antwortete. Er kannte diesen Menschenschlag gut, diese stolzen, aufbrausenden Bauern, die sich bei einem Streit in Rage redeten, aber leicht mit ein paar freundlichen Entgegnungen zu beschwichtigen waren, mit denen sie nicht rechneten.

»Es ist nicht meine Aufgabe, irgend jemandem die ihm zustehende Erbschaft streitig zu machen.«

Sein Tonfall zeigte unmittelbar Wirkung. Clotarios Bewegungen verloren an Schärfe, wurden bedächtig, als er einen tiefen Zug an der Kruger nahm, aber er verzog keine Miene.

»Sehen Sie, Gloria war kein schlechtes Mädchen«, lenkte er ein, »aber sie hat ein ganz anderes Leben geführt als wir. Deshalb war sie nicht gut für David. Seit er sich mit ihr getroffen hat, führte er immer Widerworte, wenn er mit aufs Feld sollte. Einmal hat er mir im Streit sogar gesagt, er würde abhauen und irgendwo vom Malen leben, als wäre das so einfach. Allein wäre er nie auf so eine Idee gekommen. Da hat Gloria dahintergesteckt.«

Cupido dachte an das, was dem Alten vor zwanzig Jahren passiert war, als seine jüngste Tochter mit einem Stierkämpfer durchgebrannt war, der beim Stadtfest von Breda aufgetaucht war, und daß Clotario sie mit einer Flinte bewaffnet auf dem Esel verfolgt hatte, wild entschlossen, das Mädchen wieder heimzuholen. Und an seine Rückkehr zehn Tage später, allein, entwaffnet, ohne Esel und ohne Stolz. Aber er wollte noch immer den Clan zusammenhalten, verteidigte wie ein Raubtier die Familie und würde alles daransetzen, daß sich so eine Geschichte nicht wiederholte.

»David ist mein einziger Sohn, und er muß die Arbeit auf dem Feld weiterführen. Alle meine Töchter sind fortgegangen. David kann jetzt all das erreichen, was ich nicht geschafft habe. Mit dem Geld kann er dreimal soviel Land kaufen, wie wir schon haben. Sehen Sie sich doch hier einmal um: Alles steht zum Verkauf, alles liegt brach. Er kann einen schönen, großen Hof kaufen und Maschinen für die Knochenarbeit. Der Zeitpunkt ist günstig, alle sind abgehauen und noch nicht zurückgekommen. Es kann nicht mehr lange dauern, bis sie wieder hier sind, bis sie aus der Stadt zurückkommen müssen. Denn alles Lebensnotwendige kommt aus der Erde, das Essen, das Wasser, die Kleider. Alles. Es muß bloß einen Krieg geben, dann kapiert jeder, worauf es ankommt.«

Cupido dachte, daß dieser absurde, abgehackte Redeschwall vielleicht in ferner Zukunft einen Sinn ergeben würde, zur Zeit jedenfalls nicht. Das Land würde hier geduldig ausharren, wie ein alter, ruhmreicher General, der darauf vertraut, an den Hof des Königs gerufen zu werden, sobald die ersten Fanfaren des Krieges erschallen. Bis dahin ruhte es sich vergessen und verlassen aus und wurde nur von den immer häufiger werdenden Besuchen der Nostalgiker gestört und von den Kindern seiner ehemaligen Soldaten, die das Land durchstreiften, weil sie eine lange gehegte Sehnsucht stillen oder das Wissen bewahren wollten, das ihre Väter vergaßen. Er dachte, daß sich die Leute im gleichen Maß, wie das bäuerliche Leben von der Bildfläche verschwand, für Trekking begeisterten.

Clotario schwieg. Für einige Minuten war seine frühere Leidenschaft, in einem großspurigen Ton schulmeisterliche Reden zu schwingen, mit ihm durchgegangen, die ihm zu anderen Zeiten den höhnischen Spitznamen Don Notario eingetragen hatte.

»Aber Ihr Sohn denkt anders darüber.«

»Bis vor einem Jahr hat er noch genauso gedacht, bis Gloria öfter hierher kam und irgendwann meinte, sie wolle das Haus ihrer Eltern wieder bewohnbar machen. Am Anfang fand ich es gut, daß David ihr beim Einrichten geholfen hat. Bis ich gemerkt habe, daß sie auch manchmal zusammen zum Malen ins Reservat gegangen sind. Sie hatte einen schlechten Einfluß auf ihn, hat ihm diese Flausen in den Kopf gesetzt, von wegen Künstler sein und in der Stadt leben. Meine Töchter sind weggegangen, und glauben Sie bloß nicht, daß es denen gutgeht. David gehört hierher. Ich kenne ihn, er ist mein Sohn, und ich weiß, was das beste für ihn ist, weil ich selbst das alles aufgeben wollte, als ich in seinem Alter war, und das war ein Fehler. Als ich gegangen bin, war mein Vater dagegen. Und ein paar Jahre später mußte ich wieder zurückkommen, ich habe es bereut, daß ich weggegangen bin. Nach Breda kehrt man immer zurück.«

Cupido war fassungslos, als er aus einem Mund, der so ganz anders war als der seine, genau die gleichen Worte hörte, die er sich selbst früher so oft wie einen Fluch wiederholt hatte.

»Außerdem«, fuhr der Alte fort, »glauben Sie etwa, David könnte es als Maler in der Stadt zu etwas bringen? Daß er dort nicht angesehen würde wie ein Gernegroß? Selbst für ihn ist es mittlerweile zu spät. Das Bauersein ist ihm in den Pelz gebrannt. Vor dem Land kann man abhauen, aber dieses Brandzeichen wird keiner los.«

Hastig nahm er noch zwei tiefe Züge an der Zigarette und trat dann zur Tür, um die Kippe auf die Straße zu werfen. Aber der winzige Stummel landete doch auf der Schwelle, und der Alte ließ seinen staubigen Stiefel darauf kreisen und zerquetschte ihn. Als er den Schuh hob, war nur noch ein kleiner schwarzer Fleck, umgeben von zerbröselten Tabakfasern, übrig.

»Ich werde es nicht zulassen, daß mein Sohn denselben Fehler macht wie ich. Jetzt ist die Gelegenheit günstig, alles zu bekommen, was er braucht. Und ich werde auch nicht zulassen, daß man uns nimmt, was uns zusteht«, seine Stimme wurde wieder hart. »Meine Nichte hätte sich vielleicht andere Erben ausgesucht, aber sie hat kein Testament gemacht. Selbst wenn meine Nichte eine Hure gewesen wäre, auch Huren haben schließlich Erben.«

Und als wollte er seinen Worten Nachdruck verleihen und wäre schon Eigentümer des Hauses, trat er einen Schritt zur Seite und wies dem Detektiv die Tür.

Er öffnete gerade seine Wohnungstür, da hörte er das Telephon klingeln.

»Ricardo Cupido?«

»Ja.«

»Hier ist Marcos Anglada.«

»Ich habe Ihre Stimme erkannt«, sagte der Detektiv. Im Hintergrund war ein Fernseher zu hören.

»Vielleicht sollte ich das nicht am Telephon mit Ihnen besprechen, aber ich kann hier aus Madrid in den nächsten Tagen nicht weg. Ich habe viel über den Mord an dieser anderen Frau nachgedacht, zehn Tage nachdem Gloria umgebracht worden ist und unter ähnlichen Umständen. Wie es aussieht, mit einer ähnlichen Waffe.«

»Ja, und vielleicht war es derselbe Täter.«

»Alles deutet darauf hin, daß es ein Wahnsinniger ist, ein geisteskranker Serienkiller, der keinen persönlichen Grund hat, gerade diese Frauen umzubringen. Gloria ist sein Opfer geworden, weil sie dort war, allein, an diesem Ort, zu einem bestimmten Zeitpunkt.«

»Schon möglich«, stimmte ihm Cupido zu. Er erriet, was Anglada ihm sagen wollte. Vor achtundvierzig Stunden hatte er genau das gleiche gedacht, dennoch wollte er ihm die Entscheidung nicht abnehmen.

»Ich glaube, es ist sinnlos, daß Sie weiter ermitteln. Ich möchte, daß Sie es seinlassen. Ich bin persönlich sehr zufrieden mit Ihnen, mit der Art, wie Sie die Sache angegangen sind, und mit dem Taktgefühl, das Sie bewiesen haben.«

Dem Detektiv kamen diese Worte kühl und irgendwie bekannt vor, der Slang effizienter Führungskräfte, die für jede Situation die passende Rede parat haben. Aber das war kein Grund, unhöflich zu werden.

»Danke«, sagte er.

»Bleibt nur zu hoffen, daß die Polizei ihre Arbeit anständig erledigt und Glück hat. Wenn der Schuldige gefunden ist, trete ich als Nebenkläger auf. Bis dahin, machen Sie mir bitte die Rechnung fertig. Sie können sie an meine Privatadresse schicken, vergessen Sie die Kontonummer nicht. Sie haben Ihr Geld noch am gleichen Tag.«

»Sehr gut«, sagte Cupido trocken. Obwohl er die gleichen Schlußfolgerungen gezogen und auch schon mit dem Gedanken gespielt hatte, Anglada den Vorschlag zu machen, daß er die Nachforschungen einstellte, war ihm nicht recht wohl dabei.

Anglada konnte sein Tonfall nicht entgangen sein, denn er sagte sofort:

»Ich kann verstehen, daß es für Sie nach allem, was Sie schon getan haben, keine besonders erfreuliche Entscheidung ist, jetzt aufzuhören. Aber ich glaube, es ist das beste.«

»Verstehe.«

»Es war angenehm, mit Ihnen zusammenzuarbeiten. Sie sind ein guter Detektiv«, sagte er noch einmal zum Abschied. »Schade, daß die Umstände nicht erfreulicher waren.«

Cupido hätte ihm gerne von einigen Einzelheiten erzählt, die er sich noch nicht erklären konnte: Der Anstecker, den Gloria in der Hand gehabt hatte, der in ihren Mittelfinger gebohrt war und mit großer Wahrscheinlichkeit von der Kleidung ihres Angreifers stammte, was auf eine Verbindung zwischen ihr und ihrem Mörder schließen ließ. Und der Schuß, der an diesem Morgen gefallen war. Aber offensichtlich hatte sich Anglada bereits entschieden, bevor er anrief, und er gehörte nicht zu denen, die sich mit derart vagen Argumenten umstimmen ließen. Deshalb sagte Cupido nichts. Er würde am nächsten Tag die Rechnung schreiben.

Am Morgen stand er trotzdem gegen seine Gewohnheit früh auf. Er frühstückte üppig, denn am Tag zuvor war er durch Davids Besuch und Angladas Anruf um sein Abendessen gebracht worden. Er zog Radlerhose und Sweatshirt an und holte sein Rad aus dem Raum in der Garage, wo die Stromzähler hingen. Es war ein schönes Gefährt mit einem leichten Rahmen, an dem sämtliche Teile aus Aluminium waren. Er hatte es im letzten Monat vernachlässigt, und auf dem schwarzen Sattel und dem Holm konnte man die Staubschicht wahrnehmen. Er stieg auf und trat gemächlich in die Pedale, dehnte seine Muskeln und suchte den passenden Gang für die Kraft seiner Beine. Einen Monat war er nicht gefahren und brauchte ein bißchen, bis er den Rhythmus fand. Aber nach und nach ließ er die Stadt hinter sich, die letzten Einfamilienhäuser, die Lagerhallen in den umliegenden Gewerbegebieten. Er schaltete in den höchsten Gang, nützte das Gefälle aus und stellte fest, daß ihm das Treten auch so noch recht leicht fiel. Er konnte gut durchatmen, besser als er gedacht hatte, und hielt diese erste Kraftanstrengung ziemlich lange durch. »Das kommt, weil ich nicht mehr rauche«, dachte er. Beschwingt bog er auf die Hauptstraße ein, die vier oder fünf Kilometer rechts am Reservat entlangführte.

Er hatte die ersten leichten Steigungen genommen, als er nicht sehr weit entfernt zwei Schüsse hörte. Er dachte an Jäger, schließlich war Sonntag.

Er war immer gerne radgefahren und hatte wenigstens sporadisch auf kürzeren Touren von vierzig oder fünfzig Kilometern trainiert. Jetzt, wo er nicht mehr rauchte, würde er noch mehr von diesen Ausflügen haben. Dieser Sport hatte viel zu bieten, und jeder, der ihn ausübte, wurde sofort ein Fan davon. Einerseits war es nicht so langweilig wie Joggen, man mußte sich nicht so verausgaben und hatte doch einen größeren Radius, wo man durch unterschiedliche Gegenden kommen konnte und mehr zu sehen kriegte. Und man brauchte nicht fortwährend die Beine zu bewegen. Auf jeder Tour gab es einmal ein Gefälle, eine Ruhepause. Andererseits brauchte man nicht in einem langen schweißtreibenden Training die Technik zu lernen, um seinen Spaß daran zu haben, wie ihm das mit Tennis ergangen war. Radfahren schien ihm so selbstverständlich wie Laufen. Und man brauchte niemanden dazu: Es machte allein Spaß oder mit anderen zusammen. Zu guter Letzt, dachte er, während er in einen kleineren Gang schaltete, mußte man sich dabei mit niemandem messen, mußte nicht mit vollem Einsatz Zweikämpfe ausfechten wie beim Fußball, Basketball oder Tennis. Jeder konnte sein Maß finden, seinem eigenen Rhythmus folgen, konnte sich ein Ziel stecken und so lange dafür brauchen, wie es ihm paßte: Jeder konnte umkehren und zurückfahren, wenn er feststellte, daß er sich übernommen hatte.

Der Hintern und die Handgelenke taten ihm weh, und seine Beine waren schwer, als er zweieinhalb Stunden später wieder zu Hause war. Aber er fühlte sich pudelwohl. Er legte sich ein paar Minuten hin, um wieder zu Kräften zu kommen, und trank etwas. Er hatte fast sechzig Kilometer zurückgelegt und spürte diese Müdigkeit, die den Körper im gleichen Maß befällt, wie sie vom Geist abfällt. Er stellte fest, daß er während der vergangenen drei Stunden keinen einzigen Gedanken an seine Arbeit verschwendet hatte und ihm das gut bekommen war. Er würde dem Teniente mitteilen, daß Anglada ihn nicht mehr bezahlte und er die Ermittlungen eingestellt hatte. Er schwor sich, erst wieder etwas von dem Fall zu hören, wenn er darüber in der Zeitung las. Er drehte die Dusche auf, um seinen Körper von Staub und Schweiß zu befreien, vertrödelte fünfzehn Minuten unter dem sehr heißen Wasserstrahl, ohne sich darum zu scheren, daß sämtliche Medien einen zur Sparsamkeit anhielten. Er drehte den Hahn zu, zog sich an und machte sich an die Zubereitung einer opulenten Mahlzeit. Dann hörte er wieder das hartnäckige Läuten des Telephons. Nach den schlechten Nachrichten, die ihm bei den letzten Anrufen überbracht worden waren, schien ihm der Klingelton unheilverkündend.

13

Er nahm das Abschlußbild der Universität von dem Ehrenplatz, den er ihm jahrelang an der Wand zwischen den beiden Fenstern zur Straße reserviert hatte. Es aufzuhängen war eine seiner ersten Handlungen gewesen, als er das kleine, schmucke Appartement bezogen hatte. Alle Wände waren noch kahl, und der erste Nagel, die ersten Hammerschläge galten dem Bild, das er an einer Stelle befestigte, wo es die Mandanten, die in die Wohnung kommen würden, stets vor Augen hätten. Damals betrachtete er gern die hundert unter dem Wappen der *Universidad Complutense* millimetergenau aufgereihten Portraitphotos, die Gesichter der Studenten, die voller Erwartung und Zuversicht in die Zukunft blickten, und die der Professoren, alles Koryphäen, die durch ihre Bücher und ihre Präsenz in Presse und Fernsehen bekannt waren und das Abschlußbild zu einem wichtigeren Prestigeobjekt machten, als es die nüchterne offizielle Urkunde war. Das Bild erfüllte ihn mit Stolz und flößte ihm Vertrauen in seinen Titel ein, und in der mächtigen, anonymen Gemeinschaft der Madrider Anwaltskammer hatte er einen Rückhalt gefunden. Aber inzwischen, da er die Wohnung nicht mehr als Arbeitsplatz nutzen mußte, sondern in der Kanzlei über ein eigenes Büro verfügte, hatte das Abschlußbild seine frühere Bedeutung eingebüßt. Außerdem störte es. Er betrachtete ohne Wehmut die Gesichter seiner ehemaligen Kommilitonen und ließ seinen Blick schließlich auf seinem eigenen Gesicht ruhen, das jünger und voller Selbstzufriedenheit und Eitelkeit den Photographen aus den Beringola-Studios geradezu anstrahlte, als stünde ihm seine glänzende Zukunft als Jurist bereits klar vor Augen, während er nicht die leiseste Ahnung zu haben schien, welche Wirren er durch den Tod der einzigen Frau, die er wirklich geliebt hatte, würde durchleben müssen. Das Portrait, das Gloria von ihm gemalt hatte, würde diesen Platz an der Wand jetzt einnehmen. Er ging ins Schlafzimmer und ließ das Abschlußbild hinter den Kleiderschrank gleiten, in die Lücke, die durch die Fußleiste dort entstanden war. Dann trat er wieder ins Wohnzimmer. Er wickelte das Portrait aus dem Packpapier – er hatte es mit einem angemesseneren Rahmen und Passepartout versehen lassen – und hielt es mit ausgestreckten Armen wie einen Spiegel vor sich, um es entspannt von oben bis unten anzusehen. Für ihn war es das beste Geschenk, das Gloria ihm je gemacht hatte, etwas ganz Besonderes, denn es kam direkt von ihr, war ein Werk ihrer Hände, und ihr selbst hatte viel daran gelegen, dieses Bild zu malen. Er hängte es an den Haken, an dem vorher das Abschlußbild gehangen hatte, richtete es gerade und trat einige Schritte zurück hinter den Tisch, um es von dort aus in Augenschein zu nehmen. Dies war sein wahres Gesicht, legte ein ehrlicheres Zeugnis seiner Seele ab als die kleine Photographie, die jetzt verdeckt an der Wand lehnte. Die gleiche Andeutung eines selbstzufriedenen Lächelns, die gleiche Strenge des Mundes gegenüber dem Beobachtenden, aber über das Gemälde huschten bereits Schatten, und der Blick war zurückhaltend, als wollten die Augen etwas verbergen. Darin liegt der Unterschied, dachte er, die Photographie lichtet ab, was da ist; das Gemälde fragt außerdem danach, was sich dahinter verbirgt. Er setzte sich dem Portrait gegenüber auf die Außenseite des Tisches, wo er seine ersten Mandanten hatte Platz nehmen lassen. Er erinnerte sich genau an die Tage, an denen er Gloria in ihrem Atelier Modell gesessen hatte, in dem Atelier, das jetzt, so stand es in dem Brief, den er gerade erhalten hatte, von niemandem mehr betreten werden durfte, ehe entschieden war, wer Glorias Besitztümer erben würde. Es war eine glückliche Woche gewesen, und er hatte sich darüber gefreut, daß sie ihm Zutritt zu ihrer Welt gewährt hatte, zur Welt der Malerei, deren Abgeschiedenheit sie argwöhnisch hütete und in die er nicht bloß durch den Dienstboteneingang hatte eintreten dürfen, sondern weil sie ein richtiges Portrait von ihm malen wollte, ein Privileg, das sie nur wenigen gewährte. Jeden Abend war er in die Dachwohnung hinaufgestiegen, hatte das schlichte weiße Hemd angezogen, das sie für ihn ausgewählt hatte, sich in die Nähe eines der runden Fenster gesetzt und sich nicht mehr bewegt, während sich Gloria, immer im Stehen, anschickte, sein Gesicht auf der Leinwand darzustellen. Sie warf ihm immer wieder rasche Blicke zu, während ihr Arm sich zwischen Palette und Leinwand bewegte, oder studierte auch längere Zeit ein winziges Detail, das Ohrläppchen oder die Mundwinkel, um dann etwas zu überarbeiten, womit sie nicht zufrieden gewesen war. Eine halbe Stunde lang malte sie in dieser Haltung, kam nur hin und wieder zu ihm, um seinen Kopf wieder anzuheben, den er vor Müdigkeit hatte sinken lassen, oder um die Position einer Haarsträhne zu korrigieren. Während dieses ersten Teils der Sitzung sprachen sie wenig. Sie lächelte ihn oft an, erlaubte ihm jedoch nicht zurückzulächeln. Schließlich wurden sie beide unkonzentriert, er war des Stillsitzens müde, und Gloria war im Grunde zufrieden, daß sie ihn dabei ertappte, wie er ihren Körper betrachtete – die Brust, die sich hob, wenn sie den Arm Richtung Leinwand ausstreckte, die Hüfte, die sich abzeichnete, wenn sie nachdenklich ihr Gewicht auf ein Bein verlagerte – und sich damit über ihre

Anweisung, nur auf die obere Ecke der Staffelei zu sehen, hinwegsetzte. Bis schließlich einer von beiden den ersten Schritt tat, die Starre brach und auf den anderen zukam und das Küssen und Liebkosen beginnen konnte. Er zog das weiße Hemd aus, das keine Flecken bekommen sollte, und ließ ihr keine Zeit, die Farbe von ihren Fingern zu waschen. Er nahm ihr den Pinsel aus der Hand und knöpfte ihren Kittel auf, unter dem sie am letzten Abend nichts anhatte. Sie schliefen jeden Tag miteinander, als wäre diese eingehende gegenseitige Betrachtung, durch die der Maler sein Modell schließlich ebensogut kennenlernt wie das Modell seinen Maler, ein stimulierender erotischer Prolog, der ihnen Zeit gab, sich für jeden Teil dieses Körpers, den sie betrachteten, etwas einfallen zu lassen, sich Liebesspiele oder Zärtlichkeiten auszudenken, die sie erregen und ihnen guttun würden. Entschlossen und ungeduldig warfen sie sich auf das schmale Bett im Atelier, und es dauerte nie lange, bis sie sich liebten. Danach war Gloria immer die erste, die wieder aufstand, und dann hängte sie ein weißes Tuch über das Bild, denn sie hatte ihm strikt verboten, es anzusehen, bevor es fertig war. Er war ein bißchen über das beunruhigt, was sie da auf der Leinwand tat, fürchtete, sie könne etwas entdecken, was ihm selbst im Spiegel entgangen war. Aber er fügte sich immer und verließ das Bett erst, wenn Gloria das Bad freimachte, damit er Sperma und zuweilen Farbreste von seinem Geschlecht waschen konnte.

Endlich, nach etwas mehr als einer Woche, sagte ihm Gloria, das Bild sei fertig. Sie zeigte es ihm erst, nachdem sie miteinander geschlafen hatten, als befürchtete sie, es würde ihm nicht gefallen. Aber es hatte ihn umgehauen. Das Portrait war er, keine Spiegelung seiner selbst, sondern er. Es ihm zu zeigen war, als würde Gloria sagen: »Das ist es, was ich von dir weiß«, denn die Leinwand war voller Fragen, Schatten, Unebenheiten, Abtönungen und Farbmischungen, die übereinanderlagen wie Schichten, die man in Zukunft nach und nach würde aufdecken können, um zu sehen, was sich darunter verbarg, so wie erfahrene Restauratoren mit Hilfe von Röntgenstrahlen die ursprünglichen Versionen alter Gemälde entdecken, die der Maler angefertigt hat, bevor er sich für die endgültige Fassung entschied.

Das war eine glückliche Woche für sie beide gewesen. Danach gab es Augenblicke des Glücks, Stunden, lange Nächte und einzelne Tage, aber nie wieder hielt es so lange ungetrübt vor. Irgendwann damals hatte sich dieser groteske Lehrer in ihrer beider Leben eingemischt, und wenngleich er selbst die ganze Wahrheit erst viel später erfuhr war Gloria so kühl und er so eifersüchtig gewesen, daß sich ein Graben zwischen ihnen auftat. Dort hatte er sich kopfüber hineingestürzt und sich wie ein Maulwurf zu Glorias Territorium vorgegraben, hatte ihr nachspioniert und darauf gelauert, daß sie einen Fehler machte, wenn sie ihm sagte, wie sie ihre Zeit verbrachte, obwohl ihm klar war, daß die Erde unter Glorias Füßen einmal nachgeben und ihn in einem seiner Gänge würde erdrücken können, wenn er sie derart durchlöcherte. Aber er hatte diesem zwiespältigen Mißtrauen nichts entgegenzusetzen, für das die Liebenden um so anfälliger sind, je verliebter sie sind. Es war, als hätte er sich in einem riesigen Dornengestrüpp verfangen: Je verzweifelter er versuchte, sich davon zu lösen, desto tiefer bohrten sich die Dornen in sein Fleisch und rissen es auf. Bis er eines Abends die Gewißheit hatte und es nicht mehr notwendig war, weiter den Maulwurf zu geben. Eingesperrt im Dunkel unter der Erde hockte er da und spürte die widerwärtig feuchten Würmer der Demütigung und Eifersucht.

Von da an war alles anders. Er konnte sich nicht dazu entschließen, ihr zu sagen, daß er von ihrem Betrug wußte, denn dann hätte er konsequent sein und sie verlassen müssen, wie er das früher immer behauptet hatte. Und er wollte sie nicht verlieren, glaubte noch daran, daß er diesen Tunnel der Zweifel aus eigener Kraft würde verlassen können und daß sie ihn sanft von dem angehäuften Morast reinigen würde.

Viel später, als diese absurde Geschichte bereits beendet war, hatte ihm Gloria alles erzählt. Sie schien zerknirscht. Aber nicht wegen ihrer Untreue, so vermutete er, sondern weil sie es als persönlichen Mißgriff empfand. Was eigentlich ihr Verhältnis zueinander hätte verbessern sollen, sorgte für neue Reibereien, denn dadurch, daß sie es ausgesprochen hatte, war etwas als Wirklichkeit besiegelt, was er womöglich mit der Zeit hätte als Albtraum herunterspielen können. In jedem Streit warf er ihr das schließlich vor, auch wenn ihre Auseinandersetzung ursprünglich gar nichts damit zu tun gehabt hatte. Wenn sie miteinander geschlafen hatten und er sah, wie sie befriedigt durchatmete, fragte er sich häufig, was ihr an seinem Körper nicht genügt hatte, daß sie es bei einem anderen hatte suchen müssen, was die anderen ihr geben konnten und er nicht.

Falls ihn die Arbeit in der Kanzlei einmal für mehrere Tage auf andere Gedanken brachte, hielt seine Seelenruhe nicht lange vor. Eine einsame Nacht in seinem so schmukken, so kühlen Appartement – weil Gloria irgendeinen beruflichen Termin hatte –, und er wälzte sich im Bett hin und her und wurde von der Erinnerung gepeinigt. Er war sich sicher darin, daß man immer weniger gesteht, als wirklich vorgefallen ist, und malte sich weitere Lügen aus, stellte sich vor, wie sie ihn mit anderen Männern betrog, die er kannte und denen gegenüber er sogar nett und zuvorkommend gewesen war. Dann mußte er sich bremsen, damit er seine Rivalen nicht suchen ging und sie in einem Kreuzverhör in die Zange nahm, durch das er die Wahrheit herausbekommen würde. Er hielt sich einige Tage von ihr fern, erfand unaufschiebbare Termine, Mandanten, die er nicht hatte, nur um nach einer Woche wieder zu ihr zurückzukommen und ihr nicht mehr von der Seite zu weichen, verbittert darüber, daß er es nicht schaffte, das durchzustehen, was seine Prinzipien ihm auferlegten. Nun begleitete er sie tagelang überallhin, in die Galería und zum Einkaufen, zum Abendessen und ins Kino, bis er sah, daß Gloria von seiner dauernden Gegenwart genervt war, auch wenn sie nicht wagte, es ihm zu sagen. Wurde sie dann zu einer privaten Ausstellung eingeladen oder tauchte sonst eine Verabredung auf, zu der er sie nicht begleiten konnte, glaubte er schließlich, Gloria hätte sie – genau wie er das getan hatte – erfunden, damit sie ihn einmal eine Zeitlang los war. Er dachte, daß er mehr und mehr diesem Typ Mann glich, der immer betrogen wird, weil die Frau es nicht wagt, ihm zu sagen, daß sie ihn anstrengend und nervtötend findet. Deshalb, weil er keine adäquate Lösung finden konnte, nahm seine Pein stetig zu: Was ursprünglich ein Schmerz wie von einzelnen Nadelstichen gewesen war, der nachließ, wenn er nur ein paar Tage wartete, schien nun in seinem Innern zu etwas Dauerhaftem zu kristallisieren.

Wie hatte er nur so leben können? fragte er sich jetzt, welche Art verheerender Neurose bringt einen dazu, jemanden gleichzeitig zu lieben und zu hassen und beides gleich tief zu empfinden, obwohl sich diese Gefühle nicht nur widersprechen, sondern vollkommen unvereinbar sind? Welches Organ oder welche Drüse kann gleichzeitig Groll und Leidenschaft absondern? Aber das waren diese unbeantwortbaren Fragen, die er sich lange Zeit gestellt hatte, ohne daß mehr dabei herausgekommen wäre als immer neue Fragen. Selbst jetzt, wo Gloria tot war, war er unfähig, eine Antwort zu finden.

14

Er hob das starke Fernglas und durchmaß damit von rechts nach links das ganze mehr als hundertachtzig Grad umfassende Blickfeld, das ihm sein Aussichtspunkt bot. Mit der Zeit hatte er sich einige strategische Punkte gesucht, wo er anhielt, weil er von dort aus den Sektor von El Paternóster, der seiner Kontrolle unterstand, vollständig überblicken konnte. Gerade war er auf der Kuppe eines der vielen Hügel, die sich an der Grenze des Reservats entlang zogen, auf einen Felsen geklettert.

Wenn er Wachdienst hatte, machte er für gewöhnlich mit dem Dienstwagen immer die gleiche Tour und hatte wie vorgeschrieben das Gewehr dabei. Das gefiel ihm an seiner Arbeit, er umrundete das Reservat gern ganz, fuhr dabei immer am Brandschutzgraben und innen an dem hohen Metallzaun entlang, den das Wild nicht überspringen konnte. Die Rundtour erlaubte es ihm – anders als wenn er das Gebiet kreuz und quer durchfahren hätte –, sich richtig klar zu machen, wie groß das Reservat war, und vermittelte ihm ein gewisses Gefühl von Macht, als wäre er ein Feudalherr, der mit dem Falken auf der Schulter – seine Dienstwaffe – die Grenzen seiner Grafschaft abreitet. Inmitten dieses Territoriums lag sein Haus, hier fühlte er sich sicher, und hier hatte er das Sagen, was seinem Hang zur Arroganz entgegenkam. Außerhalb des Metallzaunes endeten seine Überlegenheit und seine Befehlsgewalt. Von dort draußen war dieses hübsche Mädchen gekommen, das ihm hatte so den Kopf verdrehen können, bevor es gestorben war, und trotz der hartnäckigen Fragen des Leutnants der Guardia Civil und dieses hochgewachsenen Detektivs, der so viel zu wissen schien und schon begonnen hatte, ihn unter Druck zu setzen, war es ihm gelungen, sich diese Sache vom Hals zu halten, ohne daß er sich große Sorgen hätte machen müssen. Das Problem war der Mord an dieser zweiten Frau, dadurch wurde alles extrem kompliziert, denn er sah sich immer neuen Fragen und Verdächtigungen gegenüber. Von nun an würde er sich sein Schweigen teurer bezahlen lassen.

Am Ende seiner Umschau mit dem Fernglas blickte er über die Grenzen des von ihm kontrollierten Gebiets auf die Straße, die am Rand des Reservats verlief, etwa auf der Höhe der Kreuzung, wo der Weg zum Eingang mit dem Weiderost abzweigte. Kein Auto näherte sich dem Reservat, und er machte nur weit entfernt die winzigen Umrisse eines Radfahrers aus, der gerade die Straße entlangkam.

Zufrieden mit sich ging er wieder zum Wagen und setzte seine Runde fort. Einen Kilometer weiter hielt er erneut an, diesmal vor dem Tor des Forstwegs, das er gerade aus der Ferne gesehen hatte, stieg aber nicht aus. Es stand wie gewöhnlich offen, damit die Streifen der Guardia Civil und die Fahrzeuge des Mülltrupps und der Wiederaufforstungsmannschaft passieren konnten. Das Wild konnte nicht ausbrechen, denn die Schwelle bestand aus einer Grube, die mit Metallrohren abgedeckt war, auf denen die Tiere keinen Halt fanden. Alles war in Ordnung. Er ließ die Kupplung kommen und fuhr weiter, wobei er eine Staubfahne auf dem ausgetrockneten Weg hinter sich herzog, der jetzt von der Umzäunung weg ins Innere des Reservats führte, denn auf einer Länge von drei Kilometern verlief die Grenze an einem tief eingeschnittenen, nicht befahrbaren Bachbett. Das war der unwegsamste Teil des Reservats.

Als er um eine Kurve bog, fand er das Auto, das mitten auf der Fahrbahn mit laufendem Motor abgestellt war. Er hatte es nicht hereinkommen sehen und vermutete, daß es schon einige Zeit dort stand. Der Fahrer hatte anscheinend Schwierigkeiten, denn die Kühlerhaube war offen, und man konnte nur die untere Körperhälfte von jemandem erkennen, der eine grünliche Hose trug und sich über den Motor beugte. Schon wollte er näher heranfahren, als ihn etwas – der Instinkt oder die Gewohnheit, mögliche Wilderer und zu dreiste Wanderer zunächst aus der Ferne zu beobachten – dazu brachte, zehn Meter vor dem abgestellten Wagen anzuhalten. Ohne auszusteigen rief er durch das Seitenfenster:

»Etwas nicht in Ordnung?«

Durch die Kühlerhaube und das Motorengeräusch abgeschirmt, hatte ihn der andere wohl nicht gehört.

Er stieg aus dem Auto und ging, noch immer im Zweifel, ob er freundlich oder mißtrauisch sein sollte, bis auf fünf oder sechs Meter zu dem andern hin.

»Ist irgend etwas nicht in Ordnung?« fragte er noch einmal laut. Zuerst dachte er, er hätte den anderen erschreckt, denn die Gestalt richtete sich mit einem Ruck auf und wandte sich in seine Richtung. Dann sah er die Strumpfmaske mit den Sehschlitzen, die das Gesicht verdeckte, und die doppelläufige Flinte, die hinter der Motorhaube auftauchte. Er machte einen kleinen Satz nach rechts, hörte gleichzeitig den Schuß und spürte, wie eine Ladung Blei in seinen linken Arm einschlug. Durch den Druck taumelte er und fiel in den Graben, rappelte sich aber panisch mit seinem kaputten Arm wieder auf und rannte los, um zwischen die Bäume zu kommen. Sein Gewehr lag im Wagen, zu weit weg. Er erreichte den ersten Baumstamm und wußte, daß er das fast Unmögliche geschafft hatte, denn der Kerl mit der

Maske mußte erst um das Auto herumlaufen, ehe er erneut auf ihn schießen konnte, was ihm selbst einen kleinen Vorsprung gab. Der war aufgebraucht, als er hörte, wie das Schrot in den Baum hinter ihm einschlug und einige Körner sehr nah an seinem Kopf vorbeizischten. Er rannte weiter, rannte, rannte zwischen den Pinien, fort von dem Weg. Die gierig eingesogene Luft glühte in seinen Lungen, aber während er rannte, war er kaltblütig genug, sich zum Nachdenken zu zwingen. Wenn sein Feind nicht noch einmal auf ihn geschossen hatte, dann weil er einen Einzellader hatte und keine Repetierbüchse, wie er in dem Augenblick, bevor er das Mündungsfeuer sah, angenommen hatte. Sein Verfolger mußte stehengeblieben sein, um nachzuladen. Er rief sich die untere Hälfte der über den Motor gebeugten Gestalt in Erinnerung und war sich sicher, keinen Patronengurt an der Hüfte gesehen zu haben. Er konnte sogar das Glück haben, daß der andere die Munition im Auto gelassen hatte, was ihm selbst mehr Zeit geben würde, zu fliehen oder sich irgendwo zu verstecken.

Es war eine Jagd, bei der er jetzt der Hirsch war. Hunderte Male war er der Jäger gewesen, er kannte sich mit den Tieren aus und wußte, wie ihr Instinkt funktioniert. Jetzt mußte er sich jede ihrer Bewegungen in Erinnerung rufen, sich klar machen, wohin sie liefen, wenn sie verwundet waren, wo sie sich versteckten, wie sie sich am besten tarnten. Dieses Wissen war der einzige Vorteil, den er gegenüber einem bewaffneten Mann hatte, und er war entschlossen, ihn zu nutzen. Ohne anzuhalten sah er sich um. Wegen der Bäume und der Bodenunebenheiten waren die Autos und der Weg schon nicht mehr zu erkennen. Auch seinen Feind konnte er nicht sehen, und keine Bewegung im Unterholz verriet, wo er war. Es bestand die Möglichkeit, daß sich sein Gegner wie ein schlechter Jäger verhielt, der, einmal das

Ziel verfehlt, von seinem Vorhaben abläßt. Aber diesen Gedanken verwarf er sofort, denn dann hätte er den Wagen davonfahren hören. Atemlos blieb er hinter einem Baum stehen, lehnte sich mit dem Rücken an den breiten, schützenden Stamm und lauschte. Seit den Schüssen mußten etwa drei Minuten vergangen sein. Er konnte noch nicht viel Vorsprung haben, aber es war nichts zu hören. Sein Verfolger mußte zurückgegangen sein, um die Kühlerhaube zu schließen und den Motor abzustellen, bevor er seine Jagd fortsetzte. Denn wenn jemand vorbeikam und die offene Haube sah, könnte er neugierig werden, anhalten und die Blutspuren im Graben entdecken. Sein Feind war ihm also auf den Fersen. Er dachte an sein Gewehr und verfluchte sich, weil er nach allem, was in den letzten beiden Wochen passiert war, noch immer so dämlich und vertrauensselig hatte sein können. Mit der Waffe in der Hand wäre alles einfach gewesen, fast schon zu einfach, obwohl er nur einen Arm gebrauchen konnte. Er war so angespannt, daß er zusammenfuhr, als er weit entfernt ein paar Schüsse hörte. »Es ist Sonntag«, knurrte er leise. Es war Jagdtag, und keiner würde sich wundern, Schüsse zu hören, keiner würde ihm zu Hilfe eilen, denn donnerstags, samstags und sonntags führte ein halbes Dutzend Aufseher kleine Gruppen von Jägern – oder auch einzelne Männer, das war nur eine Frage der Bezahlung – durch die verschiedenen Sektoren des Reservats. Sein Feind hatte den Tag und den Ort sorgsam ausgewählt, das konnte kein Zufall sein. Der Widerhall der Schüsse würde sich in der Luft kreuzen und den Wettbewerb unter den Aufsehern anheizen, die alle Hände voll damit zu tun hatten, ihren Jägern ein gutes Stück Wild zu sichern, weil sie auf das saftige Trinkgeld aus waren, das man stillschweigend vereinbart hatte. Von Panik erfaßt begriff er, daß er hier – in einem schroffen Gebiet, in dem es wenig Futter und deshalb kaum Wild gab – allein war mit dieser Gestalt, die ihr Gesicht unter einer Maske verbarg und mit einem Gewehr bewaffnet war. Unbewaffnet und verwundet fühlte er sich wehrlos wie ein weit von seinem Bau entferntes Kaninchen. »Na gut. Ich soll hier den Hirsch spielen, aber ich werde dich rennen lassen«, sagte er zu sich selbst und drückte auf seinen verletzten Arm, um die stärker werdende Blutung einzudämmen. Er schob den Kopf einen Zentimeter zur Seite und schaute zurück. Mehr als hundert Meter entfernt sah er, wie sich die oberen Äste einiger Büsche bewegten. Solange er es schaffte, diese Entfernung beizubehalten, konnte ihm das Gewehr nicht gefährlich werden. Er wollte wieder zu Atem kommen, aber wegen der Schmerzen im Arm konnte er nicht tief einatmen. Dort hinten war auch er entlanggekommen, und sein Feind folgte der Blutspur. Der mußte abwechselnd auf den Boden und nach vorne sehen und war deshalb langsamer, aber vielleicht beunruhigte ihn das noch nicht weiter, weil er darauf setzte, daß der Blutverlust seine Beute früher oder später schwächen würde. Er selbst mußte aber keiner Spur folgen und konnte schneller laufen, zumindest, solange ihm die Verletzung noch die Kraft dazu ließ. »Das Blut, ich muß die Blutung stoppen, damit dieses Arschloch die Spur verliert«, dachte er. Er war in ein Waldstück gelangt, das von den Forstarbeitern ausgeputzt worden war, ein schlechter Platz, um stehenzubleiben. Etwas weiter erstreckte sich wieder das Unterholz wie ein schützender Teppich, in dem wuchtig und groß wie Weinfässer graue Granitfelsen schimmerten. Er rannte schneller, bekam wieder Luft, und erst, als er zwischen die ersten Zistrosensträucher glitt, wirbelten die abgerissenen Blätter, und er hörte das Schrot wie Hagel um sich herum prasseln und fast zeitgleich den Schuß. Der andere machte Boden gut, solange er ihn sehen konnte und nicht der Spur zu folgen brauchte. Aber wenn er jetzt geduckt zwischen dem Ginster und den Zistrosen weiterrannte, würde er wieder einen Vorsprung bekommen. Die Büsche standen nicht sehr dicht und erlaubten es ihm, ungesehen voranzukommen. »Noch bin ich nicht tot«, machte er sich Mut. In diesem Augenblick wurde ihm zum erstenmal schwarz vor Augen, und beinahe wäre er hingefallen. Er würde bald stehenbleiben und die Blutung stoppen müssen, er würde keine Chance haben, solange jedesmal ein kleiner Blutschwall aus der Wunde quoll, wenn er mit dem linken Fuß auftrat. Die Angst im Nacken, preßte er seine Handfläche auf die Wunde und rannte weiter, so schnell ihn seine Beine trugen. Das Gelände fiel jetzt leicht vor ihm ab, und er mußte sich weniger anstrengen. Dann lag plötzlich ein ausgetrocknetes Bachbett vor ihm: Nicht das spärlichste Rinnsal floß darin, und er sah sich suchend nach einer Pfütze um, aus der er hätte trinken können. Seine Kehle brannte vor Durst. Hastig streifte er die Uniformjacke ab, weil ihm mit einemmal eigenartig heiß war. Als er den linken Arm aus der Jacke ziehen wollte, wurde der Schmerz stechender. Die Angst hatte ihn gehindert, weiter darauf zu achten, aber jetzt spürte er ihn wie Peitschenhiebe vom Ellbogen bis zum Kopf. Um nicht schlappzumachen sagte er sich, er könne das aushalten, er habe schon schlimmere Schmerzen ertragen als den von ein paar Schrotkörnern in seinem Fleisch. Er hob den Kopf, sah sich um und horchte. Es war absolut nichts zu hören. Dennoch, sein Verfolger konnte nicht weit entfernt sein und würde das Bachbett bald erreichen. Er floh weiter, denn er wußte, der andere würde die Hatz nicht aufgeben. Das war mehr als ein bloßes Kräftemessen, bei diesem Kampf ging es darum, wie hartnäckig sein Verfolger war und wie lange er selbst würde durchhalten können. Er wußte nur zu gut, daß das kein

Wilderer war, den er überrascht hatte und der versuchte, ihn abzuknallen, um Scherereien zu vermeiden. Der hier hatte ihn auf dem Weg erwartet. Die offene Motorhaube als Deckung, die Strumpfmaske über dem Gesicht und die Flinte, alles sprach für einen peinlich genau ausgearbeiteten Plan. Er konnte sich vorstellen, wer das war, aber er verstand nicht, warum er sein Gesicht verbergen mußte. Wieder hörte er Schüsse aus einem Jagdgewehr, und diesmal schienen sie ihm näher. Wenn er bis dort hinkam, wäre er gerettet, bis zu irgendeinem Jagdführer oder Jäger, der ihm helfen würde oder ihm für ein paar Minuten seine Flinte lieh. Aber erst einmal konnte er nicht länger damit warten, die Blutung zu stoppen. Auf allen vieren kroch er unter ein paar Büsche, die ihm dichter zu stehen schienen. Sobald er sich nicht mehr bewegte, spürte er ohne die Jacke die Kälte im Rücken, ganz anders als die Hitze, die von der Wunde an seinem Arm ausging. Er löste seinen Ledergürtel und legte ihn oberhalb des Bizeps an. Wie ein Blitz durchfuhr ihn das Bild ebendieses Gürtels, mit dem er einen Druckverband um Glorias weichen, schmerzenden Oberschenkel gelegt hatte. Eine bittersüße Schwermut erfaßte ihn. Dann schüttelte er den Kopf, und sein Selbsterhaltungstrieb gewann wieder die Oberhand. Zweimal schlang er den Gürtel um den Arm und zog fest daran, bis die Schnalle in einem Loch einrastete. Sofort hörte das Blut zu fließen auf. Jetzt konnte er die Verletzungen eingehender betrachten. Er hatte fünf kleine Einschüsse: zwei im Unterarm, einen in der Armbeuge und zwei ein Stück oberhalb. Falls er es schaffte, hier herauszukommen, würden sie verheilen, ohne daß etwas zurückblieb. Am meisten schmerzte der Treffer in der Armbeuge: Das Blei war ins Gelenk gedrungen und hatte den Knochen verschoben, aber gebrochen war nichts, wie er zunächst geglaubt hatte. Es war halb so wild, denn sein Verfolger hatte die kleinste Körnung benutzt, war also wohl nicht besonders erfahren im Umgang mit Waffen und ein eher unsicherer Schütze. Einer, der sich besser auskannte, hätte Kugeln genommen. Aber bei der Hetzjagd hatte er sich nicht so stümperhaft angestellt. Er wußte, sein Verfolger würde die Arbeit nicht nur halb erledigen, es sei denn, er selbst würde sich als geschickter erweisen. Verborgen im Zwielicht unter den Büschen, während er seine Kräfte sammelte und der Durst ihn wieder quälte, dachte er über seine eigenen Jagdgewohnheiten nach. War er sich sicher, seine Beute getroffen zu haben, führte er das einmal Begonnene immer zu Ende. Er verfolgte sie, gleichgültig, ob er müde wurde, hungrig oder durstig, war sich seines schon erlangten Vorteils bewußt und fühlte sich gleichzeitig dazu gezwungen, wenngleich er nicht recht wußte, warum: weil er abergläubisch war, barmherzig einem leidenden Tier gegenüber oder es sich nicht erlauben konnte, daß ein Stück Wild weiter lebend im Wald herumlief und eine Bleiladung im Fleisch trug. Wieder lauschte er, spähte durchs Gebüsch. Nichts, keine Bewegung, kein Geräusch von Schritten. Er zog die Jacke an, darauf bedacht, daß sich die Zweige nicht bewegten und ihn verrieten. Als er den Arm in den Jackenärmel schob, kam der Schmerz wieder, aber schon schwächer, als würde er durch den Verband auf die gleiche Art zurückgehalten wie das Blut. Jetzt würde er fliehen können, ohne seinen Weg durch ein rotes Rinnsal zu markieren. Er atmete mehrmals tief durch. Es ging ihm besser, auch wenn er noch immer sehr durstig war. Auf allen vieren glitt er zwischen den Zistrosen vorwärts, suchte den Saum den Dickichts, wo er wieder würde losrennen können, in die Richtung, aus der die Schüsse der Jäger gekommen waren. Beim Rand angelangt steckte er den Kopf aus dem Gebüsch und sah ein weitläufiges ausgeputztes Gelände vor sich, das mit jungen Pinien bepflanzt war, an deren Ästen bereits die Nester der schädlichen Prozessionsspinner hingen. Schon richtete er sich auf wie ein Sprinter in Erwartung des Startschusses, als er rechts neben sich zwei Schritte hörte, am Rand des Gebüschs. Entsetzt sah er hin und direkt in die beiden parallelen Läufe der Flinte, erblickte darüber die Maske, die das Gesicht verdeckte, nur zwei Schlitze freiließ für die Augen, die nicht blinzelten, als der Finger auf die beiden Abzüge drückte und ihn rasch ins Nichts stieß.

15

Als er die Einzelheiten über den Mord an Molina erfuhr, die sich noch am selben Nachmittag wie ein Lauffeuer in Breda verbreiteten – die ersten Informationen hatte ihm der Teniente am Telephon gegeben –, bedauerte Cupido, nicht mehr an dem Fall zu arbeiten. Er mußte der Versuchung widerstehen, die Zügel wieder in die Hand zu nehmen und noch einmal mit allen zu sprechen, die irgendwann etwas mit Gloria zu tun gehabt hatten.

Obwohl noch immer eine Nachrichtensperre verhängt war, kannte nach wenigen Stunden der ganze Ort sämtliche Details über Molinas Tod und wußte, daß es kein Unfall gewesen war. Alle ahnten, daß dieser Mord etwas mit dem Tod der beiden jungen Frauen zu tun hatte. An diesem Sonntag war Molina nicht für die Begleitung der Jäger eingeteilt gewesen, sondern allein mit dem Wagen unterwegs, der unverschlossen mitten auf der Fahrbahn abgestellt worden war. Die Blutspuren auf dem Weg deuteten darauf hin, daß er schon dort verwundet worden war und dann verfolgt wurde bis zu der Stelle, an der ihm mit zwei Schüssen der halbe Kopf weggeblasen wurde. Nachdem Jäger das Blut auf dem Weg entdeckt hatten, war man ihn suchen gegangen und hatte ihn schnell gefunden.

Eine unerwartet bittere Traurigkeit befiel den Detektiv, als er sich an die Bemerkung des Aufsehers erinnerte: »Die Frau hätte nicht allein ins Reservat kommen sollen. Weder sie noch die andere, die danach getötet wurde, noch sonst irgendeine Frau. Der Wald ist nichts für sie. Der Wald ist nicht dazu da, angeschaut zu werden, der Wald ist dazu da, bezwungen zu werden ... Glauben Sie, ein Mann wäre ermordet worden?« Er war ermordet worden. Molina war keine Frau, die den Wald anschaute, und er war ermordet worden.

All das war nahe am Zaun geschehen, der das Reservat von der Straße trennte, nicht weit von dort entfernt, wo er an ebendiesem Morgen mit dem Fahrrad entlanggekommen war. Daraus schloß er, daß die beiden Schüsse, die er gehört – und den Jägern zugeschrieben – hatte, dieselben waren, die das Leben des Aufsehers beendeten. Selbst diese zeitliche Übereinstimmung schien ihm ein Omen dafür, daß dieser Fall ihn persönlich anging, daß es sein Fall war und nur er ihn würde aufklären können. Außerdem war er sich jetzt sicher, daß Molina etwas gesehen oder gehört hatte und umgebracht worden war, weil er etwas wußte, und vielleicht hing es mit dem Schuß zusammen, der an dem Morgen gefallen war, als Gloria ermordet wurde. Eine entscheidende Information, die Teniente Gallardo nicht hatte und die er ihm auch nicht geben konnte, weil er durch sein Versprechen Alkali gegenüber gebunden war. Für Cupido wiesen alle Indizien in Richtung auf diese eine Hypothese. So wenig wie alle anderen glaubte er daran, daß dieser letzte Mord auf das Konto eines Wilderers ging: Ein Wilderer hätte sich weder von einem lärmenden Auto mitten auf dem Forstweg überraschen lassen noch sich zu einer so langen und systematischen Verfolgungsjagd verstiegen. Jemand war ausgezogen, den Aufseher umzubringen, und hatte ihm an dieser Stelle aufgelauert, das verlieh dem Fall eine neue Dimension.

Erstaunlicherweise hatte dieser Mord in Breda, trotz der Arglosigkeit, des Alters und des Geschlechts der beiden ersten Opfer, für mehr Aufregung gesorgt als die beiden vorangegangenen. Aber schließlich hatten die Leute in Breda die beiden Frauen nicht gekannt, während Molina hier geboren war. Außerdem schienen sie in diesem Mord die eigene Art des Tötens wiederzuerkennen, denn hier neigte man eher dazu, jemanden zu erschießen, als einer Frau mit einem Messer die Kehle durchzuschneiden. Keiner traute sich, es einzugestehen, aber viele hatten Angst. Seit dem zweiten Mord ging niemand mehr allein auf die Felder, die an El Paternóster grenzten, keiner spazierte durch den Wald, alle sprachen gedämpft.

Es waren auch Stimmen laut geworden, die damit drohten, mit bewaffneten Patrouillen den Wald zu durchkämmen – wobei sie sich darauf beriefen, daß sie ihre Töchter und Verlobten schützen wollten und endlich ein eindeutiges Exempel statuiert werden mußte –, bis der Schuldige aufgespürt und ohne Federlesen am Ast der nächstbesten Eiche wie ein Hund aufgeknüpft wäre. Und womöglich hätten sie genau das mit ihm getan, wenn sich die Gelegenheit geboten hätte, denn wo sie vorher Verachtung empfunden hatten gegenüber einem Mörder, der sich an jungen, schönen und unschuldigen Mädchen vergriff, aber eben an Fremden, da fühlten sie sich jetzt durch den Tod eines der Ihren herausgefordert. Es war die dunkle Seite des alten dörflichen Wesens, die Vorliebe für die Sichel zum Schaden der Ähre, die beim geringsten Vorwand zu neuem Leben erwachte. Aber wenn man die Ohren spitzte, konnte man es nachts knirschen hören, wenn Schlösser abgesperrt und Riegel sorgsam vorgeschoben wurden. Seit dem Tod des Aufsehers waren alle davon überzeugt, daß der Mörder einer von ihnen war.

»Stell das auf den Tisch. Und bring mir einen Portwein.«

»Ja, Señora.«

Das Dienstmädchen, adrett, ihr schwarzes Haar sorgfältig gekämmt und die weiße Uniform ohne einen einzigen Fleck, aber von dieser gewissen äußerlichen Reinlichkeit, von der man bei manchen Menschen vermutet, daß sie nicht bis ins Innere vorzudringen vermag, stellte den Kamillentee auf dem niedrigen Tischchen ab, ging zur Kredenz und kam mit einem Glas und der Portweinflasche zurück. Sie füllte das Glas mit der süßlichen Flüssigkeit, stellte die Flasche wieder an ihren Platz und verließ geräuschlos den Raum. Die alte Dame bedankte sich nicht und ließ durch kein Murmeln ihr Einverständnis erkennen. Sie war sehr müde. Als sie sich an diesem Morgen, nach einer schlaflosen, migränegeplagten Nacht im Spiegel betrachtet hatte, sah sie sich einem blutleeren Gesicht gegenüber, das in den vergangenen zwei Wochen um zwei Jahre gealtert schien. Sie hatte stark abgenommen und dem Dienstmädchen schließlich aufgetragen, ihre immer gleichen schwarzen Kleider an den Nähten zwei Zentimeter enger zu machen. Seit geraumer Zeit merkte sie, daß sich ihre Knochen nach und nach verkürzten, im selben Rhythmus, in dem sich ihre Gelenke entzündeten, und wenngleich sie bis jetzt die Augen vor dem Leiden verschlossen hatte, ließ sich der beißende Schmerz der Arthrose nicht länger ignorieren.

Sie sah den Dampffetzen zu, die immer spärlicher aus dem Tee aufstiegen. Sie sagte sich, daß sie ihn trinken sollte, solange er noch etwas warm war, aber sich vorzubeugen und mit beiden Händen Tasse und Untertasse anzuheben – wie man es ihr schon als Kind beigebracht hatte – verlangte ihr eine enorme Kraftanstrengung ab. Sie schloß die Augen, seufzte und gab sich schließlich einen Ruck. Der Kamillentee schmeckte ihr fade und abgestanden, und sie stellte ihn beiseite und griff nach dem Portwein. Mit einem einzigen langen, genüßlichen Schluck trank sie ihn aus, so geräuschlos wie die Priester in der Messe trinken. Der Port erfüllte sie augenblicklich mit einer tröstlichen inneren Wärme.

Dann stand sie langsam aus dem Sessel auf, mißtrauisch ihre von der Arthrose geschwollenen Knöchel betrachtend, ihre in den schwarzen Schuhen eingezwängten Füße, und ging zum Schreibtisch, einem prächtigen Möbelstück aus Kastanienholz. Sie öffnete ein Album mit Photographien in Schwarzweiß, blätterte ein paar Seiten um – ein Kind, das kein Jahr alt wurde, in unterschiedlichsten Szenen aufgenommen, ein kränklich wirkender schnauzbärtiger Mann in einem dunklen Anzug, der immer in die Kamera blickt, eine sehr schöne Frau, die dasselbe Kind in den Armen hält, und es streckt sein Köpfchen aus dem Wickeltuch, während der Mann ihr mit einer beschützenden Geste den rechten Arm um die Schulter legt –, und zwischen den Bildern zog sie einen Briefumschlag mit einer ausländischen Briefmarke heraus, der im Absender die blaue Flagge mit den Sternen der Europäischen Union trug. Mit müden Schritten kehrte sie zum Sessel gegenüber dem Fenster zurück, setzte sich und legte den Brief in ihren Schoß. Er war vor drei Tagen gekommen, am Freitag, und sie hatte ihn schon so oft gelesen, daß sie ihn aus dem Gedächtnis hersagen konnte. Wenigstens ihr Gedächtnis ließ sie nicht im Stich. Sie hatte regelrecht Panik vor diesen Krankheiten, die den Körper respektvoll verschonen und den Geist nach und nach vernichten. Der körperliche Schmerz schreckte sie nicht, aber sie fürchtete sich davor, was mit ihrem Körper geschehen könnte, wenn *sie* ihn verlassen hätte, wenn ihre Seele gegangen wäre und lediglich Fleisch und Eingeweide noch vor sich hinvegetierten, von denen, sollte Octavio verschwinden, keiner *wirklich* würde sagen können, zu wem sie gehörten. »Nein, das Gedächtnis habe ich nicht verloren. Alles ist darin verwahrt«, sagte sie leise zu sich selbst. Aber es war schon nicht mehr Streitlust, die sie zu diesen Worten trieb, sondern Zweifel und Resignation. Noch hatte sie ihn Octavio nicht gezeigt, denn sie wußte, er wäre schmerzlicher getroffen, als sie selbst es war. Letztlich war er von ihr für diesen einzigen Kampf bestimmt worden, von ihr gedrillt, um die teilweisen Niederlagen in Erwartung des endgültigen Sieges zu erdulden, von ihrer Besessenheit für diese einzige Auseinandersetzung angesteckt. Jetzt wurde ihr klar, was sie ihm angetan hatte, wieviel Verzicht er um ihretwillen hatte leisten müssen, in welche Abgründe er durch sie getrieben wurde, bis es ihm die Luft abschnürte. Zu spät erkannte sie schließlich, daß es, wenn man sein Leben einer einzigen Obsession weiht und damit scheitert, so ist, als sei das ganze Leben gescheitert. »Armer Octavio, was habe ich dir abverlangt«, murmelte sie. Sie senkte den Blick auf den Brief und las, ohne die schmalen, zusammengepreßten Lippen zu bewegen, mit ausdruckslosem Gesicht: »Europäischer Gerichtshof«. Von Anfang an hatte sie gewußt, daß es ein schwieriger und langer Kampf werden würde, aber niemals hatte sie daran gezweifelt, ihn schließlich zu gewinnen. Aufmerksam hatte sie andere Prozesse vor dem Obersten Gerichtshof verfolgt, etwa den um das Landgut La Encomienda, der für die Duquesa de Alba günstig verlaufen war, oder das lächerliche Verfahren um Rumasa, das sich seit mehr als fünfzehn Jahren ergebnislos hinzog und in dessen Urteilssprüchen sie immer einen Anlaß zur Hoffnung gefunden hatte. Dagegen hatte sie sich taub gestellt gegenüber den Meldungen, die man zuweilen in der Zeitung unter Vermischtes lesen konnte, über alte Damen, die einen Rechtsstreit gegen ein Ministerium gewonnen hatten, nachdem sie schon jahrelang unter der Erde waren. In all der Zeit hatte sie sich gegen die Erschöpfung gewappnet, wohl wissend, daß ein solcher Prozeß ein ungleicher Kampf ist, daß die Verwaltung immer als letzte ermüdet, denn die Beamten können während des Konflikts häufig abgelöst werden, und die Privatperson muß ihnen allen ganz allein trotzen. Octavio hatte ihr das oft wiederholt, daß sie gewinnen würden, daß sie am Ende gewinnen würden. Und dennoch, jetzt, nach der letzten Niederlage, konnten sie nirgends mehr Einspruch einlegen. Sie meinte, ihre Augen würden feucht, aber sie brachten keine Träne zustande. Sie hatte das Weinen schon lange verlernt. Seit dem Tod ihres kleinen Sohnes, der kein Jahr alt wurde, war sie leer, ausgetrocknet. So tief war der Schmerz damals gewesen, daß es ihr seither schamlos und wie Verschwendung erschienen wäre, aus einem anderen Grund zu weinen, als sei das die feigeste Art von Verrat und Geringschätzung eines Leids, das mit Tränen niemals zu lindern war. Nicht einmal als ihr Mann, der unfähig war, das Unglück zu verkraften, kurz darauf starb, hatte sie geweint. Sie spürte eine Hand, die sich sanft auf ihre Schulter legte, und eine zweite, die über ihren Kopf strich, über ihr dünnes, durchsichtiges, spinnwebgleiches Haar, das sie jeden Morgen aufs neue wusch und kämmte und das sorgfältig zu einem tadellos sauberen Dutt hochgesteckt war. Sie mußte ihn nicht sehen, um ihn zu erkennen, noch ihn reden hören, um zu wissen, daß er den Briefkopf des Schreibens, das in ihrem Schoß ruhte, schon gelesen hatte und seinen Inhalt erriet. Daher die Langsamkeit des Streichelns, die Sanftheit, mit der die Hand ihre Schulter berührte, ihre Knochen, die in den letzten Wochen scharfkantiger geworden schienen.

»Sie haben uns besiegt«, sagte sie leise und versuchte, die unerträgliche Traurigkeit zu verbergen, während sich ihr Blick hinter den Gardinen verlor, im gleißenden Mittagslicht, das den Platz überflutete.

Octavio beugte sich vor und griff nach dem Brief, und nun hatte sie sein bleiches, leicht verschwitztes Gesicht dicht vor Augen, seine durch lange Jahre beharrlichen Studiums eingesunkenen Augen hinter den dicken Brillengläsern, die aufgequollenen Lider eines Klosterschülers, die vor Anspannung bebenden Nasenflügel, die letzten Überreste der Verwüstung, die der Herpes auf seiner Unterlippe angerichtet hatte, wo er nun vernarbte. Dann hörte sie, wie sich das Papier unter leisem Rascheln entfaltete, um die Nachricht zu überbringen, die mit einer Handvoll Zeilen nicht nur all ihre Hoffnungen zunichte machte, sondern sie plötzlich mit schmerzlicher Klarheit die Schuld erkennen ließ, die zu begleichen sie um so mehr verpflichtet war, als Octavio sie niemals dazu auffordern würde. Denn sie selbst hatte wählen können, aber ihm hatte sie den eingeschlagenen Weg als den einzig möglichen gewiesen.

»Sie haben uns besiegt«, wiederholte sie. »Am Ende haben sie uns besiegt.«

Sie sah, wie er den Brief auf den Tisch legte, zum Fenster ging und von ihr abgewandt hinausblickte. Das hatte sie aus ihm gemacht, einen früh gealterten Mann, dessen Rücken gekrümmt war von zu vielen Stunden, die er über Papiere gebeugt verbrachte; ein trauriger und einsamer Mann, der kaum je fähig wäre, eine Frau zu erobern. Er sollte mit einem Mädchen zusammenleben, und er lebte mit einer Greisin; er sollte sich jeden Abend zu einem weiblichen Schoß legen, und er ging einsam zu Bett. Die Dienstmädchen, die sie im Herrenhaus von Breda anstellte, waren nicht mehr als Lückenbüßer, die niemals ersetzen konnten, was ihm wirklich fehlte. Zum erstenmal hatte sie die Offensichtlichkeit ihres Irrtums wie ein Blitz durchzuckt, als sie sah, daß er in Glorias Gegenwart verlegen und stumm wurde wie ein Halbwüchsiger. An jenem Tag erkannte sie, zu welcher Selbstverstümmelung sie ihn trieb. Und die Tatsache, daß sie sich dessen bis dahin nicht bewußt gewesen war, befreite sie nicht von der Schuld.

»Jetzt gibt es nichts mehr zu tun«, stieß er so plötzlich hervor, daß Doña Victoria fast zusammenzuckte.

Sie antwortete nicht gleich. Sie suchte nach Worten, die hoffnungsvoll klingen sollten.

»Etwas gibt es noch zu tun«, widersprach sie. »Zu bewahren, was wir noch haben.«

Sie sah, wie er sich umwandte und sie durch die dicken Brillengläser anstarrte, verwundert darüber, daß sie die Niederlage so anstandslos hinnahm. Seit er den Herpes hatte, war es ihm zur Gewohnheit geworden, die Unterlippe über die Oberlippe zu schieben – weil er die Berührung vermeiden wollte oder sie ihm lästig war –, und auch jetzt betonte das seinen verbitterten oder erbosten Gesichtsausdruck. Während er sie betrachtete, dachte er, daß sie nur deshalb bereit war, die Kapitulationsurkunde zu unterschreiben, weil sie sich die Niederlage noch viel schmerzhafter hätte vorstellen können. »Sie hat Angst um mich«, sagte er sich.

»Wir gehen fort aus dieser Stadt. Wir gehen und kommen nicht zurück«, flüsterte Doña Victoria. Der haßerfüllte Ton war wieder da, und die Wörter sprudelten mit neuer Kraft, als sei der Kampf das einzige, was sie am Leben hielt.

»Hier gibt es zuviel, das uns hält«, widersprach er sanft, und mit einer ausladenden Handbewegung wollte er nicht nur das Haus, in dem sie wohnten, umfassen (die dem Wasser noch rechtzeitig entrissenen schmiedeeisernen Gitter, die erinnerungsträchtigen Schmuckstücke, die subtilen Bande, die zwischen einem schönen Haus und seinen Bewohnern geknüpft sind), sondern auch die Gräber, die in den kleinen Hügel von El Paternóster gegraben waren.

»An einem Tag im Jahr kommen wir zurück, um sie zu besuchen«, sagte die Greisin, seine Gedanken erratend. »Aber wir gehen für immer fort von hier. Aus dieser Stadt der Feinde.«

16

Zwei Tage nach Angladas Anruf war Cupido noch immer nicht beim Teniente gewesen, um ihm mitzuteilen, daß er nicht mehr an dem Fall arbeitete, da sein Auftraggeber die Auffassung vertrat, bei dem Täter müsse es sich um einen Wahnsinnigen oder Sadisten handeln, der keinerlei persönliche Beziehung zu Gloria hatte, und daher sei es sinnlos, weiter Zeit und Geld in die Ermittlung zu investieren. Er wußte, sobald er erneut die Kaserne betrat und Gallardo von seiner Entlassung erzählte, würde er ein für allemal ausgeschlossen sein und es gäbe kein Zurück mehr. Deshalb hatte er dieses Treffen hinausgezögert. Hinter seiner Unentschlossenheit verbarg sich der latente Wunsch, weiter in Glorias Leben zu stöbern und auf den Augenblick der Metamorphose zu warten, in dem sie sich vor seinen Augen von einer undurchschaubaren in eine transparente, verstehbare Person verwandeln würde. »Es ist immer das gleiche, wenn man sich in das Privatleben anderer einmischt«, dachte er, »wenn man in den Wunden stochert, bis das Virus entdeckt ist, das sie befallen hat, oder der Eiter sichtbar wird, den sie hervorrufen. Den Spuren nachgehen, die vom Opfer zu seinem Henker führen. Einfach Wissensdurst. Als kämen wir alle mit einem Detektivinstinkt zur Welt, der fast ebenso ausgeprägt ist wie die sonstigen grundlegenden Triebe und uns dazu bringt, gierig nach dem zu suchen, was wir Wahrheit nennen. Ein Rätsel hat im Menschen schon immer das Bedürfnis nach seiner Lösung geweckt.«

Also verschob der Detektiv seine Entscheidung, zumal

alles, was er sah, hörte oder las, ihn auf die Suche schickte. Am Tag zuvor hatte er im Vorbeigehen im Schaufenster einer Eisenwarenhandlung genau so ein Messer gesehen wie das, mit dem die beiden Frauen ermordet worden waren. In einer Vitrine blitzten Hunderte von Klingen in allen Formen und Größen: Messer, für jeden zugänglich. Er war weitergegangen, hatte sich aber sofort noch einmal umgewandt, war wieder zurückgelaufen, vor dem Fenster stehengeblieben und hatte diese Waffe, die ansonsten niemals seine Aufmerksamkeit erregt hätte, so lange angestarrt, bis er merkte, daß dem Angestellten hinter der Scheibe sein Interesse nicht entgangen war und er ihn beobachtete wie einen Verdächtigen. Später, nachts, als er noch einmal *Romeo und Julia* las – überzeugt davon, daß ihn ein so wundervoller klassischer Text von allen Tagesereignissen ablenken würde –, entdeckte er zu seiner Bestürzung, daß Shakespeare bereits vor vier Jahrhunderten auf Herpesbläschen angespielt hatte: »... der Schönen Lippen, die von Küssen träumen – oft plagt die böse Mab mit Bläschen diese, weil ihren Odem Näscherei verdarb!« Selbst durch ein altehrwürdiges Buch wurde er daran erinnert, daß er eine Arbeit nicht zu Ende geführt hatte. Er fürchtete, nicht davon loszukommen, ehe er den Fall nicht durch die Entdeckung der Wahrheit zu den Akten legen konnte. Das X, die Unbekannte in der Gleichung, durch einen Namen zu ersetzen, sagte er sich, ist die einzige Möglichkeit, es für immer hinter sich zu lassen, das einzige Mittel, die Rastlosigkeit in Erinnerung zu verwandeln.

Daher war ihm am Dienstagmorgen, als ein Rekrut der Guardia Civil an seiner Wohnungstür klingelte, weil der Teniente ihn unverzüglich sprechen wollte, klar, daß der Waffenstillstand gebrochen war und er die Ermittlungen wieder aufnehmen würde.

Ohne Formalitäten passierten sie das Eingangstor und kamen zu den Büros. Alle Gardisten, denen er begegnete, wirkten gleich besorgt und mißmutig. Er schrieb es den drei Morden zu, durch die ihr beschauliches Provinzdasein jäh beendet worden war, an das sie sich fernab von den Konflikten der Großstädte, in denen die Unsicherheit und die Furcht vor Terroranschlägen zum Alltag gehörten, gewöhnt hatten und das sich darin erschöpfte, Fett anzusetzen, während die Reflexe verkümmerten. Plötzlich hatten auch sie Sorgen und mußten rund um die Uhr Überstunden schieben, waren in der Kaserne eingepfercht, sobald sich eine Bedrohung abzeichnete, sobald eine Frau oder ein Mann allein in der Gegend um El Paternóster gesichtet wurden. Der Teniente hatte Bereitschaftsdienst angeordnet, wo in den letzten fünfzehn Jahren von sämtlichen öffentlichen Einrichtungen in Breda einzig die Feuerwehr in den Sommermonaten wirklich aktiv gewesen war, ständig einsatzbereit, um etwaige Brände im Reservat zu verhindern.

Der Teniente saß hinter dem Schreibtisch. Sie hatten sich seit einer Woche nicht gesehen, seit die zweite Frau ermordet worden war, und dem Detektiv kam es vor, als wäre der Leutnant durch die drei Morde schneidiger geworden, besser in Form, denn er hatte abgenommen und war gebräunter. Oder vielleicht wirkte er auch immer so, wenn er in Zivil war. Cupido sah ihn zum erstenmal ohne Uniform.

»Sieht nicht so aus, als würden Sie schuften für Ihr Geld«, sagte Gallardo zur Begrüßung.

»Niemand arbeitet, wenn er nicht dafür bezahlt wird«, entgegnete Cupido.

»Hat Anglada Sie entlassen?« fragte der andere überrascht.

»Er hat sehr freundlich seinen Auftrag zurückgezogen.«

»Wann?«

»Vor zwei Tagen, am Sonntag. Er hat gesagt, durch den zweiten Mord sei offensichtlich geworden, daß der Täter ein Wahnsinniger oder ein Sadist ist. Ich habe ihm die Rechnung geschickt. Alle seine Argumente folgen einer Logik, die sich nicht anzweifeln läßt«, sagte der Detektiv und überspielte sein Unbehagen und seine Enttäuschung. Es war das erstemal, daß er einen Fall abgab, ohne ihn gelöst zu haben, und zu der Leere der Tage, die vor ihm lagen, gesellte sich die Leere, die hinter ihm lag.

Der Teniente schüttelte den Kopf.

»Und was tun Sie jetzt?«

»Mich ein bißchen langweilen. Warum haben Sie mich rufen lassen?«

»Ich wollte Sie dazu einladen, mich bei einem Besuch zu begleiten.«

»Bei wem?« fragte er. Zu spät fiel ihm auf, daß es übereifrig geklungen hatte.

»Bei Molinas Witwe. Auch wenn Sie keinen Auftrag mehr haben, denke ich, wir könnten es uns erlauben, Sie mitzunehmen.« Es hatte sich witzig anhören sollen, klang aber zu bemüht, um Cupido zum Grinsen zu bringen oder ihn glauben zu machen, Gallardo könnte vergessen haben, was ihm nicht aus dem Kopf ging: die drei Morde im Wald.

»Hat die Frau denn etwas damit zu tun?« fragte Cupido verwundert.

»Das glauben wir nicht. Am Sonntag, als ihr Mann ermordet wurde, hat sie im Kontrollstützpunkt eine Jagdgesellschaft bewirtet.«

Sie verließen das Büro und stiegen in einen Polizeijeep. Gallardo hatte nicht noch jemanden mitnehmen wollen, denn es sollte auf keinen Fall bedrohlich wirken – er selbst ging in Zivil –, wenn sie diese Frau besuchten, die jetzt mit ihren beiden Kindern allein im Wald lebte.

»Wir wissen weniger als am Anfang«, sagte der Teniente, als sie die Chico-Cabrera-Quelle hinter sich gelassen hatten und auf die Hügel des Reservats zuhielten. »Man erwartet immer, daß der Täter bei jedem Mord eine Spur hinterläßt, ein kleines Indiz, das für sich genommen zwar keine Aufschlüsse gibt, es einem aber in Kombination mit anderen Hinweisen erlaubt, am Ende ein Bild zusammenzusetzen. Aber hier sorgt jeder Mord nur für neue Verwirrung.«

Ein dunkler Fleck fegte etwa zehn Meter vor dem Auto wie eine Granate über den Forstweg, wirbelte eine Staubwolke auf und war so schnell wieder zwischen den Eichen verschwunden, wie er gekommen war.

»Die einzigen, die sich freuen, sind die Tiere, die Hirsche und Wildschweine, wie das da«, fuhr Gallardo fort. »Sehen Sie sich nur um. Wie einsam es hier ist.«

Tatsächlich war ihnen unterwegs kein einziger Ausflügler begegnet, nichts war von ihnen zu hören gewesen, nichts deutete auf die Anwesenheit von Menschen hin. Der Wald hatte seine ewige und unbezwingbare Bedrohlichkeit wiedergewonnen. Die Nachricht von den drei Morden war über die lokalen Grenzen hinausgedrungen, die Presse hatte darüber berichtet, und ein Fernsehteam hatte Aufnahmen gemacht, die demnächst nachts in einer Sendung über Gewaltverbrechen ausgestrahlt werden würden. Die Angst vor dem Mörder, der im Reservat sein Unwesen trieb – und vor dem selbst die Aufseher nicht sicher waren –, wirkte wie ein mächtiges Bollwerk. Durch die Windschutzscheibe sah man den einsamen, dichten Wald, der dalag wie am ersten Tag, die Stein- und Korkeichen, die Pinien, Zistrosen und Ginsterbüsche, über denen die Raubvögel kreisten. Es war kaum zu glauben, daß hier in nur drei Wochen drei Verbrechen verübt worden waren.

»Weiß man inzwischen mehr über den Mord an Molina?« fragte Cupido.

»Wir stützen uns bei der Arbeit auf drei Hypothesen. Die erste ist, daß er der Person, die wir suchen, zufällig begegnet ist und von dem Mann oder der Frau getötet wurde, bevor er sich wehren konnte. Das würde bedeuten, daß unser Unbekannter das Messer zum Vergnügen benutzt, denn er besitzt auch ein Jagdgewehr, ein landläufiges Modell, das jeder zu Hause haben kann. Die zweite geht davon aus, daß Molina zufällig einen Wilderer überrascht hat, der nicht wollte, daß man ihm den Prozeß macht und er ein deftiges Bußgeld bezahlen muß. Aber etwas spricht dagegen: Es war Sonntag, Jagdtag, und keiner ist so hirnverbrannt, an einem Tag wildern zu gehen, an dem es im Reservat von Jägern mit Jagdschein und von den Aufsehern, die sie begleiten, wimmelt. Aber wir verlieren auch diese These nicht aus den Augen, sondern arbeiten weiter daran.«

»Und die dritte?«

»Die dritte geht von einem persönlichen oder beruflichen Hintergrund aus. Haß oder Rache. Molina hat nicht zu denen gehört, die sich beliebt machen, aber in seinem Umfeld haben wir nichts gefunden, was uns als Tatmotiv haltbar erschienen wäre.«

Es lag auf der Hand, daß er zu der ersten Hypothese neigte, es war die einzige, gegen die er keine Einwände vorgebracht hatte.

»Ich glaube auch, daß alles miteinander zusammenhängt, daß der Täter unser früherer Mörder ist, der für ein neues Opfer eine neue Waffe benutzt hat. Molina war groß und kräftig, und man hätte ihm nicht so leicht die Kehle durchschneiden können wie den beiden Frauen. Die Frage ist, ob sie sich zufällig begegnet sind oder ob er dem Aufseher gezielt aufgelauert hat.«

Der Teniente blickte vom Forstweg auf und sah Cupido an.

»Dafür, daß Sie nicht mehr an dem Fall arbeiten, denken Sie ziemlich viel darüber nach.«

»Ja. Diese erste Frau geht mir nicht aus dem Kopf. Ich mache die Augen zu und kann mir jeden einzelnen, der sie gekannt hat, als ihren Mörder vorstellen, sei es nun Doña Victoria oder selbst Anglada, dieser Bildhauer, mit dem sie befreundet war, oder ihre Verwandten. Wenn ich diesen Verdächtigungen freien Lauf lasse, kommt mir der zweite Mord vor wie ein Ablenkungsmanöver. Selbst der Mord an Molina wäre damit zu erklären«, sagte er und achtete darauf, wie weit er mit seinen Andeutungen gehen konnte.

In der Ferne hörte man das heisere Röhren eines Damhirschs, das den Motor übertönte. Es wurde sofort von einem kräftigeren beantwortet.

»Haben Sie überprüft, was all die Leute getan haben, als der Aufseher ermordet wurde?«

»Ja, aber es ist nichts dabei herausgekommen. Wenn jemand für den ersten Mord kein Alibi hatte, konnte er für mindestens einen der beiden anderen ein hieb- und stichfestes vorweisen. Und umgekehrt. Wir haben die Fakten tausendmal abgeglichen, und alle haben in mindestens einem der Fälle Zeugen. Ich kann Ihnen im Büro die Unterlagen zeigen.«

»Nein, wenn das so ist, lohnt sich die Mühe nicht«, sagte Cupido niedergeschlagen.

Am Ende des Weges tauchte der Kontrollstützpunkt auf, die bereits verschlossenen Unterstände für die Löschfahrzeuge, das Häuschen mit dem Verwaltungsbüro, der hohe Wachturm, die Häuser für die Aufseher. In einem davon lebte noch Molinas Witwe. Während einiger Tage, Wochen vielleicht, würde ihr gegenüber niemand etwas vom Ausziehen sagen, aber sie würde wissen, daß sie gehen mußte, sobald die knappe Frist verstrichen war, in der sich die Nächstenliebe der Bürokraten erschöpft.

Sie parkten vor dem Haus, und wie beim erstenmal wurde die Frau von dem Motorengeräusch herausgelockt. Sie trug Schwarz, aber auch darin wirkte sie verwahrlost. Sie wäre eine hübsche Frau gewesen, hätte sie sich nicht so gehenlassen. Der Teniente kam Cupido zuvor, gab ihr die Hand und sprach ihr offiziell sein Beileid aus, was sie mit einem beunruhigten Blick auf die beiden entgegennahm. Das vier- oder fünfjährige Kind erschien in der Tür, besah sich die Besucher mit ausdruckslosem Gesicht und interessierte sich dann für das Polizeiauto.

»Hat Ihnen der Herr Unteroffizier die Unterlagen fertiggemacht«, fragte der Teniente.

»Ja, alle. Er war sehr hilfsbereit.«

»Können wir reinkommen?«

»Natürlich«, sagte sie mit einer Handbewegung in Richtung Haus.

Durch die Eingangstür trat man direkt ins Wohnzimmer, einen Raum mit Terrakottaboden, dessen weiße Wände zur Decke hin gelblich und an den Seiten des Kamins schwarz verfärbt waren. Alles wirkte unhygienisch. Neben einem Sperrholzschrank waren einige billige Bilder mit Jagdszenen zu sehen, deren Glasrahmen vor Staub und Fliegendreck starrten. Das Kind kümmerte sich nicht um die Unterhaltung der Erwachsenen, sondern hatte sich wieder vor den Fernseher gesetzt, in dem eine Zeichentricksendung lief. Das kleinere Kind schlief wahrscheinlich hinter einer der beiden geschlossenen Türen. Der Detektiv stellte sich dort schlechtgelüftete Schlafzimmer vor mit ungemachten Betten, auf denen sich die Decken türmten. Im Hintergrund waren die Küche und eine Diele zu sehen, die vermutlich auf einen Hof hinausging. Ein Tisch, einige Peddigrohrstühle und zwei Sessel mit Kunstlederbezug komplettierten die Einrichtung, alles wirkte verwahrlost und heruntergekommen, war übersät mit Brotkrümeln und fleckig und wurde von Myriaden winziger Insekten heimgesucht, die wegen der Essensreste und der Nähe zum Wald prächtig gediehen.

»Kann ich Ihnen etwas anbieten? Ein Bier?« fragte sie.

Cupido und der Teniente nahmen die Einladung an. Die Frau verschwand in der Küche und kam eine Minute später mit zwei Bierflaschen, zwei Gläsern und einem Glasteller voller dunkler, trockener Wurstscheiben zurück.

»Wild?« fragte der Teniente, als er davon gekostet hatte.

»Ja, Wild.«

Ohne sich an dem Imbiß zu beteiligen, saß die Frau kerzengerade auf einem Stuhl, hielt die Knie zusammengepreßt und sah zu, wie sie das zähe, schmackhafte Fleisch kauten und einen kräftigen Schluck von dem Bier nahmen, vielleicht weil sie es gewohnt war, keine Rolle zu spielen, wenn ihr Mann mit seinen Besuchern über die Arbeit oder über Jagdtrophäen sprach und Anekdoten zum besten gegeben wurden.

»Kann ich noch etwas für Sie tun«, fragte Gallardo.

»Nein. Ich glaube, es ist alles geregelt. Der Unteroffizier hat sich um die Papiere gekümmert. Ich warte nur darauf, daß mir gesagt wird, wann ich ausziehen muß.«

Sie schien nicht sonderlich berührt vom Tod ihres Mannes. Vielleicht war sie es nicht. Der Detektiv schätzte, daß sie mit dem, was sie an Witwenrente für sich und an Waisenrente für die beiden Kinder bekommen würde, etwa fünfundachtzig Prozent von Molinas Gehalt hätte, was gar nicht so übel war. Vielleicht war sie sogar froh, auf einmal

Geld in Händen zu haben, mit dem sie nach Belieben schalten und walten konnte, und einen Ehemann los zu sein, der wahrscheinlich weder als Gatte besonders liebenswert noch als Vater eine große Hilfe gewesen war. Letzten Endes, dachte er, wird man wohl so leicht kein Ehepaar finden, bei dem nicht einer von beiden irgendwann einmal den Tod des anderen herbeigewünscht hat, auch wenn keiner das zugeben will, denn jemand, der seinen Ehepartner umbringt, wird, genau wie ein Vergewaltiger, von der Gesellschaft als Ungeheuer betrachtet und ausgestoßen, weil er ihr einen Spiegel vorhält, in dem die dunkelsten Abgründe sichtbar werden. Wenn Gedanken töten könnten, wäre die Welt von Witwen und Witwern bevölkert.

»Haben Sie finanzielle Schwierigkeiten?« fragte er, obwohl ihm klar war, daß es eine indiskrete Frage war, die von der Frau nicht beantwortet werden mußte.

»Nein, vorerst nicht. Er hatte ein zusätzliches Konto. Er hat etwas gespart«, sagte sie.

Der Gebrauch des Singulars klang dem Detektiv in den Ohren, und die Worte der Frau hefteten sich an sein Trommelfell.

»Wußten Sie nichts von dem Geld Ihres Mannes?«

»Er hat mir nie davon erzählt. Wahrscheinlich hat er es für die Kinder zur Seite gelegt«, sagte sie wie jemand, der in der Lotterie gewonnen hat und erklären muß, wo der plötzliche Geldsegen herkommt, damit keiner auf die Idee verfällt, es könnte nicht mit rechten Dingen zugegangen sein. »Außerdem ist mir von der Bank, bei der mein Mann sein Gehaltskonto hatte, eine Versicherung ausgezahlt worden. Alles zusammen reicht für ein kleines Haus in Breda. Dann kann der Kleine in die Schule gehen«, sie deutete auf ihren älteren Sohn, der völlig von den rasanten Bildern auf der Mattscheibe in Anspruch genommen war.

»Haben Sie über das nachgedacht, was ich Sie beim letztenmal gefragt habe?« mischte sich der Teniente ein. »Irgendeine Kleinigkeit, die uns weiterhelfen könnte, etwas, das früher passiert ist?«

»Ich habe versucht, mich zu erinnern, aber da gibt es nichts. Keiner hat etwas von seinem Tod.«

Außer seinem Mörder, dachte Cupido. Es kam ihm vor, als wollte die Frau nichts mehr von den Ermittlungen wissen; sie sprach mit ihnen, als würde sie eine Beichte ablegen, um endlich alles hinter sich zu lassen, zu vergessen und ohne Gewissensbisse ein freudloses Dasein fortzusetzen. Vielleicht würde sie in der Stadt, wenn sie täglich mit anderen Frauen zu tun hatte, mehr auf sich achten und irgendwann das Bedürfnis haben, attraktiv auszusehen, um einen Mann in ihr Bett zu locken.

Der Teniente kippte das Bier hinunter und nahm sich noch eine Scheibe Wurst. Cupido wartete nicht länger mit seiner Frage:

»Welche Waffen hat Ihr Mann besessen?«

Die Frau sah ihn an, ihre unruhigen Augen schienen nicht viele Tränen vergossen zu haben, sie waren zu müde, als daß sie überhaupt hätten traurig aussehen können, ihr Haar hatte diese strohige Farbe, die eigentlich gar keine Farbe ist.

»Er hatte das Gewehr, das ihm als Aufseher im Reservat zur Verfügung gestellt worden ist. Ich habe es gestern abgegeben.«

»Sonst nichts?«

»Außerdem noch eine alte Jagdflinte. Die hat er schon lange nicht mehr benutzt.«

»Könnten wir sie sehen?« fragte der Teniente. Er wußte nicht, was Cupido mit diesen Fragen bezweckte, ahnte aber, daß es etwas Wichtiges war.

»Ich weiß nicht, wo er sie aufbewahrt hat. Wahrscheinlich irgendwo hinten. Wegen der Kinder«, erklärte sie und sah den Kleinen an, den die Stimmen der Erwachsenen nicht zu stören schienen, weil er noch immer in den Trickfilm versunken war und gebannt auf die schwindelerregend schnellen Bilder starrte.

»Wir helfen Ihnen suchen«, sagte der Teniente und stand auf.

Die Frau führte sie in den hinteren Teil des Hauses. Sie gingen durch die Küche und traten in einen Hof mit Betonboden und Rabatten an den Mauern, in denen allerdings nichts gepflanzt war. An der rückwärtigen Wand stand ein Schuppen mit einer geschlossenen Eisentür. Die Frau griff nach einem Schlüssel, der hoch oben an einem Nagel hing, und schloß ohne Schwierigkeiten auf. Von innen drang der würzige Geruch von Wurst, Leder und getrockneten Früchten. Sie trat zur Seite, und die beiden Männer machten einen Schritt hinein. Dort blieben sie stehen, damit sich ihre Augen an die Dunkelheit gewöhnen konnten. Die Frau zwängte sich zwischen ihnen hindurch, öffnete eine Luke an der Seitenwand, und der Raum wurde von einer Säule aus Licht erhellt, die seinen Charakter zwischen Rumpel- und Speisekammer offenbarte. Sie sahen zwei waagerecht an der Decke befestigte Stangen, an denen Würste hingen, wie die, die ihnen die Frau zuvor angeboten hatte. Cupido trat näher an eine dritte Stange heran: zwei Damhirschfelle waren daran zum Trocknen aufgehängt. Er strich über die Außenseite mit ihren borstigen und gleichzeitig weichen Haaren und über die Innenseite, die bereits durch das Salz und möglicherweise durch Urin steif zu werden begann. Er sah über die Schulter. Gallardo suchte nach dem Gewehr, aber die Frau schaute nur zu ihm herüber, auf seine Hände, die das Fell der toten Tiere streichelten.

»Wir bekommen sie von den Jägern«, fühlte sie sich wieder zu einer Erklärung verpflichtet. »Wenn es ihnen gelingt, ein Stück Wild zu erlegen, wollen viele mit dem Körper nichts anfangen. Mein Mann sollte dann den Kopf abtrennen und einpacken, den nehmen sie mit, um ihn zu Hause an die Wand zu hängen. Wir haben manchmal das Fleisch bekommen, als Dankeschön«, sie deutete auf die Felle. »Das einzige, was für sie zählt, ist der Kopf.«

Dem Detektiv kam etwas in den Sinn. Die gleiche oder eine ähnliche Bemerkung hatte Alkali gemacht, als er über den Wilderer sprach, dessen Namen Cupido nicht kannte »Wirklich wertvoll ist der Kopf.«

Der Teniente öffnete eine Holztruhe, wühlte zwischen alten Jagdkleidern und zog schließlich die in eine Decke gewickelte Waffe heraus. Es war eine zweiläufige Repetierbüchse. Er öffnete sie mit fachmännischer Umsicht, und selbst auf die Entfernung konnte Cupido feststellen, daß sich die gut gefetteten Scharniere spielend bewegen ließen. Der Teniente hielt sich den Lauf unter die Nase und schnüffelte daran, wobei er ein Gesicht machte wie ein Weinkenner. Er sah zu Cupido hinüber und nickte. In diesem Augenblick wußte der Detektiv, wonach sie suchen mußten, sobald sie dieses Haus verlassen hatten.

Gallardo beugte sich erneut über die Truhe und kramte ein elastisches Band hervor, das Platz für fünf Patronen bot und über den Gewehrkolben gestreift wurde. Cupido hatte diese Art, Ersatzmunition mitzuführen, bei manchen Verkehrskontrollen der Guardia Civil schon einmal gesehen. Das Band erlaubte es einem, schneller nachzuladen, weil man nicht an den Gürtel oder die Brust greifen mußte, aber er nahm an, daß Molina es aus einem anderen Grund sinnvoll gefunden hatte, denn falls er Gefahr lief, entdeckt zu werden, konnte er Gewehr und Munition im Handumdrehen verschwinden lassen. Viele Indizien wiesen in dieselbe Richtung.

»Hat Ihr Mann es schon lange nicht mehr benutzt?« fragte Gallardo.

»Ja, das habe ich Ihnen ja schon gesagt, sehr lange. Er hatte immer die Dienstwaffe dabei, wenn er unterwegs war«, antwortete sie. Möglich, daß sie nicht log und daher keine Anstalten gemacht hatte, den Besitz der Flinte geheimzuhalten. Vielleicht hatte sie ihrem Mann einfach geglaubt.

Der Teniente verstaute die Waffe wieder dort, wo er sie gefunden hatte, und trat auf die Felle zu. Auch er konnte der Versuchung nicht widerstehen, sie zu streicheln, als bewahrten sie noch immer die Wärme, die sie ausgestrahlt hatten, solange noch Leben darin gewesen war. Er wartete darauf, daß Cupido den nächsten Schritt tat. Er erriet nicht, was der Detektiv entdeckt hatte, und konnte seine Ungeduld, ihn zu fragen, kaum zügeln.

Sie gingen zurück ins Wohnzimmer und verabschiedeten sich von der Frau.

»Es tut mir leid, daß ich Ihnen nicht helfen kann«, sagte sie, aber es klang nicht so, als mache es ihr wirklich etwas aus. Die beiden Männer hatten wieder das Gefühl, daß sie nicht um ihren Mann trauerte, daß sie möglicherweise sogar zufrieden war, weil sich ihr unverhofft neue Chancen boten.

Kaum hatte sich der Jeep in Bewegung gesetzt, da schnaubte der Teniente:

»Fallen Sie mir nie wieder in den Rücken, wenn ich keine Ahnung habe, was gespielt wird! Was sollte diese Sache mit der Flinte?«

Es war das erstemal, daß Cupido ihn so hörte, wie er sich einen Leutnant der Guardia Civil, der bis zum Hals in einer Ermittlung steckt, immer vorgestellt hatte, deshalb ließ er sich von dem vorwurfsvollen Ton nicht einschüchtern. Er war vollauf damit beschäftigt, die richtigen Worte zu finden, um überzeugend zu klingen. Seit die Frau ihnen das Bier und den Teller mit der Wurst hingestellt hatte, waren alle seine Handlungen auf die Bestätigung einer Hypothese ausgerichtet gewesen, die sich ihm aufgedrängt hatte. Solange er in diesem Haus war, glaubte er, alles passe zusammen und erhärte seinen Verdacht, aber gegenüber dem Teniente, der den Advocatus Diaboli spielte, war er sich nicht mehr so sicher. Er fürchtete, daß er sich von seiner Intuition hatte leiten lassen, obwohl er als eine der ersten Lektionen in seinem Beruf gelernt hatte, daß Intuitionen nicht zählen, daß man wissenschaftlich vorgehen und jede Aussage beweisen mußte und daß sich die einzelnen Schritte aus logischen Ableitungen ergaben, nicht aus Vermutungen. Er versuchte, so selbstsicher wie möglich zu klingen, als er sagte:

»Als ich die Häppchen sah, ist mir etwas eingefallen, woran ich vorher nicht gedacht habe.«

Der Teniente schüttelte energisch den Kopf.

»Molina wäre für ein paar Kilo Fleisch ein solches Risiko doch nicht eingegangen. Ein Reservatsaufseher, der auf die Jagd geht! Wenn er erwischt wird, ist die Strafe doppelt so hoch wie bei anderen. Und seinen Job ist er auch los. Alles, was die Frau gesagt hat, stimmt. Ich habe mit eigenen Augen Jäger gesehen, die die Trophäen mitgenommen und den Rest ihren Jagdführern überlassen haben.«

»Ich weiß. Aber das ändert nichts.«

Ohne den Fuß vom Gas zu nehmen, sah ihn der Teniente an.

»Ist da noch etwas, wovon ich nichts weiß?«

»Ja«, bestätigte der Detektiv. Er wußte, der Zeitpunkt zu reden war gekommen, er konnte es nicht weiter für sich behalten, ohne die Ermittlung zu lähmen. »Aber bevor ich es Ihnen sage, muß ich sicher sein, daß Sie denjenigen, von dem ich die Information habe, nicht mit hineinziehen.«

»Das war nicht ausgemacht«, sagte Gallardo schroff.

»Und ich bin nicht derjenige, der die Spielregeln ändern will. Es bleibt mir nur nichts anderes übrig. Aber davon einmal abgesehen, tun die Namen auch nichts zur Sache.«

Der Teniente schwieg einige Sekunden, um Cupido klarzumachen, wie schwer es ihm fallen würde, sich an das zu halten, was da von ihm verlangt wurde, aber schließlich stimmte er zu:

»Einverstanden. Keine Namen und keine unnötigen Fragen.«

»An dem Morgen, als Gloria umgebracht wurde, waren außer ihr und ihrem Angreifer noch andere in diesem Teil des Reservats unterwegs. Mindestens zwei Personen. Eine davon war ein Wilderer. Er hat seit dem frühen Morgen auf der Lauer gelegen und seine Deckung nicht verlassen, er war nicht besonders nah bei der Stelle, aber auch nicht sehr weit entfernt. Auch ich kenne seinen Namen nicht, bin mir aber sicher, daß er nicht lügt, wenn er behauptet, gegen zehn einen Schuß aus einem Gewehr oder einer Schrotflinte gehört zu haben, weil er sich durch diese Aussage ansonsten selbst in Teufels Küche bringen würde.«

»Ein Schuß? Von wem?«

»Von einer vierten Person, denn ich glaube nicht, daß der mit dem Messer auch ein Gewehr dabeihatte und es riskiert hätte, zu schießen und damit die Aufmerksamkeit eines Aufsehers auf sich zu ziehen oder die Frau zu erschrecken, die er ein paar Minuten später umbringt. Es war noch jemand in der Nähe«, sagte Cupido noch einmal.

»Molina?« fragte der Teniente. Er hatte sofort begriffen, welche Namen wichtig waren und welche nebensächlich.

»Möglich. Er hat sich nie klar dazu geäußert, wo er um

diese Zeit war. Er hat lediglich behauptet, er sei woanders unterwegs gewesen, weiter im Innern des Reservats, aber dafür gibt es keine Zeugen. Wir haben alle irgendwann einmal vermutet, daß er etwas mit der Sache zu tun hat, und eben, als ich das Wildfleisch sah, ist mein Verdacht handfester geworden. Deshalb war es notwendig, die Sache mit der Jagdflinte zu überprüfen.«

»Sie war gefettet, gut gepflegt, und vor weniger als zwanzig Tagen wurde damit geschossen. Auch wenn die Frau behauptet, ihr Mann habe sie nicht benutzt.«

»Sie braucht nichts davon gewußt zu haben. Ich glaube nicht, daß Molina einer von diesen Ehemännern war, die alle ihre Geheimnisse ihrer geliebten Gattin auf die Nase binden. Aber falls er es war, der an dem Morgen geschossen hat, wäre es logisch, daß er die Flinte benutzt hat, denn für den Fall, daß er sich eilig aus dem Staub machen und seine Beute zurücklassen mußte, hätte die Munition des Jägers nicht mit der eines Reservatsaufsehers übereingestimmt. Er hätte es nicht riskieren können, die Dienstwaffe zu benutzen.«

»Er hätte aus irgendeinem anderen Grund schießen können.«

»Scheibenschießen?« spottete Cupido.

»Also schön«, bestätigte Gallardo, »bis hierher paßt alles zusammen. Aber ich kann mir nicht vorstellen, daß er sein Haus, seinen Job und seinen Waffenschein für ein paar Kilo Wildfleisch aufs Spiel setzt, von dem er mehr als genug hat, wenn er zwei Stücke Wild geschenkt bekommt.«

»Weil Molina nicht wegen des Fleischs gewildert hat«, erklärte der Detektiv. »Nicht einmal der Wilderer, der an dem Morgen den Schuß gehört hat, war hinter dem Fleisch her. Diese romantische Art des Jagens ist längst Geschichte. Selbst dieser heimliche Jäger wollte den Kopf, die Trophäe, nicht das Fleisch. Ich habe das schon einmal gehört, es aber nicht für wichtig gehalten, bis es die Frau vor ein paar Minuten noch einmal wiederholt hat: ›Das einzige, was für sie zählt, ist der Kopf.‹ Molina wäre dieses Risiko nicht dafür eingegangen, was er für das Fleisch bekommen konnte, sondern für das, was das Geweih wert ist. Das Gespräch mit der Frau war höchst aufschlußreich. Erinnern Sie sich, was sie gesagt hat: ›Er hat etwas gespart‹, ›Er‹, nicht ›Wir‹, nicht das Ehepaar. Wir brauchen nur noch eine Bestätigung für das, was ich sage, ansonsten würde alles zusammenpassen. Das Fleisch, die Felle, die Flinte, aus der geschossen worden ist … alles wäre durch die Geschenke dankbarer Jäger gedeckt. Eine perfekte Tarnung, um ein Geschäft mit den Trophäen zu machen. Wissen Sie, was dafür bezahlt wird?«

»Nein.«

»Zwischen zweihundert- und fünfhunderttausend Peseten, je nachdem, wieviele Enden das Geweih hat oder wie groß die Schaufel bei den Damhirschen ist. Und trotzdem gibt es mehr Käufer als Anbieter. Es gibt jede Menge Neureiche, die sich gerade eine funkelnagelneue Ausrüstung gekauft und den Platz über dem Kamin ihres Landhauses schon reserviert haben, und die wollen sich nicht damit zufriedengeben, von ihrer ersten Jagd mit leeren Händen zurückzukommen. Und hier, direkt im Reservat, präsentiert ihnen Molina die Lösung.«

Beide schwiegen und dachten über das Gesagte nach. Cupido hatte während des Besuchs bei der Frau feststellen können, wie sich die losen Informationen Stück für Stück ineinanderfügten. Indem er sie aussprach, hatte er sie endgültig zu einem Bild geordnet.

Als erwachte er aus einem Traum, sagte der Teniente schließlich:

»Es paßt zwar alles zusammen, aber es ist und bleibt eine Theorie.«

»Die einzige, die wir haben, um zu erklären, warum Molina einen Schuß, den er hätte hören müssen, nicht gehört hat, und warum aus einer eingemotteten Jagdflinte geschossen wurde.«

»Wir haben weder jemanden, der eine Trophäe von ihm gekauft hat, noch haben wir die Trophäe selbst.«

»Molina konnte sie ja auch schlecht im Kühlschrank aufbewahren«, entgegnete Cupido, der sich seiner Argumente immer sicherer war. »Der Käufer muß auch nicht am gleichen Abend mit einem riesigen, blutigen Hirschkopf nach Madrid zurückfahren und sich die Bezüge seines Mercedes ruinieren. Man beauftragt jemanden und holt das Ding ein paar Tage später ab. In Breda gibt es Läden, die solche Arbeiten erledigen.«

Sie erreichten die Stadt, und der Teniente fuhr nicht auf dem kürzesten Weg zur Kaserne, sondern blieb weiter auf der Hauptstraße, bis sie im Geschäftsviertel waren. Er hatte verstanden. Noch war die grundsätzliche Frage zu stellen und zu klären, welche Beziehung zu den beiden vorangegangenen Morden bestand, aber es war sinnlos, die Frage auszusprechen, bevor sie nicht einen Schritt weitergekommen waren.

Er stellte den Wagen auf einen blau markierten Parkplatz, legte einen Parkschein für ein paar Stunden hinein, und dann gingen sie in ein Café. Nachdem sie etwas zu trinken bestellt hatten, blätterten sie die Gelben Seiten durch. Sie fanden vier verschiedene Geschäfte und einigten sich auf eine rudimentäre Strategie für ihre Suche. Cupido sollte in den zwei mehr im Zentrum gelegenen Läden nachfragen und der Teniente in den beiden anderen.

Eine halbe Stunde später trafen sie sich erneut. Keiner hatte eine Bestellung auf den Namen Molina aufgegeben, aber die beiden Männer fielen sich fast gegenseitig ins Wort, um sich dieselbe Schlußfolgerung zu erzählen, zu der sie auf ihren unterschiedlichen Wegen gekommen waren: Eigentlich gab es in Breda nur zwei Werkstätten für Tierpräparationen. Zwei der vier Läden gehörten derselben Familie, und die benutzte eine Werkstatt gemeinsam. Der Teniente hatte nachgeprüft, daß sich dort nichts von dem befand, was sie suchten. Die anderen beiden Geschäfte hatten dagegen selbst niemanden, der Tiere ausstopfte, sondern vergaben die Aufträge nach außen. Mehr hatte Cupido nicht herausbekommen, aber dem Teniente hatten sie die Adresse des Tierpräparators gegeben.

Der kleine unscheinbare Laden lag etwas außerhalb, in einem Viertel, in dem es wenige Geschäfte gab. Nichts in dem schmalen, schmuddeligen Schaufenster deutete auf eine Werkstatt für Tierpräparationen hin, man sah lediglich Bilderrahmen, davon einige noch als Einzelteile, andere bereits fertig montiert. Ging man jedoch hinein, schlug einem der kräftige Geruch von Alkohol, Ammoniak und Firnis entgegen. An den Wänden hingen zwischen Gemälden und Radierungen ausgestopfte Tiere: Vögel, Wiesel, Füchse und etliche Rot- und Damhirsche. Auf den Regalen standen in einem buntscheckigen Durcheinander alle Arten neuer oder alter Figürchen aus Porzellan, Holz und Gips. Es war einer dieser düsteren, diskreten Läden, als deren Betreiber man sich immer einen Hehler vorstellt, bei dem man alles und jedes kaufen oder losschlagen kann, einerlei, woher es stammt.

Ein großer, glatzköpfiger Mann mit blauen Glubschaugen verhandelte über den Ladentisch hinweg mit einem jungen Kerl, der lange, schmutzige Haare hatte und in Kleidern steckte, die eher wie Lumpen aussahen. Er wandte den beiden Eintretenden den Rücken zu, der Ladenbesitzer dagegen musterte sie kurz über die Schulter seines Kunden hinweg und schien sein Angebot zu erhöhen, um das Geschäft schleunigst zu einem Ende zu bringen:

»Na gut, ich geb dir dreitausend. Das ist mein letztes Wort.«

Der Kunde merkte, daß er Boden gutmachte, protestierte aber noch in diesem Tonfall kraftloser Menschen, bei dem jede Silbe gezogen wird und der sich halb verächtlich, halb ermattet anhört.

»Das kostet mich ja schon die Farbe und die Leinwand. Ich will fünf Lappen dafür. Du kannst es für zwanzig verkaufen. Ich hab eine Woche dran geschuftet. Das Bild ist einsame Spitze.«

Und als wollte er das unterstreichen, hob er ein etwa 40 mal 60 Zentimeter großes Bild vom Ladentisch, das so etwas wie eine menschliche Gestalt darstellte, die an so etwas ähnliches wie ein Kreuz genagelt war, das durch Wolken schwebte, die irgendwie so ähnlich wie Münder voller Zähne aussahen. Der Typ betrachtete es verzückt, überzeugt von seinem Talent, und reihte sich damit ein in die Gruppe derer, die Halluzination mit Genie verwechseln.

Er merkte, daß jemand hinter ihm stand, und wandte sich um, das Bild noch immer in den erhobenen Händen. Er begegnete den frostigen, ungeduldigen Blicken der beiden Männer, die keine Augen für sein Meisterwerk hatten. Mit einemmal hatte er es sehr eilig und meinte ohne weiteres Murren:

»Dreitausend.«

Der Ladenbesitzer zog einen Geldbeutel aus der Tasche und holte drei Scheine heraus. Der Maler riß sie ihm aus den Fingern und verschwand durch die Tür.

»Ja, bitte?« fragte der Besitzer, als sie allein waren, und sah die beiden halb neugierig, halb argwöhnisch an.

»Wir möchten eine Bestellung abholen«, sagte der Teniente. »Auf den Namen Francisco Molina.«

»Haben Sie den Abholschein?«

»Nein«, sagte Cupido.

»Molina, Francisco Molina«, wiederholte der Teniente drängend und legte seine leeren Hände auf den Ladentisch.

»Molina? Der Name sagt mir nichts«, entgegnete der andere. Aus einer Schublade holte er ein liniertes Heft heraus und ging die offenen Bestellungen durch, wobei er sich dicht darüberbeugte, als wäre er kurzsichtig. »Was war das für eine Bestellung?«

»Zwei Köpfe von Damhirschen zum Ausstopfen.«

»Nein, dann war es nicht hier. Sie müssen sich geirrt haben«, erwiderte er und klappte das Heft zu. »Ich arbeite nicht direkt für Privatkunden. Ich übernehme nur Aufträge von anderen Läden. Fragen Sie dort nach.«

»Das haben wir bereits getan, und man hat uns an Sie verwiesen«, sagte Cupido. Es war ihre letzte Möglichkeit, das wußte er, und er wußte auch, daß Molina, falls er mit Trophäen handelte, hierher gekommen war, um sie ausstopfen zu lassen. Ein diskreter Ort, wo keine Quittungen verlangt wurden und der Besitzer nicht fragte, wo die Ware herkam oder hinging.

Der Teniente griff nach dem Kreuzigungsbild, das noch immer auf dem Ladentisch lag.

»Was wollen Sie dafür?«

»Gefällt es Ihnen?«

»Ja. Ein Meisterwerk.«

»Ich kann es Ihnen für sechstausend überlassen. Eine einmalige Gelegenheit.«

»Ja«, stimmte Gallardo zu, ohne seinen bewundernden Blick von dem Gemälde zu lassen. »Woher wissen Sie, daß es nicht geklaut ist?« fragte er unvermittelt.

Der Mann zwang sich zu einem Lächeln, ehe er antwortete:

»Nein, das ist es nicht. Unmöglich.«

Gallardo griff nach seiner Brieftasche, als wollte er bezahlen, aber das einzige, was er dem erschrockenen Verkäufer unter die Nase hielt, war sein Guardia-Civil-Ausweis.

»Ich habe lediglich gesehen, daß Sie ein Bild gekauft haben, von dem Sie nicht wissen, woher es stammt. Bestimmt ist die ganze Bude voll mit diesem Scheiß. Was ist Ihnen lieber, daß wir selbst danach suchen, oder daß Sie unverzüglich dort hinten reingehen«, ohne auch nur für einen Moment die Stimme zu erheben, deutete er auf das Hinterzimmer, »und uns die Tiere zeigen, die Molina zum Ausstopfen gebracht hat?«

Cupido schoß durch den Kopf, daß der Teniente mit seiner Drohung hoch pokerte, denn immerhin bestand die Möglichkeit, daß sich all seine Hypothesen als falsch herausstellten und die Felle der Damhirsche einfach Geschenke dankbarer Jäger waren, wie die Frau gesagt hatte. Gallardo hatte sich wie vor zwei Jahren von seiner impulsiven Art hinreißen lassen, aber einen weiteren Fleck in seiner Akte würde er sich nicht leisten können. Der Detektiv atmete auf, als der Besitzer die Ladentür schloß und sie ins Hinterzimmer führte. Auf einer langen Werkbank stand das aus Draht und Gips gefertigte Modell eines Windhundes, das nur noch mit dem Fell des Tieres, das an einem Haken hing, überzogen werden mußte. Außerdem waren auf dem Tisch Putzwolle, Kalk und ein Schuhkarton mit Glasaugen in unterschiedlichen Farben und Größen zu sehen. Der Mann schob einen schmutzigen Vorhang zur Seite, und dahinter kam ein breites Metallregal zum Vorschein, auf dem der Kopf eines Damhirschs mit glänzendem Fell, einer riesigen polierten Schaufel und leuchtenden Glasaugen lag, der sie spöttisch anzusehen schien, weil sie so lange gebraucht hatten, um ihn zu finden.

»Nur einer?«

»Ja, nur einer.«

»Wann hat er ihn gebracht?« fragte der Teniente.

Der Mann sah auf das Etikett, das an der Schaufel befestigt war, und nannte ihnen das Datum: Es war der Samstag, an dem Gloria umgebracht worden war.

»Können Sie sich an die Uhrzeit erinnern?«

»Es war Nachmittag. Mein Laden war schon geschlossen, aber er hat mich zu Hause angerufen.«

»Kannten Sie ihn?«

»Ja. Er hat hin und wieder etwas bei mir in Auftrag gegeben.«

»Wie lange, schätzen Sie, war er schon tot?« fragte Gallardo weiter und deutete auf den Hirschkopf.

»Wenige Stunden. Er war leicht zu enthäuten.«

Cupido und der Teniente sahen einander an. Jetzt wußten sie, wer den Schuß abgefeuert hatte, der an jenem Morgen in der Stille des Reservats zu hören gewesen war.

Sie verließen das Hinterzimmer, und der Ladenbesitzer kam mit gesenktem Kopf hinter ihnen her, besorgt darüber, welche Folgen die ganze Sache für ihn haben würde. Aber die beiden Männer steuerten wortlos auf den Ausgang zu. Er überholte sie, und als er ihnen die Tür aufhielt, fragte er schließlich:

»Was mache ich jetzt damit?«

»Warten Sie zwei Wochen. Sollten Sie nichts von mir hören, verkaufen Sie den Kopf und spenden das Geld einem Waisenhaus. Ich werde das nachprüfen«, meinte Gallardo trocken.

Während sie ein Bier tranken, sagte der Teniente zu Cupido:

»Sie hätten mir das alles von Anfang an sagen müssen.«

»Ich konnte Ihnen nicht etwas sagen, das ich nicht

wußte«, erklärte der Detektiv. Er fühlte, daß die Last der Arbeit und die Unruhe von ihm abgefallen waren, obwohl der Schritt, den sie getan hatten, noch immer nirgendwo hinführte. Noch nicht, sagte er sich, denn dieses Detail würde sich vielleicht schon morgen als entscheidend erweisen. Er wußte, daß jede Ermittlung in der Routine steckenzubleiben droht, wenn erst einmal sämtliche verfügbaren Informationen gesichtet und alle Beteiligten vernommen sind, und daß sie dann nur durch solche Fortschritte, seien sie auch klein und isoliert, wieder in Bewegung gebracht und gründlich aufgemischt werden konnte. Inzwischen waren sie davon überzeugt, daß Molinas Tod nicht das Ergebnis einer zufälligen Begegnung oder persönlicher Rache gewesen war, daß er etwas gewußt hatte, was seinen Mörder beunruhigte, und daß der diese blutige Hetzjagd gezielt veranstaltet hatte, um ihn zum Schweigen zu bringen. Jetzt stellte sich die Frage, warum das nicht schon früher passiert war. Zwischen beiden Morden lagen fünfzehn Tage. Alles, auch das unerwartet gesparte Geld des Aufsehers, deutete auf eine Erpressung hin. Molina war sehr nah beim Tatort auf der Jagd gewesen und mußte jemanden gesehen oder gehört haben, aber sie konnten noch nicht erraten, wen. Auch wußten sie nicht, wie sie der Lösung dieses Rätsels näher kommen sollten.

»Falls wir es nicht bald herausfinden, wird es noch mehr Tote geben«, sagte der Teniente. »Solche Irren neigen zur Wiederholung.«

»Vielleicht führt der Tod von Molina auch dazu, daß er sich eine Weile ruhig verhält. Er muß ziemlich viel Angst haben, wenn er das Risiko eingegangen ist, Molina auf die Art zu beseitigen.«

»Oder er geht gestärkt aus der Sache hervor«, erwiderte Gallardo. Sie waren trotz ihres Fortschritts nicht zuversichtlich. »Fest steht bloß, daß in einer Schublade in meinem Büro bereits zwei Messer liegen, daß drei Morde begangen worden sind und wir darüber nur wenig mehr wissen als die Gerichtsmediziner.«

17

Er hieb dreimal auf den Meißel, und die scharfe, blitzende Klinge drang zwischen Fleisch und Rinde in den Baumstamm. Die ersten Handgriffe an einer neuen Skulptur waren immer etwas Besonderes, vielleicht wie für einen Komponisten die ersten Akkorde einer Symphonie oder für einen Schriftsteller die ersten Wörter eines Romans. Wie inspiriert er sich fühlte, wurde bereits durch den Rhythmus der Schläge deutlich, dadurch, wie schnell sie aufeinander folgten und wie tief sie gingen, die Wahl des Werkzeugs entschied über die zukünftige Zeichnung, das Ausgangsmaterial über die endgültige Textur der Arbeit. Einige Tage zuvor hatte er die umgestürzte Steineiche auf einem bewässerten Feld gefunden. Sie mußte schon vor einiger Zeit durch das viele Wasser an ihren Wurzeln eingegangen sein, und es war der perfekte Zeitpunkt, um sie zu bearbeiten: Sie war trokken genug, um nicht mehr zu reißen oder sich zu verziehen, aber noch nicht von Feuchtigkeit, Sonne und Getier angegriffen. Er hatte den Besitzer des Feldes gesucht und sie zu einem Preis gekauft, der für einen simplen Baumstamm viel zu hoch, für die Möglichkeiten, die darin schlummerten, allerdings lächerlich niedrig gewesen war: Unten war er breit, verjüngte sich zur Mitte hin in einer leichten Krümmung, was an eine Taille erinnerte, und oben, am Ansatz der Äste, waren der geneigte Kopf und die Schultern bereits angedeutet, ohne daß man noch viel daran hätte tun müssen. Er hatte sich über den Fund gefreut, aber auch darüber, daß die Inspiration wieder da war, ohne deren Unterstützung er womöglich einfach an dem Stamm vorbeigegangen wäre und nichts darin gesehen hätte. Die Inspiration hatte sich mit Glorias Tod wieder eingestellt, als wäre ihr Einfluß eine Last gewesen, die nun von ihm abgefallen war. Er konnte sich nicht erinnern, sich in der Zeit, als sie zusammengearbeitet hatten und er Eisen verwendete, jemals gefragt zu haben, ob ihm selbst gefiel, was er da machte, er war nur darauf aus, daß sie es mochte. Und an dieser abhängigen Art der Arbeit war er gescheitert. Zum erstenmal sagte er sich, daß es ihm nichts ausmachen würde, das vor anderen zuzugeben. Seine Arbeiten mit Eisen waren immer schon mittelmäßig gewesen. Aber durch Gloria hatte er seine Grenzen erkannt. Er war nicht in der Lage, aus dem Nichts und der Leere heraus etwas zu erschaffen, er brauchte ein bereits vorhandenes Volumen, auf dem er sich bewegen konnte. Er konnte nichts erfinden, konnte nur ans Licht befördern und variieren, was bereits geschaffen war, was er in einem Baumstamm, in einem Stein vorfand. Er sagte sich, darin liege der eigentliche Unterschied zwischen einem begnadeten Künstler, der eine Welt und einen eigenen Stil hervorbringen konnte, und einem mehr oder weniger geschickten Handwerker. Er gehörte zur zweiten Kategorie, zu denjenigen, aus deren Überresten der Nährboden entsteht, in dem von Zeit zu Zeit ein wahres Genie erblüht. Gloria dagegen hätte es weiterbringen können. Sie hatte versucht, ihn durch ihre Begeisterung mitzuziehen in neue Höhen, wo ihm der Schwindel jeden klaren Gedanken raubte. Sie hatte ihn dazu überredet, mit Eisen zu arbeiten, obwohl er lieber in Stein gearbeitet hätte; sie hatte ihn gedrängt, aus dem Nichts heraus zu arbeiten, während er nur mit einem Körper etwas anzufangen wußte. So wurde das, was ein fruchtbarer Schritt in seiner künstlerischen Entwicklung hätte sein sollen, für ihn zur Tortur. Jetzt, wo sie tot war, fühlte er sich allein und frei, und kaum waren zwei Wochen vergangen, da hatte er wieder mit Freude nach dem Meißel gegriffen. Das erste Rindenstück löste sich unter dem Druck der scharfen Stahlklinge mit einem Ton, der sich fast wie ein menschliches Stöhnen anhörte. Ein wohliger Schauer überlief ihn, als er das blanke Holz freilegte, das Fleisch dieses Baumes, der Harz geblutet hätte, wäre er noch am Leben gewesen. Er streichelte die offenliegende, etwas poröse Oberfläche, auf der sich noch immer die dunklen Fasern spannten, wie Sehnen um einen Knochen, und durch seine Fingerkuppen erreichte ihn ein angenehmes Gefühl von Macht, das er niemals verspürt hatte, solange er Metall bearbeitet hatte. Dieser Stamm war drei oder vier Jahrhunderte hindurch in der Erde gereift, hatte Leben und Kraft gesammelt, damit er ihn jetzt nach Gutdünken verändern, ihn schleifen und verstümmeln konnte, bis er ihn in etwas seiner Natur Fremdes verwandelt hatte. So anders als das Eisen, sagte er sich wieder. Und so anders als das, was Gloria gewollt hatte. Ein Jahr lang hatte er sie umworben, ohne mehr von ihr zu bekommen als verständnisvolle Freundlichkeit und eine herzliche Zuneigung, die weit davon entfernt war, seine Begierde zu stillen und sie statt dessen nur noch mehr anfachte. Schon damals wäre ihm eine unmißverständliche Ablehnung lieber gewesen als diese ausweichenden Sätze – »Es geht nicht«, »Es ist wegen Marcos«, »Ich glaube, wir würden alles kaputtmachen« –, die der Hoffnung auf die Zukunft eine Tür offen ließen und die Zweifel nährten, weil sie keine unumwundene Ablehnung seiner Person waren, sondern sich auf die äußeren Umstände bezogen. Nur ein einziges Mal, glaubte er, hatte sich ihm für ein paar Minuten die Möglichkeit geboten, diese freundschaftliche Barriere zu überwinden, die sie zwischen ihnen errichtet hatte. Das war in der Schmiede gewesen, drei

Wochen vor ihrem Tod, als sie ihn an einem Nachmittag begleitete, um die letzten Stücke für die Ausstellung zu bearbeiten. Sie war zur ausgemachten Zeit zur Werkstatt gekommen, und Luzdivina, die Besitzerin der Schmiede, hatte sie beide bereits erwartet. Die Esse war angeheizt und sprühte in roten, blauen und grünlichen Funken wie ein Schwarm Glühwürmchen. Luzdivina war eine große, trotz ihres Alters noch kräftige Frau, deren Leibesfülle durch die Arbeit mit dem Eisen und das ständige Schwitzen in Grenzen gehalten wurde. Man hatte ihr diesen Namen, »Himmlisches Licht«, gegeben, weil sie in der Nacht zur Welt gekommen war, als die Elektrizität in Breda Einzug gehalten hatte. Ihr Vater, der Schmied, durch dessen Hände die Hälfte aller Hufe der im Dorf vorhandenen Pferde ging, hatte dem Aufleuchten dieser kleinen, birnenförmigen Glaskugeln fasziniert zugesehen, während das halbe Dorf unter der Führung eines fanatischen, von Angst gepackten Kriegsveteranen, der zehn Jahre zuvor die Giftgasangriffe in den Schützengräben von Verdun erlebt hatte, zum angekündigten Termin in den Wald geflüchtet war, weil die Leute überzeugt waren, diese Kugeln würden explodieren und ihre Splitter auf all die Unvorsichtigen schleudern, die der Vorstellung beiwohnten. Es war Sierras Großvater gewesen, der in Madrid die notwendigen Schritte zum Bau des Elektrizitätswerkes veranlaßt hatte, und zwischen den beiden Familien – zwischen der des Exilpolitikers und der eines einfachen Schmieds, den der Glanz des Fortschritts begeisterte – hatten Achtung und Bewunderung Bande geschaffen, an die der Enkel leicht anknüpfen konnte, als er eine Schmiede für seine Skulpturen brauchte. Luzdivina behandelte ihn wie einen Sohn – den sie nie gehabt hatte –, und als sie ihn an diesem Nachmittag in Begleitung einer so schönen jungen Frau sah, funkelten ihre Augen vor Freude. Ohne sich um den Schweiß zu kümmern, der ihr bereits über das Gesicht rann, hatte sie Gloria auf die Wangen geküßt und sie bei den Schultern genommen, um sie sich von oben bis unten anzusehen. Luzdivina ging auf die siebzig zu, aber man sah ihr das nicht an, ihre Wangen waren immer leicht gerötet, und es schien, als hätten die Hitze und die Arbeit sie jung gehalten. Obwohl sie bestimmt schon eine Rente bezog, erledigte sie immer noch kleine Aufträge in der Werkstatt – schweißte den kaputten Arm eines alten Leuchters, reparierte kleine landwirtschaftliche Geräte, schärfte Äxte –, wohl weniger wegen des Geldes als aus Treue zu einem vom Aussterben bedrohten Beruf, an dem sie mit der paradoxen Halsstarrigkeit mancher einst fortschrittlicher Menschen festhielt, die auch dann noch die Nützlichkeit früherer Neuerungen verteidigen, wenn das Werkzeug oder die Technik, die sie einmal eingeführt haben, bereits vollständig veraltet sind. »Heute hast du Hilfe mitgebracht«, hatte sie zu ihm gesagt und Gloria angelächelt. »Ja, und ich glaube, heute wird es besser klappen«, hatte er geantwortet und bei sich gedacht, daß von allen Handwerkern die Schmiede am häufigsten mit anderen zusammenarbeiten, vielleicht weil die Hitze der Esse im Winter alle Verfrorenen anlockt oder alle, die nichts zu tun haben, sich jederzeit willkommen fühlen, weil man immer jemanden gebrauchen kann, um die schweren Metallteile zu bewegen. »Die Glut ist genau richtig, und dort findet ihr alles Werkzeug«, hatte Luzdivina zum Abschied gesagt. Dann, als sie allein waren, hatten sie Handschuhe angezogen, nach den Metallstücken gegriffen – runden Stäben, wie sie für Gitter verwendet werden, und unterschiedlich breiten Blechen –, hatten die Skizzen betrachtet und zu arbeiten begonnen. Gloria waren die Handschuhe zu groß, aber er hatte darauf bestanden, daß sie ihre Finger gegen die schmerzhaften Schnitte der Feilspäne schützte und gegen den Kohlestaub, der sich so hartnäckig unter den Fingernägeln festsetzte, daß es eine Woche dauerte, bis man ihn wieder los war. Er hatte das Eisen in die Glut gehalten, die bei tausend Grad Funken sprühte, und sie hatte ihm voller Bewunderung zugesehen, wie er die ersten Teile, die vorher schwarz und grau gewesen waren und jetzt kirschrot leuchteten, herauszog, sie auf die Hörner des Ambosses legte und sie mit Hammerschlägen in die zuvor skizzierte Form trieb, wobei er nach jedem Hieb den Rückschlag leicht abfederte und so eine halbe Sekunde Zeit gewann, um darüber nachzudenken, auf welche Stelle des Werkstücks er in welcher Heftigkeit den nächsten Schlag führen sollte. Sie hatte ihm geholfen, die gewünschte Krümmung einer Figur auszumessen, hatte die Glut angeheizt, indem sie die Luftklappen öffnete, mit der Zange ein Blech festgehalten, während er es bearbeitete. Dabei konnte er beobachten, wie sich die Vibrationen bis in ihr Gesicht fortsetzten und sich ihre Wangen und Lippen ganz leicht und bezaubernd anspannten. Ihr Gesicht war von der Hitze gerötet, und sie war so schön in ihrer Jeans-Latzhose und dem grauen Hemd, daß er sich nur mit Mühe verkneifen konnte, sie zu umarmen. Später hatte er bereut, es nicht getan zu haben, denn wenn er je eine Chance bei ihr gehabt hatte, dann an diesem Nachmittag, als sie gemeinsam an den Skulpturen arbeiteten, an diesem Nachmittag, als sie, im Rauch stehend, mit dem Eisen hantierten und das Kohlefeuer alle Sinne um etliche Grad erhitzte; wenn er eine Chance gehabt hatte, dann in diesen flüchtigen Augenblicken, in denen sie bewundernd zusah, wie sicher er das Eisen auf dem Amboß bearbeitete, das kirschrot glühte und sich formen ließ wie Knete. Die vier Stücke, die er schmiedete, schweißte und bohrte, waren die einzigen der Ausstellung, die er heute, einige Wochen später, gelten ließ, als hätten ihn Glorias Gegenwart und ihre Vorschläge nur dieses eine Mal inspiriert. Aber er hatte sie nicht zu verführen versucht, weil er fürchtete, durch Worte seine Schwäche zu offenbaren, weil er feige war oder Angst davor hatte, noch einmal die gleiche freundliche Zurückweisung zu hören, die er schon so oft von ihr gehört hatte. Er konzentrierte sich auf die Arbeit und ließ es zu, daß sich seine Begierde mit jedem Hammerschlag, den er auf den Amboß niedergehen ließ, weiter verflüchtigte, spürte, wie die Vibrationen seine Arme hinaufkletterten, seinen Hals und sein Gesicht durchliefen und an seiner Schädeldecke abprallten, um in einem Teil seines Gehirns, in dem die Hoffnungslosigkeit hauste, zu ersterben. In diesem entscheidenden Augenblick wußte er endgültig, daß er sie nie in den Armen halten würde, und während er auf das letzte Metallstück einhieb, das er zu einem dünnen Blech treiben wollte, das sich schließlich in einen Hirsch verwandeln sollte, hatte er sich gesagt, er müsse damit beginnen, sie zu vergessen, müsse etwas unternehmen, damit ihr Bild nicht mehr hinter jedem seiner Gedanken auf der Lauer lag, hinter jedem seiner Worte, in jedem seiner Träume. Von dem Eisen stoben nervöse rote Funken auf, und er glaubte zunächst, sie sei einen Schritt zurückgetreten, um ihnen auszuweichen, aber als er aufsah, blickte sie ihm in die Augen, und er merkte, daß er es gewesen war, vor dem sie zurückwich, als hätte ihr die ungerechtfertigte Wut, mit der er plötzlich auf das Metall einhieb, Angst eingejagt. Er hatte innegehalten, und während ihm von der Achsel bis zum Handgelenk der Schweiß den Arm entlangrann, hatte er die Zange genommen und das rotglühende Eisen zum Ablöschen ins Wasserbecken getaucht. Diese abrupte Art, die Glut zu stoppen, schien dem ähnlich, was in seiner Seele vorgegangen war, als ihm plötzlich bewußt wurde, daß Gloria nie ihm gehören würde. So wie das Eisen vom Wasser in dem Augenblick zum Erkalten gebracht wurde, da es am geschmeidigsten war und bereit, sich dem Willen des Schmieds zu fügen, so war seine Hoffnung ausgelöscht, als er sich an diesem Nachmittag der Lüge bewußt wurde, in der er lebte. Während er mit Stahlwolle die Schlacke vom Werkstück rieb, versuchte er, sich die dunkle Befriedigung zu erklären, die er empfunden hatte, als er ihren Schrecken bemerkte.

Am Ende hatten sie sich auf eine fast vollständig verrostete Bank gesetzt und eine Weile müde und abgekämpft geschwiegen, hatten die Eisenteile betrachtet, die nun keine Eisenteile mehr waren, sondern vier stilisierte Figuren, die den Höhlenwänden entsprungen schienen. Gerne hätte er etwas über sie gesagt, eine Bemerkung über das Ergebnis ihrer Arbeit gemacht, aber es war ihm nichts eingefallen, sein Kopf war leer. Alles, was er herausbrachte, war: »Unter einem Liter Bier mache ich es nicht!«, während er die Handschuhe abstreifte und aufstand, um sich die Hände zu waschen und in die nahegelegene Kneipe zu gehen, aus der er mit etlichen eisgekühlten Dosen zurückkam, die sie hinunterstürzten, um Rauch und Koksstaub und den Eisengeschmack wegzuspülen, der bis in ihre Kehlen gedrungen war. Wenig später dunkelte es. Um sie her füllte sich die Schmiede mit den Schatten harter, aggressiver Gegenstände, die Schaden anrichten konnten.

Wieder hatten sie die Figuren betrachtet. Einige lose Teile mußten noch geschweißt werden, aber für diese Arbeit brauchte er weder Hilfe noch Rat. Die Bleche und Eisenrohre hatten ihm ihre Lektion bereits erteilt. Nur bei der Fertigung selbst war er Gloria kurzzeitig überlegen gewesen. Mit dem Hammer in der Hand hatte er sich stark gefühlt, hatte wirkungsvolle, präzise Schläge führen können, mit denen er ihre Anregungen, eine Krümmung zu akzentuieren oder eine Dehnung weiter zu treiben, umsetzte. Aber das Ersinnen neuer Formen, die Schöpfung, das war ihr Territorium, zu dem ihm der Zugang verwehrt war. Es war ihm schwergefallen, das einzusehen, und während er dort auf der Eisenbank saß und kaltes Bier trank, hatte er sich gefragt, ob nicht auch Glorias Schweigen auf eben diese Erkenntnis zurückzuführen war. Vielleicht bereute sie es, jemandem, der unfähig war, sie zu begleiten, eine gemeinsame Arbeit angetragen zu haben. Er hatte gespürt, daß er durch die Erniedrigung einen Kloß in den Hals bekam. Es wunderte ihn, wie viele Entdeckungen er in so kurzer Zeit gemacht hatte. Wenige Stunden an einem einzigen Nachmittag hatten ausgereicht, um die weite Strecke von der Begierde und Hoffnung bis zur Ernüchterung und Ablehnung zurückzulegen. Es kam ihm vor, als wären Wochen vergangen.

18

Das Haus hatte einen rechteckigen Grundriß, und die Fassade blickte auf die Brücke und die Landstraße. Es war schlicht, an die architektonischen Normen des Landstrichs angepaßt – dicke Steinmauern, kleine Fenster, um im Winter die Wärme und im Sommer die Kühle im Innern zu halten, ein Balkon über dem Eingang, das Satteldach mit Mönchen und Nonnen gedeckt –, und wirkte daher wie viele Häuser in Breda solide und feucht, was sowohl auf den gut gewählten Standort als auch auf die Tiefe seiner Fundamente zurückzuführen war. So allein und abgeschieden inmitten unbebauten Landes hatte es gleichzeitig etwas von einer Einsiedelei – mit einer hoch oben neben der Tür angebrachten Glocke, mit der sich Besucher bemerkbar machen konnten, einem Blitzableiter und einem alten, unbrauchbaren Wetterhahn – und etwas von einem Bauernhof, unter dessen Dachtraufen die Schwalben nisten.

Emilio Sierras Großvater hatte es vor sechs Jahrzehnten, in den Anfangsjahren der Republik, nahe beim Fluß bauen lassen und die Hoffnung gehegt, andere Familien aus dem Dorf würden seinem Beispiel folgen und dort einen zweiten Wohnsitz errichten, um die Nähe des Wassers und die um ein paar Grad niedrigere Temperatur zu genießen, die in den Sommermonaten hier herrschte. Aber niemand war ihm gefolgt. Die Einwohner Bredas hatten einen ausgeprägten Herdentrieb und lebten lieber dichtgedrängt, auch wenn viele von ihnen schon seit Jahrzehnten kein Wort mehr mit den Nachbarn gewechselt hatten. Und was das Wasser betraf, so war die majestätische Verachtung der Bergbewohner gegenüber der täglichen Körperpflege nahezu ebensogroß wie ihre Panik davor, jemand könnte ihre Züchtigkeit in Frage stellen, wenn beim öffentlichen Bad in einem Fluß Schenkel und Bauchnabel entblößt wurden, die kurz nach der Geburt zum letztenmal die Sonne gesehen hatten. So war dieses Haus am Mittellauf des Lebrón allein geblieben. Und dann, als etwa dreißig Jahre später durch den Bau des Stausees am Oberlauf die Bewässerung der Felder möglich wurde, baute man die neuen Gehöfte nicht mehr so weit oben am Fluß, sondern mitten in die Felder, wo ein ausgedehntes Netz von Bewässerungsgräben einem das Wasser bis vor die Türschwelle transportierte.

Cupido betrat das Grundstück, das von einem ungestrichenen Lanzenzaun umgeben war, und weil die kleine Glocke keine Schnur hatte, ging er, geleitet von den Schlägen, die vom rückwärtigen Teil herüberklangen, nach links um das Haus herum. Als er um die Ecke bog, sah er hinten den Unterstand, wo Sierra bei der Arbeit war. Der Bildhauer hatte einen dicken Eichenstamm auf einen großen Tisch gestellt und war mit Klüpfel und Meißel dabei, ihn von seiner harten Rinde zu befreien. Wie in Madrid, so brannte auch hier eine Kerze in einem Leuchter.

Cupido begrüßte ihn mit lauter Stimme, und der Bildhauer wandte sich erstaunt nach ihm um. Wegen des Lärms der Schläge hatte er ihn nicht kommen hören.

»Treten Sie näher«, sagte Sierra und nahm die Schutzbrille ab. »Sie haben sich viel Zeit mit Ihrem Besuch gelassen.«

Cupido fiel auf, daß er ihn nicht wie bei ihrem ersten Gespräch in Madrid duzte. Er wirkte ausgeglichener, fast freundlich.

»Ich habe die Arbeit an den Nagel gehängt und hatte keinen Vorwand mehr, jemandem auf die Pelle zu rücken«, scherzte der Detektiv.

»Hat Anglada Sie nicht gut bezahlt?« fragte Sierra spöttisch.

»Er hat bezahlt, was vereinbart war. Aber nach dem zweiten Mord hat er nicht mehr an ein persönliches Motiv geglaubt.«

»Und Sie glauben noch daran«, sagte Sierra und betrachtete ihn aufmerksam, »und haben sich entschlossen weiterzumachen.«

»Ich führe gern zu Ende, was ich begonnen habe. Würden Sie eine Skulptur unvollendet lassen?« Cupido deutete auf den Tisch mit dem Baumstamm.

Sierra lächelte und warf den Kopf in den Nacken.

»Eine unvollendete Skulptur? Viele, ich habe viele Skulpturen nicht fertiggestellt. Ich höre auf, wenn mich die Inspiration verläßt. Und selbst wenn ich eine Arbeit für abgeschlossen erkläre, habe ich häufig das Gefühl, daß ich hätte noch ein bißchen weitermachen sollen.«

»Darin unterscheiden sich unsere Berufe. Ich kann mich nicht von den Musen leiten lassen. Nur von der Logik.«

»Folgen die Detektive heutzutage nicht mehr ihrer Intuition?«

Sein Ton war spöttisch, aber freundlich.

»Nein, und ich glaube nicht, daß sie es jemals getan haben.«

Der Bildhauer hängte Klüpfel und Meißel an eine Holzplatte an der Wand, auf der wie in manchen Mechanikerwerkstätten die Umrisse der verschiedenen Werkzeuge abgebildet waren. In einem anderen Winkel des Unterstands bemerkte Cupido ein paar bewegliche Schaufensterpuppen, Männer und Frauen, die ihn dümmlich und altbakken anlächelten.

»Ich dachte, Sie arbeiten mit Eisen«, sagte er.

Der Bildhauer besah sich den hohen Stamm der Eiche, deren hartes Holz vor Kraft strotzte.

»Ich kehre immer zum Holz zurück. Vor allem, wenn ich so ein Ausgangsmaterial bekomme, das schon trocken ist und nicht mehr reißt. Ein altehrwürdiger Überlebender der riesigen Steineichenwälder, denen die Bewässerung den Garaus gemacht hat. So hart, so edel, fast unverwüstlich«, sagte er und tätschelte den Stamm liebevoll, als wäre er die Schulter eines Freundes oder der Rücken eines Pferdes. »Wissen Sie, wie alt er ist?«

»Nein.«

»Dreihundert, vielleicht vierhundert Jahre. Es wäre unverzeihlich, sollte es mir nicht gelingen, etwas Anständiges daraus zu machen.«

Der Detektiv dachte an die langgezogenen, verkrümmten Eisenskulpturen, an die gescheiterte Ausstellung, die schlechten Kritiken.

»Manchmal kommt es mir so vor, als wüßten die Leute hier nicht zu schätzen, was sie haben. Es muß erst jemand von außerhalb kommen, um es ihnen deutlich zu machen.«

»Schon möglich.«

»Wissen Sie, was Hesiod vor über eintausendsiebenhundert Jahren über die Eiche gesagt hat?«

»Nein.«

»Er sagte, die Götter hätten die Eiche zur Freude der Gerechten gepflanzt. Und das stimmt. Alles ist gut an ihr, ihr Schatten und ihre Wurzeln, ihr Holz und ihre Frucht. Sie hat zu jeder Jahreszeit etwas für Mensch oder Tier zu bieten. Und außerdem brennt sie nicht so leicht, solange sie lebendig ist.«

Er pulte mit den Fingern eine kleine Rindenfaser vom Holz. Der Detektiv fragte sich, worauf diese Wesensänderung zurückzuführen war. Der Bildhauer wirkte nicht mehr überheblich, sondern freundlich und nachdenklich, als hätte sich die Bescheidenheit und Wärme des Holzes auf ihn übertragen.

»Einen solchen Stamm zu finden ist nicht so einfach. Es kann lange dauern. Wenn Sie Bildhauer wären, was würden Sie daraus machen?« fragte er unvermittelt.

Cupido betrachtete den kräftigen Stamm, die leichte Verjüngung in der Mitte, die sanfte Neigung nach einer Seite. Er hatte keine Ahnung, aus welchem Teil seines Kopfes oder seiner Erinnerung ihm die Antwort eingegeben wurde:

»Eine Mutter mit Kind.«

Der Bildhauer warf ihm einen anerkennenden Blick zu.

»Genau, eine Mutter mit Kind«, bestätigte er. »Eine vielleicht nicht besonders originelle Mutter mit Kind. Das ist etwas von dem, was ich von Gloria gelernt habe: meine Fähigkeiten und meine Grenzen zu erkennen. Selbst jetzt, wo sie nicht mehr da ist, hat sie mir noch eine letzte Lektion erteilt.«

Cupido folgte dem Bildhauer ins Haus, und sie betraten eine große Stube, in der wuchtige Möbel aus dunklem Holz mit dicken, gedrechselten Füßen zwischen filigranen Regalen aus Glas und Metall standen. Cupido entdeckte nicht eine einzige der stilisierten Eisenskulpturen, die das Ergebnis der gemeinsamen Arbeit mit Gloria gewesen waren. Dagegen sah er einige leere Sockel und andere, auf denen Figuren und Büsten aufgestellt waren. An keiner der Wände hingen Bilder von Gloria, als hätte der Bildhauer nicht nur versucht, jede Erinnerung an sie zu beseitigen, sondern den Umstand an sich, daß sie existiert hatte.

Sierra ging in die Küche und kam mit einer Flasche Wein und zwei Gläsern zurück, die er füllte, ohne Cupido zu fragen, ob er etwas davon wolle.

»Inzwischen denke ich, daß Gloria mir die Zusammenarbeit nicht angeboten hätte, wenn sie sich die unsicheren Ergebnisse ihres Teamgefährten vorab hätte ausmalen können. Keine meiner Arbeiten ist der Rede wert, sie hatten nichts von einer parallelen, dreidimensionalen Interpretation der Höhlenmalereien, so wie wir das abgesprochen hatten, ich bin ihr bloß hinterhergelaufen. Ich habe sie geradewegs kopiert oder bestenfalls zwei ihrer Ideen in einer Figur verschmolzen. Sie muß sofort gemerkt haben, daß es nicht funktionierte, hat aber nichts gesagt. Mir wäre es allerdings lieber gewesen, darüber zu reden. Manchmal habe ich versucht, es anzusprechen, und Gloria ist jedesmal ausgewichen. Aber je mehr sie versucht hat, dieses Ungleichgewicht zu vertuschen, desto deutlicher ist der Abstand zwischen ihren und meinen Arbeiten geworden. Als hätte ihre Inspiration im gleichen Maß zugenommen, in dem mir meine abhanden gekommen ist.«

Er nahm einen kräftigen Schluck und behielt den Wein einen Moment im Mund, bevor er ihn zügig herunterschluckte, als versuchte er, seine Zunge für das, was er nun sagen wollte, zu reinigen oder zu erfrischen.

»Ich hätte mir allerdings nicht träumen lassen, daß ich sogar nach ihrem Tod noch etwas von ihr lernen würde. Jetzt, wo sie nicht mehr da ist, ist das ganze Projekt zukünftiger gemeinsamer Ausstellungen wie eine Sandburg in sich zusammengefallen. Ich habe mich nie aufraffen können, ihr zu gestehen, daß ich nur figürlich arbeiten kann, daß mir die Puste ausgeht, wenn ich mich an einer ästhetischen Abstraktion versuche.«

Der Detektiv sah sich um und verstand genau, was er damit hatte sagen wollen: Diese Figuren, fast alle aus Holz, manche aus einem schimmernden schwarzen Material, waren vielleicht weniger ambitioniert, wollten weniger überraschen als die Eisenskulpturen, aber sie wirkten ungezwungen und hatten einen gewissen eigenen Stil. Aber Gloria war mit ihrem Bilderzyklus über das Reservat weiter gegangen. Ihre Gemälde zeugten von einer ureigenen Sicht der Dinge: Sie sangen ein Loblied auf die Härte und Fruchtbarkeit der Natur, aus ihnen sprachen der Respekt vor allem, was die Erde hervorbringt, vor der Vielfalt an Tieren, die sie ernährt, und die Gewißheit, daß ein Hirsch, der in den Bergen wohnt, diesen ein Geheimnis verleiht. Darin schwang eine Sehnsucht nach dem Paradies mit. Sierra tappt der Herde nach. Auch wenn er vorher noch so eitel getan hat, er tappt bloß der Herde nach, sagte sich Cupido. In den wenigen Tagen seit der mißlungenen Ausstellung in Madrid schien der Bildhauer sich völlig gewandelt zu haben. Seine Selbstherrlichkeit war wie weggeblasen, als wäre sein Künstlertum Grund genug, sämtliche Widersprüchlichkeiten auszuleben. Cupido erwog auch, es könne sich bei diesem Verhalten um ein gezieltes Ablenkungsmanöver handeln: Man kann sich einen, der dem Opfer gegenüber voller Dankbarkeit ist, nur schwer als Mörder vorstellen. Noch mehr lose Leitungen in diesem Kabelsalat, dachte er. Aber er vertraute darauf, bald die richtigen Verbindungen herstellen zu können, die Licht in das Dunkel bringen würden.

Auf Sierra mußte Cupidos im Zimmer umherschweifender Blick suchend gewirkt haben, denn er sagte:

»Ich habe die Bilder, die ich von Gloria besitze, weggepackt. Wenigstens eine Zeitlang, bis ich ihre Gegenwart nicht mehr fortwährend spüre. Dafür werde ich Ihnen etwas zeigen, das Sie interessieren wird.«

Er leerte sein Glas, stand auf und ging eine gerade Holztreppe hoch, die auf eine Galerie oberhalb der Stube führte. Eine halbe Minute später kam er mit einer Videokassette in der Hand wieder herunter.

»Ich war mir nicht sicher, ob sie das Band hatte oder ich, aber als ich vor zwei Tagen die Bilder verstaute, habe ich es in einer Ecke gefunden. Es wird Ihnen gefallen.«

Er bereitete den Fernseher vor, nahm die Fernbedienung und setzte sich wieder auf das Sofa. Auf dem Bildschirm glitt gemächlich und kein bißchen verwackelt das wundervolle Panorama einer Landschaft vorbei, die Cupido nur zu gut kannte: die engen und weiten Buchten, die der gestaute Lebrón oberhalb der Talsperre bildet. Die Aufnahmen waren von dem Felsvorsprung bei den Höhlen aus gemacht worden, und der Detektiv bewunderte die ruhige Kameraführung. Durch seine vier Jahre auf der Filmhochschule hatte er einen Sinn für diese bedächtige Bewegung. Er war froh, daß die Aufnahmen nicht von einem dieser Touristen gemacht worden waren, die glauben, die Kamera könne mit der gleichen Geschwindigkeit Bilder erfassen wie das menschliche Auge, und die sich deshalb ein Viertelstundenkondensat des kompletten kanarischen Archipels mit nach Hause nehmen.

»Wer hat das gefilmt?«

»Ich«, sagte Sierra, ohne die Augen vom Fernseher zu lassen.

Der Kameraschwenk hielt inne, als eine junge Frau ins Bild kam, die mit einem Lächeln und einer Handbewegung wie ein Reiseleiter die Betrachter dazu einlud, ihr auf dem schmalen Felsvorsprung zu folgen, auf dem man wenige Meter weiter zum Eingang der Höhle gelangte. Den Detektiv überlief ein Schauer. Das war Gloria. Das war Gloria, und er konnte sie ansehen, als wäre sie noch am Leben, konnte sehen, wie sie sich bewegte, wie ihr bezauberndes Lächeln die frischen roten Lippen betonte, Gloria, die noch viel schöner war als auf den unbewegten Photographien, die er von ihr gesehen hatte, diesen Momentaufnahmen, die nicht mehr als einen Aspekt ihrer Schönheit einzufangen vermochten. Da war sie, stand vor ihnen beiden, ließ mit einer Handbewegung den Fernsehbildschirm größer erscheinen, brachte ihn von innen heraus mit ihrem spontanen Lächeln zum Strahlen, das gleichzeitig sinnlich und arglos wirkte.

Die folgenden Aufnahmen zeigten das Höhleninnere, wobei das spärliche natürliche Licht von einer kleinen batteriebetriebenen Lampe verstärkt wurde, die oben an der Kamera befestigt war, und man konnte die Felszeichnungen in allen Details betrachten: die Hirsche, einzeln oder in Gruppen, die stilisierten menschlichen Figuren auf der Jagd, die immer im Profil dargestellt waren, die Pfeile, die auf dem Stein aussahen wie Regentropfen. Die Bilder brachten Cupido die Nachmittage in Erinnerung, an denen eine Gruppe Jungs zu den Höhlen hinaufgestiegen war. Dort setzten sie sich auf den Felsvorsprung, ließen die Beine über dem Abgrund baumeln und tranken einen Wein mit einer schweren Holznote, von dem ihnen später auf dem Rückweg ganz taumelig war. Dann gingen sie in die Höhle, und manchmal pinkelten sie gegen die Zeichnungen, um sie besser erkennen zu können. Das Rostrot wurde dadurch leuchtender, und die Umrisse der Figuren traten hervor. Jahre später hatte er sich gefragt, ob dieses sporadische Urinbad den Felszeichnungen nicht geschadet hatte, aber niemand schien Notiz davon genommen zu haben, und womöglich hatte der jugendliche Harn ja auf wundersame Weise eine konservierende Wirkung entfaltet. Zum erstenmal zu den Höhlen hinaufzusteigen war damals ein Stammesritus, eine Initiation, ohne die kein Junge als erwachsen angesehen werden konnte. Und auf dem Rückweg nach Breda – abends, wenn die Sonne im Krater des Volcán versank – sagte keiner ein Wort, und alle hatten das Gefühl, etwas gesehen und erlebt zu haben, das sie nicht ganz verstehen konnten. Das Gefühl, daß sie anders geworden waren durch diesen Aufstieg und die Betrachtung der Zeichnungen, weiser, ein bißchen weniger Kind.

»Wir haben das Video aufgenommen, um die Zeichnungen im Detail studieren und sie abwandeln zu können«, Sierras Stimme holte ihn wieder zu den Bildern auf dem Fernsehschirm zurück. »Gloria hatte es eine Weile, nur ein paar Tage, und dann hat sie es mir gegeben, als hätte sie schon alles erfahren, was sie brauchte.«

Wenige Minuten später verließ die Kamera das geschützte Höhleninnere wieder, und man befand sich erneut auf dem Vorsprung. Trotz ihres Protests hatte Sierra Gloria noch einmal ins Visier genommen. Schließlich hatte sie sich draußen hingesetzt, hatte die Landschaft betrachtet und es zugelassen, daß das Kameraauge neugierig über ihren Körper glitt, bei ihrem Profil verweilte, die Umrisse ihres Haares im Gegenlicht einfing, während sie ganz versunken wirkte in die Aussicht, fast heiter, sorglos, ohne die geringste Vorahnung davon, daß sie ganz in der Nähe dieses Aussichtspunkts würde sterben müssen.

»Sie war sehr schön«, flüsterte Sierra.

»Ja«, war alles, was dem Detektiv als Antwort einfiel.

»Ich habe sie an dem Samstag im Hotel angerufen«, sagte Sierra plötzlich. »Ich wollte sie auf ihrer Wanderung begleiten. Ich mußte mit ihr reden. Ich wollte sie bitten, die Ausstellung zurückzuziehen.«

»Wie oft haben Sie angerufen?« fragte Cupido.

»Zweimal. Aber vielleicht war ich nicht hartnäckig genug.«

Wieder eine Kleinigkeit, die ich weiß und die zu nichts zu gebrauchen ist, dachte der Detektiv.

Die Aufnahme war zu Ende und der Bildschirm leer, aber Sierra schaltete den Videorecorder nicht aus.

»Hat sie etwas Wichtiges gesagt? Hat sie erwähnt, es würde sie jemand begleiten?«

»Nein. Sie wollte allein gehen, das hatte sie vorher schon manchmal getan, und sie wollte mich nicht dabeihaben. Ich habe ihr gesagt, wir müßten über die Ausstellung reden«, erklärte Sierra. Er sah niedergeschlagen aus, als er fortfuhr: »Wie es weitergegangen ist, das wissen Sie ja. Ich bin vor einer Woche nach Breda gekommen und habe alles hinter mir gelassen.«

»Seitdem sind Sie nicht mehr in Madrid gewesen?«

»Nein.«

»Und an diesem Sonntag waren Sie in Breda?«

»Was wollen Sie damit sagen?« fragte der Bildhauer langsam, als versuchte er herauszufinden, wo der Haken war.

»Der Teniente wird Sie früher oder später sowieso fragen, was Sie am Sonntagmorgen gemacht haben, als der Reservatsaufseher umgebracht worden ist.«

Sierra verbarg sein Unbehagen hinter einer Grimasse, als wäre er die Rolle des Verdächtigen mittlerweile leid. Nachdem er sich dem Detektiv gegenüber so offen gezeigt und ihm das Video vorgespielt hatte, schien er mit dieser Art von mißtrauischen Nachfragen nicht mehr gerechnet zu haben.

»Er hat mich schon danach gefragt. Ich habe einen Spaziergang durch die Felder gemacht. An dem Morgen habe ich den Baumstamm gefunden«, sagte er mit einer Geste in Richtung Hof und Unterstand.

»Hat Sie jemand gesehen?«

»Ich glaube nicht. Obwohl man sich auf dem Land nie sicher sein kann, daß einen nicht jemand beobachtet.«

»Dann haben Sie also kein Alibi für diesen Tag«, sagte Cupido und versuchte, es nicht bedrohlich klingen zu lassen.

»Nein, und ich brauche auch keins. Kein Alibi zu haben beweist noch nicht, daß man schuldig ist. Es ist an Ihnen, Ihre Anklagen zu belegen«, entgegnete er, und seine frühere Schroffheit kam noch einmal zum Vorschein. Aber er wirkte bereits eher traurig als zornig.

»Nein, nicht an mir. Ich klage niemanden an. Dafür sind Polizei oder Justiz zuständig«, sagte Cupido beschwichtigend.

»Und wofür sind Sie zuständig?« fragte Sierra höhnisch.

»Das ist unterschiedlich. Je nachdem, wer mich bezahlt.«

»Und in diesem Fall? Vorhin haben Sie gesagt, Anglada habe seinen Auftrag zurückgezogen.«

»Eigentlich hat er ihn nicht richtig zurückgezogen. Er glaubt nur, daß es nichts mehr zu ermitteln gibt. Jedenfalls habe ich den Auftrag nicht abgegeben. Ich mache meine Arbeit gern fertig. Das habe ich Ihnen ja schon gesagt.«

Das Videoband war zu Ende, klackte und begann, sich automatisch zurückzuspulen. Als wäre das ein Signal zum Aufbruch, erhob sich Cupido und ging zur Tür. Von dort aus fragte er:

»Hatten Sie ein Verhältnis mit Gloria?«

»Nein. Ich habe Sie in Madrid angelogen. Ich dachte, ein abgewiesener Verehrer sei immer verdächtig. Gloria ist nie auf meine Angebote eingegangen.«

Ohne zu wissen warum, freute sich Cupido über diese Antwort. Er dachte auch daran, wie unterschiedlich Gloria von den einzelnen Leuten dargestellt wurde, wie verschieden verzerrt die Bilder waren, die man sich von anderen macht und die mal von Feigheit, mal von Liebe oder von Verleumdung geprägt sind. Er verabschiedete sich von Sierra mit einer Empfindung, die ihn in den Tagen zuvor schon manchmal befallen hatte, fühlte sich müde und taumelig, als wäre er nach einem Monat Tiefschlaf aufgewacht und unfähig zu begreifen, was um ihn her vorging und zu ihm gesagt wurde.

Während er langsam nach Hause fuhr, fiel ihm auf, daß alle Personen, die mit Gloria zu tun gehabt hatten, allein waren. Oder es durch diesen Mord geworden waren. Sierra, Marcos Anglada, David, Camila, Octavio, Armengol ... keiner von ihnen war mit jemandem zusammen, jedenfalls wußte man davon nichts. Fast alle schienen auf die eine oder andere Weise emotional von Gloria abhängig gewesen zu sein, und nach ihrem Tod war die Einsamkeit das einzige, was sie verband. Als Gloria noch am Leben gewesen war, hatte sie als Referenzpunkt gedient, sie war die Stütze gewesen, an der sich alle ausrichteten wie die Streben eines Regenschirms, die sich an die Mittelstange klammern. Mit ihrem Tod war ein Fetzen schwarzer Stoff übriggeblieben, und darin steckten ein paar Lanzen, an denen man sich verletzen konnte.

Er ging hoch in seine Wohnung, und als er sich gelangweilt an den Tisch gesetzt hatte, um die Reste vom Vortag zu essen, ertappt er sich dabei, daß er von sich selbst genervt war. Er holte eine angebrochene Flasche Ribera del Duero aus dem Kühlschrank und leerte sie, und als er zum Abschluß einen Espresso trank, wurde er wieder von dem Wunsch nach einer Zigarette heimgesucht, den er schon endgültig besiegt geglaubt hatte. Er fragte sich, warum er auf einmal so miserabel gelaunt war, und mußte sich konsterniert eingestehen, daß Gloria daran schuld war. Auch seine eigene Einsamkeit hatte sie ihm vor Augen geführt. Seine sporadischen, kurzlebigen Abenteuer hatten wenig Tiefgang, als wäre er zu echter Leidenschaft schon nicht mehr fähig: Abenteuer eben, etwas mehr als Sex und etwas weniger als Liebe. Hätten sie nicht stattgefunden, an seinem Gefühlsleben hätte sich nichts Grundlegendes geändert.

Man war sich in einem günstigen Moment über den Weg gelaufen, hatte sich gegenseitig ein paar angenehme Stunden beschert und war danach zu einer schemenhaften Erinnerung geworden. Von vielen Frauen hatte er den Namen vergessen; bei manchen konnte er sich nicht einmal mehr das Gesicht in Erinnerung rufen, nur noch einzelne Empfindungen. Aber auf die eine oder andere Weise hatten ihm alle zu einem Waffenstillstand mit seiner Einsamkeit verholfen und zu der Gelassenheit, die er nach dem Sex immer verspürte. Seit geraumer Zeit führte er nun schon ein selbst auferlegtes Mönchsdasein. Durch Gloria wurde er an all das erinnert, was ihm entging: nicht immer allein essen, ein Kind haben, von dem er wußte, daß er es nicht mehr haben würde, sich eine andere Arbeit suchen, die nicht so viele Fragen aufwarf und ihn weniger belastete. Er wurde sich bewußt, daß seine letzten richtig schönen Erinnerungen mittlerweile fünfzehn Jahre alt waren. Das war zu lange her, um nicht schlechtgelaunt und schwermütig zu werden.

Er ließ seinem Magen kaum Zeit, mit dem Wein und dem Essen fertigzuwerden, zog seine Sportkleidung an und ging hinunter in die Garage. Er öffnete das Fahrradschloß und stieg auf. Seit dem Tag, an dem Molina ermordet worden war, hatte er nicht mehr auf dem Rad gesessen. Als er wieder an der Stelle vorbeikam, wo er die Schüsse gehört hatte, schaute er mißtrauisch zum Wald, als wäre dieses riesige stumme Gebiet mit seinen unzähligen Steineichen und Pinien und Millionen von Tieren noch immer unerforschtes Terrain, das voller verführerischer und bedrohlicher Geheimnisse steckte. Er schaltete in einen höheren Gang, war entschlossen, ins Schwitzen zu kommen. Etwas weiter bog er auf eine schmale Landstraße ein, die sich den Nordhang des Yunque hinaufzog und im Winter wegen des Schnees und der Erdrutsche gesperrt war. Vierzehn Kilometer fast ununterbrochener Steigung. Er ging es langsam an, versuchte einen gleichmäßigen Rhythmus beizubehalten, so wie er das oft bei Induráin gesehen hatte, aber nach einer Viertelstunde kopierte er bereits die kolumbianischen Kraftmeier.

Wenig später war er ausgepumpt, fuhr im kleinsten Gang und die Tachonadel zitterte zwischen neun und elf Stundenkilometern, absolutes Minimum, um nicht mit dem Rad umzukippen. In diesem Tempo würde er noch eine Stunde bis zum Gipfel brauchen. Es war ihm schon klar, daß er dort nicht ankommen würde, aber er krallte sich an den Lenker, spannte das Kreuz an und hatte für einige Minuten Kraft genug, um weiterzufahren. Er suchte sich markante Punkte – einen Baum, eine Kurve, ein paar Felsen –, senkte den Kopf und trat in die Pedale, bis er meinte, dort angekommen zu sein. Aber er irrte sich immer, und wenn er aufblickte, fehlte regelmäßig noch ein Stück. Er schätzte, daß er die Steigung zur Hälfte genommen hatte. Die Straße war jetzt in einem schlechteren Zustand und jedes Schlagloch eine weitere Strapaze für seine Beine. Die Asphaltdecke war rauh und hart, und der Staub, der von der ausgetrockneten Erde aufwirbelte, kratzte in seinem Hals. Seine Beine zitterten mittlerweile wie Wackelpudding, und es kam ihm vor, als hätte ihm jemand die Lunge geklaut. Er hielt den Lenker so fest, daß seine Handflächen schmerzten, und die Schweißperlen auf seiner Stirn sprangen über die Hürde seiner Augenbrauen. Als er den Markstein sah, der Kilometer Zehn des Aufstiegs anzeigte, entschied er, daß es genug war, wenigstens so weit hatte er es geschafft. Langsam drehte er um, zog den Reißverschluß an seinem Trikot zu, um sich gegen den Fahrtwind zu schützen, und ließ das Rad rollen. Er nahm Fahrt auf und mußte fast sofort bremsen: Sogar für eine rasante Abfahrt war er zu erledigt, konnte den Lenker nicht packen, sich nicht auf die Krümmung der Kurven und das rechtzeitige Bremsen konzentrieren. Er streckte mal das eine, mal das andere Bein aus, und seine Knie dankten es ihm. Deutlich spürte er, wie das Blut wieder gleichmäßig durch Arterien und Venen pulste. Aus den Tiefen seiner von der Anstrengung geweiteten Lungen stieg ihm plötzlich ein Schleimkloß in den Mund, und er spuckte angeekelt nach der Seite aus. Noch immer die Reste vom Rauchen, dachte er. Er brauchte eine Viertelstunde für die zehn Kilometer lange Abfahrt, und in einem entspannten Rhythmus legte er die restlichen fünfzehn Kilometer bis Breda auf ebener Strecke zurück. Als er bei der Garagentür angekommen war, fühlte er sich wieder gut und bereute es, sich nicht noch etwas weiter den Berg hinaufgequält zu haben, ein Phänomen, von dem er gehört hatte, daß es bei Radfahrern häufiger auftrat. Er schob das Fahrrad in den Raum mit den Stromzählern, eine zwei auf zwei Meter große Kammer, die eine in die Wand eingelassene Schiebetür hatte, damit man beim Öffnen weder nach außen den Autos die enge Durchfahrt versperrte, noch innen an die Stromzähler stieß. Er lehnte das Rad an die Wand und zog den kleinen Fahrradschlüssel aus der Nierentasche seines Trikots. Weil er so schwitzte oder vielleicht weil seine Finger steif waren, nachdem sie noch eben den Lenker umklammert hatten – jedenfalls fiel ihm der Schlüssel aus der Hand. Er bückte sich nicht danach, sah ihm aber hinterher und hörte, wie er mit einem metallenen, fast heiteren Glockenklang dreimal auf dem Estrich aufschlug, bevor er in dem schmalen Schlitz zwischen Wand und Schiebetür verschwand. Cupido fluchte leise, bückte sich und wollte ihn aufheben. Der Schlüssel war nicht zu sehen. Er mußte eine halbe Handbreit nach innen gerutscht sein, in den Hohlraum zwischen die beiden dünnen Ziegelwände. Cupido zog an der

Tür in der Hoffnung, sie würde den Schlüssel nach draußen befördern, aber es tat sich nichts. Er kniete sich hin und spähte in den kaum zwei Zentimeter breiten Spalt, den das Türblatt auf beiden Seiten freiließ. Das schwache Garagenlicht drang nicht hinein, und man konnte nichts erkennen. Er stand auf und dachte einen Moment daran, das Fahrrad unabgeschlossen zu lassen, sich zu duschen und dieses lästige Mißgeschick zu vergessen. Am nächsten Tag würde er ein neues Schloß kaufen. Es wäre wirklich Pech, sollte ausgerechnet in dieser Nacht jemand versuchen, das Rad zu klauen. Er sah sich noch ein letztes Mal um und entdeckte auf einem der Stromzähler in der oberen Reihe eine Taschenlampe, die vermutlich für Notfälle dort deponiert war. Er griff danach, und obwohl das Ding völlig verstaubt war, hatte die Batterie noch ausreichend Saft, um die kleine Birne zum Leuchten zu bringen. Er richtete den gelblichen Lichtstrahl auf die Ritze und konnte den Schlüssel jetzt etwa fünfzehn oder zwanzig Zentimeter weiter innen erkennen, zu weit weg, um mit den Fingern daranzukommen. Auch das Fahrradwerkzeug, das er unter dem Sattel aufbewahrte für den Fall, daß er einmal einen Platten hatte, würde ihm nicht weiterhelfen. Und sonst war hier nichts, was er hätte benutzen können. Aber weil er jetzt wußte, wo der Schlüssel lag, mußte er ihn dort herausholen. Er betrachtete die Führungsschiene am Türsturz. Die Tür war dort mit zwei Klemmen eingehängt und ließ sich bis zu einem Stopper schieben, der durch eine einfache Kreuzschlitzschraube an der Schiene befestigt war. Irgendwo in seinem Kopf hatte er plötzlich einen Geistesblitz, aber der erlosch sofort wieder und war so schwach gewesen, daß er nicht hätte sagen können, welche Gegenstände oder Gedanken dadurch beleuchtet worden waren. Er ging zu seinem Auto und holte einen kleinen Steckschraubenzieher, mit dem er den Stopper löste. Die Tür ließ sich jetzt ein bißchen weiter schieben, weit genug, um mit der Hand problemlos in den Zwischenraum zu greifen und den Schlüssel aufzuheben. Ohne das Türblatt war der Hohlraum etwa acht Zentimeter breit. Ein Versteck, auf das niemand kommen würde, denn eine Tür dient dazu, auf- und zugemacht zu werden, etwas zu verbergen oder zum Vorschein zu bringen, was sich dahinter befindet, und ist nicht selbst das Versteck. Jetzt fiel ihm wortwörtlich wieder ein, was Gloria zu David gesagt hatte: »Niemand kann es finden. Selbst wenn man die Türen des Verstecks öffnet oder schließt, sieht man es nicht. Es bleibt verborgen.« Er dachte an die zweiflüglige Schiebetür in Glorias Wohnung und war plötzlich sicher, daß dort, in einem ähnlichen Hohlraum, der sauberer, aber genauso leicht zugänglich war, zweihundertfünfzig Kilometer von dieser Garage entfernt, wo er zufällig seinen Fahrradschlüssel hatte fallen lassen, daß sich dort, in dieser abgeschlossenen Wohnung, das Tagebuch befand.

19

Am nächsten Tag war Cupido in Madrid. Zwar hatte er schlecht geschlafen, weil er so ungeduldig war, dennoch war er gegen seine Gewohnheit früh aufgestanden und in Breda um neun Uhr aufgebrochen. Zweieinhalb Stunden später stellte er sein Auto in der Nähe von Angladas Wohnung ab. Vom Parkplatz aus rief er bei ihm an, legte aber auf, bevor der Anrufbeantworter seinen Spruch vollständig heruntergebetet hatte. Am Telephon würde er Anglada schwerlich dazu bringen können, daß er ihn noch einmal Glorias Wohnung durchsuchen ließ. Sie hatten es schon einmal gemeinsam getan und nichts gefunden. Außerdem war Anglada Anwalt und würde jetzt, da der Detektiv nicht mehr für ihn arbeitete, zehn juristische Gründe ins Feld führen können, um sich nicht weiter mit der Sache zu belasten.

Cupido trank einen Kaffee, um sich die Zeit zu vertreiben, las die Zeitung und lief ein bißchen in der Gegend herum. Auch in der Stadt konnte man die Trockenheit wahrnehmen. Die Parks und Rasenflächen waren gelb. Die Akazien hatten vorzeitig ihr Laub abgeworfen und ihre Dornen geschärft, und die Büsche duckten sich über den Grünstreifen, um die Verdunstung möglichst gering zu halten.

Um halb zwei ging er wieder zu dem Wohnblock. Weil niemand auf das Klingeln reagierte, entschloß er sich, in der Eingangshalle zu warten, und setzte sich in einen der tiefen Sessel, die an einer der Seitenwände bereitstanden. Um vier war Anglada noch immer nicht gekommen, aber das Warten war Cupido nicht übermäßig lang geworden, weil er das Kommen und Gehen der unterschiedlichsten Leute beobachten konnte: Der eilige Mann im Zweireiher, Schuhe von Yanko an den Füßen, den Samsonite-Aktenkoffer als Visitenkarte in der Hand; eine Prostituierte, die vor der Tür von einem Taxi erwartet wurde; ihre Freier, einsame Typen, die verhuscht und mißtrauisch das Haus betraten; junge Frauen, die vom Joggen kamen; Putzhilfen, die für ein paar Stunden im Gebäude arbeiteten; alte Herren, die wie aus dem Ei gepellt aussahen und sich über nichts mehr wunderten, was um sie her geschah.

Mittlerweile war ihm klar, daß Anglada zum Mittagessen nicht nach Hause kommen würde, daß er auswärts, in irgendeinem Restaurant, in dem man zügig bedient wurde, gegessen haben mußte. Diese Gewißheit verstärkte seinen eigenen Hunger. Er hatte mehr Appetit und aß mehr, seit er nicht mehr rauchte. Ein paar Kilo hatte er bereits zugenommen, aber das war ihm gleichgültig, denn er war immer schlank gewesen, und es würde nicht weiter auffallen. In einer Kneipe gegenüber, von der aus er die Eingangstür weiter im Auge behalten konnte, bestellte er ein Schinkenbrötchen und ein Bier vom Faß. Danach trank er einen Kaffee und blieb noch ein bißchen sitzen, denn er wollte noch nicht in die Eingangshalle zurück. Aber um viertel vor fünf saß er erneut in dem Sessel und wartete.

Er sah ihn zu Fuß näher kommen, eine Mappe in der Hand. Hastig stand Cupido auf und stieg die Treppe in den zweiten Stock hoch, bevor Anglada ihn sehen konnte. Als der Anwalt, nach dem Schlüssel tastend, aus dem Aufzug trat, sah er sich plötzlich dem Detektiv gegenüber, der mit dem Rücken an der Wand lehnte und müde aussah wie einer, der längere Zeit irgendwo unbeweglich ausgeharrt hat.

»Sie hier?« fragte der Anwalt, ohne seine Überraschung zu verbergen.

»Ich muß Sie noch um etwas bitten.«

Anglada sah ihn so argwöhnisch an, wie ein Bankier einen Bettler ansehen würde, der ihm an einer Straßenecke auf die Pelle rückt.

»Ja?« fragte er und machte keine Anstalten, die Tür zu öffnen.

»Können wir drinnen reden?«

Cupido sah, daß Anglada von diesem Vorschlag nicht begeistert war, es aber nicht wagte, ihn abzulehnen.

»Gibt es etwas Neues?«

»Nein. Deshalb bin ich hier. Etwas Neues gibt es nicht, aber ich denke noch immer, daß uns das Tagebuch helfen könnte, einige Dinge zu klären.«

Anglada seufzte, hob die Hände und ließ sie auf die Lehne eines Stuhls sinken.

»Sie befassen sich weiterhin damit?«

»Ja.«

»Für wen arbeiten Sie jetzt?« fragte er. Sein Blick konnte das Mißtrauen nicht verhehlen, das stärker geworden war, nachdem seit dem Mord so viele Tage ergebnislos verstrichen und alle seine Bemühungen umsonst gewesen waren.

»Für niemanden«, antwortete der Detektiv. Es war schwierig, das zu erklären. Er strengte sich an, überzeugend zu klingen: »Aber diese Sache geht mir nicht aus dem Kopf, und ich kann mich nicht damit abfinden, daß es keine Lösung geben soll.«

»Im ersten Moment dachte ich, Sie wollten mehr Geld«, meinte der Anwalt grinsend. »Nur im ersten Moment. Dann ist mir wieder eingefallen, wie Sie arbeiten, und es wundert mich nicht, daß Sie auf eigene Rechnung weitermachen wollen. Sie sind kein Anwalt. Sie wären immer ein schlechter Anwalt, auch wenn Sie vielleicht ein guter Detektiv sind.«

Cupido nahm das Urteil kommentarlos hin. Wenn er mit seinem Anliegen Erfolg haben wollte, würde er das ganze Wohlwollen des anderen brauchen.

»Sie sollten diese Arbeit ein für allemal vergessen«, fuhr Anglada fort. »Ich habe mehr Grund als Sie, jeden Tag an Gloria zu denken, und ich bemühe mich jeden Tag, sie zu vergessen. Das hat ein Gestörter oder Wahnsinniger getan. Die späteren Morde beweisen, daß es kein persönliches Motiv gibt.«

»Ich würde gern noch einmal nach dem Tagebuch suchen«, beharrte Cupido.

Anglada schüttelte den Kopf.

»Das wäre Zeitverschwendung. Wir haben schon gründlich danach gesucht, keinen Winkel haben wir ausgelassen. Das Tagebuch ist weder in ihrer Wohnung noch im Atelier.«

»Lassen Sie es mich noch einmal versuchen. Nur ein einziges Mal. Sie haben nichts dabei zu verlieren. Das sind Sie ihr schuldig«, sagte Cupido. Seine letzte Bemerkung kam ihm ziemlich lächerlich und melodramatisch vor, aber er wußte, daß sich der Anwalt dagegen am schwersten zur Wehr setzen konnte.

»Gibt es irgend etwas Neues, das Sie zu der Annahme verleitet, sie könnte das Tagebuch in der Wohnung versteckt haben?«

»Nein«, log Cupido. Er war Anglada zu nichts mehr verpflichtet.

»Ich kann Ihnen die Schlüssel nicht geben«, sagte der Anwalt, schüttelte erneut den Kopf und meinte dann: »Ich habe sie nicht mehr. Vor ein paar Tagen habe ich einen Brief aus einer Anwaltskanzlei in Breda bekommen. Einen sehr freundlichen Brief, von Kollege zu Kollege. Glorias seltsame Verwandten dort haben bereits alles in die Wege geleitet, um die Erbschaftsfragen zu klären. Sieht aus, als hätten sie es eilig. Bis alles geregelt ist, darf niemand in die Wohnung. Auch das Atelier darf nicht betreten werden. Sie haben zwar nicht ausdrücklich um die Schlüssel gebeten, aber ich habe sie ihnen postwendend geschickt.«

Er öffnete die Hände, als wollte er zeigen, daß sie leer waren und sauber, daß er nichts darin zurückbehalten hatte, aber Cupido wußte nicht, ob er das glauben sollte. Nichts war leichter, als einen Ersatzschlüssel machen zu lassen. Er konnte sich nicht vorstellen, daß Anglada so bereitwillig auf Glorias gesamte Habe verzichtete, auf einige ihrer Schmuckstücke, Bilder, auf persönliche Briefe und Gegenstände, die beiden etwas bedeutet hatten, auf dieses Sammelsurium persönlicher Dinge, die das Zusammensein mit sich bringt. Er besah sich die Wände der Wohnung: Noch immer war Platz für das eine oder andere Bild. Er merkte, daß sich irgend etwas an der Einrichtung verändert hatte, wußte aber nicht, was. Die Möbel im Wohnzimmer standen noch so wie beim erstenmal, die Küche war nach wie vor blitzblank, der Platz noch immer bis ins letzte ausgenutzt.

Er stand auf, und Anglada begleitete ihn zur Tür.

»Sagen Sie mir Bescheid, falls es etwas Neues gibt.«

»Selbstverständlich.«

Armengols Wohnung lag auf halbem Weg zur Galería. Er hatte zwar keine Hoffnung, etwas bei ihm zu erreichen, aber der Versuch würde ihn nicht viel Zeit kosten.

Er klingelte zweimal und wartete über eine Minute. Als sich innen nichts tat, drückte er noch einmal mechanisch auf den Klingelknopf, bevor er sich mäßig enttäuscht in Richtung Treppe wandte, viel hatte er sich von diesem Gespräch ja sowie nicht erwartet. Dann hörte er die Schritte, die schlurfend, aber zielstrebig zur Tür kamen. Er hob den Kopf vor den Türspion, durch den Armengol ihn sicher betrachtete, und wartete darauf, daß sich die Tür öffnete. Armengol trug einen blauen Frottee-Bademantel, der für diese ersten lauen und trockenen Novembertage viel zu warm war. Sein Haar war strubbelig, als hätte er gerade im Bett oder auf dem Sofa gelegen, und vielleicht hatte er geschlafen, obwohl von innen das gedämpfte Geräusch des Fernsehers zu hören war.

»Kommen Sie herein«, sagte Armengol und machte Cupido Platz.

Der Detektiv trat in das kleine Wohnzimmer, an das sich links die anderthalb Meter breite Kochnische anschloß. Eine fünfundvierzig Quadratmeter große Mietwohnung, mehr gab das Lehrergehalt nicht her, nachdem am Monatsanfang der Unterhalt für die beiden Kinder fällig war.

Die Wohnung war weiterhin schmutzig und unaufgeräumt: Kleidungsstücke über einer Stuhllehne, auf dem Tisch zwei leere Bierflaschen und Aschenbecher, die von den gierig bis zum Filter gerauchten Kippen überquollen, der Fußboden war nicht gefegt und die Möbel von der mit zunehmender Verwahrlosung dicker werdenden Staubschicht bedeckt.

»Setzen Sie sich«, sagte Armengol und deutete auf einen Sessel, und beim Sprechen ließ er seine schlechten Zähne sehen, die gelb waren wie Maiskörner. »Ich habe Bier, möchten Sie eins?«

»Gern, danke.«

Während Armengol sich vor dem Kühlschrank bückte, betrachtete Cupido ihn von hinten: Der in der Taille zusammengeschnürte Bademantel, der aussah, als wäre er schon länger nicht mehr gewaschen worden; die Hausschuhe und die schwarzen Socken, die bis zur Wade reichten und einen Streifen der dünnen, bleichen Beine sehen ließen, auf denen kaum Haare wuchsen. Entweder hatte Gloria ihn sich nicht genauer angesehen, ehe sie mit ihm ins Bett gegangen war, oder sein Zustand hatte sich in diesem Jahr der Trennung und des Verlassenseins so rapide verschlechtert, daß er jetzt ein anderer Mann war, gealtert und erbärmlich. In diesen schwarzen Socken, die er im Haus trug, sah er heruntergekommen und gleichzeitig bemitleidenswert aus. Es wird nicht mehr lange dauern, bis er krank wird, dachte Cupido, der Alkohol, die Zigaretten und die Einsamkeit verbrennen ihn von innen, und er schmilzt wie eine Kerze. Der Detektiv besah sich den fast leeren Kühlschrank, in dem nur eine halbe Packung Toastbrot, irgend etwas Dunkles, das wohl Aufschnitt war, und ein Dutzend Dosen Bier zu sehen waren. Das genaue Gegenteil von Anglada, der auf sich zu achten schien und stark, erfolgreich und gepflegt wirkte. Zwei so unterschiedliche Männer, die für eine Weile ihr Leben und das Bett mit derselben Frau geteilt hatten. Sie war nicht leicht zu verstehen, das hatte Camila schon gesagt, aber vielleicht ließ sich diese Widersprüchlichkeit mit dem lebhaften Wunsch erklären, sich nichts im Leben entgehen zu lassen, alle Extreme auszukosten, verschiedene Geschmacksrichtungen zusammenzuführen und den Genuß durch die Gegensätzlichkeit zu steigern, wie wenn man sich den Mund mit Austern und Zitronensaft vollstopft.

»Gibt es noch etwas, das Sie mich fragen wollten?« fragte Armengol mit seiner heiseren, durch die Zigaretten rauchig gewordenen Stimme, während er die beiden Bierdosen ungeöffnet in der Hand hielt.

»Ich wollte Sie um etwas bitten.«

»Ich habe nicht viel zu geben«, entgegnete er halb mißtrauisch, halb niedergeschlagen.

»Haben Sie Glorias Schlüssel noch?«

»Von ihrer Wohnung?«

»Ja.«

»Warum wollen Sie das wissen?«

»Ich muß dort hinein.«

»Warum bitten Sie nicht Anglada darum?«

»Ich arbeite nicht mehr für ihn.«

Armengol sah ihn verwundert an, rang sich aber nicht dazu durch, nach dem Grund zu fragen. Die beiden Bierdosen zischten, als er sie öffnete, und mit einer Miene, die keinerlei Kameradschaft verriet, sondern nur gleichgültig und müde aussah, reichte er dem Detektiv eine davon, ohne ihm ein Glas anzubieten.

»Es gab noch einen Mord wie den an Gloria, und er glaubt, es sei das Werk eines Irren. Es hätte keinen Sinn mehr, daß er sein Geld für einen Detektiv ausgibt.«

»Und Sie glauben weiterhin, daß es jemand war, der sie gekannt hat.«

»Ja«, antwortete Cupido ohne Zögern.

»Und Sie suchen weiter, obwohl Sie niemand mehr dafür bezahlt?«

»Ja.«

Armengol zog den Mund schief und schüttelte den Kopf, als wäre er zum erstenmal mit Anglada einer Meinung und wünschte sich, daß die ganze Angelegenheit endlich vergessen würde.

»Was erhoffen Sie sich von einem Besuch in ihrer Wohnung?«

»Ihr Tagebuch zu finden.«

Der Detektiv sah, wie der andere aufmerkte, und obgleich er gelernt hatte, der Mimik seiner Gesprächspartner zu mißtrauen, waren die Angst und der Argwohn in diesem Gesicht zu spontan und deutlich aufgeblitzt, um an ihrer Echtheit zu zweifeln.

»Wußten Sie davon?« fragte Cupido.

»Ich hatte nicht mehr daran gedacht, aber jetzt, wo Sie davon sprechen, fällt mir ein, daß Gloria es einmal erwähnt hat. Ich glaube, sie hat alle wichtigen Vorkommnisse notiert. Deshalb wollen Sie ...?« Er stockte, als wäre ihm mit einemmal klar geworden, daß auch seine eigene Privatsphäre dadurch verletzt werden könnte, und das womöglich auf eine nicht sehr elegante Weise. Was mochte Gloria über ihn geschrieben haben, nicht am Anfang, als er ihr noch gefiel, als sie ihn dazu brachte, wieder zu malen, und ihm zuhörte, wenn er ihr von seinen Lebensträumen erzählte, sondern in den letzten Wochen, als sie plötzlich ungeduldig wurde, sich langweilte und ihn nicht mehr begehrte?

»Ja.«

Armengol schüttelte heftig den Kopf.

»Nein, ich habe nie einen Schlüssel zu ihrer Wohnung besessen. Aber selbst wenn ich einen hätte, würden Sie ihn von mir nicht bekommen«, sagte er unnachgiebig.

Sie sahen einander einige Sekunden an, keiner sagte ein Wort, der Detektiv war verdutzt, denn damit, daß dieser Mann noch soviel Energie aufbringen würde, um die letzten Überreste seines Privatlebens oder seiner Würde zu verteidigen, hatte er nicht gerechnet.

»Sie haben kein Recht, Glorias Privatsphäre derart zu verletzen«, sagte Armengol bitter, und die Anspannung war ihm vom Kopf bis zu den Füßen anzumerken, bis hinunter zu den schwarzen Socken, deren Gummi in die dünnen, bleichen Waden schnitt, auf denen fast keine Haare wuchsen.

»Es geht mir nicht um Glorias Privatsphäre, sondern um die ihres Mörders.«

»Das macht sie auch nicht wieder lebendig«, entgegnete Armengol. Er stand auf und sagte dann: »Gehen Sie jetzt. Ich kann und will Ihnen bei so etwas nicht helfen.«

Schweigend folgte der Detektiv der Aufforderung. Voller Zweifel hörte er, wie die Tür hinter ihm ins Schloß fiel.

Die Galería war seit zehn Minuten, seit neun Uhr, geschlossen, aber Cupido konnte durch die Scheibe erkennen, daß der Schlüssel von innen steckte und die Strahler noch eine Ausstellung von faden Landschaftsbildern in Pastellfarben beleuchteten. Er warf einen flüchtigen Blick darauf und dachte, daß es sich um ziemlich kommerzielle Ware handelte, die Gloria nicht gefallen hätte. Jetzt, wo sie nicht mehr da war, hatte sich die Alleineigentümerin der Galería offensichtlich gegen den künstlerischen Wagemut für das sichere Geschäft entschieden. Er sah Camila im Hintergrund durch die Bürotür kommen und fragte sich einen Moment, ob er wirklich klingeln sollte. Auch von diesem Treffen versprach er sich nicht viel. Außerdem war er müde, seit seiner Abreise am frühen Morgen hatte er einen langen Tag mit viel Gerede verbracht. Aber die Gelegenheit zu einem Gespräch mit ihr war günstig, denn es war keine Kundschaft mehr da. Er drückte auf die hoch oben am Rahmen angebrachte Klingel. Camila wandte den Kopf und sah nach draußen. Sie erkannte ihn sofort und kam in ihren hochhackigen Schuhen zielstrebig zur Tür.

»Ich hatte nicht damit gerechnet, Sie wiederzusehen«, sagte sie. Sie war weniger geschminkt als bei ihrer ersten Begegnung, hatte nur etwas Wimperntusche und Lippenstift aufgetragen, und Cupido hatte diesmal nicht den Eindruck, daß sie sich durch die Schminke vor anderen zu schützen versuchte, vielmehr schien sie ihm jetzt ein wirkungsvolles Mittel der Verführung. Wie sich eine Frau zurechtmacht, dachte er, sagt immer etwas darüber aus, was sie wünscht oder fürchtet, offenbart ihre Unsicherheiten oder Absichten.

»Ich wollte Sie noch um etwas bitten.«

»Ermitteln Sie denn noch?« fragte sie erstaunt. »Marcos hat mir gesagt, er habe seinen Auftrag zurückgezogen.«

»Er schon. Aber ich führe meine Aufträge gern zu Ende. Mein Ruf«, erwiderte er ironisch.

Noch immer standen sie an der Tür. Die Frau sah Richtung Büro und meinte dann:

»Warten Sie. Ich schließe zu, und wir reden woanders weiter. In aller Ruhe.«

Sie schaltete sämtliche Lichter aus, und zwei oder drei Sekunden konnte Cupido innen nichts mehr erkennen, bis sich seine Augen an die Dunkelheit gewöhnt hatten. Von der Tür aus hörte er die Schritte der Frau auf sich zukommen und erkannte sogleich ihre Silhouette und die leichte Parfümwolke, als hätte sie den Duft neu aufgelegt, bevor sie zurückkam.

»Haben Sie zu Abend gegessen?«

»Nein.«

»Lassen Sie sich von mir einladen. Heute ist das Geschäft ausgezeichnet gelaufen, und ich habe niemanden, mit dem ich das feiern könnte«, gestand sie.

»Einverstanden.«

Sie verriegelte das Sicherheitsschloß an der Eingangstür und drehte sich lächelnd zu ihm um.

»Wenn es gut gelaufen ist, dann ist das der beste Moment des Tages, wenn alle weg sind, man die Tür hinter der Arbeit zumacht und den Geruch nach Ölfarbe und Firnis los ist.«

Cupido sah sie ein bißchen verwundert an, denn ihre Bemerkung zeugte von einer kaufmännischen Haltung gegenüber ihrem Beruf, die sich von der Glorias nicht nur unterschied, sondern ihr vollständig zuwiderlief.

»Wir müssen ein Taxi nehmen«, meinte sie dann im Tonfall der freundlich beschützenden Gastgeberin, den Cupido schon von anderen Frauen kannte, die er in Städten besucht hatte, in denen er sich nicht auskannte. Eine Viertelstunde später saßen sie sich an einem Tisch im Viridiana gegenüber. Sie waren schon beim dritten Glas Wein, als der Kellner das Essen brachte, und der Detektiv hatte ihr noch immer nicht gesagt, warum er sie hatte treffen wollen. Sie hatte auch nicht danach gefragt. Zunächst kreiste ihr Gespräch um Gloria und um das Wenige, was man über den Mord wußte, aber dann redeten sie über die Galería, über die künstlerischen Vorlieben der beiden Frauen, bis Camila schließlich erzählte, wie es dazu gekommen war, daß sie die Ausstellungsräume nun allein führte, so als wäre ihr daran gelegen, es dem Detektiv zu erklären. In den Verträgen war gesamthänderisches Eigentum vereinbart worden, und sie hatten sich gegenseitig ein Vorkaufsrecht für den Fall eingeräumt, daß eine der beiden ihren Anteil verkaufen wollte. So sollte die Kontinuität gewahrt werden, die ihnen bei der Gründung wichtig gewesen war. Deshalb hatten sie auch festgelegt, daß, sollte eine der beiden unerwartet sterben, ihr Anteil der anderen zufallen würde. Von den beiden Frauen hatte keine direkte Erben, denen sie ihren Besitz hätte vermachen wollen. Gloria hatte lediglich ihre Verwandten in Breda, Camila ein paar Geschwister, mit denen sie wenig zu tun hatte.

»Es war Glorias Idee, diesen Passus einzufügen, ich selbst wäre nie auf den Gedanken gekommen. Aber ich war sofort damit einverstanden«, erläuterte sie. »Es war einfach ein Ausdruck gegenseitigen Vertrauens, denn keiner denkt doch, daß er plötzlich stirbt. Sterben tun immer nur die andern. Jedenfalls wäre ich zuerst an der Reihe gewesen, ich war acht Jahre älter als sie.«

»War sie immer so impulsiv?«

»Fast immer, außer wenn es um Malerei ging. Sie machte sich nicht viel Gedanken um das, was sie tat, auch wenn sie hinterher Stunden damit verbringen konnte, die Geschehnisse zu analysieren. Sie spielte gern mit dem Feuer. Aber sie hatte einen Schutzengel.«

»Außer beim letzten Mal«, sagte Cupido.

»Ja, außer beim letzten Mal«, bestätigte sie.

»War sie Männern gegenüber auch so?«

Camila kostete von dem Fleisch, bevor sie antwortete.

»Sie hat die Männer verrückt gemacht. Alle haben sich in sie verliebt.«

»Warum? Was war das Besondere an ihr?«

»Erstens war sie sehr schön. Ich weiß nicht, wie sie das geschafft hat, ihr Gesicht hatte sich etwas Jugendliches bewahrt, ein Gleichgewicht aus Schatten und Licht. Zwei Arten von Attraktivität, die miteinander rangen, als wartete sie darauf, daß sich derjenige, mit dem sie es zu tun hatte, für eine der beiden entschied, aber sie wußte, daß sie noch eine zweite Seite ihrer Schönheit in der Hinterhand hatte, die sie in einem anderen Moment anbieten konnte. Ich nehme an, das verdreht den Männern den Kopf.«

»Verstehe«, sagte Cupido. Er wußte, was sie damit sagen wollte. Schon als er zum erstenmal ein Photo von Gloria gesehen hatte, war er davon angetan gewesen, daß ihre Lippen kindlich voll waren und ihre Wangenknochen zugleich das Licht anzuziehen schienen. Ihm war aufgefallen, daß die Ausdruckskraft eines Kindergesichts auf seiner Fülle beruht; daß bei Erwachsenen der Knochenbau die Schönheit entscheidend bestimmt und im Alter schließlich die Haut das Ausdrucksvollste wird, wenn sie von Falten zerfurcht ist. Gloria befand sich in der zweiten Phase, ohne das Beste der ersten verloren zu haben.

»Zweitens konnte sie sich einem Mann gegenüber wie eine verliebte Frau verhalten, auch wenn sie nicht verliebt war. Und wenn man erst einmal ein gewisses Alter erreicht hat und nicht mehr die freie Auswahl hat, gibt es nichts, was einen Mann mehr verführt, als eine Frau, die in ihn verliebt ist, meinen Sie nicht?«

»Das stimmt«, bestätigte Cupido. »Aber hat sie sich dadurch keine Probleme eingebrockt?«

»Mit wem?«

»Nicht bloß mit Anglada. Mit allen Männern. Keinem würde es gefallen, wenn er eines Tages feststellt, daß die Frau, von der er meint, sie sei in ihn verknallt, hinter seinem Rücken ein Doppelleben führt.«

»Es brachte sie nicht immer in Schwierigkeiten, aber zuweilen schon. In dieser Hinsicht seid ihr Männer alle gleich«, sagte sie und trank einen Schluck Wein. Dann meinte sie: »Das hat auch zu meiner Scheidung geführt.«

Der Detektiv sah sie etwas erstaunt an, nicht weil sie ihn plötzlich duzte, sondern weil sie einmal mehr das Gespräch über Gloria auf sich selbst lenkte, auf sich aufmerksam machte, als fürchtete sie, nicht beachtet zu werden.

»Davon wußte ich nichts«, sagte er. Er hätte nicht genau sagen können, warum, aber er hatte sie sich nicht verheiratet vorgestellt. Er betrachtete ihre linke Hand. Vielleicht trug sie den einen oder anderen Ring zuviel, aber jedenfalls keinen Ehering.

»Einer deiner Kollegen hat zum Scheitern dieser Ehe beigetragen«, erklärte sie und beobachtete Cupidos Reaktion.

»Wie das?« fragte er interessiert. Er sah, daß die Weinflasche leer war, und gab dem Kellner einen Wink.

»Mein Ex-Mann hat einen Privatdetektiv beauftragt, Beweise zu beschaffen, die ihm die Scheidung erleichtern sollten. Ich hatte eine Affäre mit einem Maler, der in der Galería ausstellte. Es dauerte nicht lang, gerade lang genug, um festzustellen, daß es ein Strohfeuer war, aus dem nichts werden konnte. Mein Ex hatte auch eine Geliebte, deshalb habe ich dieses Abenteuer nicht weiter wichtig genommen, bis er mir ein paar Wochen später, als alles schon vorbei war, den Brief präsentiert hat, mit dem er die Scheidung einreichte, und ein paar groteske Photos, die als Rechtfertigung dienen sollten. Ich hatte geglaubt, wir machen eine kleine Krise durch, und das würde vorbeigehen, auch anderen passiert so etwas ja. Er vergnügte sich schließlich auch außer Haus. Aber ich konnte nichts machen. Wir trennten uns, und mein Leben änderte sich. Das war keine gute Zeit. So eine Trennung ist immer deprimierend, wenn der andere sie herbeiführt, vor allem, wenn man mitkriegt, daß er noch nicht einmal verletzt ist, sondern die ganze Sache hemmungslos ausgenutzt hat, um die Scheidung ohne Probleme durchzubekommen. Er hat wieder geheiratet, und nach dem, was ich so höre (solange eine Frau verheiratet ist, bemühen sich ja alle, die Seitensprünge ihres Ehemannes vor ihr geheimzuhalten, aber sobald sie getrennt sind, haben sie nichts Besseres zu tun, als ihr alles auf die Nase zu binden), hat er sich bald darauf wieder scheiden lassen. Ich bin seither vorsichtiger.«

Sie schwieg eine Weile, und Cupido wartete, daß sie weitersprach. Er wußte, sein Schweigen brachte die Leute oft eher zum Reden als seine Fragen. Sie war nicht die erste geschiedene Frau, die ihm von ihrer Trennung erzählte, aber sie war die erste, die es fast gleichgültig tat, die ihren aggressiven oder untreuen Ehemann kaum zu hassen schien und kein Mitleid erwartete. Sie ist stärker, als sie wirkt, dachte er, hinter ihrer dezenten Schminke und ihrem Duft verbirgt sich Stärke; auch wenn eine Muschel noch so zerbrechlich aussieht, sie kann sich doch in das härteste Fossil verwandeln.

»Es ist alles schlecht gelaufen, und keiner von uns war daran ganz schuldig oder unschuldig. Der einzige, den ich irgendwann vorübergehend, aber aus ganzem Herzen gehaßt habe, ist dieser Detektiv, den er angeheuert hatte. Ein Kotzbrocken. Ich mußte ihn zweimal beim Anwalt sehen. Ich fand den Beruf ekelhaft, zumindest wenn man sich darauf spezialisiert«, sie schlug die Augen nieder, »darauf, in anderer Leute Unterwäsche herumzuschnüffeln. Deshalb war ich so verblüfft, als du mir vorgestellt worden bist. Du machst schon rein äußerlich einen völlig anderen Eindruck. Ich kann mir nicht vorstellen, daß du Beweise für eine Scheidung beschaffst.«

Da irrst du dich, dachte Cupido, aber er hielt den Mund. Er hatte es zweimal getan und war jedesmal darauf bedacht gewesen, keines seiner »Opfer« persönlich kennenzulernen. Er hatte sich darauf beschränkt, diskret die Photos zu machen, und sich einem persönlichen Treffen immer verweigert. Das mulmige Gefühl, an einer Verurteilung mitzuwirken, bei der sich der Angeklagte nicht verteidigen kann, war er dennoch nicht losgeworden.

Der Bezug zu seiner Arbeit erinnerte ihn daran, warum er sie hatte treffen wollen. Durch ihre Unterhaltung und die Unmengen Wein hatte er es fast vergessen.

»Hast du Schlüssel zu Glorias Wohnung?« fragte er.

»Ja. Ich habe noch einen Satz zu Hause. Ich habe vergessen, sie Marcos zurückzugeben, als er ihre persönlichen Sachen abgeholt hat. Brauchst du sie?«

»Ja. Das Tagebuch.«

»Habt ihr das immer noch nicht gefunden?«

»Nein, und ich glaube, es könnte uns viele Fragen beantworten. Anglada darf in der Wohnung nichts anrühren, bevor die Sache mit der Erbschaft nicht geklärt ist«, kam er ihrer nächsten Frage zuvor.

»Es ist schon spät. Kannst du bis morgen warten?« fragte sie und schaute ihm dabei in die Augen.

»Natürlich«, er war einverstanden. Seit einigen Minuten wußte er, wie dieser Abend enden würde, und die Aussicht mißfiel ihm gar nicht. Mit den Jahren war er anspruchsvoll geworden. Mittlerweile hatte er ein Alter erreicht, in dem man nicht mehr jede Frau in die Arme nimmt, jeden Wein trinkt und jedes Buch liest. Aber Camila fand er anziehend, und sie weckte seine Lust, so daß er das Gelände überqueren würde, das ihn von ihr trennte.

Sie hatte bereits bezahlt, als Cupido von der Toilette zurückkam. Sie verließen das Restaurant und nahmen ein Taxi zu ihrer Wohnung. Im Gegensatz zu den anderen Wohnungen, die er in den letzten zwei Wochen gesehen hatte – die von Anglada, Sierra und Armengol, die auf eine Person zugeschnitten waren –, hätte diese hier eine ganze Familie beherbergen können: ein Dreisitzersofa, drei Schlafzimmer, viel Platz.

Camila holte zwei hohe Gläser, tat ein paar Eiswürfel hinein und goß etwas Whiskey darüber.

»Setz dich«, bat sie.

Als sie einige Minuten später aus dem Badezimmer kam, hatte sich der Detektiv bequem zurückgelehnt und die Augen geschlossen. Er hörte sie nicht kommen, spürte aber in dem Moment, als er ihr Parfüm wahrnahm, wie sie ihre Hände von hinten auf seine Schultern legte.

»Du bist müde«, sagte sie.

Cupido griff mit der rechten Hand nach der ihren und zog sie um das Sofa zu sich heran, bis sie sich neben ihn setzte. Seit einigen Minuten, seit sie in ihre Wohnung hinaufgegangen waren, wußte auch sie, wie dieser Abend enden würde.

»Ein bißchen«, antwortete er.

Er neigte den Kopf, und sie küßten sich behutsam, ließen ihre Hände die Zärtlichkeiten austauschen, die sich bereits angekündigt hatten, ihre Lippen zuweilen innehalten, um dieselben Sätze wie immer zu sagen.

»Gehen wir ins Schlafzimmer«, sagte sie.

Das Bett war sehr groß. Auf einem der Nachttische lag eine Brille auf einem Buch: *Späte Spiele* von Luis Landero. Auf dem anderen eine Schachtel Tabletten, die Cupido nicht kannte. Er vermutete, daß sie nicht besonders gut schlief, daß sie unruhige Nächte verbrachte, in denen sie mindestens einmal aufstand.

Ohne im Küssen innezuhalten, half er ihr, die Bluse auszuziehen. Sie schien ungeduldig, denn als er über ihre Schulter lugte, weil er den verzwickten Verschluß ihres schwarzen Büstenhalters nicht aufbekam, öffnete sie ihn selbst mit einem präzisen Handgriff. In diesem halbnackten Zustand verharrten sie, ließen ihre Hände auf der Haut des anderen ruhen, und auf dem Bett sitzend küßten sie sich wieder. Sie schien es eiliger zu haben als er, und ihre Hände baten um Hilfe, um seinen Gürtel aufzubekommen. Sie hat schon lange mit keinem Mann mehr geschlafen, dachte Cupido, vielleicht länger als ich mit keiner Frau. Camila biß ihm in die Lippen, wie ein Hungriger in ein Stück Brot beißen würde. Sie legten sich auf das Bett, um sich bequemer ausziehen zu können, lachten sich an und sprachen kaum, während sie ihre übrigen Kleidungsstücke loswurden. Cupido ließ seine Hand über die Innenseite ihrer geschmeidigen Schenkel gleiten, hielt bei ihrem sehr kurz geschnittenen Schamhaar inne und spürte in seiner Handfläche die Feuchtigkeit, die von ihrem Geschlecht ausging. Camila beugte sich zu seinem Bauch hinunter, streichelte seinen erigierten Penis und half der Vorhaut über die letzte Hürde. Sie nahm ihn in den Mund und preßte die Lippen zusammen, während eine Hand des Mannes auf ihrem Hintern ruhte. Sie wartete, bis sie sein »Genug« hörte, dann hob sie den Kopf. Schon hatte sie diesen ersten Tropfen geschmeckt, der eine sichere Garantie für die Erektion und ein Vorbote des Samenergusses ist. Er senkte die Hand zu dem dunklen Dreieck mit den kurzen Haaren und bewegte den Mittelfinger über den heißen, feuchten Mandelkern. Die Frau lag reglos da, während er sie streichelte, eine reglose Hingabe, wie man sie nur einem Arzt gegenüber aufbringt, von dem man sich Rettung und Wohlbefinden erwartet.

20

Wenn sie nicht bald aufstand, würde sie die Galería nicht pünktlich öffnen können, aber an diesem Morgen war ihr das gleichgültig. Sie rekelte sich unter dem Laken, streckte sich wie eine Katze und genoß die Wärme, die das Bett noch bewahrt hatte. Auf dem Kopfkissen entdeckte sie knapp vor ihren Augen ein kurzes braunes Haar und lächelte bei dem Gedanken an seinen Besitzer. Die wenigen Stunden, die sie mit ihm verbracht hatte, hatten ihr genügt, um sich sein Bild einzuprägen und zu wissen, daß es lange dauern würde, bis sie es wieder vergessen hätte. Wenn sie die Augen schloß, konnte sie es wachrufen: ein Mann um die fünfunddreißig, sehr groß, dessen Gesichtszüge klar und scharf umrissen waren, auch wenn man den Eindruck gewinnen konnte, daß er aus diesem attraktiven Gesicht mehr hätte machen können. Wenn er lächelte, wirkte es ein bißchen zurückhaltend, als würde etwas lange Vergangenes, Verborgenes ihn davon abhalten, sich ganz zu öffnen, und wenn er besorgt schien, schien er nicht übermäßig besorgt. Ein ausgeglichener Mann, aber nicht unerschütterlich; skeptisch, aber nicht verzweifelt; für ihren Geschmack etwas zu sportlich gekleidet, jedoch konnte man sicher sein, daß er in einem Frack eleganter wirken würde als ein Prinz. Sie kannte nicht viele Männer wie ihn und wußte, welche Empfindungen der Detektiv wachrief: Männer wollten so sein wie er; Frauen fühlten sich von ihm in ihrer Verführungskunst angestachelt. Sie war es die Nacht hindurch nicht müde geworden, ihn zu küssen, und nun leckte sie sich die Lippen und erinnerte sich an seine Lippen, die vom Wein getränkt gewesen waren, aber nicht nach Zigaretten geschmeckt hatten. Er war ein guter Liebhaber gewesen, ein exzellenter Liebhaber sogar, der es verstand, das Fingerspitzengefühl des Miniaturmalers mit der rohen Kraft des Steinmetzen zu verbinden. Als er sie streichelte, hatte er ihr das Gefühl gegeben, als seien ihre Hüften und ihr Hintern noch immer fest, straff, hart wie Aluminium. Zwar war ihr schon mit den ersten Küssen klar, daß sie in den Armen eines Mannes lag, der viel Erfahrung hatte und sie einzusetzen wußte, aber sie hatte zu ihrer Freude festgestellt, daß er sich etwas von einer Zärtlichkeit bewahrt hatte, die, versteckt und kaum wahrnehmbar, dennoch ausreichte, damit sich eine Frau wie sie sagen konnte, daß es nicht allein um Sex gegangen war. Und außerdem war er schön, sehr schön. Sie würde ihn gern wiedersehen, aber er wohnte so weit weg und wirkte so unabhängig! Wieder streckte sie sich behaglich und zufrieden, und als sie die Beine anspannte, spürte sie das angenehme Kribbeln. Sie lächelte bei dem Gedanken, den ganzen Tag hindurch das leichte Jucken zu spüren, das sie an diese außergewöhnliche Nacht erinnern würde. Dann setzte sie sich auf, faltete das Kopfkissen im Rücken und lehnte sich zurück. Sie blickte sich im Schlafzimmer um: Die Tagesdecke lag am Boden, und der Schirm der Nachttischlampe hing verbogen über der Packung Schlaftabletten, die sie nicht gebraucht hatte; ihre Schuhe standen vor dem Bett, an gewohnter Stelle, aber der eine war umgedreht und wies mit seinem stählern schimmernden Pfennigabsatz zur Decke; ihre Bluse und der BH waren auf der anderen Seite zu Boden gegangen, ihr Rock lag zerknüllt auf dem Stuhl, auf den er ihn vom Bett aus geworfen hatte. Irgendwo mußte auch ihre Unterhose abgeblieben sein. Von ihm war keine Spur zu sehen, nichts hatte er vergessen, zurückgelassen hatte er einzig dieses wohlige Lustgefühl und jenes kurze braune Haar auf dem Kopfkissen, das sie nun wieder zufrieden betrachtete, als wäre sie noch immer eine Jugendliche, die vor einer Locke des Geliebten die Augen verdreht. Sie konnte Unordnung nicht ausstehen, weder zu Hause noch in der Galería – manchmal war sie deshalb mit Gloria aneinandergeraten –, aber das Chaos in ihrem Schlafzimmer machte sie froh. Auch wenn sie elegant und unantastbar wirkte, war es gerade dieses gierige Feuerfangen, was ihr beim Sex am meisten gefiel. Sie legte so viel Wert auf ihr Äußeres – trug exklusive Kleider, schminkte sich sorgfältig, färbte ihr Haar kastanienbraun, erneuerte ihr Parfüm häufig –, weil sie nicht aussehen wollte wie viele geschiedene Frauen, die sie kannte, die sich gehenließen und verlassen und hilflos wirkten. Der Gedanke, jemand könnte so einen Eindruck von ihr haben, war ihr unerträglich, auch wenn sie natürlich wußte, daß sie nicht nur geschieden, sondern häufig verlassen worden war. Ihr Verhältnis zu Männern war immer schwierig gewesen, vor und nach ihrer Ehe. »Sie sind so auf sich selbst fixiert, daß sie eine Beziehung lieber beenden, als auch nur ein Jota von einer ihrer Gewohnheiten abzurücken«, sagte sie sich. Dennoch, Gloria hatte, solange sie lebte, ganz andere Erfahrungen mit ihnen gemacht. Als sie dem Detektiv am Abend zuvor sagte, alle Männer hätten sich in Gloria verliebt, hatte sie nicht gelogen. Selbst er wollte ja ausdrücklich wissen, was das Besondere an Gloria gewesen war, und hatte auch sonst Fragen gestellt, bei denen jeder auf den Gedanken hätte kommen können, die Tote habe ihn noch aus dem Jenseits heraus verführt, denn seine Befragung hatte nichts mit dem zu tun, was sie von einem Ermittler erwartet hätte – wo sie an dem und dem Tag, um die und die Zeit gewesen war, wer sie gesehen hatte –, sondern zielte darauf, persönliche Dinge über Gloria zu erfahren, als wäre er mehr an der Ermordeten als an ihrem Mörder interessiert. Sie legte sich wieder hin, während ein triumphierendes Lächeln um ihre Lippen spielte und sie ihre Rache genoß: Am Abend zuvor war Gloria nicht dagewesen, um ihr wie so oft die Blicke eines gutaussehenden Mannes zu rauben, der die Galería betrat. Sie hatte so lange auf diesen Augenblick gewartet, daß sie schon manchmal geglaubt hatte, es würde nie dazu kommen. In den letzten Jahren war Gloria das Zentrum der Aufmerksamkeit gewesen, und sie selbst war in den Hintergrund verbannt worden. Es war nicht auszuhalten gewesen, daß sämtliche Rosen, die in die Galería geschickt wurden, auf Glorias Schreibtisch landeten, alle Anrufe, bei denen es nicht um Geschäftliches ging, für Gloria bestimmt waren. Sie hatte sich immer besonders anstrengen müssen, damit man sie wahrnahm, und was Gloria auf natürliche Weise wie selbstverständlich ausstrahlte, hatte sie sich in einem quälenden Prozeß und mit wachsendem Überdruß aneignen müssen. Aber jetzt, seit Gloria tot war, fiel ihr alles unvermutet leicht. Sie hatte sogar einige von Glorias Verhaltensweisen übernommen – eine leichte Koketterie, das herzliche Lächeln, die Farbauswahl ihrer Garderobe –, die sie zwar schon lange einstudiert, aber nicht einzusetzen gewagt hatte, solange die andere am Leben war, weil sie fürchtete, wie eine Parodie zu wirken oder von Gloria durchschaut zu werden. Selbst ihr Umgang mit den Malern und der Kundschaft war gelöster geworden und wirkte natürlicher. Sie hatte oft gehört, eine Frau dürfe bei ihrer ersten Begegnung mit einem Mann niemals offen zeigen, daß sie etwas von ihm wolle, weil nichts abschreckender wirke als die Gier, aber sie war sich nicht sicher, ob es ihr immer geglückt war, ihren Heißhunger zu verbergen. Oder die Männer waren in der Lage gewesen, ihn in den kaum wahrnehmbaren Zeichen ihres Schiffbruchs zu erkennen, und hatten nachher im Bett versucht, diesen Vorteil auszunutzen, indem sie völlig passiv wurden oder sich keine Zeit nahmen, jedenfalls niemals eine Hingabe zuließen, wie sie mit dem Detektiv in dieser Nacht möglich gewesen war.

Nach der Trennung von ihrem Mann war es ihr schlechtgegangen, so schlecht, daß sie schließlich an sich gezweifelt hatte, daran, ob Männer sie überhaupt befriedigen konnten. Wenn sie diesen einen Mann früher kennengelernt hätte, nur ein paar Monate früher, und passiert wäre, was vor wenigen Stunden passiert war, die Peinlichkeit dieser Nacht mit Gloria wäre ihr erspart geblieben! Damals hatte die Scham einen Bodensatz in ihrem Innern gebildet, der sich erst mit Glorias Tod auflöste.

Wie fast immer, wenn sie eine neue Ausstellung eröffnet hatten, waren sie auch an jenem Abend nach der Vernissage mit den Künstlern essen gegangen. Diesmal waren es zwei sehr junge Maler, die noch nicht viele, aber interessante Arbeiten vorzuweisen hatten und sich stilistisch so stark voneinander unterschieden, daß sie im selben Raum ausstellen konnten, ohne daß man versucht war, Vergleiche zu ziehen, auch wenn eine untergründige Affinität in Themen und Stimmung der Arbeiten zu spüren war. Außerdem hatten die beiden selbst die gemeinsame Ausstellung vorgeschlagen. Gloria war von beider Stil begeistert gewesen, und diese Ausstellung hatte sie dazu angeregt, mit Emilio Sierra parallel – in Malerei und Skulptur – ein gemeinsames Thema zu bearbeiten: die Felszeichnungen in irgendwelchen Höhlen, von denen sie immer schwärmte. Sie selbst hatte gegen die Ausstellung zunächst Vorbehalte angemeldet, weil ihr die Bilder nicht unbedingt brillant schienen und sie nicht viel verkaufen würden. Aber weil sich gerade nichts Besseres fand, hatte sie schließlich eingewilligt. Falls der Verkauf nicht gut lief, hätten sie wenigstens je ein Gemälde – der Galería ein Werk zu überlassen, war quasi die Bedingung, um dort ausstellen zu können – von zwei jungen Künstlern, die womöglich eine große Zukunft hatten, und es wäre ein Beitrag zu ihrer kleinen Sammlung, in der sich bereits ein Barjola und ein Gordillo befanden. Einige Minuten beim Abendessen hatten genügt, und die zwei Frauen wußten, daß die beiden Maler homosexuell waren, wenig später hatten sie ihnen überschwenglich offenbart, daß sie ein Liebespaar waren, hatten sich förmlich mit etwas gebrüstet, das sie selbst immer nur als eine problematische Absonderung von der übrigen Gesellschaft hatte ansehen können. Solche Paare schafften es immer, sie nervös zu machen. Sie beobachtete die beiden und versuchte herauszufinden, wie die Rollen verteilt waren. Sie fragte sich, ob jemand, der als Mann geboren ist, in die Rolle der Frau schlüpfen kann, ohne permanent von Zweifeln geplagt zu werden. Aber die beiden Maler wirkten nicht nur zufrieden; sie wirkten glücklich. Sie lebten zusammen, versicherten, eine stabile Beziehung zu haben, und machten damit das Bild vom unreifen, unsteten Liebesleben zunichte, das für sie eins mit dieser sexuellen Ausrichtung gewesen war. Es wurde viel getrunken, und bald war die Stimmung so ausgelassen, daß die beiden Maler die anzüglichsten Anekdoten erzählten, die bei anderen Leuten in einer anderen Gemütsverfassung obszön und traurig geklungen hätten. Gloria lachte mit den beiden und alberte herum, als würden sie sich schon ewig kennen, als wären sie alte Freunde, die sich lange nicht gesehen hatten. Sie tranken bereits Whiskey in einer Bar am Paseo de la Castellana, als ihnen die beiden, reichlich angeheitert und unablässig grinsend, ihr eigentliches Geheimnis enthüllten: In Wirklichkeit gab es keine zwei Maler mit einem voneinander unabhängigen Werk, sondern sie arbeiteten an jedem Bild von Anfang an zusammen. Die Unterschiede ergaben sich nur dadurch, daß einer zu Beginn das Thema und die Technik vorgab. Zunächst hielt sie das für einen Scherz, für eine Provokation, mit der die beiden ihren Sachverstand und ihre berufliche Erfahrung auf die Probe stellen wollten aber dann fühlte sie sich verschaukelt und hätte die zwei am liebsten mitten im Satz stehenlassen, so stolz waren sie auf diesen Dummejungenstreich, aber Gloria schien das Exzentrische an der Situation Spaß zu machen. Beim nächsten Whiskey meinte sie aufgeschnappt zu haben, daß einer der Maler in einer doppeldeutigen Bemerkung den Vorschlag machte, die beiden Frauen sollten es doch auch einmal als Liebespaar versuchen – typisch, dachte sie, für die Tendenz der Homosexuellen, sich einzubilden, alle anderen seien genauso veranlagt, und weil eben alle aus Sodom stammten, seien sie nicht die Ausnahme. Wieder war sie kurz genervt gewesen, aber nur kurz. Gloria war immer für eine Überraschung gut. Schließlich hatte sie sich auf das Spiel eingelassen, die Bühne war freigegeben für die Verlokkungen, für die Doppeldeutigkeit und die Provokation, die dieser Szene innewohnte: Zwei Männer und zwei Frauen bilden zwei Paare, die durch das verschiedene Geschlecht nicht verbunden, sondern getrennt sind. Das war die Sphäre der Grenzgänger, in der sich Gloria häufig wohlfühlte, und sie selbst hatte sich in dieser Nacht mit nie gekanntem Mut dazu entschlossen, ebenfalls dort Quartier zu nehmen Noch nicht einmal das Kokain hatte sie abgelehnt, sondern eine der vier gleichlangen Linien geschnupft, die einer der Maler auf der glänzenden Oberfläche seiner Visa-Card gezogen hatte. Sie waren in einer Disco gewesen und in einem Menstrip-Schuppen – in den man die beiden Männer hineinließ, obwohl er für weibliches Publikum reserviert war –, bevor sie in einem Laden für Schwule und Lesben landeten, einem dieser Lokale, in denen kurz vor Sonnenaufgang am meisten los ist, wenn die Nacht bereits die Spreu vom Weizen getrennt und sich der Ermüdeten entledigt hat, der Zaghaften und derjenigen, die, wie sie, immer einen Grund hatten, früh aufzustehen. Zu ihrer Verblüffung hatte sie sich dort wohlgefühlt und gar nicht wie ein Fremdkörper, der durch eine gewisse Steifheit inmitten der lauten Rufe und des Gelächters aufgefallen wäre. Auch sie hatte gelacht, vielleicht sogar lauter als die anderen, hatte ihren Arm lässig um die Schultern der beiden Maler gelegt und irgendwann länger um Glorias Taille liegen lassen, als es zum Zeichen ihrer Ausgelassenheit und Vertrautheit notwendig gewesen wäre. Das war schließlich das Spiel, für das sie sich entschieden hatten, und sie war bereit, es zu spielen. Sie fühlte sich trotz der fortgeschrittenen Stunde putzmunter, ihre Füße taten nicht weh, obwohl sie viel getanzt und kaum gesessen hatte, sie war klar im Kopf, spürte Wein und Whiskey nur unterschwellig, als hätte das Koks sie lediglich von den unangenehmen Folgen des Alkohols befreit. Eine so vergnügliche Nacht hatte sie schon lange nicht mehr erlebt. Sie wunderte sich, daß es hell wurde, als sie das Lokal verließen, denn sie hätte schwören können, daß es noch nicht so spät war. Die beiden Maler waren sturzbetrunken, hielten sich in den Armen und nahmen schon keine Notiz mehr von den beiden Frauen. »Komm doch mit zu mir. Morgen ist Sonntag, und wir müssen nicht früh aufstehen«, hatte sie zu Gloria gesagt, denn zu ihrer Wohnung war es nicht weit, und alle leeren Taxis schienen geflohen, um die Wagen der nächsten Schicht zu überlassen. Gloria hatte sofort eingewilligt, war zu träge gewesen, um auf ein Taxi zu warten und dann möglicherweise viel zu früh von Marcos durch einen ungeduldigen Anruf geweckt zu werden. In der Wohnung stach ihnen das Sonnenlicht, das bereits durch die hohen Fenster schien, in die Augen, und sie schlossen die Jalousien. Im Zwielicht fühlte sie sich etwas betrunken, als entfaltete das Dunkel eine narkotisierende Wirkung, die von der Helligkeit unterdrückt worden war. Müde und noch immer über einige der nächtlichen Erlebnisse lachend hatten sie sich auf das breite Bett fallen lassen, in dem sie zu zweit schlafen wollten, nur halb entkleidet und zu kaputt, um nach Laken zu suchen und das schmale Gästebett im anderen Zimmer zu beziehen. Kaum hatte sie sich ausgestreckt, da drehte sich alles. Sie mußte die Augen öffnen, damit dieses Karussell aus Lichtern und Bildern anhielt, das auf ihrer Netzhaut herumwirbelte. Sie war durcheinander und konnte die Geräusche, Farben und Gegenstände um sich her nicht deutlich wahrnehmen. Nur ein Bild drängte sich überklar in ihr Bewußtsein: Gloria, die neben ihr im Bett lag, die eingenickt war, die friedlich und gleichmäßig atmete, wie es nur im Schlaf möglich ist, deren Gesicht dem ihren zugewandt war, deren Haar sich wie eine Kaskade über das Kopfkissen ergoß, die nur mit ihrer Unterwäsche bekleidet war, aber bis zur Hüfte von dem Laken bedeckt. Sie schloß die Augen und versuchte, die Erregung abzuschütteln, die ihren Kopf und ihren Bauch durchströmte, die sich in dieser langen Nacht durch den Alkohol und das Kokain angestaut hatte, durch die beiden Maler, durch die Striptease-Show, durch das letzte Lokal in dem sie gewesen waren, durch die Schwulen und Lesben dort: Sie wollte Gloria streicheln und von ihr gestreichelt werden. Aber als sie die Lider schloß, wurde ihr wieder schwindlig, so als säße sie in einem atemberaubend schnellen Zug und alles flöge vor ihren Augen vorbei – die halb ausgestorbenen Straßen im Morgengrauen, die schwankenden Pärchen, die sich in den Armen hielten, die Parks, die

Äcker, die einsamen Wälder, in denen Gloria gern spazierenging –, nur um sie in voller Fahrt dem einzigen Ziel näher zu bringen, das sich deutlich abzeichnete: Glorias schönem Körper, der neben ihr im Bett lag, so nah. Sanft legte sie ihre Hand auf Glorias Hüfte. Dort verweilte sie eine Minute, und dann – sie war aufgeregt durch den Whiskey, durch die Schlaflosigkeit, durch das feuchte Pulsen, das zwischen ihren Beinen immer drängender wurde, aber klar genug, um zu merken, daß sie nicht zurückgewiesen wurde – ließ sie ihre Hand unter das Laken gleiten und suchte Glorias Geschlecht. Da erst hatte Gloria die Augen aufgeschlagen und sie weniger müde oder entgeistert als vielmehr gleichgültig angesehen. Gloria hatte keinen Ton gesagt, die Hand nicht weggeschoben und auch ihre Hüfte nicht zurückgezogen. Sie schaute nur zwei Sekunden lang eher verwundert als ärgerlich, bevor sie die Augen wieder zumachte, sich das Laken bis unter die Achseln zog, sich umdrehte und ihr teilnahmslos den Rücken zukehrte, nicht etwa verächtlich und so abweisend, daß sie am Ende gar aufgestanden und gegangen wäre, einzig von dem Wunsch erfüllt, in Ruhe weiterzuschlafen. Für sie dagegen war an Schlaf endgültig nicht mehr zu denken gewesen, sie hatte dem Lärm der Autos gelauscht, die am Sonntagmorgen bereits zeitig unterwegs ins Grüne waren, dem gedämpften Murmeln der treuen Seelen, die mit geschwollenen Knöcheln und gebeugten Nacken zur Frühmesse gingen, und alle waren sie frei von dieser bitteren Scham, die begann, in ihr Inneres vorzudringen. Es gelang ihr, hin und wieder kurz einzunicken, wobei sie nun Gloria, die selbstgefällig und friedlich schlief, ohne sich zu rühren, nun ihrerseits den Rücken zugewandt hatte. Es war zehn Uhr, als sie aufstand, sich vor die Kloschüssel kniete und sich übergab, darauf bedacht, in ihrer eigenen Wohnung keinen Lärm zu machen. Ihre Zunge fühlte sich eiskalt an, und ihre Wangen glühten. Sie duschte und verließ die Wohnung, ohne zu wissen wohin, nachdem sie eine Nachricht für Gloria mit einem Magneten an der Türklinke befestigt hatte: »Die Schlüssel liegen auf dem Tisch. Schließ bitte zu. Ich bin mit meinen Geschwistern zum Mittagessen verabredet.« Das war gelogen, aber sie fühlte sich außerstande, ihr in die Augen zu sehen, wenn sie aufwachte, und mit ihr zu reden, als wäre am frühen Morgen nichts vorgefallen. Davor fürchtete sie sich am meisten, vor dem Reden, davor, Gloria könnte das Thema zur Sprache bringen, sie dazu zwingen, sich damit auseinanderzusetzen, könnte sich auf das Abkommen, alles zu verschweigen und zu vergessen, nicht einlassen, obwohl sich das nach dieser ausschweifenden Nacht und dem vielen Alkohol eigentlich anbot. Denn sie war nicht gewillt, sich zu rechtfertigen oder auch nur zuzugeben, daß all das stattgefunden hatte. Es war wie ein Traum, genau wie ein Traum.

Am Montagmorgen hatten sie sich in der Früh vor der Tür der Galería getroffen. Gloria hatte sie mit dem gleichen Lächeln wie immer begrüßt, als könnte sie sich an nichts erinnern – und sie wollte glauben, daß Gloria sich womöglich nicht erinnerte, daß sie zumindest nicht recht wußte, ob das alles geschehen war oder sie es nur geträumt hatte –, und dann hatte Gloria gemeint: »Ich glaube, wir haben ein bißchen übertrieben vorgestern. Diesen Kater werde ich wahrscheinlich die ganze Woche nicht mehr los.« Danach waren sie ihrer geschäftlichen Routine nachgegangen. Gloria hatte diesen Vorfall niemals erwähnt. In ihr aber hatte die Scham einen Bodensatz gebildet, der an die Oberfläche gespült wurde, sobald eine unpassende Bemerkung in der Tiefe rührte …

Jetzt erschienen ihr diese Erinnerungen trivial und längst

begraben. Was sie die ganze Zeit gebraucht hatte, war eine solche Nacht, wie sie gerade hinter ihr lag. Denn die Lust hatte sie nicht nur dreimal vom Nacken bis zu den Zehennägeln durchströmt, sondern der Detektiv hatte es auch geschafft, daß sie sich an diesem Morgen in ihrem Körper wieder wohlfühlte, an dem sie schon die ersten Anzeichen der Schlaffheit wahrgenommen hatte. Sie holte einen Taschenspiegel aus der Nachttischschublade und suchte auf ihrem Gesicht und ihrem Hals nach den Spuren seiner Lippen oder Zähne, es war aber nichts zu sehen. Hingegen fand sie sich so schön, daß sie sich kaum wiedererkannte. »Die Frauen bleiben durch die Küsse der Männer schön«, sagte sie zu ihrem Spiegelbild und wunderte sich, daß die Zeit rückwärts gelaufen war und sie um etliche Jahre verjüngt hatte. An diesem Morgen würde sie einen knalligeren Lippenstift benutzen, sie würde zehn Zentimeter lange Ohrringe tragen und ihren kürzesten Rock anziehen. Wenn sie auf die Straße trat, würde sie sich hoch aufrichten und sich in den Hüften wiegen, sie würde entschlossener in ihren hochhackigen Schuhen ausschreiten, denn eine perfekte Liebesnacht war die beste Bestätigung für ihre Attraktivität. Und schließlich in der Galería, wenn sie die Tür aufschloß, die Jalousien hochzog, wenn sie auf den Lichtschalter drückte … bei allem, was noch gestern leere, mechanisch wiederholte Bewegungen gewesen waren, würde sie sich darüber bewußt sein, welcher Teil ihres neu erwachten Körpers sie verrichtete.

21

Er öffnete die Wohnungstür mit dem Schlüssel, den Camila ihm vor einer halben Stunde gegeben hatte. Sie war im Bett liegen geblieben, und er war nach dem Duschen noch einmal ins Schlafzimmer gegangen, hatte sie auf den Mund geküßt, »Wir sehen uns« gesagt und versucht, es nicht nach Abschied klingen zu lassen.

In Glorias Wohnung war es dunkel, nur ganz hinten fielen einige dünne Lichtstreifen durch eine halb geöffnete Jalousie. Er ließ seinen Pupillen Zeit, sich daran zu gewöhnen, während er die Tür hinter sich zuzog. Dann tastete er nach dem Lichtschalter, drückte darauf, und eine Glühbirne erhellte den Flur. Er erinnerte sich genau an die Aufteilung der Wohnung. Während er mit Anglada nach dem Tagebuch suchte, hatte er sie sich gründlich einprägen können, und ohne zu zögern wandte er sich nun nach rechts. Er schaltete den Kronleuchter im Wohnzimmer an und sah die offene zweiflüglige Schiebetür, deren Flügel zwischen den beiden Trennwänden verschwanden, genau wie er sie sich vor zwei Tagen in seiner Garage in Breda wieder in Erinnerung gerufen hatte. Erneut gingen ihm die Worte durch den Kopf, die David von Gloria gehört haben wollte: »Niemand kann es finden. Selbst wenn man die Türen des Verstecks öffnet oder schließt, sieht man es nicht. Es bleibt verborgen.« Er trat näher und griff nach der Klinke des rechten Türflügels. Mühelos ließ sich die Tür in der Schiene bewegen, die oben im Sturz eingelassen war, bis die Aufhängung in der Mitte gegen einen Stopper stieß. Der war mit einer kleinen Flügelschraube an der Schiene befestigt, aber nur wer gezielt dort hinsah, hätte die bemerkt. Und keiner wäre auf die Idee gekommen, daß sie etwas verbarg. Ein so simples wie unvorstellbares Versteck. Und um es zu öffnen, brauchte man noch nicht einmal Werkzeug. In einer Sekunde hatte er die Schraube gelockert. Er schob sie nach links und zog wieder an dem Türflügel, der jetzt weiterglitt und den Stopper mit sich nahm, bis der Detektiv ihn zum Halten brachte. Nichts hatte gequietscht oder sich verklemmt, das schien ihm ein gutes Omen. Der Spalt, in den die Tür eingelassen war, war acht oder neun Zentimeter breit, und das Licht der Deckenlampe drang nicht hinein. Cupido sah sich um und entschied sich für eine bewegliche Lampe mit einem Schirm aus geschliffenem Glas. Er schloß sie an eine Steckdose in der Nähe an und richtete den Lichtstrahl auf die Öffnung. Dort war nichts, nur Staub und Flusen auf dem Boden, hier und da die Reste eines toten Insekts.

Er wiederholte den Vorgang mit dem linken Türflügel, und als er dort hineinleuchtete, sah er das dünne Brettchen am Boden, das so breit war wie der Spalt und sich wie ein Wägelchen ohne Rollen herausziehen ließ. Darauf stand eine Buch in einem Schuber, und er wußte mit Sicherheit, es war das Tagebuch. Er zog das Brettchen zu sich heran. Hinter dem Buch kam noch eine schmale, hohe Kiste aus lackiertem Holz zum Vorschein, auf deren Vorderseite das Wappen der Luftwaffe eingebrannt war. Bevor er das Heft öffnete, stöberte er in dem Kistchen: eine Traube militärischer Orden und eine Handvoll Schmuck, darunter eine Perlenkette und ein Ring mit den dazu passenden Ohrringen, beides mit Brillanten besetzt. Er folgerte, daß nicht Gloria, sondern ihr Vater sich dieses Versteck ausgedacht hatte, denn er konnte sich nicht vorstellen, daß sie auf die

Idee gekommen wäre, ihren wertvollen Schmuck hier aufzubewahren anstatt im Schließfach einer Bank. Und vielleicht waren sie deshalb nicht früher darauf gekommen, weil sie immer versucht hatten, sich in Gloria hineinzudenken und nicht in den verstorbenen Soldaten. Sie hatte einfach das Versteck benutzt, das ihren Eltern zu Lebzeiten Sicherheit geboten hatte.

Er hatte keine Minute gebraucht, um es zu öffnen. Sie würde nicht die Hälfte dieser Zeit benötigt haben. Wenn man wußte, wie es ging, war der ganze Vorgang denkbar einfach. Er nahm an, daß sie das Buch nicht dort verborgen hatte, wenn sie allein zu Hause war, sondern wenn sie längere Zeit nichts schrieb oder verreiste und nicht wollte, daß es jemand in die Finger bekam. Letztlich war es auch nicht umständlicher, als eine Schublade zu öffnen und zu schließen, deren Schlüssel sie auch irgendwo hätte verstecken müssen.

Er sah sich um und entschied sich für einen der Stühle mit gerader Rückenlehne, die um den Eßzimmertisch standen. Das Licht des Kronleuchters fiel senkrecht darauf. Das Buch hatte Quartformat und steckte in einem Schuber, so daß man nur den Buchrücken sehen konnte, auf dessen Etikett TAGEBUCH stand. Es war in schwarze Seide gebunden, auf die wie bei einem Manilatuch ein Blumenmuster in kräftigen Farben aufgedruckt war. Er blätterte es rasch durch, noch ohne etwas zu lesen, ließ sich Zeit, damit seine leicht zitternden Hände zur Ruhe kommen konnten. Es war zu drei Vierteln beschrieben in dieser feinsäuberlichen Schrift, die ihn schon auf Glorias Bildern überrascht hatte, die Handschrift einer Heranwachsenden, als hätte sie sich auch beim Schreiben diesen Rest Unschuld und Kindlichkeit bewahrt, auf den ihn Camila im Gespräch über ihr Äußeres aufmerksam gemacht hatte. Flüchtig sah er ein paar Zeichnungen, die hier und da in den Text eingestreut waren, Stegreifentwürfe oder Skizzen, die ihr vielleicht als Erinnerungsstütze gedient hatten oder Ausdruck einer Stimmung waren, für deren Beschreibung es keiner Worte bedurfte. Er blätterte zurück zur ersten Seite. Sie war auf den Sommer des vergangenen Jahres datiert, fünfzehn Monate vor ihrem Tod:

Dienstag, 26. Juli

Gestern haben wir meinen Vater beerdigt. Es war eine rasche und schlichte Feier, so wie ich glaube, daß sie ihm gefallen hätte. Rasch und schlicht genug, um nicht diesen Eindruck von Aufräumarbeiten zu haben, den Beerdigungen einem manchmal vermitteln, vor allem, wenn sie am Ende eines langen Ringens mit dem Tod stehen oder einer dieser unheilbaren Krankheiten, die eine Wohnung nach und nach mit Medikamenten füllen, von denen jeder weiß, daß sie nichts nutzen, und mit Bettlaken, die nach Leichentüchern riechen. Papa hat sein halbes Leben Uniform getragen, aber der Pomp der Umzüge und Militärparaden hat ihm nie gefallen. Deshalb habe ich alle Vorschläge seiner Kameraden abgelehnt, und es gab keine Blasmusik, keine Orden und auch keine Fahnen über dem Sarg. Wir waren ein kleiner Kreis, vierzig, vielleicht fünfundvierzig Leute. Darunter alle, die ihm wichtig gewesen waren, seine Freunde vom Militär und andere, und die Verwandtschaft: Clotario – sein Bruder, mein Onkel – und David, mein sonderbarer junger Cousin, der mich die ganze Zeit angestarrt hat, was lästig war und fehl am Platz.

Als der Sarg ganz oben in eine der Nischen geschoben wurde und der Priester mit seinem Text am Ende war,

haben mich alle angesehen, als erwarteten sie etwas von mir. Es war ein schrecklicher Moment, weil ich nicht wußte, wie ich mich verhalten oder ob ich etwas sagen sollte. Obwohl ich in den letzten Wochen, als er im Sterben lag und es schnell dem Ende zuging, Zeit hatte, zu trauern und mich an den Gedanken zu gewöhnen, habe ich erst in diesem Augenblick, als alle warteten und schwiegen, bevor der erste Ziegelstein gesetzt wurde und seine erste Kelle Schatten ins Innere der Nische warf, begriffen, daß ich nun unwiderruflich allein bin.
Auf dem Rückweg sind mir Eindrücke von Papa wieder in den Sinn gekommen, die ich schon vergessen hatte. Als hätte der Tod die Chronologie der Erinnerung umgekehrt, kamen mir die letzten Monate, die doch so kurz erst vergangen sind, sehr weit entfernt vor, und dafür erinnerte ich mich ganz deutlich an die ersten Kindheitserlebnisse mit ihm: ein Ausritt, ich vor ihm auf dem Pferd, er hält mich um die Taille; die ersten Sommer in Breda, so lange her; der sonderbare Geruch seiner Uniform, wie steif sie sich anfühlte, wenn er mich morgens umarmte und mir einen Abschiedskuß gab … Erinnerungen, die ich ein Leben lang sorgfältig hüten werde und die ich jetzt, da sie auf geheimen Pfaden wiedergekehrt sind, niemals wieder verlieren will.
Später, zu Hause, als ich den Sessel gesehen habe, wo er immer saß, habe ich aufgehört, an mich selbst zu denken. Damit, seine persönlichen Dinge zu betrachten, hat sich das Selbstmitleid schlagartig verflüchtigt, in das mich alle mit ihren Beileidsbekundungen und ihrem abgedroschenen Trost getrieben haben. Dieses ganze Protokoll um das Sterben herum gehört verboten, schließlich nötigt es die Hinterbliebenen zu einer Pietät, die fast niemand empfindet. Papa ist derjenige, der gestorben ist, den der Krebs

gierig verschlungen hat, obwohl er sich dagegen zur Wehr setzte. Ich tröste mich damit, daß er nun nicht mehr leiden muß, daß ihm die Nische gefallen wird, in der er jetzt ruht, ein sonnenbeschienener Ort, in der obersten der oberen Reihen, neben der von Mama. Sie hatten über ein Jahr warten müssen, um diese beiden Nischen zu bekommen. Er, der sein Leben lang die Luft so sehr geliebt hat, konnte die Vorstellung nicht ertragen, in einem Grab in der Erde zu liegen. Falls es etwas danach gibt, dann sind die beiden jetzt, wo auch immer, zusammen.
Marcos, Camila, Clotario und David waren mit zu mir nach Hause gekommen, und alle schlichen hier herum, ohne recht zu wissen, was sie machen oder wo sie sich hinsetzen sollten, wagten es nicht, sich für einen Platz auf dem Sofa oder für einen Stuhl zu entscheiden, weil sie Angst hatten, wie Eindringlinge zu wirken, die den Platz besetzen, auf dem er immer gesessen hat. Trotz ihrer Freundlichkeit und der hilfsbereiten Gesten kamen sie mir vor wie Schatten, die mich in diesem Moment störten. Ich wäre lieber allein gewesen. Ich hörte, daß Marcos und Camila, die in der Küche Kaffee kochten, wie Verschwörer miteinander tuschelten. Als ich ins Bad ging, sah ich vom Flur aus, daß Clotario in Papas Arbeitszimmer gegangen war und sprachlos vor der gerahmten Tafel mit den Orden stand, wie ein Entdecker, der nach Dingen giert, die auch er hätte erreichen können, wäre er nicht so feige oder blöd gewesen. Ich will nicht zu hart über ihn urteilen, aber in den paar Sekunden, in denen ich ihn beobachtete, bekam ich diesen Eindruck. Dann, wieder im Wohnzimmer, war David dabei, aufmerksam meine Bilder zu betrachten, und obwohl auch aus seinem Blick diese Gier spricht, hat sie doch ein anderes Kaliber, ist weniger auf materielle Dinge gerichtet. So ähnlich wie die Gier der Sammler, die

ich bei manchen Käufern in der Galería gesehen habe, die weniger von dem monetären Wert eines Bildes als von seinem künstlerischen verführt werden. Marcos und Camila waren noch immer in der Küche und flüsterten miteinander. Ich fragte mich, worüber sie sich unterhielten, was all diese Leute hier machten, was sie wollten. Ich wäre gern allein gewesen mit meinem Schmerz über Papas Tod, um dieses Gefühl loszuwerden, daß sie hergekommen waren, weil sie ein Reich in Besitz nehmen wollten, dessen König gerade gestorben war und auch mich als eines seiner Erbstücke hinterlassen hatte.

Cupido blätterte langsam, Blatt für Blatt, ein paar Seiten weiter und suchte dabei nach den Großbuchstaben der Namen, die er kannte. Bei diesem ersten Lesen interessierte ihn das, was mit seinen Ermittlungen zu tun hatte. Wenige Seiten weiter hielt er bei einem anderen Eintrag inne:

Freitag, 5. August

Da ich hier ja mit niemandem rede, muß ich nicht lügen. Und da ich nicht vor Gericht stehe, brauche ich keine Verteidigung. Auf diesen Seiten kann ich mich irren, ohne daß mich jemand verbessert. Und ich kann hart sein, kitschig, grausam, ungerecht, ich kann übertreiben, romantisch sein oder dumm, ohne es hinterher bereuen zu müssen. Schade, daß ich nicht früher gemerkt habe, wieviel Vergnügen mir dieses Tagebuch bereitet, diese Momente, in denen sich alle Verstellung schlagartig in nichts auflöst, weil sie unnütz ist.

Donnerstag, 27. Oktober

Heute morgen hat mich der Zeichenlehrer angerufen, der gestern mit seinen Schülern in der Galería war, um meine Ausstellung zu sehen. Vermutlich hatte er mir gesagt, wie er heißt, aber ich konnte mich nicht daran erinnern, und es war mir ein bißchen unangenehm, nicht zu wissen, mit wem ich spreche. Er wollte, daß ich am nächsten Tag, also morgen, in die Schule komme und vor seiner Klasse über zeitgenössische Malerei spreche. Zuerst habe ich abgelehnt, weil mir das alles ziemlich überstürzt vorkam und weil ich mir nicht vorstellen konnte, wie ich ein paar Jugendlichen etwas erzählen soll, für die alles, was nach Museum riecht, wahrscheinlich nach Friedhof riecht. Aber schließlich hat er mich überredet. Endlich sagte er mir auch, wie er heißt, Manuel Armengol, und wir haben eine Uhrzeit vereinbart und ein paar grundlegende Punkte besprochen, auf die ich eingehen soll. Was mich dazu gebracht hat, mich darauf einzulassen, war das Vertrauen, das er in mich setzt, ohne mich zu kennen, diese Art blinder Glaube, der quasi unerschütterlich ist. Außerdem hat er nicht behauptet, ich würde keine Schwierigkeiten mit meiner Zuhörerschaft bekommen, sondern hat mir den Vortrag als ein Wagnis schmackhaft gemacht, als eine Herausforderung für seine Schüler und für mich. Alles andere als eine Vorlesung vom Katheder herab. Es hat keine drei Minuten gedauert, da habe ich eingewilligt. Es war das erste Mal, daß ein Lehrer mit seiner Klasse in eine meiner Ausstellungen gekommen ist, und er hat es geschafft, mich neugierig zu machen. Nach dem Telephongespräch dachte ich über seinen gestrigen Besuch nach. Die Schüchternheit, mit der er sich durch die Ausstellung bewegte und die er erst verlor, als er über Malerei sprach, hat mir gefallen und auch seine vage Aura des Verfalls und Gescheitertseins. Warum werden wohl so viele Frauen gleichzeitig von zwei sich widersprechenden Polen angezogen: vom Glanz und von dem Niedergang. Marcos, der so selbstsicher ist, so fit und reinlich, gehört zu der ersten Kategorie. Dieser Manuel Armengol scheint ein würdiger Vertreter der zweiten. Mal sehen, was morgen passiert.

Freitag, 28. Oktober

Mein Vortrag in der Schule ist besser gelaufen, als ich es mir vorgestellt hatte. Die Jugendlichen stellten mir viele Fragen, auf die ich – glaube ich – verständliche und sogar humorvolle Antworten geben konnte. Selbst Armengol – er wird von allen so genannt, und ich glaube, ich werde das auch tun – war überrascht, wie gut sie auf das, was ich erzählte, reagiert haben. Ich war euphorisch, als ich die Schule verließ, und dieses Gefühl hielt die ganze Nacht vor, während des Abendessens, zu dem er mich einlud, und danach, als wir noch etwas trinken gegangen sind, bevor er den Mut fand, mir vorzuschlagen, in ein Hotel zu gehen, und ich den Vorschlag annahm. Er ist verheiratet, aber das hat uns nicht gehindert.
Ich glaube, wir Frauen erfahren bereits beim erstenmal mit einem Mann viel über ihn. Armengol scheint zu schwanken, wirkt mal scharfsinnig, mal verwirrt, die Synthese könnte für einen Künstler sehr fruchtbar sein. Er hat wohl eine Zeitlang gemalt, allerdings ist es ihm nie gelungen, das, was er als visionäre Erkenntnis gespürt hat, künstlerisch umzusetzen. Er ist ein bißchen merkwürdig, aber ich finde ihn anziehend. Im Bett benimmt er sich ganz ähnlich: Von den behutsamsten Liebkosungen

wechselt er zu einer Art stürmischer Härte, eine originelle Mischung, die zu erstaunlichen Höhenflügen der Lust geführt hat.

Montag, 31. Oktober

Hin und wieder setze ich gern auf unbekannte Pferde.

Cupido blickte von dem Heft auf. Jetzt verstand er besser, warum Gloria sich dieses Versteck für das Tagebuch ausgesucht hatte. Das war alles zu intim, als daß sie es jemanden hätte lesen lassen können.

Sonntag, 27. November

Wieder in Madrid, müde.
Heute morgen bin ich sehr zeitig aufgestanden. Ich wollte eine bestimmte Gegend im Reservat malen, einen kleinen, mit Steineichen bewachsenen Hügel, der perfekt konisch geformt ist und wie ein Hexenhut inmitten einer Ebene aufragt, »Die Weizengarbe« nennen sie ihn. Ich wollte früh dort sein, kurz nach Tagesanbruch, wenn die Erde noch vom Schlaf der Nacht benommen ist, wenn die Tiere ihren Bau verlassen, um Luft zu schnappen, und die Bäume ihre Köpfe recken und ihre Blätter noch nicht eingerollt haben, um sich wegen der langanhaltenden Dürre vor der Verdunstung zu schützen. In diesen ersten Morgenstunden ist alles in Bewegung, angefangen bei den winzigsten Ameisen bis hin zu den Hirschen, die immer so unfreundlich und verschreckt aussehen. Alles ist in Bewegung, sucht sich ein Versteck oder Futter. Und um diese Stunde, wenn die Erde transparent und lebendig wird, wollte ich sie überraschen und auf dem Bild festhal-

ten. Ich war schon ganz in der Nähe des Hügels, als ich ein paar Ginsterzweige beiseite schob und ihn zwei Meter vor meinem Kopf sah, entsetzlich deutlich. Er war erhängt worden, so wie man in manchen Ländern und in einigen Kriegen noch immer Menschen hängt. Der Kopf war heftig verdreht, eines der Geweihenden hatte sich in dem dicken Strick verheddert, als hätte er einen letzten Rettungsversuch unternommen, indem er sich gegen das aufbäumte, was ihm die Kehle zudrückte. Seine Augen waren vor Entsetzen weit aufgerissen, und aus dem offenen Maul hing seine Zunge – sehr lang, dick und weißlich –, auf der die ersten Fliegen des Morgens bereits Nachkommen zeugten. In seinem Gesicht stand noch der Schmerz, es sah aus, als hätte er vor seinem Tod eine lange Folter erlitten. Sie hatten ihm den Wedel abgeschnitten – und ihn in der Nähe hingeworfen –, und an seiner Stelle war das Blut zu einem Stalaktiten geronnen, nachdem es einen großen dunklen Fleck auf der Erde gebildet hatte. Von seinem Penis, der vorne rot und spitz war wie eine kleine Möhre, hing ein Spermafaden herunter. Es war alles auf so brutale Weise unsinnig, daß ich fast gekotzt hätte. Wer auf die Idee kommt, einen Hirsch auf diese Art umzubringen – nicht weil er das Fleisch essen will, und noch nicht einmal, um den Kopf als grotesken Wandschmuck zu benutzen –, so grausam, so unnötig, der muß irgendwie wahnsinnig sein, auch wenn er selbst sich dessen vielleicht nicht bewußt ist. Ich habe mich umgedreht und bin schnell zum Kontrollstützpunkt gelaufen, es war nicht sehr weit. Dort würde man wissen, wer so etwas hat tun können und wie man ihn würde zur Verantwortung ziehen können.

Während ich lief, stand mir die ganze Zeit das Bild von diesem Hirsch, der am dicken Ast einer Eiche aufgeknüpft worden war, deutlich vor Augen. Obwohl dieser Eindruck auf einem Gemälde sicher sehr plastisch wirken könnte, war mir klar, daß ich mir Zeit lassen muß, um mich ihm zu nähern, damit sich diese kalte Erbarmungslosigkeit, mit der sie ihn umgebracht haben – am Kopf aufgehängt, den Wedel abgeschnitten –, nicht auf meine Hände überträgt, wenn ich zum Pinsel greife.

Ein paar Minuten später kläfften mich die aufgebrachten Hunde vom Kontrollstützpunkt an, aber ich blieb nicht stehen. Ich lief weiter bis zu einer Gruppe von Männern – zwei Aufseher aus dem Reservat und drei Beamte der Guardia Civil –, die mich erstaunt anstarrten, während ich auf sie zu kam. Ich war noch nicht bei ihnen, da sah ich Doña Victoria, die alte Dame, die ich an dem Tag des Brandes kennengelernt habe, aus dem Büro kommen, gefolgt von diesem sonderbaren Anwalt, den Marcos aus seiner Zeit an der Uni kennt und der sie überall begleitet wie ein fürsorglicher Sohn oder ein auf ihre Sicherheit bedachter Bodyguard. Später habe ich erfahren, daß sie dort waren, um irgendeine juristische Frage zu klären, eine mehr in diesem langen Rechtsstreit, den sie mit dem Reservat wegen ein paar Ländereien austragen und von dem sie mir an dem Tag des Brandes erzählt haben.

Ich berichtete ihnen, ich hätte einen erhängten Hirsch gefunden. Die Gardisten waren von dieser Mitteilung so aus dem Konzept gebracht, daß ihnen nichts Besseres einfiel, als mich nach meinem Ausweis zu fragen. Zum Glück hatte ich ihn dabei, was nicht immer der Fall ist, und erst als sie ihn gesehen hatten, konnten sie diesen Mangel an Eigeninitiative überwinden, den die übertriebene Disziplin hervorruft, und zum Auto gehen, um sich über Funk Anweisung von einem Vorgesetzten geben zu lassen. Es war gerade ein ausländischer Politiker auf der

Jagd in El Paternóster, deshalb hatten sie die Kontrollen dort verschärft. Wir sind in ein Auto gestiegen, und sie ließen sich von mir die genaue Stelle zeigen. Doña Victoria und der Anwalt kamen hinterher. Alle starrten wir den Hirsch an, der an dem Seil sanft im Wind schaukelte, aber keiner machte Anstalten, ihn abzuhängen, als wollten sie sich nicht schmutzig machen oder als hätten sie eine menschliche Leiche entdeckt und wagten es nicht, sie anzufassen, aus Angst, Spuren zu hinterlassen, die sie irgendwie mit der Sache in Verbindung bringen oder die Ermittlungen erschweren würden. Ein Hund der Aufseher war hinter den Autos hergehetzt und kam hechelnd bei uns an, beschnupperte den Hirsch und warf dann einen Blick in die Runde, als wollte er um Erlaubnis fragen, und weil keiner ihn zurückhielt, leckte er den Samenerguß auf. »Man muß ihn runterholen, es ist sinnlos, daß er weiter da hängt«, sagte ich. Einer der Gardisten, der einen Streifen auf der Schulterklappe trug und offensichtlich das Kommando über die anderen hatte, zögerte kurz, machte sich dann aber sofort ans Werk. Doña Victorias Stimme hielt ihn zurück, eine trockene Stimme, hart und autoritär, ganz anders als die, mit der sie vor einiger Zeit mit mir geredet hat: »Nein, noch nicht. Nicht so eilig, junge Frau. Davon, daß man ihn da runterholt, wird der Hirsch auch nicht wieder lebendig. Alle Welt soll mitbekommen, was sich in diesem Reservat abspielt.« Ich sah sie absichtlich vorwurfsvoll an. Weder sie noch der Anwalt schienen von dem gewaltsamen Tod des Tieres berührt. Im Gegenteil, sie wirkten zufrieden, daß sie etwas gefunden hatten, was sie ihrem Gegner in diesem absurden Kampf, den sie ausfechten, ins Gesicht schleudern können. Der Gardist sah sie kurz an, aber er hatte sich schon entschieden, das Tier abzuhängen, und trat auf den

Baum zu. Die Stimme des Anwalts hielt ihn noch einmal zurück und diesmal mit einer Drohung, der er sich fügte: »Sie werden die Spuren eines Verbrechens vernichten.« Der Gardist ging wieder zurück und zum Auto, um sich mit irgend jemandem zu beraten, aber diese erneute Verzögerung wurde mir unerträglich. Ich wandte allen den Rücken und ging weg, schlug die Einladung der Aufseher aus, die mich im Auto mitnehmen wollten. Ich konnte es nicht mehr ertragen, die Fliegen zu sehen, die in Schwärmen herbeikamen, um sich an der Zunge zu weiden, und auch nicht diesen hungrigen Köter. Es kam mir vor, als würde der Kadaver jeden Moment anfangen zu stinken und alle, die drumherum standen, mit seiner Fäulnis anstecken.

Samstag, 7. Januar

Ich bin mir sicher, daß viele Leute Weihnachten hassen, genau wie viele auch Karneval nicht ausstehen können oder viele Leute aus Pamplona die Fiesta de San Fermín oder viele Leute vom Land diese entsetzlichen Dorffeste, die als Ausrede für alle Arten von Entgleisungen herhalten müssen. Und ich glaube auch, daß etliche sich nicht trauen, das zuzugeben, weil sie fürchten, als verbittert oder langweilig abgestempelt zu werden. Wenn ein Fest eine Zeit der Freiheit sein soll, müßte man zunächst einmal fordern, daß niemand gezwungen wird, sich daran zu beteiligen. Das sage ich jetzt, im nachhinein, denn es ist mir an Weihnachten nicht gut gegangen. Es war das erste Mal ohne meine Eltern. Ich habe immer mit ihnen gefeiert – mit Papa, als Mama tot war –, und daß nun beide nicht mehr da sind, hat mich so aus der Fassung gebracht, daß ich keinen Ersatz suchen wollte. Dann ist Marcos mit dem vollen Programm angerückt: ein paar Tage mit seiner Familie und Silvester zu zweit. Als ich andeutete, ich würde am liebsten allein in irgendeine große Stadt im Ausland fahren, in der mich keiner kennt, ist er so argwöhnisch und mißmutig geworden, daß ich schließlich auf seinen Vorschlag eingegangen bin. Ich hätte es nicht tun sollen, es waren nicht gerade glückliche Tage. Ich konnte die Zeit mit ihm nicht genießen, und obwohl er nichts sagt, weiß ich, daß er denkt, meine Teilnahmslosigkeit habe etwas mit einem anderen zu tun. Zu allem Unglück ist er einmal bei mir zu Hause ans Telephon gegangen, und Armengol war dran. Ich mußte lügen, mich mit etwas Geschäftlichem herausreden, aber ich fürchte, ich war nicht sehr überzeugend.

Was die Leute so als Eifersuchtsattacke bezeichnen, ist harmlos, so ein plötzlicher Tobsuchtsanfall oder Wutausbruch endet meist damit, daß man in Tränen zerfließt und sich wieder versöhnt. Bei Marcos äußert sich die Eifersucht nicht so, leider, denn ich glaube, dann könnte ich sie im Griff haben. Wie sonst, wenn wir uns streiten, hätten wir auch diesmal am Ende miteinander schlafen können, und der ganze Ärger hätte sich mit dem Orgasmus aufgelöst wie ein Stück Würfelzucker in warmer Milch. Marcos' Eifersucht ist so zermürbend, weil er sie nie offen zeigt. Sie staut sich in ihm an, und ich würde es mit der Angst zu tun kriegen, wenn er eines Tages explodiert, denn dann könnte er mir weh tun. Ich glaube, wenn man die Eifersucht offen zeigt, wird die Liebe in ein wärmendes Feuer verwandelt; aber wenn man sie versteckt, verwandelt sich die Liebe in eine Wüste.

Samstag, 8. April

Ich habe das Tagebuch mitgenommen und schreibe zum erstenmal in Breda, im Hotel Europa. Ich fühle mich wohl hier, die Einrichtung gefällt mir, sie ist ausgewogen, nicht so bemüht altertümelnd wie in den staatlichen Luxushotels oder anderen Häusern dieser Art, wo in jeder Ecke eine Ritterrüstung steht und alle Wände mit Tapisserien bezogen sind.

Ich habe auch einen Tisch aus Madrid mitgebracht, den ich übrig hatte, und Geschirr, für das ich dort keine Verwendung mehr hatte. Das Service ist zwar nicht vollständig, aber es ist hübsch und paßt mit seinem kleinen Obstmuster gut hier ins Haus. Ich bin wieder dortgewesen. Nachdem das Dach und das Bad jetzt fertig sind, kann ich bald darin wohnen. Die Elektrik muß noch gemacht werden, damit ich ein paar unentbehrliche Küchengeräte anschließen kann. Ich komme immer öfter hierher, als würde mich die Gegend meiner Eltern jetzt, da beide tot sind, mit der gleichen Macht anziehen, mit der sie die beiden damals von hier vertrieben hat.

Das Reservat ist sogar bei dieser extremen Dürre noch schön. Die Landschaft, das nahe Wasser, wenngleich der Pegel des Sees stark gesunken ist, die Raubvögel am Himmel und so viele Tiere ringsum, all das ist so verlockend, daß selbst diese schlimme Trockenheit, die jetzt schon seit vier Jahren anhält, den Zauber nicht brechen kann. Es ist April, aber es sieht nicht nach Frühling aus. Nur rings um den Stausee zieht sich ein frisches Band um jede Bucht, weil der Wasserspiegel um acht oder zehn Meter gefallen ist, und es sieht aus wie eine grüne Borte, die das Blau des Wassers von dem Gelbbraun der Erde trennt. Am Himmel trieben ein paar dicke Aprilwolken, und eine davon ließ unvermittelt ihre nasse Ladung ab. Das war ein besonderer Moment, magisch, wie eine Taufe, nachdem es so lange nicht geregnet hatte. Der ganze Wald verstummte, um auf das Fallen der Regentropfen zu lauschen. Die Pflanzen, die ganz in sich zusammengesunken und von einer vier Jahre alten Staubschicht überzogen waren, öffneten ihre Blätter wie durstige Menschen in der Wüste ihre Münder, wenn es plötzlich zu regnen beginnt und sie sich recken, um das Wasser zu ergattern, bevor es im Sand versickert. Es war wundervoll und schrecklich zugleich, denn der Zauber dauerte keine fünf Minuten, die ich unter dem Schutz einer riesigen Steineiche verbrachte. Die ganze Flora öffnete sich dem Himmel wie eine sehnsüchtige Geliebte, sie schien in ihrem Chlorophyll-Gewand zu strahlen und für eine kurze Weile ihre ganze Farbenpracht zur Schau zu stellen, um ihn mit ihrer Schönheit zu verführen. Wie ein impotenter und verächtlicher Geliebter zog die Wolke schließlich davon, und die trockene Erde verschloß sich unbefriedigt wieder, enttäuscht und durstig.

Mit welcher Wucht die Farben hier erscheinen und verschwinden, quasi ohne Zwischentöne nebeneinander stehen, das birgt malerische Möglichkeiten, denen ich gerne tiefer auf den Grund gehen möchte, wenn der Zyklus über die Felszeichnungen abgeschlossen ist. Heute bin ich wieder dort oben gewesen, habe eine Stunde allein davor gesessen und sie betrachtet. Auf dem Rückweg hatte ich einen kleinen Unfall, zum Glück ohne schlimmere Folgen. Um mir die langen Windungen zu sparen, in denen sich der Pfad den Berg hinunterschlängelt, nahm ich eine Abkürzung zwischen Büschen und Geröll, die zwar sehr unbequem und steil ist, mir aber viel Zeit und Strecke gespart hätte. Bevor ich wieder auf den Weg kam, mußte ich eine kurze Böschung hinunter, dort bin ich über irgend etwas gestolpert, ein paar Schritte weitergetaumelt, dann konnte ich mich endgültig nicht mehr halten und bin in den schroffen Graben gefallen. Die Zistrosen am Weg waren geschnitten worden, eine Brandschutzmaßnahme. Dabei bleiben immer fünf bis zehn Zentimeter lange verholzte Strünke stehen, die austrocknen und hart wie Fossile werden, und oft, wenn sie schräg abgeschnitten werden, hat man am Ende kleine gefährliche Spieße, an denen sich schon mehr als ein Hirsch verletzt hat. Es ist auch schon vorgekommen, daß diese winzigen Stümpfe Autoreifen aufgerissen haben. Das habe ich später erfahren, von Molina, dem Aufseher. Ich hatte Glück, daß er auftauchte in seinem Dienstwagen und in Uniform, kurz nachdem ich mich mit einer schmerzenden Wunde am Oberschenkel wieder aufgerappelt hatte, mit einem tiefen Schnitt wie ein kleiner Messerstich, weil ich auf eine dieser vertrockneten Spitzen gefallen bin.

Es ist bereits das zweite Mal, daß er sofort zur Stelle ist, wenn ich im Reservat in Schwierigkeiten gerate, wie damals, als ich mit Marcos hier war und wir die Kontrolle über das Feuer verloren hatten. Heute nachmittag war ich dankbar, daß er da war, weil mich diese besondere Furcht gepackt hatte, die einen befällt, wenn man irgendwo draußen, weit weg von jeder möglichen Hilfe, einen kleinen Unfall hat. Jetzt, während ich das schreibe, dachte ich eine Sekunde, daß es vielleicht kein Zufall war, wenn der Schutzengel immer im passenden Moment aufgetaucht ist, aber dann schien mir dieser Gedanke doch zu abwegig. Schließlich ist es seine Aufgabe, das Gebiet zu überwachen, damit niemand Dummheiten macht, und denen zu helfen, die dort unterwegs sind.

Er hatte einen kleinen Verbandskasten im Handschuh-

fach. Er half mir die Blutung zu stoppen, die Wunde zu desinfizieren und mit Mull und Pflaster zu verbinden. Weil es nicht aufhörte zu bluten, hat er mich nach Breda ins Krankenhaus gefahren, wo sie den Schnitt mit fünf Stichen genäht haben.

Ich schreibe das alles im Hotel, mein Bein liegt ausgestreckt auf einem Stuhl, so wie es am wenigsten weh tut. Ich hoffe, ich kann morgen Auto fahren, zurück nach Madrid. Das Wochenende ist um die Hälfte geschrumpft.

Ich denke an den Aufseher. Obwohl er irgendwie ungeschliffen ist, obwohl er mich zweideutig ansieht, obwohl sich seine Hände rauh anfühlten, als er die Wunde desinfiziert hat, schafft er es, einem ein angenehmes Gefühl von Sicherheit zu geben: Das Gefühl, daß man niemals verbluten wird, solange er in der Nähe ist.

Sonntag, 16. April

Guten Morgen, verstecktes, geheimes, müßiges Tagebuch!

Sonntag, 21. Mai

Ich schreibe nachts im Bett. Ich habe immer noch Kopfweh und einen Kater, der mich wie immer hundsmiserabel gelaunt macht. Heute nachmittag hat Marcos angerufen und wollte ausgehen, aber ich habe ihm gesagt, daß ich mich nicht wohlfühle. Weil ich keine Lust hatte, es ihm zu erklären, habe ich ein paar billige Ausreden vorgeschoben, die ihn nicht überzeugt haben. Er war sauer und hat aufgelegt und denkt sich wahrscheinlich gerade die abwegigsten Dinge aus. Aber wie hätte ich ihm von diesem Besäufnis mit den beiden schwulen Malern erzählen sollen, von dem Koks, von dem Besuch in dem Striptease-

lokal, von dem Herumgealbere bis zum frühen Morgen! Ihm, der keinen Alkohol trinkt, nicht raucht und stolz darauf ist, so zu sein! An einem Tag wie heute frage ich mich, wie es uns manchmal so gut miteinander gehen kann, obwohl wir so verschieden sind.
Ich denke darüber nach, wie diese beiden Maler arbeiten, Hand in Hand an einem Bild. Ich versuche, mich an etwas Vergleichbares zu erinnern, aber davon habe ich noch nie gehört. Ich könnte so nichts zustande bringen, heute morgen ist mir allerdings die Idee gekommen, Emilio vorzuschlagen, daß er die Motive der Felszeichnungen bildhauerisch umsetzt. Die primitiven Künstler haben das bereits angedacht, haben die Grate, die Höhlungen, die Kanten der Felsen benutzt, um ihre Figuren plastischer zu machen. Ich rufe ihn morgen an, wenn ich wieder etwas klarer im Kopf bin. Zunächst werde ich die Erinnerung an Camilas sonderbares Verhalten nicht los. Wir haben zusammen in ihrem Bett geschlafen, ich war zu faul, nach Hause zu gehen. Ich war am Einschlafen, da spürte ich ihre Hand auf meiner Hüfte, dort lag sie einen Moment und glitt dann hinunter zu meiner Möse. Verdutzt machte ich die Augen auf und sah Camila kurz an. Ich war nicht entsetzt über das, was sie da tat, ich bin schon zu alt, um noch über irgend etwas entsetzt zu sein, das mit Sex zu tun hat. Ohne es zu wollen, habe ich sie vielleicht selbst dazu animiert, weil ich mich im Spaß auf das Spiel der beiden Maler eingelassen habe. Aber bei Camila hat mich das sehr verblüfft, damit hätte ich nicht gerechnet. Ich selbst spiele nie mit dem Gedanken, mit einer Frau zu schlafen: Von den Männern bekomme ich alles, was mein Körper braucht. Vielleicht hätte ich in dem Moment mit ihr darüber reden sollen, aber ich war so müde, daß ich die Augen wieder zugemacht und mich rumgedreht habe,

als hätte ich nichts mitbekommen. Hoffentlich glaubt sie das. Das wäre am einfachsten.
Camila geht mir manchmal auf den Wecker. Selbst Camila. Manchmal habe ich das Gefühl, daß alle auf der Suche nach Liebe zu mir kommen. Und ich kann sie unmöglich alle zufriedenstellen.

Der Detektiv blickte erneut von dem Tagebuch auf und sinnierte einen Moment. Nach der Nacht, die er mit Camila verbracht hatte und die erst ein paar Stunden zurücklag, war er über das, was er gerade gelesen hatte, genauso erstaunt, wie Gloria es gewesen war. Er war überzeugt, daß Camila ihm im Bett nichts vorgemacht hatte. Allerdings offenbarte das Tagebuch nach und nach die Lügen vieler Leute. Auch die von Doña Victoria und Expósito, die behauptet hatten, Gloria nach dem Tag des Brandes nicht mehr wiedergesehen zu haben: Wenig später waren sie beim Anblick eines erhängten Hirsches mit ihr aneinandergeraten.

Er hätte gerne in aller Ruhe das ganze Heft gelesen, die persönlichen und alltäglichen Einträge, in denen sich die Seele der Frau, die das geschrieben hatte, endgültig offenbarte, aber er war aufgeregt und hatte es eilig. Er kannte dieses Gefühl aus jener Nacht, als er mit dem alten DAF, der hinter einer ersten Reihe Bienenstöcke mit Schmuggelzigaretten vollgestopft gewesen war, über die Grenze fuhr, diese besondere Unruhe und Spannung, die entsteht, wenn man sich außerhalb des gesetzlichen Rahmens bewegt. Er hatte keine Erlaubnis, in eine fremde Wohnung einzudringen, und sollte in diesem Moment jemand auftauchen – Anglada, alarmiert durch seine Hartnäckigkeit, der Vertreter irgendeines Notariats –, würde er keine stichhaltige Begründung für sein Verhalten abgeben können.

Er blätterte weiter. Seine Hände zitterten noch immer ein wenig. Gloria hatte nicht täglich geschrieben. Manchmal waren ein oder zwei Wochen ohne eine einzige Eintragung vergangen. Er hielt inne, als er plötzlich die Zeichnung des Ansteckers sah, von dem auch er noch immer eine zusammengefaltete Skizze in seiner Brieftasche aufbewahrte. Er hatte sie oft gesehen und mußte die beiden Zeichnungen nicht vergleichen, um zu wissen, daß sie übereinstimmten.

Mittwoch, 14. Juni

Heute morgen haben mich ein paar vielleicht zwanzig oder zweiundzwanzig Jahre alte Jungs in der Galería besucht. Jemand hatte ihnen von mir erzählt, von meinem Vortrag in Armengols Schule. Sie gehören zu einer Öko-Gruppe und organisieren eine Kampagne gegen die Atomtests der Franzosen im Pazifik. Sie hatten jede Menge Entwürfe für ein Logo zu dem Thema dabei und konnten sich für keines entscheiden. Sie wollten meine Meinung dazu hören, als wäre ich eine Expertin auf dem Gebiet, obwohl mir dieser ganze Boom von Emblemen und Erscheinungsbildern, der zehn oder zwölf Jahre angehalten hat, eigentlich vorkommt wie eine belanglose Kollektion niedlicher Sammelbildchen. Ich habe mich gesträubt, aber sie waren so begeistert von ihrer Kampagne und hatten so viel Vertrauen in meine »Expertenmeinung«, daß sie mich schnell überreden konnten. Ich habe die Ladentür abgeschlossen, und wir setzten uns ins Büro, um uns anzusehen, was sie mitgebracht hatten und was sie vermitteln wollten. Am Ende haben wir zwei Ideen verschmolzen, und die endgültige Zeichnung sieht ungefähr so aus:

Bevor wir fertig waren, kam Camila. Sie fand die Ladentür trotz der Uhrzeit abgeschlossen. Das regte sie ein bißchen auf, sie hatte aber den Takt, in Gegenwart der Jungs nichts zu sagen. Sie wartete damit, bis sie gegangen waren, und warf mir dann vor, ich würde mich zu wenig um den Verkauf bemühen. Ich weiß nur zu gut, daß sie recht hat, denn die letzten Ausstellungen sind nicht besonders gut gelaufen, und die Galería entwickelt sich nicht in dem Maße, wie wir uns das vorgestellt haben. Aber ich ärgerte mich darüber, daß sie noch weiter darauf herumgeritten ist, als ich meinen Fehler schon eingestanden hatte. Sie wirkt sehr angespannt.

Samstag, 1. Juli

Heute nachmittag mit David am Stausee, wir haben auf das Wild gewartet, das – Unverschämtheit – nicht zu der Verabredung kam, um sich portraitieren zu lassen. Dann ein Bad vor dem Heimweg. Manchmal tut er mir leid: so verliebt und chancenlos; er hat das Zeug zum Maler – nach dem wenigen, was ich von ihm gesehen habe –, und keiner unterstützt ihn dabei, sein Talent zu entwickeln. Er ist immer da, wenn ich ihn brauche, und die übrige Zeit denke ich nicht an ihn.

Samstag, 16. September

Was ist mit Marcos los?
Heute nachmittag habe ich einen großen Strauß Rosen gekauft, der jetzt im Atelier vor mir steht. Ich hatte ihn in eine Vase gestellt, die Fenster geöffnet, und die Spätsommersonne fiel durch drei dicke Lichtsäulen darauf. Zufrieden fing ich an, eine idyllische Waldansicht zu malen, bei der es weniger um die Bäume als um die Blumen geht, weniger um das Dauerhafte als um das Winzige und Vergängliche. Aber dann kam Marcos. Er hatte keine Augen für das Bild. Er starrte nur auf die Rosen und fragte mich zuallererst: »Wer hat dir die geschenkt?« Ich sah ihn an und wunderte mich über den Sarkasmus in seiner Stimme, und um das Mißverständnis auszuräumen, legte ich den Pinsel hin, nahm Marcos in den Arm und küßte ihn. Ich hätte es nicht tun sollen, denn eigentlich hatte ich keine Lust dazu und wollte seinem Argwohn nur den Boden entziehen. Die Küsse, die eine so wundervolle Nahrung für die Liebe sind, können sich in Gift verwandeln, wenn der Geküßte das Gefühl hat, daß sich dahinter etwas anderes verbirgt als Zuneigung. Marcos ließ sich küssen und sagte nichts mehr, aber von Zeit zu Zeit sah er die Rosen an, als wollte er sie aus dem Fenster werfen. Der Nachmittag war komplett im Eimer. Ich habe keinen einzigen passablen Pinselstrich mehr zuwege gebracht und nicht einen Farbton getroffen. Dann ist er gegangen, und ich grübele seither unablässig über diese eine Frage, die ich schon am Anfang gestellt habe: Was ist mit Marcos los?

Dienstag, 19. September

Ich überfliege die Einträge der letzten Wochen. Es wundert mich, nichts Frohes darin zu lesen, als hätte ich nichts erlebt, das mich glücklich genug gemacht hat, um darüber zu schreiben. Manchmal denke ich, daß ich nur auf dieses Heft zurückgreife, wenn ich mein Herz ausschütten will. Und doch hätte ich es gern ganz anders, prall vom Stolz, der mich erfüllt, wenn ich ein gutes Bild vollendet habe, von dem Wohlbehagen, das ich nach gemächlichem Sex empfinde, von Anekdoten, über die ich in fünfzig oder sechzig Jahren noch einmal schmunzeln könnte, wenn die blaue Tinte gedunkelt und diese weißen Seiten vergilbt sind. Aber wenn ich lüge, wozu taugt ein Tagebuch dann?

Samstag, 30. September

Gestern hat er mir Angst gemacht. Aber Angst ist kein unschuldiges Gefühl. Die Angst, die ich spürte, ist der Preis, den ich für all das bezahlen muß, was früher geschehen ist. Alles fing mit einem dämlichen Streit an: Wie man am besten zu der Wohnung von ein paar Freunden kommt, die uns zum Abendessen eingeladen hatten und bei denen ich im Gegensatz zu Marcos schon ein dutzendmal war. Marcos ist gefahren, ohne auf einen einzigen meiner Vorschläge einzugehen. Wir sind herumgeirrt und kamen zu spät. Das Abendessen verlief soweit gut, aber auf dem Heimweg wiederholte sich die Szene, und unser Streit wurde hitziger. Keiner hat nachgegeben, dabei hatte auch er recht mit dem Weg, den er fuhr. Aber weder wollte ich das gleich zugeben, noch war er bereit anzuerkennen, was ich gesagt hatte. Wir schaukelten uns hoch und schrien uns schließlich an wie noch nie, wie diese erbärmlichen Ehepaare, bei denen beide nur noch Verachtung füreinander empfinden und dennoch nie voneinander loskommen. Ich war tief verletzt von dem, was er sagte, als wir den Streit noch hätten beilegen können: »Mal sehen, ob wir wieder einen auf glücklich verheiratet machen, nach allem, was passiert ist.« Ich weiß, damit meinte er Armengol – von anderen kleinen Sachen weiß er nichts –, und ich bereute, es ihm damals in diesem schwachen Augenblick im Bett erzählt zu haben. Ich hätte auf Camila hören sollen, als sie gerissen und berechnend wie immer zu mir meinte, Seitensprünge solle man abstreiten, abstreiten und nochmals abstreiten, und wenn herauskommt, daß du gelogen hast, weiter abstreiten. Es wäre am vernünftigsten, wir würden uns trennen, solange es noch im Guten geht. Aber, so widersinnig es auch ist, ich liebe ihn jetzt mehr denn je und kann mir ein Leben ohne ihn nicht vorstellen.

Weiter mit dem Streit: Irgendwann, als wir aus dem Auto stiegen, hat er mich am Arm gepackt und oberhalb des Ellbogens fest zugedrückt. In dem Moment hatte ich Angst. Aber es war mir vollkommen klar, daß ich das nicht zeigen durfte, denn es hätte ihn nur veranlaßt, mir noch weher zu tun. Je mehr wir Frauen uns einschüchtern lassen, desto stärker fühlen sich die Männer in ihren Drohgebärden. Ich glaube, neben der körperlichen Unterlegenheit ist es die Angst, die uns verletzlich macht. Ich will Marcos nicht verlieren, aber ich möchte auch keine Beziehung, in der einer befiehlt und der andere kuscht.

Dienstag, 3. Oktober

Als ich heute morgen aufwachte, konnte ich mich endlich an den Traum erinnern, den ich schon oft hatte und der

mir im Erwachen immer entglitten ist, bevor ich ihn greifen konnte. Der Wecker klingelte, und ich blieb reglos liegen, mit geschlossenen Augen, und hielt jedes Bild dieses Traumes fest, von dem ich nicht weiß, ob ich ihn als Albtraum bezeichnen soll, denn er versetzt mich nicht in eine Panik, die mich mitten in der Nacht aufschrecken läßt, wohl aber in eine, die mich in kalten Schweiß badet.
Ich fuhr einen Zug durch ein Land, das wegen eines Bürgerkriegs in zwei Hälfen geteilt war, und mußte Leute auf die andere Seite der Front bringen. Der Horror ging aber nicht von den Bomben ringsum aus, sondern von den Passagieren: Alle hatten Lepra, konnten sich kaum noch bewegen und verloren nach und nach Teile ihres Körpers. Man hatte sie aus den Krankenhäusern vertrieben, um Platz für die vielen verwundeten Soldaten zu schaffen. Nachdem es mir gelungen war, auf die andere Seite zu kommen – alle Wagen waren mit Rot-Kreuz-Emblemen bemalt –, weigerten sich die Generäle, meine Ladung Kranke in irgendeinem Sanatorium unterzubringen, redeten sich damit heraus, alles sei überfüllt, aber ich wußte, sie fürchteten sich vor der Ansteckung und ließen uns deshalb nicht aussteigen. Sie zwangen mich, wieder zurückzufahren, nachdem sie uns zur Verpflegung Säcke mit Brotkanten durch die Fenster geworfen hatten. Ich fuhr durch die Schlachtfelder zurück in das Gebiet, aus dem ich aufgebrochen war, und dort wurde ich genauso abgewiesen, und niemand durfte aussteigen, und ich wurde gezwungen, wieder in den anderen Teil zu fahren. Keiner hätte mich daran gehindert, diesen Zug mit Infizierten zu verlassen, aber ich konnte es nicht, keine Ahnung, warum. Am Himmel sah man schon Schwärme von Raubvögeln, die der Staubwolke des Zuges folgten, wie Delphine, die hinter den Ozeandampfern herschwimmen.

Sie warteten ungeduldig auf die Fleischfetzen, die hin und wieder aus den Fenstern segelten, und stürzten sich gierig darauf. Oder sie ließen sich eine Stunde Zeit und verschlangen eine der Leichen, die von den Passagieren selbst mit einem obszönen, dumpfen Geräusch auf den Bahndamm geworfen wurden, wenn jemand unterwegs starb, nur um kurz darauf den Zug wieder einzuholen und erneut der Staubwolke zu folgen, die er auf dem Damm aufwirbelte. Wieder und wieder wurde ich gezwungen, hin- und herzufahren, hin und her, hin und her, und nirgends durfte ich anhalten.

Ich weiß, der Traum hat etwas mit meiner derzeitigen Rastlosigkeit und schlechten Laune zu tun, denn er kehrt gewöhnlich wieder, wenn ich wie jetzt angespannt und bedrückt bin, aber ich versuche noch nicht einmal, ihn zu deuten. Ich will nicht, daß sich dieses Tagebuch in die Couch des Analytikers verwandelt. Fest steht, daß ich mich in der letzten Woche mit allen Leuten hätte anlegen können. Mit Camila, die sich Tag für Tag weniger um die Qualität und die Schlüssigkeit unserer Ausstellungen schert, der es nur ums Geld geht. Wir hatten mehr gewollt, als wir die Galería gründeten. Mit Marcos, der zwar nichts sagt, aber ich weiß, was er denkt. Mit Emilio, der mir gegenüber die ersten Anzeichen einer Aggressivität an den Tag gelegt hat, die er sich bisher für andere aufgehoben hatte, als wäre ich daran schuld, daß es ihm immer weniger gelingt, eine Skulptur zu schaffen, die zu betrachten sich lohnen würde. Er entpuppt sich als einer von diesen Machos, die es nicht zulassen wollen, daß eine Frau ihnen den Rang abläuft.

Manchmal kommt es mir vor, als wäre ich von lauter Nichtsnutzen umgeben, die mich alle behindern und stören, die ich aber gleichzeitig nicht loswerden kann, ohne

über Leichen zu gehen. Verdammt, jetzt bin ich doch wieder bei dem Traum, obwohl ich mich gerade eben geweigert hatte, ihn zu deuten. Ich würde diesen Zug gern auf einem riesigen Gemälde darstellen, auf einem gigantischen, barocken Triptychon, das die ganze Wand eines Schloßsaals einnimmt.
Vielleicht tue auch ich allen weh, aber ich kann es nicht vermeiden, wenn ich mir selbst treu bleiben will. Ich würde mich gerne bei jemandem ausruhen, der zwei Stunden lang schweigend mit mir zusammensein kann. Zwei Stunden, ohne das Gefühl zu haben, miteinander reden zu müssen.

Mittwoch, 4. Oktober

Sollte eines Tages nach meinem Tod jemand dieses Tagebuch lesen, dann hoffentlich nicht eines meiner Kinder. Kinder sind die schlechtesten Richter, weil sie von ihren Eltern erwarten, daß sie perfekt sind, und ihnen ihre Fehler zu lange nachtragen. Dagegen würde es mich nicht stören, wären es die Kinder meiner Kinder, die es mit dieser belustigten Großherzigkeit lesen würden, mit der man sich alte Photos seiner Vorfahren ansieht. Oder ein Fremder, der neugierig wäre und verständnisvoll und der, wenn er auf der letzten Seite angekommen ist, fieberhaft nach einem Bild von mir suchen würde, um mein Gesicht zu sehen.

Montag, 16. Oktober

Samstag und Sonntag in einem öden Madrid verbracht. Entschieden. Nächstes Wochenende fahre ich wieder nach Breda. Allein. Ich brauche es mehr denn je. Das habe ich Marcos so gesagt.

Dienstag, 17. Oktober

Heute habe ich zufällig Armengol getroffen. Ich hatte ihn seit sechs oder sieben Monaten nicht mehr gesehen, und auf der Straße, bei Tageslicht, wirkte er um sechs oder sieben Jahre gealtert. Schlecht rasiert und mit zerknitterten Kleidern umgab ihn diese Aura aus Verwahrlosung, die mich schon damals an ihm gestört hat und die sich jetzt, da er allein lebt, verstärkt zu haben scheint. Ich hatte zwar überhaupt keine Lust dazu, ging aber trotzdem einen Kaffee mit ihm trinken. Als ich ihm einmal fünf oder sechs Sekunden aufmerksam in die Augen schaute, hatte ich den Eindruck, alles könne wieder von vorne losgehen. Sein Tonfall änderte sich, er ließ sich zu Vertraulichkeiten und Sentimentalitäten hinreißen, und ich fühlte mich sehr unbehaglich. Diese Geschichte ist furchtbar weit weg. Seltsamerweise hat er die Hoffnung noch nicht aufgegeben. Ich lehnte es ab, mich noch mal mit ihm zu verabreden, »zum Reden«. Ich sagte ihm, ich hätte zu viel zu tun und würde am nächsten Wochenende verreisen.
Ich fühle mich nicht schuldig, und er tut mir nicht leid, ich empfinde nur dieses Unbehagen, das immer entsteht, wenn jemand um etwas bittet und der andere ablehnt.

Mittwoch, 18. Oktober

Heute haben wir Emilios Ausstellung eröffnet. Weniger Leute als erwartet, und dazu dieses laue, abgedroschene Lob, mit dem die Enttäuschung verschleiert wird. Ich fürchte, es wird ein Reinfall.

Donnerstag, 19. Oktober

Ich werde mich von Marcos trennen. Wir haben uns wieder gestritten, und ich habe wieder Angst gehabt. Warum verläßt er mich nicht, wenn er die Vergangenheit nicht ertragen kann? Warum bleibt er mit mir zusammen, ist an einem Tag entzückend, um am nächsten Tag plötzlich nur noch Verachtung für mich übrig zu haben? Heute kam er unangemeldet ins Atelier, hatte vorher nicht angerufen, was er sonst immer tut, wenn er weiß, daß ich male. Gestern haben wir phantastisch miteinander geschlafen. Hinterher sind wir zusammen in die Badewanne gestiegen, und als wir uns gewaschen, uns gegenseitig den Rükken, die Beine, die Zehen geschrubbt haben, hat uns das wieder so angemacht, daß wir es im Wasser noch einmal getan haben, wie zwei Mollusken. Er war hinreißend, liebevoll, kostete jede Zärtlichkeit in allen Facetten aus. Sex ist wie Sauerstoff für die Liebe: Er reinigt sie vom Dreck, klärt und erneuert sie. Es kann Sex ohne Liebe geben, so wie es in der Wüste Sauerstoff gibt, den niemand verbraucht. Aber eine Liebesbeziehung, die nicht zuweilen von der Lust angefacht wird, ist so undenkbar wie Leben auf dem Mond.

Ich hatte geglaubt, mit diesem Abend sei unsere miese Phase, die sich schon viel zu lange hinzieht, endgültig vorbei, aber heute habe ich begriffen, daß alles nur so etwas wie dieser Wunsch war, den man einem Verurteilten bei seinem letzten Abendessen erfüllt. Heute nachmittag im Atelier hatte sich seine schlechte Laune potenziert, war er noch grober und verletzender in dem, was er zu mir sagte, als würde er das, was gestern geschehen ist, als eine Schwäche betrachten und müsse seinen ganzen Ärger jetzt gegen den Auslöser für diese Haltlosigkeit richten. Ich kann und will mich nicht an seine Launen gewöhnen. Ich hätte diese Geschichte gern gerettet. Ich weiß, in mir sind Gefühle für ihn wiedererwacht, die monatelang eingeschlafen waren, aber ich kann sie ihm nicht anbieten, solange er nicht bereit ist, sie zu empfangen.

Ich habe ihm gesagt, daß ich dieses Wochenende nach Breda fahre, allein, daß ich niemanden sehen will. Daß wir beide über uns nachdenken und entscheiden sollten, ob wir weiter zusammensein können. Er hat mich sonderbar angesehen und hat dann das Bild angestarrt, an dem ich gerade arbeitete, das letzte in dem Zyklus über die Felszeichnungen, als enthalte es etwas, das mit ihm zu tun hat. Auf einmal habe ich verstanden: Er dachte an Emilio. Es sind immer die gleichen Eifersuchtsanfälle, die seine Stimmungsschwankungen hervorrufen. Mir fiel wieder ein, daß ich ihm gestern abend erzählt habe, Emilio müsse heute im Atelier vorbeikommen, um die Skizzen abzuholen, die er für seine Skulpturen benutzt hat. Marcos ist unangemeldet aufgetaucht, weil er glaubte, Emilio wäre hier. Er hätte sich freuen sollen, ihn nicht anzutreffen, aber die Eifersucht treibt bei ihm die absurdesten Blüten. In diesem Stadium scheint man nur zufrieden, wenn sich ein Verdacht bestätigt.

Ich habe die angebliche Attraktivität besitzergreifender, eifersüchtiger Männer schon immer für ein Gerücht gehalten, und erst recht halte ich es für eine faule Ausrede, wenn die Leute behaupten, sie seien eben eifersüchtig, weil sie ihren Partner ganz besonders lieben, nur weil sie gegenseitiges Vertrauen mit Gleichgültigkeit verwechseln.

Jetzt, nachdem er mich alleingelassen hat und der Nachmittag zum Malen hoffnungslos verloren ist, bin ich hinunter in die Wohnung gegangen, habe das Tagebuch aus Papas Versteck geholt und zu schreiben begonnen. Anstatt

ihn dafür zu hassen, wie wir uns oben angebrüllt haben, neige ich dazu, ihn zu bedauern.
Ich stocke, mit dem Kugelschreiber in der Hand. Vielleicht sollte ich aufhören, all diese Dinge zu schreiben. Wenn ich sie eines Tages noch einmal lese, wird es mir wieder weh tun.

Freitag, 20. Oktober

Heute habe ich einen letzten Versuch unternommen, meine Beziehung mit Marcos zu retten. Und ich bin damit gescheitert. Obwohl ich ihm gestern gesagt hatte, ich wolle übers Wochenende allein nach Breda, dachte ich heute nacht, wir könnten vielleicht doch zusammen fahren. Wir hatten schon lange keine zwei Tage mehr nur für uns wie am Anfang. Immer kommt irgend etwas dazwischen: ein Besuch, ein Anruf, eine Arbeit, die dringend erledigt werden muß. Ich weiß, daß er nicht so begeistert von dem Ganzen ist wie ich, aber auch er hält sich gern fit, wandert. Ich hatte mir vorgestellt, daß wir, wenn er einverstanden wäre, mich zu den Höhlen zu begleiten, dort oben reden könnten und allen Ballast der Vergangenheit abwerfen würden, der uns erdrückt. Ich hätte ihm die Malereien gezeigt, um ihm klarzumachen, daß meine Arbeiten darüber nichts mit Emilio zu tun haben, daß nicht er es ist, der das Thema vorgibt und mich zu einem Bild inspiriert, sondern diese magischen Schattenwesen, die mit ihren in Pigmente getauchten Fingern die Felsen bemalten. Schattenwesen, die realer sind als diejenigen, die Marcos in seinem Kopf heranzüchtet, denn in ihnen manifestiert sich die zivilisatorische Macht des Dialogs: Der Mensch hält inne, um sich an einem Lagerfeuer zu

unterhalten, und gibt das Nomadendasein zugunsten des seßhaften Stammes auf.
Und vielleicht hätte er auch endlich verstanden, wie wichtig das Malen für mich ist, und hätte ein für allemal diesen subtil gleichgültigen Unterton abgelegt, mit dem er auch heute noch manchmal über meine Arbeit spricht, als wäre sie nichts als ein Hobby, auf das ich ohne Wehmut verzichten könnte.
Ich rief ihn an, um ihm die Reise vorzuschlagen, und er war einverstanden, bei mir vorbeizukommen. Aber kaum war er hier, wollte er mir nicht einmal die Möglichkeit geben herauszufinden, ob diese Landschaft tatsächlich die Heilkraft besitzt, die ich ihr zuschreibe. Mit diesem hermetisch abgeschirmten Blick, der es häufig so schwer macht, mit ihm zusammenzusein, hat er mich eine Weile schweigend angesehen. Der Blick des Unbekannten, den ich aufblitzen sah, als ich das Portrait gemalt habe, ein Blick, dessen Hauptbestandteil zur Zeit die Verachtung ist. Dann meinte er: »Nein. Morgen gehe ich zum Arzt. Ich will mir ein paar Blutuntersuchungen machen lassen.« Ich fragte ihn, ob ihm etwas fehle, ob er krank sei, und dachte für einen kurzen Moment, sein kaltes, distanziertes Verhalten sei womöglich auf ein Problem zurückzuführen, das er mir verheimlicht. Aber er antwortete so bissig und trocken, es handele sich bloß um eine Routinekontrolle, daß daraufhin ich es war, die nicht mehr weiterreden wollte. Ich stand auf und ging ins Bad, damit er die Tränen nicht sah, die ich nicht mehr zurückhalten konnte. Als ich zurückkam, war er schon gegangen.

Cupido starrte ins Leere und dachte über den letzten Absatz nach, den er gelesen hatte. Darin lag die Hälfte der Antwort auf die Frage, die er sich in den vergangenen drei Wochen so oft gestellt hatte. Er überflog noch einmal die letzten Zeilen, dann las er weiter:

Alles ist sinnlos gewesen. Je netter ich zu ihm sein wollte, desto abweisender ist er geworden. Marcos ist von einem krankhaften, von einem zersetzenden Groll befallen, der Tag für Tag zunimmt. Heute abend kam er mir vor wie ein Bündel Zunder, das bei der geringsten Berührung meiner Hände in Flammen aufgegangen wäre. Ich traute mich noch nicht einmal, ihn anzufassen. Ich begreife einfach nicht, wie etwas so lange Vergangenes in seinem Kopf derart lebendig sein kann.
Jetzt bin ich allein, weiß nicht, was ich tun soll, und sehe, wie die Dunkelheit hinter den Fensterscheiben nach und nach meine Wohnung in Besitz nimmt.
Ich fahre nach Breda. Dort bin ich immer glücklich.

Der Detektiv klappte das Tagebuch zu. Alle folgenden Seiten waren leer. Jetzt, da er wußte, was vorgefallen war, erschien ihm alles auf schmerzliche Weise traurig und grausam. Wegen so wenig zu töten. Glorias letzte Zeile, »Ich fahre nach Breda. Dort bin ich immer glücklich«, klang so hoffnungsvoll und bildete einen so trostlosen Kontrast zu dem, was sie wenige Stunden später in der Stille des Waldes erwartete. Inzwischen wußte er zwar, wer sie ermordet hatte, und glaubte auch zu wissen, wie, aber noch hatte er keine Möglichkeit, es zu beweisen. Er blickte auf und sah sich in dem großen, durch die Schiebetür geteilten Wohnzimmer um. Er war allein, ungestört von Marcos Anglada, und konnte der Versuchung nicht widerstehen, noch einmal durch die Räume zu streifen. Alles war unverändert, die Bilder an den Wänden, die Einrichtung, die Pinzetten neben dem Taschenspiegel, das ungelöste Kreuzworträtsel aus der letzten Tageszeitung, das kalte Schweigen der ausgeschalteten Küchengeräte. Im Schlafzimmer öffnete er den Kleiderschrank und streichelte Glorias Blusen, Glorias Mäntel, Glorias Hosen, den weniger wertvollen Schmuck, den sie in der kleinen Holzschatulle aufbewahrt hatte. Im Badezimmer versuchte der Geruch des versiegelten Raumes bereits, sich gegen den der Seife durchzusetzen, die in einem Halter aus Porzellan rissig zu werden begann. Cupido öffnete einen Parfümflakon, und da war der seidige Duft, den er erwartet hatte. Ohne Gloria je gesehen zu haben, meinte er, sie gut zu kennen, wie ein Mann, der sich auf einen Briefwechsel mit einer Frau eingelassen hat, die in einem weit entfernten Land lebt, obwohl beiden klar ist, daß sie sich nie begegnen werden. Er wußte, wie sie ausgesehen hatte, konnte die Augen schließen und sich ihr Gesicht vorstellen; er kannte ihre bevorzugten Farben und Düfte; ihre Neigungen und Abneigungen; er kannte die Bilder, die ihre Sicht der Welt erklärten. Er dachte, daß ihm lediglich ihre Stimme fehlte. Er ging zurück ins Wohnzimmer, zu dem Möbelstück, in dem er bei der ersten Durchsuchung mit Anglada einige Videokassetten gesehen hatte, deren Beschriftung sich auf Reisen und auf Ausstellungen ihrer Gemälde bezog. Die Bänder standen neben ihren Photoalben. Nachdenklich hielt der Detektiv einige Sekunden inne, etwas war ihm eingefallen, dann zog er seine Hand ein paar Zentimeter zurück und griff nach den Alben. Dort sollte die andere Hälfte der Antwort zu finden sein. Er unterdrückte das leichte Zittern, das noch immer seine ungeduldigen Finger durchlief, und blätterte der Reihe nach die dicken Kartonbögen um, betrachtete jeden einzelnen Schnappschuß. Er wußte genau, wonach er suchte, denn beim erstenmal war ihm aufgefallen, daß es kaum ein Bild gab, auf dem Gloria und Anglada allein zu sehen waren, als hätte sich nie einer gefunden, um auf den Auslöser zu drücken, oder nur dann, wenn sich zusätzlich jemand zwischen die beiden drängte. Er fand es im zweiten Album. Es war in Angladas Wohnung aufgenommen, ein einzelnes Photo, das nicht zu einer Serie gehörte, als hätte sie das letzte Negativ auf einem Film verknipsen wollen oder das Bild geschenkt bekommen. Die beiden saßen sich am Schreibtisch gegenüber, wandten dem Photographen ihr Profil zu. Sie hatten die Arme auf der Glasplatte ausgestreckt, hielten sich an den Händen und lächelten sich an, wodurch der Tisch, der sie trennte, wie ein Störenfried wirkte. Es stammte aus einer Zeit, in der sie glücklich miteinander gewesen sein mußten. Im Hintergrund, in der Lücke zwischen ihren Köpfen, an dem Stück Wand, das von den beiden Fenstern eingerahmt war, schauten hundert winzige, verschwommene Gesichter vom Abschlußbild der Universität unverschämt auf die beiden herab. Die Pupillen des Detektivs versuchten, die kleinen Köpfe zu fixieren, die sich zwischen diese beiden glücklich Verliebten drängelten. Fast dasselbe Alter, derselbe Studienabschluß, dieselbe Stadt. Vielleicht dieselbe Fakultät. Das war es, was sich gestern in der Wohnung verändert hatte. Er hat das Abschlußbild durch das Portrait ersetzt, das Gloria von ihm gemalt hat, dachte Cupido, als er sich an die Veränderung in Angladas Wohnung erinnerte. Er starrte angestrengt auf die Portraitbildchen, aber weder in diesen Gesichtern, die durch die Unschärfe eines wie das andere aussahen, noch in der dunklen Linie aus Buchstaben, die jeweils darunter wie in einer winzigen Ameisenschrift stand, konnte er etwas erkennen. Er wühlte in den Schubladen des Möbelstücks, machte sich schon keine Gedanken mehr um den Lärm und fand schließlich eine Lupe. Mit ihr konnte er die Details zwar beträchtlich vergrößern, aber die Unschärfe und das kleine 9 mal 13-Format des Photos ließen keine eindeutigen Schlüsse zu. Er atmete auf, als er die perfekt geordneten und durchnumerierten Plastikhüllen sah, in denen die Negative steckten. Er betrachtete sie gegen das Licht der Deckenlampe und fürchtete, das Bild könnte das Geschenk eines Dritten und das Negativ nicht vorhanden sein.

Da war es, am Ende eines Streifens, den er aus der Plastikhülle zog, ohne die Emulsion zu berühren. Er erkannte die Umrisse von Gloria und Anglada. Auf dem Negativ mit seinen umgekehrten Farben waren ihre Haare weiß, ihre Haut grau, die Münder zahnlos wie bei gebißlosen Alten, die Gesichter erinnerten an Totenschädel. Er hatte sich in jenen vier Jahren mit Photographie und Film beschäftigt und wußte, was sich aus einem Negativ herausholen ließ, wenn man bei der Vergrößerung entsprechend mit ihm umging. Er wickelte den Streifen in ein Blatt Papier und steckte ihn in die Innentasche seines Jacketts. Er war sich seiner Sache sicher.

22

Das Leben wurde ihr entsetzlich lang. Jetzt, da sie nichts mehr hatte, wofür sie kämpfen konnte, schienen die Tage kein Ende zu nehmen, die Nächte Ewigkeiten zu dauern. Mit dem abschließenden Urteil des Europäischen Gerichtshofs in Luxemburg war der letzte Funken Hoffnung in ihr erloschen. Sie könnte auf der Stelle sterben, könnte hier auf den alten, gebohnerten Fliesen tot zusammenbrechen, und nichts würde sich ändern auf der Welt. Einzig Octavio würde sie vermissen, würde eine Weile um sie trauern und sich vielleicht schutzlos fühlen, aber auch er würde am Ende von ihrem Tod profitieren, wäre befreit von den Pflichten, die sie ihm aufgeladen hatte. Sie saß in ihrem Schlafzimmer vor dem Schminktisch und betrachtete sich in dem ovalen Spiegel. Der rapide Alterungsprozeß, der mit dem Mord an Gloria vor drei Wochen eingesetzt hatte, war seither nicht mehr zum Stillstand gekommen. Der Spiegel warf ihr das Bild einer Kranken zurück. Die Blässe ihrer Haut und die Schwärze der Flecken traten deutlicher zutage. Wie eigenartig, dachte sie, daß die gleichen Flecken, die in der Kindheit ein Zeichen von Gesundheit, Sonnenbräune und Energie sind, sich im Alter in unheilverkündende Vorboten von Nekrose und Krebs verwandeln. Noch dazu hatte sie Mühe, die Augenlider auf gleicher Höhe zu halten, und ihre Lippen zitterten wie die Lefzen eines alten Hundes. Wie wenig war von jener starken und kämpferischen Frau übriggeblieben, die sich vor vierzig Jahren entschlossen über die lächerliche Konvention der Diktatur hinweggesetzt hatte, nach der es Frauen lediglich im Bereich der Kirche erlaubt war, am öffentlichen Leben teilzunehmen! Sie verrieb einen halben Tropfen von dem französischen Parfüm, das sie seit ihrem fünfzehnten Lebensjahr benutzte, hinter ihren Ohrläppchen, und zum erstenmal fragte sie sich, ob das nicht mittlerweile überflüssig war, eine sinnlose Koketterie, die keine Adressaten mehr hatte. »Nein, noch nicht. Noch gibt es Octavio«, flüsterte sie. Um seinetwillen mußte sie das wenige erhalten, was noch geblieben war. In all den Jahren hatte sie ihm so viele Entbehrungen auferlegt! Sie hatte ihn dazu genötigt, unter Qualen die Wüste zu durchqueren, hatte ihm in der Ferne ein Gelobtes Land versprochen, und als sie dort angekommen waren, stellten sie fest, daß Granatäpfel und Weintrauben nur eine Fata Morgana gewesen waren und unfruchtbare, giftige Wespen in den Bienenstöcken hausten. Von klein auf hatte sie ihn gezwungen, weiter und weiter barfuß über den Sand zu laufen, anstatt mit ihm an jeder Oase anzuhalten, damit er von allen Wassern trank, die zu trinken in seinem Alter notwendig gewesen wäre. Sie allein traf heute die Schuld an seinem Durst.

Sie schüttelte das Silberglöckchen und wartete auf das Dienstmädchen, das ihr helfen sollte, in die Stube hinunterzugehen. Auf der Treppe war sie sich ihrer Knie nicht mehr sicher, ihrer Füße nicht, die unter den geschwollenen Knöcheln in den gleichen Schuhen steckten, die sie von jeher getragen hatte, schmale Schuhe mit der Andeutung eines Absatzes, denn sie hatte es sich nie gestattet, Hausschuhe anzuziehen, so wenig wie sie diese scheußlichen schwarzen, grauen oder braunen Schultertücher für alte Frauen trug, in denen sich der Staub und die Schuppen sammeln. Sie hängte sich bei dem Mädchen ein, und der jugendlich straffe Arm gab ihr Sicherheit. Zugleich empfand sie die erotische Hitze der Brüste der jungen Frau, die bei jedem Schritt auf den Treppenstufen sanft wippten. Das Mädchen war zweiundzwanzig Jahre alt, hatte schwarze Haare und Augen, ein hübsches Gesicht und eine dralle Figur. Keines der Mädchen hielt sich in diesem Haus viel länger als zwei Jahre, und wer sich um die Stelle bewarb, mußte sich grundsätzlich mit dieser Frist einverstanden erklären. Sie war sich sicher, daß die Bewerberinnen ahnten, womit sie sich noch einverstanden erklärten, wenn sie die Arbeit annahmen, so daß man darüber kein Wort verlieren mußte. Im übrigen wurde ihnen ein fürstliches Gehalt bezahlt, und sie hatten nicht viel zu tun: das Haus geschlossen, aber in Ordnung halten, wenn Octavio und sie sich in Madrid aufhielten; sich um den Haushalt kümmern; die althergebrachten Umgangsformen rigoros einhalten und rund um die Uhr zu Diensten sein, wenn sie beide übers Wochenende oder auch einmal für längere Zeit hier waren, was aber im Jahr an nicht mehr als hundert Tagen der Fall war. Die Frist war bald zu Ende, und das Mädchen legte auch bereits erste Anzeichen der Ungeduld an den Tag: Schon blieb es nicht mehr bei Octavio stehen, wenn es ihm den Aperitif servierte, und wurde bei der Arbeit nachlässig. An einem der letzten Sonntage hatte sie vor ihrer Abreise nach Madrid ein Geldstück unter ihr Bett gelegt, und am darauffolgenden Freitag hatte sie die Münze an derselben Stelle vorgefunden, obwohl sie dem Mädchen ausdrücklich aufgetragen hatte, das Schlafzimmer gründlich zu putzen. Sie stellte sich vor, wie ihre Bedienstete, wenn Octavio und sie nicht da waren, allein durch die Räume des ganzen Hauses spazierte, sich auf dem Bett rekelte und sich Tagträumen von einem bequemen Leben im Reichtum hingab, den Schmuck der Herrschaft anprobierte und einige Tropfen Parfüm vergeudete, in allen Schubladen wühlte und sämtliche Gegenstände daraufhin begutachtete, ob sich damit jenes Gerücht erhärten ließe, das in Breda umging und besagte, die Hälfte der Einrichtung im Haus habe man sich widerrechtlich angeeignet. Außerdem lächelte das Mädchen die Besucher in letzter Zeit zu freundlich an, vor allem diesen hochgewachsenen Detektiv, und sie hatte schon als Kind gelernt, daß die Dienstmädchen um so netter zum Besuch sind, je weniger Achtung sie ihrer Herrschaft gegenüber empfinden. Sie würde bald mit der Suche beginnen müssen.

Das Alter hatte sie weise gemacht und ihr Zeit zum Beobachten gegeben, und sie wußte, es war Octavio, der sich als erster gleichgültig gezeigt hatte. Seine Verachtung gegenüber dem Mädchen hatte begonnen, als Gloria im Reservat aufgetaucht war, und seit deren Tod verhielt er sich jeder Frau gegenüber unverhohlen ablehnend. Sie war nicht seine Mutter, aber nach so vielen gemeinsam verlebten Jahren kannte sie seine Neigungen, seine Ängste und Wünsche, seine Schwächen. Deshalb war sie es, die ihn am besten schützen konnte. Und deshalb hatte sie sich nicht geweigert, diesen Detektiv mit dem absonderlichen Namen Cupido zu empfangen, sondern hatte ihm die Türen ihres Hauses geöffnet. Besser, sie war zugegen, wenn er mit Octavio sprach, als daß er ihn allein irgendwo auf der Straße abfing. Die Gefahr ging von diesem Mann aus, nicht von dem Teniente der Guardia Civil, denn der redete und stellte Fragen, wie es allen Hütern des Gesetzes beigebracht worden war, und gegen diese kalte juristische Sprache wußte sich Octavio perfekt zu wehren. Der Detektiv war gefährlich, weil er auf eine so menschliche Art Fragen stellte, die niemals einen Fallstrick zu enthalten schienen, keinerlei Bedrohung.

In der Stube angekommen, half ihr das Dienstmädchen, sich in den Sessel zu setzen.

»Kann ich noch etwas für Sie tun?« Die junge Frau klang so dienstbeflissen wie seit Wochen nicht mehr, als spürte auch sie die Unruhe und Angst, die über dem Haus schwebte.

»Ja, bring mir ein Gläschen Portwein«, ordnete die alte Dame an.

Das Mädchen ging zur Kredenz, holte das kleine Tablett mit dem dazu passenden Gläschen und die Flasche heraus, schenkte ein und zog sich dann leise zurück.

Sie griff erst nach dem Port, als sie hörte, daß die Tür geschlossen wurde, denn das Mädchen sollte nicht merken, wie ihre Hand zitterte. Sie trank langsam, ohne abzusetzen, befeuchtete ihre Lippen in aller Ruhe mit dem süßen aromatischen Wein, nahm kleine, genießerische Schlucke, als handele es sich um eine höchst wohlschmeckende Medizin. Sie stellte das leere Glas auf den Tisch und lehnte sich im Sessel zurück, betrachtete das Licht der Abendsonne, das durch den Filter der Gardine einen gelblichen Ton annahm. »Eine Farbe wie ein Leichentuch«, flüsterte sie. Sie lauschte den Geräuschen der Straße: die fernen Rufe spielender Kinder, das Gemurmel zweier Frauen, vielleicht alter Frauen, die draußen vorbeigingen, von Zeit zu Zeit das Brummen eines Autos. Sie wußte, daß der Detektiv kommen würde, nicht aber, wie lange sie noch würde auf ihn warten müssen. Sie spürte ein Stechen in den Augen, weil sie unentwegt auf das helle Fenster gestarrt hatte, schloß die Lider und schlug die Hände vors Gesicht, um sich vor der Helligkeit zu schützen. In letzter Zeit konnte es passieren, daß sie die Ereignisse eines Tages sofort wieder vergaß, aber dafür erinnerte sie sich deutlich an weiter Zurückliegendes. Gerade hatte sich ihr Gedächtnis, sie wußte nicht, warum, dazu entschieden, sie mit den weit aufgerissenen Augen eines Hirsches zu quälen, der wie ein tollwütiger Hund erhängt worden war. Auch diese Grausamkeit hatte nichts gebracht, weder als Drohung noch als Skandal. Sie erinnerte sich an Glorias Gesichtsausdruck, in dem sich zwei Empfindungen gespiegelt hatten: Mitleid für das Tier und Zorn auf diejenigen, die es getötet hatten. Alle waren auf Glorias Seite gewesen. Selbst Octavio waren Zweifel an der Wirksamkeit ihrer Strategie gekommen, Glorias Bestürzung und das Mitgefühl, das Pflanzenfresser für gewöhnlich im Menschen wachrufen, hatten ihn durcheinandergebracht, und einzig sie selbst hatte die Stärke besessen, dem Entschluß der jungen Frau entgegenzutreten, die wollte, daß man das Tier abhängte, als hätte man es dadurch wieder lebendig machen können. Es war alles so unerfreulich gewesen! Noch dazu war da dieser Hund, ein klapperdürrer Köter mit hungrigem Blick, den niemand zu verjagen wagte, weil diese Tiere unberechenbar sind, wenn man ihnen ihr Fressen wegnimmt. Sie selbst hatte Tiere in ihrem Haus niemals geduldet. In ihren Augen waren sie eine Schwäche hysterischer Frauen und ein Quell zusätzlicher Arbeit, verbreiteten Schmutz, Flöhe und Zecken. Sie war der Meinung, Tiere müßten sich genau wie die Menschen ihr Dasein im Schweiße ihres Angesichts verdienen oder hätten ihre Existenz dadurch zu rechtfertigen, daß sie als Nahrungsquelle dienten. Sie verachtete diese Leute, denen ihre kleinen Lieblinge mehr bedeuteten als ihre Nachbarn …

Sie war eingenickt, wußte aber nicht, wie lange sie geschlafen hatte. Lange genug jedenfalls, um zu träumen, sie säße gelähmt in dem Sessel, den Kopf gegen die Lehne gepreßt, unfähig, die Lider zu heben. Aber sie hatte sich von außen gesehen, als hätten sich ihre Augen von ihrem Körper gelöst und betrachteten ihn aus der Ferne. Sie atmete tief durch und fragte sich, ob diese Visionen, die sie seit neuestem heimsuchten, nicht die ersten Symptome einer Krankheit, womöglich gar Vorboten des Todes waren. Es passierte ihr immer häufiger. Sie nickte am Tag ein und konnte später nachts fast kein Auge zutun. Ein andermal war sie eingeschlafen, sobald sie sich hinlegte, schreckte aber nach wenigen Stunden wieder hoch, um den Rest der Nacht wach zu liegen und sich zu wundern, daß es noch so lange dauerte, bis die Sonne aufging, als hätte ihr schmerzender Körper bereits mehr als genug Schlaf bekommen. So war es ihr an dem Samstag gegangen, als Gloria ermordet wurde. Sie war mit Octavio in Madrid, und sie hatte gehört, daß er sehr früh die Wohnung verließ, früher als sonst. Sie hatte auf die Uhr gesehen, es war halb sieben. Sie war liegengeblieben, mit offenen Augen, und hatte gedacht, er müsse vielleicht noch etwas im Büro erledigen, bevor er ins Labor ging, wo er sich an diesem Vormittag ein paar medizinische Untersuchungen machen lassen wollte; oder womöglich hatte auch er nicht mehr schlafen können: Auch die Jungen werden manchmal von Schlaflosigkeit heimgesucht. Sie hatte es nicht wichtig genommen, bis sie am darauffolgenden Montag erfuhr, daß im Reservat, zweihundertfünfzig Kilometer von Madrid entfernt, eine junge Frau ermordet worden war. Da war ihr klar, daß man sie vernehmen würde, denn alles, was in El Paternóster geschah, ging sie etwas an. Sie hatte ihn gefragt, wann er das Haus verlassen hatte, und Octavio hatte behauptet, um kurz vor zehn, wie immer. Sie hörte sich seine Lüge kommentarlos an, denn sie war sich sicher, daß er es niemals gewagt hätte, jemanden umzubringen. Dazu fehlte es ihm nicht nur an Schlechtigkeit, sondern auch an Mut. Außerdem hatte er ihr am nächsten Tag das Ergebnis der Untersuchung gezeigt, die Bestätigung, daß er nicht krank war, und sie hatte auf die Uhrzeit der Blutabnahme geachtet: zwanzig vor elf. Diese Information machte sie noch sicherer, denn er hätte nicht die Zeit gehabt, nach Breda und wieder zurück zu fahren, dennoch wurde ihre Gewißheit von seiner Lüge über die Stunden am Morgen getrübt. Sie bestätigte seine Zeitangaben gegenüber dem Teniente der Guardia Civil und gegenüber diesem Detektiv, denn sie wollte ihm die Schwierigkeiten ersparen, die er ohne ein Alibi, dieses häßliche Wort, bekommen hätte, aber sie sagte sich, daß er ihr gegenüber nicht hätte lügen müssen. Es hatte sie noch mehr beunruhigt, als sie erfuhr, wer das Opfer gewesen war: Gloria, dieses bildhübsche Mädchen, das ihm bei ihren flüchtigen Begegnungen so den Kopf verdreht hatte. Dennoch wollte sie Octavio keine weiteren Fragen stellen. Was auch immer geschehen sollte, sie würde ihn vor der Welt schützen. Er war wie ein Sohn für sie, und nichts konnte sie dazu bringen, ihn den Wölfen zum Fraß vorzuwerfen.

Das Licht fiel schwächer durch das Fenster. Eine dicke Schmeißfliege war von der Wärme ins Haus gelockt worden, aber schon summte sie an der Scheibe und versuchte, der zunehmenden Dunkelheit zu entkommen. »Der Winter steht vor der Tür. Du müßtest längst tot sein«, murmelte die Greisin, als sie sah, wie die Fliege still und erschöpft in einer Fensterecke verharrte. Sie blickte auf ihre ovale goldene Armbanduhr, die sie vierzig Jahre lang begleitet hatte. Es war schon spät, Octavio hätte längst zu Hause sein müssen. Die Sonne würde bald untergehen, und er verließ das Haus nur, um nach der Siesta einen Kaffee zu trinken. Er kannte kaum jemanden in Breda, und es gab keinen Grund für diese Verspätung. Sie stützte die faltigen Ellbogen auf die Sessellehnen und richtete sich ein wenig auf, versuchte irgendein Geräusch im Haus wahrzunehmen. Vielleicht war er zurückgekommen, während sie geschlafen hatte, und hatte sie nicht wecken wollen. Aber es war nichts zu hören.

Sie nahm das Glöckchen vom Tisch und klingelte mehrmals. Das Dienstmädchen erschien sofort.

»Ist der Señor zurück?« fragte sie. Noch immer bediente sie sich der alten Umgangsformen, die sie gelernt hatte, bevor alles anders geworden war, und sie würde davon keinen Zollbreit abrücken, schon gar nicht bis in diese Niederungen, sich von ihren Angestellten duzen zu lassen.

»Nein, Señora.«

Diese Antwort hatte sie befürchtet, und sie schwieg, wußte nichts mehr zu sagen. Das Mädchen wartete an der Tür.

»Es ist gut, du kannst dich zurückziehen. Er möchte zu mir kommen, wenn er zurück ist.«

In ihr wuchs die Furcht, während die Schatten in der Stube länger wurden. Sie wollte kein Licht machen, als könnte sie in der Dunkelheit die Schritte besser hören, die sich auf der Straße näherten, und die Haustür, wenn sie geöffnet würde. »Mein armes Kind«, murmelte sie. Sie hatte so lange nicht geweint, daß sie sich über die beiden Tränen wunderte, die ihr über die Wangen liefen. Sie wischte sie schnell ab, denn Octavio könnte jeden Moment kommen, und sie wollte nicht, daß er sie so sah. Oder vielleicht würde er nicht kommen. Vielleicht würde nur dieser widerwärtige Teniente der Guardia Civil in der Tür auftauchen, um ihr mitzuteilen, daß sie Octavio unter Mordverdacht festgenommen hatten. »Nein, das ist ausgeschlossen«, murmelte sie wieder. An dem Mittwoch, als die zweite Frau ermordet wurde, hatte er sich den ganzen Nachmittag in Madrid aufgehalten. Dennoch, diese fehlenden Stunden am Morgen ... Sie hätte gern die ganze Wahrheit gewußt, aber sie wollte ihn nicht danach fragen, denn jeder Zweifel, den sie gegeneinander hegten, wäre schlimmer als eine offene Anschuldigung.

23

Es war endgültig dunkel geworden, aber sie würde nichts zu sich nehmen, bevor er nicht zurück war. An dieser Gewohnheit – zusammen zu essen – hielten sie strikt fest, und nicht aufgrund einer emotionalen Erpressung, wie sie von vielen Müttern betrieben wird, die hungern und kein Auge zutun, bis ihre zügellos nachtschwärmerischen Kinder zu Hause sind, sondern weil diese gemeinsam verbrachte Zeit ihrer familiären Bindung, die nie die einer Mutter zu ihrem leiblichen Sohn sein konnte, den nötigen Halt verlieh. Das spärliche Licht der Straßenlampen, das in die Stube fiel, reichte aus, damit sie sich einen weiteren Portwein eingießen konnte, um ihren Appetit zu zügeln. Sie hatte das geleerte Glas noch in der Hand, den klebrig süßen Geschmack noch auf den Lippen, als sie die Haustür hörte. Schon ehe er die Treppe heraufgekommen war, hatte sie ihn an den Schritten im Windfang erkannt und wußte, daß er allein war. Sie rieb sich erneut die Augen, damit er nicht merkte, daß sie geweint hatte. Sie hörte ihn durch die Diele näher kommen und die Tür zur Stube öffnen. Da das Licht ausgeschaltet war, würde er sie nicht sehen und sich fragen, wo sie war.

»Octavio«, rief sie ihn aus dem Dunkel, so zärtlich sie konnte.

Er trat zwei Schritte in die Stube und drückte auf den Lichtschalter. Der alte Bronzelüster mit den Glasstäbchen ließ seine sechs Glühbirnen über dem grauen Kopf der alten Frau erstrahlen und blendete sie, aber sie war dankbar dafür, weil das abrupte Zusammenschnellen ihrer Pupillen als Erklärung für ihre feuchten Lider dienen konnte.

»Was hast du hier im Dunkeln gemacht?« fragte er verwundert.

»Ich bin eingeschlafen.«

Er beugte sich zu ihr herunter, um ihr einen schnellen Kuß auf die Wange zu geben, und musterte sie, wie ein Arzt einen Patienten begutachten würde.

»Du solltest tagsüber nicht schlafen«, kam sein sanfter Vorwurf. »Nachher kannst du nachts kein Auge zutun.«

»Ich weiß. Wo bist du gewesen?« fragte sie. Als er sich zu ihr hinunterbeugte, hatte er sie angehaucht, er roch nach Whiskey. Aber eigentlich trank er nie. Er leistete ihr nur abends bei einem Gläschen Portwein Gesellschaft.

»Überall und nirgends, herumgelaufen«, antwortete er vage.

Doña Victoria wollte nicht weiter nachfragen. Wieder starrte sie auf das dunkle Fenster. Die Novembernächte waren schon lang. Sie hatte das Bedürfnis, auf die Toilette zu gehen, zu lange hatte sie reglos dagesessen. Mit den Ellbogen stützte sie sich auf den Sessellehnen ab und versuchte hochzukommen, merkte aber verwundert, daß ihre Beine ihr zum erstenmal nicht gehorchten, so als wären sie eingeschlafen, wenngleich sie kein Kribbeln darin spürte. Sie wollte es überspielen, aber Octavio hatte ihre Schwäche bereits bemerkt und half ihr fürsorglich, aufzustehen. Doña Victoria dachte, daß sie ihn noch nie in ihrem Leben so gebraucht hatte wie gerade jetzt.

»Laß mich nie im Stich«, sagte sie zu ihm und gab damit erstmals einer Schwäche nach, die ihr zeitlebens verwehrt gewesen war, ihr, der letzten Erbin einer dieser altehrwürdigen Provinzfamilien, die zwar nicht adlig sind, ihren Namen aber immer bewahrt haben, sich nie Geld geliehen haben,

Fleisch niemals haben kaufen müssen und nie andere Knechte hatten als die Kinder ihrer Knechte.

Die alte Frau verließ die Stube, und Octavio blieb allein, besah sich all die Einrichtungsgegenstände und dachte, daß es jetzt, da das Verfahren um die Enteignung der Ländereien endgültig verloren war, da nicht einmal mehr die Möglichkeit zu einem Vergleich bestand, in dem die Interessen von Siegern und Besiegten hätten berücksichtigt werden können, daß es jetzt keinen Grund mehr gab, weiterhin so häufig nach Breda zu kommen. Hier waren ihnen nur dieses Haus und ein paar kleine Äcker geblieben, von denen Gabino sich ernähren konnte. Er würde mehr Zeit für seine Arbeit als Anwalt in Madrid aufwenden müssen. In der Hoffnung auf die zukünftige Entschädigung hatten sie ihre finanziellen Reserven während des langen Gerichtsverfahrens nahezu erschöpft, und es würde ihnen sogar schwerfallen, ein Dienstmädchen zu bezahlen, um das Haus das ganze Jahr zu ihrer Verfügung zu halten.

Doña Victoria war auf dem Weg zu ihrem Sessel, als sie hörten, daß der Türklopfer an der Eingangstür dreimal angeschlagen wurde. Octavio und sie sahen einander eine kleine Ewigkeit lang an, sagten zwar nichts, fürchteten aber denselben Besuch, lauschten auf die verhaltenen Schritte des Dienstmädchens, das Geräusch der sich öffnenden Tür, das gedämpfte Murmeln einer Stimme, von der beide wußten, wem sie gehörte.

»Herr Ricardo Cupido«, bestätigte das Mädchen von der Tür aus und wartete auf Anweisungen.

»Willst du mit ihm reden?« fragte Doña Victoria endlich.

»Es wird mir wohl nichts anderes übrigbleiben.«

»Sag ihm, er möchte hereinkommen.«

Doña Victoria nahm in dem Sessel Platz, in dem sie immer gesessen hatte, als könnte die hohe Rückenlehne ihr

Schutz vor der Bedrohung bieten, die sie hinter diesem Besuch des Detektivs vermutete, seinem letzten Besuch, denn alle Fragen waren bereits gestellt, und das konnte nur bedeuten, daß er Antworten auf die bisher ungelösten brachte.

Sie beobachtete Octavio, der zu ihr trat und sich hinter sie stellte. Sie spürte seine Hände auf dem Bezug, nahe bei ihrem Kopf, bei ihrem dünnen und grauen, spinnwebgleichen Haar. Zum erstenmal wußte sie nicht, ob er ihr durch diese Geste Schutz bieten wollte oder ob sich darin die Angst dessen ausdrückte, der sich verstecken muß.

Von dem sicheren Sessel aus sahen sie, wie das Dienstmädchen die Tür öffnete, beiseite trat, um den Detektiv vorbeizulassen, und sich wieder zurückzog, als deutlich war, daß nichts mehr von ihr erwartet wurde.

Cupido begrüßte Doña Victoria und Expósito mit den gleichen Floskeln wie sonst, aber beiden fiel das ungeduldige Beben in seiner Stimme auf.

»Octavio, einen Cognac, bitte«, sagte Doña Victoria, bemüht um den Anschein von Normalität und Sorglosigkeit, um das bekannte Gebaren, in dem sich eine leichte Ungläubigkeit und Überheblichkeit allem gegenüber ausdrückte, was von außen versuchte, ihre Ruhe zu stören.

Der Anwalt goß Cognac in zwei Schwenker und füllte das Gläschen der alten Dame noch einmal mit Portwein. Alle drei tranken und zögerten so den Beginn der Unterhaltung hinaus, als wüßte keiner von ihnen, wie er anfangen sollte.

»Haben Sie noch immer Fragen an uns?« brach Doña Victoria schließlich das Schweigen.

»Nein«, antwortete der Detektiv. »Es gibt keine Fragen mehr. Heute bin ich gekommen, um Ihnen Antworten zu geben.«

»Dann fangen Sie an«, befahl sie, und es klang noch immer herausfordernd und stolz.

»Ein Gast fehlt noch«, sagte Cupido.

Die alte Dame und Octavio sahen einander ungläubig und fragend an.

»Was soll das heißen?« fragte der Anwalt.

»Ich habe einen letzten notwendigen Zeugen hierher eingeladen. Er ist bereits unterwegs gesehen worden und wird gleich hier sein. Er hat ein sehr schnelles Motorrad.«

Cupido sah, daß Expósito einen raschen Blick auf das Telephon warf, aber keinen Schritt darauf zu machte.

»Was fällt Ihnen ein?« fuhr Doña Victoria den Detektiv zornig an. »Wie können Sie es wagen, derart über ein fremdes Haus zu bestimmen?«

Der Detektiv hielt ihrem Blick stand, der Wut, die aus ihren Augen sprach, aus ihren Lippen, die zitterten wie die Lefzen eines alten Hundes, aus ihrem hastig keuchenden Atem.

»Verlassen Sie sofort mein Haus«, befahl sie. »Ich hätte Sie nie empfangen dürfen. Von Anfang an wußte ich, daß Sie es sein würden, vor dem wir uns in acht nehmen müssen.«

»Wie Sie wünschen«, lenkte der Detektiv ein. »Ich werde in der Nähe warten, draußen. Sobald ich weg bin, werden Sie sich fragen, was ich eigentlich weiß, wogegen Sie sich von nun an werden verteidigen müssen.«

Als wäre Cupido nur der Vorbote des eigentlichen Besuchs gewesen, hörten sie, noch ehe er sich zum Gehen gewandt hatte, wie der Türklopfer zweimal leise angeschlagen wurde. Darauf hatte der Detektiv gewartet, und er rührte sich nicht von der Stelle, denn ihm war klar, daß dieses Klopfen die Lage änderte und seine Gastgeber zwang, sich den Rausschmiß noch einmal zu überlegen. Die drei hörten die Trippelschritte des Dienstmädchens, das sich der Tür näherte und dabei mit jemandem leise ein paar Sätze wechselte.

»Man fragt nach Ihnen«, wandte sich das Mädchen, in der Stube angekommen, an Expósito. »Er wollte mir seinen Namen nicht sagen.«

Der Anwalt wandte sich in Richtung Diele, aber Cupido zog zwei Photos aus der Jackentasche und ließ sie auf den kleinen Tisch neben die Cognacschwenker und das Portweinglas fallen.

Expósito und Doña Victoria blicken darauf herab. Auf einem der Abzüge sah man Gloria und Marcos Anglada, die sich an einem Tisch gegenübersaßen, sich an den Händen hielten und lächelten. In der Lücke zwischen ihren Köpfen war verschwommen im Hintergrund das Abschlußbild zu erkennen. Die andere Photographie war grobkörnig, eine starke Ausschnittvergrößerung der ersten: Sie zeigte eines der Gesichter des Abschlußbilds, das aus den Tiefen des Photopapiers hervorgeholt worden war, wie ein Fossil, das bei einer archäologischen Ausgrabung ans Tageslicht befördert wird. Er war darauf fünf oder sechs Jahre jünger – und bleicher und dünner –, aber einwandfrei wiederzuerkennen. Unter dem Gesicht, das unsicher und angespannt in die Kamera blickte, konnte man den Namen lesen, auch wenn die Schrift an den Rändern etwas zerfleddert war: Octavio Expósito Blanco.

Cupido wartete stumm auf seine Reaktion. Der Anwalt sah zu Doña Victoria hinüber, als wäre sie es, der er eine Erklärung schuldete.

»Was wollen Sie damit beweisen?« fragte er, aber seine Stimme hatte schon nicht mehr den Nachdruck, der für einen Strafverteidiger unerläßlich ist, will er das Gericht von der Unschuld seines Mandanten überzeugen.

»Noch gar nichts. Aber Sie sollten einen Ihrer Studienkollegen jetzt nicht länger vor der Tür warten lassen.«

»Sag ihm, er soll hereinkommen«, wies Doña Victoria das Dienstmädchen an. Ihre Wut war der Verwirrung und der Angst gewichen. Sie hatte ihr Vermögen und die Ländereien ihrer Familie in einem endlosen Rechtsstreit verloren. Nur Octavio war ihr geblieben, und langsam kam ihr der Verdacht, sie könnte auch ihn noch verlieren. Der Detektiv begriff, daß die alte Frau nicht die ganze Wahrheit kannte. Er wußte, sie würde Expósito vor jeder Bedrohung von außen verteidigen, und sie würde ihn besser verteidigen können, wenn sie um die Natur der Bedrohung wußte. Um ihn zu schützen, würde sie alles aufwenden, was ihr geblieben war, das Haus und was sich darin befand, und sie würde ihre letzten Kräfte erschöpfen, ehe sie sich wie ein alter Elefant in die Stille zurückzog.

Im Türrahmen tauchte Angladas große, athletische Gestalt auf. Er schien durch die Anwesenheit von Cupido und Doña Victoria nicht eingeschüchtert, nur mißtrauisch. Damit hatte er nicht gerechnet. Er trug die bei Motorradfahrern übliche schwarze Lederhose und ein langärmliges, kariertes Hemd unter einer Jacke, die ebenfalls aus Leder war. Dieser Aufzug und sein Haar, das wirr und verschwitzt unter dem Helm zum Vorschein gekommen war, den er noch in Händen hielt, ließen ihn muskulöser erscheinen und gaben ihm einen ungewohnt aggressiven Zug.

»Die Nachricht, daß du kommen sollst, stammte von ihm«, erklärte Octavio und deutete auf den Detektiv.

Wütend und verächtlich sah Anglada Expósito an, wie einen, der aus reiner Dummheit ein sorgsam gehütetes Geheimnis preisgibt.

»Sie müssen es nicht länger verbergen«, sagte Cupido.

»Sie beide kennen sich seit vielen Jahren, seit sie zusammen studiert haben.«

Er beugte sich über den Tisch und zeigte Anglada die beiden Photographien.

»Hätten Sie das Abschlußbild nicht ersetzt, es wäre mir vielleicht nicht aufgefallen. Aber diese Veränderung paßte nicht zu einem brillanten Anwalt, der auf seinen Titel stolz ist.«

»Ich habe es nie verborgen«, entgegnete Anglada, öffnete die Hände und zwang sich zu einem Lächeln. »Wir haben zusammen studiert und kennen uns, daran ist nichts Besonderes. Was wollen Sie damit beweisen? Worauf wollen Sie hinaus?« fragte er. Kaum, daß er den Raum betreten hatte, war er zur zentralen Figur in dieser Unterhaltung geworden, wie die Hauptperson in einer antiken Tragödie, die mit ihrem Auftritt Chor und Nebenrollen in eine Ecke verbannt. Expósito schien damit einverstanden, aber Doña Victoria beobachtete mit Argwohn, wie lässig Anglada den Motorradhelm, ohne zu fragen, auf den Tisch gelegt hatte, wie energisch er mit seinen klobigen, staubüberzogenen Stiefeln in diesem Haus herumlief, in dem alles langsam und leise war.

»Da ist noch etwas«, sagte Cupido.

»Haben Sie das Tagebuch endlich gefunden?«

»Ja. Und es hat die Hälfte der Wahrheit offenbart.«

»Nachdem sie tot war, hat sie aufgeschrieben, wer sie umgebracht hat«, spottete Anglada.

»Nein. Das war gar nicht notwendig«, entgegnete Cupido beschwichtigend, es lag ihm fern, sarkastisch zu werden. »Gloria wurde von zwei Anwälten umgebracht, die zusammen studiert haben, die in Madrid lebten, Breda kannten und wußten, wie gern Gloria allein im Reservat wandern ging und welche Wege sie nahm. Einer der beiden war bis wenige Tage vor ihrem Tod ihr Lebensgefährte. Der andere wäre es vielleicht gerne gewesen. Sie ermordeten sie, und dann, um die Ermittlungen in die Irre zu führen – und weiter Druck wegen der Ländereien von El Paternóster auszuüben –, brachten sie die zweite junge Frau um. Dadurch drängte sich der Gedanke auf, alles sei das Werk eines Irren. Später ermordeten sie Molina, weil er zuviel wußte. Sie hatten alles sorgfältig geplant. Schließlich waren sie nicht umsonst zwei clevere Anwälte, die sich mit den Mühlen des Gesetzes bestens auskannten. Um sich ein perfektes Alibi zu basteln, stützte sich der eine auf den anderen. Keiner wußte, daß die beiden einander kannten. Haben Sie sich während des Studiums auch die Mitschriften zugeschoben?«

Expósito antwortete nicht. Schweigend wartete er ab. Anglada grinste breit.

»Wir haben in den Klausuren voneinander abgeschrieben«, sagte er, noch immer herausfordernd, noch immer von seiner Unverwundbarkeit überzeugt.

»Einer stützte sich auf den anderen«, wiederholte Cupido, »wie die blinden Triebe der Schlingpflanzen. Auf der Suche nach einem Halt waren die beiden brillanten Anwälte in der Luft aufeinander gestoßen, und beide haben sich etwas vorgemacht, denn sie glaubten, sie hätten sich gegenseitig gut abgesichert. Aber keiner der beiden verschlungenen Triebe ist irgendwo festgewachsen, und jetzt fallen sie beide zu Boden. Null mal null macht null.«

»Eine hübsche Rede. Ein Hirngespinst über Helden und Schuldige«, sagte Anglada. »Wir sind im richtigen Leben, Herr Detektiv. Was hier zählt, sind Beweise, und kein Mensch wird Ihnen irgend etwas davon glauben.« Er blickte sich um, sah zu Expósito und Doña Victoria hinüber, und seine Augen sprühten vor Zorn, weil das Geheimnis aufgedeckt war. »Stimmt, wir kennen uns von früher, das haben Sie ja durch die geistreiche Nummer mit dem Abschlußbild gezeigt, aber das belegt nicht eine einzige Ihrer Hypothesen.«

»Welche Beweise haben Sie für Ihre Anschuldigungen?« Zum erstenmal ergriff Doña Victoria das Wort. Ihre Stimme fand zu ihrer früheren Autorität zurück und mußte nicht laut werden, um sich durchzusetzen.

Cupido wandte sich an sie. Da Expósito nichts sagte und Anglada sarkastisch geworden war, fühlte er sich nur noch der alten Dame gegenüber zum Weiterreden verpflichtet. Ihr mußte er klar und ausführlich die ganze Wahrheit sagen. Das war der Schlußpunkt, der ihm bei jeder Ermittlung am unangenehmsten war. Die direkte, persönliche Beschuldigung hatte ihm nie gefallen, und wenn es möglich gewesen wäre, hätte er sie immer vermieden. Es hatte Fälle gegeben, bei denen er im Verlauf der Ermittlung eine Leidenschaft für seine Tätigkeit entwickelt hatte, aber in diesen Schlußsequenzen sagte er sich immer, daß er seinen Beruf haßte.

»Ihr Adoptivsohn hat Gloria umgebracht.«

»Reden Sie weiter«, befahl sie und setzte sich in ihrem Sessel zurecht. »Aber wenn Sie am Ende nicht jede Ihrer Anschuldigungen belegen können, werde ich Sie wegen Verleumdung verklagen und dafür sorgen, daß Sie Ihren dreckigen Beruf nie wieder ausüben können.«

»Ihr Adoptivsohn hat Gloria umgebracht«, sagte er noch einmal. »Und nicht etwa, weil er sie zufällig mitten im Reservat getroffen hätte, sondern vorsätzlich. Die Tat war perfekt durchdacht. An diesem Samstagmorgen hat er die Wohnung in Madrid früher verlassen, als Sie behauptet haben, vielleicht haben Sie noch geschlafen und geglaubt, was er Ihnen erzählte, vielleicht haben Sie auch gelogen. Alte Menschen schlafen wenig und werden beim kleinsten Geräusch wach.«

Er wartete auf eine Entgegnung, einen Widerspruch von einem der drei, aber keiner sagte etwas.

»Mehr als diese eineinhalb oder auch zwei Stunden«, fuhr Cupido fort, »brauchte er nicht, um ein wasserdichtes Alibi aufzubauen. Die übrige Zeit war er ausreichend beschäftigt: offensichtlich ließ er sich in einem Labor Blut untersuchen, und später bezahlte er mit seiner Kreditkarte ein paar Einkäufe im Corte Inglés. Alles gelogen. In Wahrheit raste er auf einem schnellen Motorrad zum Reservat, war unterwegs zu dem letzten Pfad, den Gloria einschlagen mußte, um zu den Höhlen mit den Felszeichnungen hinaufzusteigen. In Madrid habe ich durch Zufall während eines Streiks im öffentlichen Nahverkehr etwas erfahren, was Anglada mir verschwiegen hatte: daß er ein Motorrad besitzt. Camila, die Miteigentümerin der Galería, hatte sich gewundert, daß er es an diesem Tag nicht benutzte, um die Staus zu umgehen. Ich habe damals auf diese Nebensächlichkeit nicht geachtet. Aber dann wurde mir klar, warum er es mir verheimlicht hat. An jenem Morgen, während Ihr Adoptivsohn im Unterholz neben dem Pfad auf der Lauer lag, ging Anglada, ausgestattet mit der Brille und den Kleidern des anderen und entsprechend zurechtgemacht, mit dessen Kreditkarte einkaufen und ließ sich in einem Labor Blut abnehmen. Natürlich hatte er zuvor ausreichend Zeit, als Anwalt vor einem Richter zu erscheinen, umgeben von Zeugen, die ihn kannten, wodurch kein Zweifel bestand, daß er sich zur fraglichen Zeit in Madrid aufhielt.«

Cupido holte Luft und nahm einen Schluck von seinem Cognac. Ausgelöst durch den Alkohol, verlangte sein Blut noch immer nach einer Dosis Nikotin, aber er überhörte die Forderung ohne große Mühe.

»Ich muß nicht an die Brutalität des Verbrechens erinnern. Nur daran, daß ihnen ein kleiner Fehler unterlief und es zu einem nicht vorgesehenen Zwischenfall kam. Der Fehler bestand darin, sich den Anstecker von der Jacke abreißen zu lassen. Das legte die Vermutung nahe, daß eine persönliche Verbindung zwischen Gloria und ihrem Aggressor bestand. Nicht in ihrem Plan vorgesehen war der Schuß aus einem Jagdgewehr, der nicht weit von dort fiel, wo sie umgebracht wurde.«

Cupido und Doña Victoria bemerkten den bestürzten Blick, den sich die beiden Anwälte zuwarfen.

»Während der Fehler die beiden dazu zwang, weiter zu morden, um zu beweisen, daß alles das Werk eines Sadisten war, und gleichzeitig Druck auf das laufende Verfahren auszuüben, weil jede Gegend, in der eine Serie von Verbrechen verübt wird, verflucht ist und kein Anhänger des ländlichen Tourismus es wagt, dort wandern zu gehen, da zwang sie der nicht vorgesehene Zwischenfall dazu, Molina umzubringen. Der Aufseher war an jenem Morgen dort in der Gegend unterwegs, aber nicht in seiner Eigenschaft als Wachmann. Der Typ war nicht sehr genügsam, das Geld gefiel ihm zu gut, und hin und wieder widmete er sich seinen eigenen Geschäften. Er jagte den einen oder anderen Hirsch, ließ die Köpfe ausstopfen und verkaufte sie später zu einem guten Preis. Ich kenne nicht alle Details, aber das Ganze ist schwerwiegend genug, so daß die Details im Moment nichts zur Sache tun. Ich nehme an, sie haben einander gesehen, alle beide hatten gerade etwas Ungesetzliches getan und sind sich bei der Flucht zufällig über den Weg gelaufen. Der Aufseher konnte nichts sagen. Das hätte ihn nicht nur den Job gekostet. Beide Seiten waren zum Schweigen gezwungen, und beiden war es recht so. Und da der Tod einer Frau schwerer wiegt als der Tod eines Hirschs, wurde Molina für sein Schweigen finanziell entschädigt. Mittlerweile hatte Anglada mich engagiert, damit niemand daran zweifelte, daß ihm die Aufklärung der ganzen Sache am Herzen lag, daß er sogar Rachegedanken hegte. Ein zwielichtiger Provinzdetektiv, der sich im Dschungel der Hauptstadt verirren würde, sollte er die Spur des Ansteckers nach Madrid verfolgen. Zehn Tage später zog Anglada den Auftrag wieder zurück, kurz nach dem Tod der zweiten jungen Frau. Er brauchte mich nicht mehr. Die beiden glaubten, damit sei alles erledigt. Aber ein Problem gibt es immer. Molina muß durch den zweiten Mord sehr nervös geworden sein. Das war nicht vorgesehen, als er sich sein Schweigen hatte bezahlen lassen. Der Detektiv und der Teniente der Guardia Civil rückten ihm langsam auf die Pelle. Jetzt war sein Schweigen mehr wert. Also mußte auch er umgebracht werden, wenngleich nicht mit dem Messer. Er war ein kräftiger Mann. Erst kurz zuvor hatte er zu mir gesagt, so würde nur eine Frau überfallen, der Waldboden sei übersät mit Ästen und Steinen, mit denen man sich zur Wehr setzen könne. Sie benutzten eine Schrotflinte. Wenig später bekam der Detektiv einen neuen Hinweis über das mögliche Versteck des Tagebuchs. Er ist ein Typ aus der Provinz, der seine Arbeit gern zu Ende führt, und bei manchen Ermittlungen kann es vorkommen, daß er sich im nachhinein, wenn alle Fakten auf dem Tisch liegen, fragt: Wieviel hat er selbst herausgefunden, und wieviel hat man ihn wissen lassen. Er hat den Verdacht, daß er zunächst auf Spuren angesetzt wurde, die alle ins Nichts führten, denn kaum arbeitet er nicht mehr an dem Fall, da zeigt sich ein Lichtstreifen am Horizont. Das Tagebuch hat alle Fragen geklärt.«

Cupido schwieg. Das hatte sich zu einem Dauermonolog entwickelt, und er fühlte sich müde, die Wörter lagen ihm schwer auf der Zunge. Aber schließlich redete er weiter, immer an Doña Victoria gewandt:

»Er«, der Detektiv deutete auf Expósito, »hat Gloria umgebracht. Anglada die andere Frau. Da beide ein wasserdichtes Alibi für den Morgen des ersten Verbrechens hatten und man es als erwiesen ansah, daß es nur einen Täter gab, der die Morde auf eine bestimmte Art beging, gehörten sie nicht zum Kreis der Verdächtigen. Anglada glaubte man, daß er an dem Nachmittag des zweiten Mordes allein zu Hause war und sich betrank. Das war nur zu verständlich, und keiner würde etwas anderes beweisen können. Was Expósito angeht, so wußten Sie selbst und Ihre Putzfrau, daß er die ganze Zeit in Madrid gewesen war.«

»Wir hatten ein Alibi? Wir haben es noch«, entgegnete Anglada, dem das Grinsen noch nicht vergangen war. Aber es war schon dieses haltlose Grinsen dessen, der um sich her keine Unterstützung findet.

»Nein, inzwischen nicht mehr. Sie beide haben dieselbe Blutgruppe, eine kleine Übereinstimmung, aus der Sie den größten Nutzen gezogen haben. Aber etwas ist Ihnen entgangen. Sie sind beide gute Anwälte, aber Ärzte sind Sie nicht.«

Cupido sah, daß die Anspannung der beiden wieder zunahm und sie immer ungeduldiger und ängstlicher hörten, was er zu sagen hatte.

»Zwar ist heute Sonntag, dennoch konnte der Teniente am Vormittag eine Kopie des Untersuchungsergebnisses bekommen, das unter dem Namen Octavio Expósito aufbewahrt wird, in Wirklichkeit müßte allerdings Ihr Name draufstehen«, wandte er sich an Anglada. »Einen Tag zuvor hatten Sie zu Gloria gesagt, Sie könnten sie nicht begleiten, weil Sie sich in einem Labor ein paar Untersuchungen machen lassen würden. Reine Routine, es würde Sie nicht verraten, ein schlichter Antikörpertest, und sicher wußten Sie bereits vorher, daß weder Sie noch Expósito irgendwie krank waren. Man braucht nur Blut spenden zu gehen, um das herauszufinden. Sie wußten auch, daß das Labor diese einfachen Proben nach achtundvierzig Stunden vernichtet, und obwohl ein paar Jungs Glorias Leiche zu früh fanden, bestand keine Möglichkeit mehr, an die Proben heranzukommen. Sie ließen sich nur die Daten bestätigen, die Sie brauchten, um Ihr Alibi abzusichern: Die Blutgruppe, die sowieso immer angegeben wird, die Anzahl der roten und weißen Blutkörperchen, und die Bestätigung, daß keine Antikörper gefunden worden waren. Und tatsächlich, das analysierte Blut war frei von Antikörpern.«

»Was wollen Sie damit sagen?« fragte Expósito. Seine Stimme bebte, und in seinen aufgerissenen Augen stand eine Angst, die hinter den dicken Brillengläsern nicht genug Platz fand und auf das ganze Gesicht übergriff.

»Daß dieses Blut nicht aus Ihren Adern stammte. Sie hatten einen Herpes an der Lippe und haben Antikörper gegen das Virus im Blut. Und doch tauchen die nicht in dem Untersuchungsergebnis auf.«

Eine Stille senkte sich über den Raum, als befände sich dort keine Menschenseele, als hätten selbst die uralten Möbel ihr Knarren eingestellt und der Wind käme vor dem Fenster zum Stillstand und wagte es nicht, die Gardine zu bewegen. Alles war vorbei.

Cupido zog ein photokopiertes Blatt mit dem Stempel des Labors aus der Jackentasche. Expósito rührte sich nicht, er mußte nicht nachsehen, woher es stammte und wessen Name darauf stand, aber Anglada trat auf den Detektiv zu und riß ihm das Blatt aus der Hand. Er ließ seine Augen über die Zeilen gleiten, entzifferte die Fachausdrücke, durch die das sorgfältig geknüpfte Spinnennetz zerrissen wurde, das ihr Haß und ihre Gier sie hatte ausscheiden lassen. Der Detektiv sah Expósito an, dessen Lippen inzwischen zwar frei von der Infektion waren, aber zitterten, und um seinen Mund lag ein bitterer Zug, der einzig mit der Beklemmung und der Scham und der Niederlage und der Angst zu tun hatte und nichts mit dem Schorf, den das Virus hinterläßt, wenn es sich in sein Winterquartier zurückzieht – in die Lymphknoten –, wo es wie diese furchterregenden Arten alles verschlingender Ameisen solange ruht und neue Kräfte sammelt, bis es erneut einen Anlaß findet, zu erwachen und in einer schmerzhaften Attacke die Lippen zu verunstalten.

Cupido fühlte sich ausgelaugt und müde, wie immer, wenn er einen Fall abgeschlossen hatte und schließlich verstand, welchen Impulsen jemand bei einem Verbrechen gefolgt war, aber er versuchte, sein Mitgefühl im Zaum zu halten, denn er wußte, daß manche Scharfrichter die Fähigkeit besitzen, sich als Opfer hinzustellen, wenn sich das Blatt für sie wendet. Er dachte, daß sich das Böse im Menschen benimmt wie der Herpes. So, wie sich das Virus unzerstörbar im Lymphsystem einquartiert und schläft, bis man Fieber bekommt, unter Druck steht oder über die Stränge schlägt und es dadurch wachruft, so daß es einem die Lippe mit ätzenden Bläschen überzieht, genauso schläft das Böse in der Seele des Menschen und kommt an die Oberfläche, wenn es durch Haß oder Habgier geweckt wird. Beides ist nicht heilbar, und wer infiziert ist, wird ein Leben lang davon begleitet.

Anglada blickte von dem Blatt auf und sah Expósito und Doña Victoria hilfesuchend an. Dann lief er wieder und wieder im Zimmer hin und her, als prallte er an den Wänden ab, und Cupido fragte sich, ob er womöglich nach einer Waffe suchte. Er war der stärkste der drei und schien als einziger die Niederlage nicht hinnehmen zu wollen. Während die alte Frau durch das, was ihr eröffnet worden war, verstört wirkte und Expósito den Kopf gesenkt und die

Hände an die Schläfen gelegt hatte, schien Anglada zum Sprung auf die Tür anzusetzen, wie ein eingesperrter Wolf, der nach einem Ausweg sucht. Er sah bedrohlich aus in seiner Motorradhose und der Lederjacke. Der Detektiv fragte sich, wo der Teniente blieb, der laut Absprache zehn Minuten nach dem letzten Gast hätte auftauchen sollen. Im Austausch für das, was Cupido herausgefunden hatte, hatte er dem Teniente dieses Zugeständnis wegen Doña Victoria abgerungen. Sie tat ihm leid, und er fühlte sich ihr gegenüber zu dieser kleinen Anstandsgeste verpflichtet, wollte ihr selbst alles erzählen, ohne juristische Phrasen, ohne Uniformen und Photographen. Er wußte, daß der Täter nach dem Mord keinen Gedanken mehr an das Opfer verschwendet, die Gewissensbisse beiseite schiebt und nur an sich selbst denkt, daran, die eigene Haut zu retten, nicht entdeckt zu werden und in keine Falle zu tappen. Er fürchtete, Anglada könnte gewalttätig werden, wenn er glaubte, daß sonst niemand genau über die Vorfälle informiert war. Aber noch einmal überraschte ihn Doña Victorias harte Stimme:

»Was kostet Ihr Schweigen?«

Sie hatte sich wieder im Sessel zurechtgesetzt, war bereit zu einem neuen Kampf, für den Expósito schon keine Kraft mehr hatte, und kehrte damit das Gesetz der Zeit um, dem zwei Generationen, die unter einem Dach leben, unterliegen: daß die Jungen voller Kraft und Ehrgeiz leben sollten und die Alten voller Angst. Cupido sah, daß ihre Augen wieder wach waren und ihr Hals gestrafft und daß aus ihrem Gesicht die Weigerung sprach, die Niederlage anzuerkennen und damit das Wertvollste zu verlieren, das ihr geblieben war.

»Was kostet Ihr Schweigen?« fragte sie noch einmal.

»Lassen Sie«, entgegnete er. Er hätte ihr gerne gesagt, daß er, wenn überhaupt, nur um ihretwillen schweigen würde. Die beiden Anwälte weckten nicht das leiseste Mitgefühl in ihm.

»Wer weiß sonst noch davon?« rückte Anglada mit der Frage heraus, die ihm schon seit einigen Minuten die Kehle versengen mußte. »Wir beide geben Ihnen so viel Geld, daß Sie nie wieder zu arbeiten brauchen. Weiß sonst noch jemand davon?«

Eine Sekunde lang dachte Cupido an Molina. Er würde das gleiche gehört haben, und er hatte es geglaubt.

Ein Schrei und das dumpfe Geräusch von etwas, das ganz nah, in der Diele, auf den Boden fiel, kamen seiner Antwort zuvor. Gallardo riß die Tür auf. Er blieb auf der Schwelle stehen und betrachtete verblüfft die friedliche Szene im Raum, als hätte er mit einer gewalttätigen gerechnet. Hinter ihm tauchten zwei Gardisten auf, die Gabino bei den Armen gepackt hielten, während der sich mit seinen erhobenen, in Handschellen steckenden Händen das Blut abwischte, das von seiner Nase bis zum Mund rann.

Der Teniente wandte sich direkt an Anglada, ohne den Detektiv anzusehen. Er sprach ihn mit seinem vollen Namen an, und während ein Gardist Anglada die Handschellen anlegte, sagte der Teniente, gewissenhaft auf die Einhaltung aller Formalitäten bedacht, die seine Arbeit betrafen, dem Anwalt gut vernehmlich den bei Verhaftungen üblichen Text auf. Anglada senkte den Blick nicht, als wäre die Demütigung etwas seinem Stoffwechsel Fremdes, das ihn selbst in einem solchen Moment nicht berühren konnte.

Als sie den ersten Schluchzer hörten, drehten sich alle nach Expósito um. Seine Augen standen hinter den dicken Brillengläsern voller Tränen, und eine hatte sich gelöst und hing ihm nun in geradezu lächerlicher Weise am Kinn. Er erhob sich von dem Stuhl, auf dem er mit dem Gesicht in den Händen gesessen hatte, in denselben Händen, die ein Messer umklammert hatten, und ging die wenigen Schritte auf Doña Victoria zu, ohne sich um irgend jemand andern zu kümmern – nicht um Anglada und den Teniente und nicht um den Detektiv und den Gardisten, der unentschlossen mit den geöffneten Handschellen neben ihm wartete –, nur um die alte Frau, die weiter reglos in ihrem Sessel saß. Er kniete sich vor sie hin und barg schluchzend den Kopf in ihrem Schoß. Cupido wußte, sie würde sich von Expósitos Tränen nicht anstecken lassen, und ihre Augen würden trocken bleiben. Er konnte sich nicht vorstellen, daß sie je weinte. Im Gegenteil, er sah sie als einen jener Menschen, denen das Wimmern der anderen auf die Nerven geht, weil sie sich selbst diesen Trost immer versagt haben. Doña Victoria strich Octavio übers Haar, ließ es nicht zu, daß ihre Augen oder Hände von der Schwäche angesteckt wurden, sondern zeigte ihm, daß er weiter mit ihrer Stärke rechnen konnte. Dann nahm sie sein Gesicht in beide Hände und zwang ihn, sie anzusehen, denn er sollte nicht vergessen, was sie jetzt zu ihm sagen würde und was diese Worte bedeuteten:

»Du bist mein Sohn.«

Expósito wurde ruhig, wie jemand, der ein Sakrament empfangen und die Gnade verspürt hat. Er stand auf und ließ sich von dem Gardisten ohne Widerstand die Handschellen anlegen. Dann verließen alle den Raum, nur Cupido war noch da und Doña Victoria, die in ihrem Sessel saß und versuchte, ihre Kräfte für das zu sammeln, was sie nun erwartete, für einen härteren, längeren und schmerzlicheren Kampf als den, den sie zwanzig Jahre hindurch ausgefochten hatte.

»Ich glaube, ich werde Sie für den Rest meines Lebens hassen«, sagte sie schließlich, ohne Cupido anzusehen, ohne überhaupt etwas anzusehen, den leeren Blick auf irgendeinen Gegenstand im Raum gerichtet.

»Das Warten wird Ihnen leichter fallen, wenn Sie das tun«, antwortete der Detektiv. Daran glaubte er aufrichtig, diese harte, zerbrechliche Frau tat ihm leid, und er dachte, daß das Entsetzliche und Widerwärtige an einem Mord nicht nur der Schmerz ist, der dem Opfer und dessen Familie zugefügt wird; auch das Leid derjenigen, die dem Täter nahestehen und die trotz ihrer Unschuld durch das Verbrechen berührt und gebrandmarkt werden.

»Wie lange?«

»Zwanzig, vielleicht fünfundzwanzig Jahre. Wenn alles gutgeht, wird er in acht oder zehn Jahren an den Wochenenden Freigang haben. Und etwas später wird er auch außerhalb übernachten dürfen.«

»Ich werde ihn jeden Tag besuchen. Ich habe nichts, was ich mit meinem Leben ansonsten anfangen sollte. Ich werde solange auf ihn warten.«

Cupido ging zur Tür, schloß sie sachte hinter sich und trat auf die Straße. Mit jedem Schritt entfernte er sich weiter von diesem alten Gemäuer, von den alten Möbeln, der alten Bewohnerin, für die es keinen Trost gab.

24

Die Erde begann zu dröhnen wie eine Trommel. Dick wie Murmeln trafen ihn die ersten Regentropfen auf den Rükken, auf die Oberschenkel und auf den Helm, der ihren Aufprall verstärkte. Er war an diesem Nachmittag mit dem Rad unterwegs, obwohl die Meteorologen Regen gemeldet hatten, denn der Herbst ging seinem Ende entgegen, und mit der Kälte des Winters würde er sich nicht mehr aufraffen können. Außerdem hatte er nach vier Jahren Trockenheit – der schlimmsten Trockenheit, die nicht nur die Früchte, sondern selbst das Harz der Bäume angegriffen hatte – den Glauben daran verloren, daß Wolken ein Zeichen für Regen sind. Er hatte sie in diesen Jahren häufig am Himmel vorbeiziehen sehen, ohne daß sie auch nur einen Tropfen fallen gelassen hätten, und immer war das Land trockener und verzweifelter zurückgeblieben als vor ihrem Auftauchen.

Aber jetzt, endlich, war der Regen da, durchnäßte ihn bis auf die Knochen, klatschte auf den Asphalt und bildete unzählige Pfützen auf der Straße, die das Fahren auf den schmalen Reifen zu einem Wagnis machten, zumal durch den Regen auf der übrigen Teerdecke eine ölig schmierige Lehmschicht entstand. Er beugte sich etwas tiefer über den Lenker, schaltete einen Gang zurück und konzentrierte sich darauf, das Gleichgewicht zu halten. Der Wolkenbruch wurde stärker, und nach fünf Minuten konnte er nicht mehr weiterfahren. Er sah ein Landhaus nahe bei der Straße, bog ab und flüchtete sich unter das Vordach. Dort wartete er eine halbe Stunde, aber der Regen ließ nicht nach. Dicke, qualmschwarze Wolken drängten sich Schulter an Schulter und hatten den Himmel fest in ihrer Gewalt. Wo das Wasser auf die Erde traf, stieg ein Geruch nach Schweißnähten oder schlagartig abgeschrecktem glühendem Eisen auf.

Obwohl ihm in seinem durchnäßten T-Shirt und der klatschnassen Radlerhose langsam kalt wurde, sagte er sich, daß es ein günstiger Zeitpunkt für den Regen war. Die Störche, Mauersegler und Schwalben brachen schon auf, die Boten des Herbstes ließen sich bereits blicken: Oliven, noch winzig wie Ziegenköttel, rötliche Kastanien, deren Stacheln durch den Durst noch spitzer geworden waren, kleine Pilze, geschlossen wie Eier, und alle Früchte, die mit der Kühle reifen. Durch den Regen würde jetzt alles anders werden. Die Adern der Bäume würden erneut prall vom Harz, und die abgewaschenen Blätter würden glänzen wie Glas und sich wieder zum Himmel strecken. Die Bauern würden beim Gehen das angenehme Gewicht des Lehms an ihren Stiefeln spüren. Eine Million Fliegen würden den Tod finden.

Sobald der Regen etwas nachließ, stieg er, des Wartens müde, wieder aufs Rad. Die Straße stand unter Wasser, und er strampelte gebückt, aber er erreichte die Garage ohne Schwierigkeiten. Bei den ersten Häusern der Stadt angelangt, hatte er gesehen, wie die Leute mit einem Lächeln auf den Lippen an den Fenstern standen, als würden sie einem wundervollen, in Vergessenheit geratenen Schauspiel beiwohnen. Manche Mütter hatten ihre kleinen Kinder auf dem Arm und ließen sie ihre Hände nach draußen strecken, damit sie das unbekannte Gefühl von Wasser, das aus den Wolken fällt, auf ihren Handflächen spürten.

Er badete ausgiebig und sehr heiß, streckte sich und vermißte jemanden, der ihm hätte den Rücken schrubben und den Nacken lockern können, der von der gekrümmten Haltung über dem Lenker verspannt war. Er trocknete sich mit einem frischen Handtuch ab, spazierte nackt durch die Wohnung – noch eine der Marotten, die er durch das Alleinwohnen entwickelt hatte, wie das Herunterschlingen trostloser Mahlzeiten oder die Nickerchen zu Unzeiten am Nachmittag, wegen denen er dann nachts kein Auge zutun konnte – und kam schließlich beim Wandschrank im Flur an, in dem er seine Mäntel und sonstigen Winterkleider aufbewahrte. Er entschied sich für einen eleganten Pullover, und als er ihn über das Hemd zog, roch er den leichten Kampferduft und spürte an Hals und Armen das angenehme Kribbeln der Wolle, mit dem die kalte Jahreszeit eröffnet wird. Fertig angekleidet, betrachtete er sich im Spiegel des Kleiderschranks, und obwohl er sich dem Bild eines gutaussehenden Mannes gegenübersah, der sonnengebräunt und durchtrainiert geradewegs aus einem verlängerten Sommerurlaub heimgekehrt schien, konnte er auch diesmal das Gefühl der Leere nicht abschütteln, das ihn immer überkam, wenn er eine Ermittlung abgeschlossen hatte, dasselbe Gefühl, das ihn während seiner Studienzeit immer im Juni befallen hatte, wenn die Vorlesungen vorbei und die letzten Klausuren geschrieben waren und er auf einmal nicht mehr wußte, was er mit all der freien Zeit anfangen sollte, obwohl er vorher jede Menge Vorhaben bis dahin verschoben hatte. Nach all den Tagen voller Fragen und Gespräche kehrte er in die Einsamkeit zurück.

Als er das Jackett anzog, merkte er, daß etwas die Innentasche ausbeulte. Er griff hinein und fand ein fast volles Päckchen helle Zigaretten. Das wunderte ihn, denn es war erst knapp eine Woche her, daß er seine komplette Garderobe nach einem vergessenen Zigarettenpäckchen durchwühlt hatte. Er lächelte zufrieden, sog den leichten Duft des Tabaks tief ein und steckte sich eine Zigarette in den Mund.

Damit betrachtete er sich wieder im Spiegel: Der warf ihm ein überholtes, unstimmiges Bild zurück. Er schmiß das Päckchen in den Müll und verließ die Wohnung.

Es regnete noch immer ohne Unterlaß, als er mit einem Schirm in der Hand das Casino betrat. Alkali unterhielt sich gerade mit zwei Männern, aber als er den Detektiv bemerkte, kam er sofort auf ihn zu, als hätte er auf ihn gewartet.

»Was für eine selten dämliche Methode, eine Million Peseten zu verlieren!« begrüßte ihn Alkali. »Heute werde wohl ich einen ausgeben müssen.«

Er rief den Kellner, bestellte zwei Cognac, ohne Cupido zu fragen, was er trinken wolle, und brummelte dabei irgend etwas über den Regen und die Kälte.

»Wirklich nett dein Beruf!« sagte er dann. »Man sollte meinen, du würdest dafür bezahlt, die Wahrheit herauszufinden, aber wenn es dann soweit ist, kriegst du genau deshalb kein Geld. Du solltest dich nach einem anderen Job umsehen.«

»Dann hätte ich nicht mehr so oft die Gelegenheit, mich mit dir zu unterhalten«, entgegnete Cupido lachend. Er war Alkali dankbar, daß er ihm von dem Wilderer und dem Schuß erzählt hatte, und das war die beste Möglichkeit, es ihm zu zeigen. Jeden formellen Dank hätte Alkali zurückgewiesen. Außerdem hatte er recht, wenn er diesen Beruf sonderbar fand: Trotz der schriftlichen Vereinbarung konnte Cupido nicht ins Gefängnis gehen und von Anglada die Million eintreiben, die sie für den Fall vereinbart hatten, daß er Glorias Mörder fand.

»Heute bist du mit Reden an der Reihe. Ich bezahle, und du redest«, schlug Alkali vor und stellte noch einmal unter Beweis, mit welch geschicktem Schwung aus dem Handgelenk er Gläser zu leeren verstand.

»Was willst du wissen?«

»Alles. Wer hat die erste Frau umgebracht?«

»Expósito. Anglada hat ihm mit einem perfekten Alibi den Rücken freigehalten, und erst durch Glorias Tagebuch wurde ich auf den einzigen wunden Punkt aufmerksam: Sie hatte ihn gebeten, an dem Wochenende nach Breda mitzukommen, und er hatte sich damit herausgeredet, er müsse sich eine Blutuntersuchung machen lassen. Es kümmerte ihn nicht, ihr das zu sagen, weil er wußte, sie würde am nächsten Tag sterben. Später hat aber nicht Anglada, sondern Expósito behauptet, im Labor gewesen zu sein. Sie hatten ein Krankenhaus ausgewählt, in dem viel Betrieb ist, ein ständiges Kommen und Gehen. Anglada hat sich eine dicke Brille aufgesetzt wie die von Expósito, vielleicht eine Perücke benutzt (er trägt die Haare sehr kurz), sich entsprechend gekleidet und ist unter Expósitos Namen hingegangen. Es hätte zwar jemand behaupten können, er erkenne ihn nicht wieder, aber keiner hätte es gewagt, vor Gericht zu beeiden, daß es nicht Expósito war. Sie haben dieselbe Blutgruppe. Wie sie das vorausgesehen hatten, wurde bei der Untersuchung nichts gefunden, aber das war der zweite Fehler: Eigentlich hätte man die Antikörper gegen ein Herpes-Virus finden müssen, die Expósito im Blut hat. Die zweite Frau wurde von Anglada getötet. Eine Hand wäscht die andere. Expósito vertraute noch immer darauf, daß diese Morde die endgültige Enteignung der Ländereien verhindern würden. Niemand würde es mehr wagen, dort wandern zu gehen. Die beiden bildeten eine Gemeinschaft wie die Krokodile und diese Vögel, die ihnen die Zähne säubern.«

»Und die Doña wußte davon?«

»Nein, aber vielleicht ahnte sie etwas.«

»Und Molina?«

»Das war wieder Expósito, der in den beiden vorherigen Fällen eine gute Rückendeckung hatte. Er hat eine alte Jagdflinte benutzt, die sie im Herrenhaus hatten.«

»Aber warum haben sie ihn umgebracht?«

»Er war es, dessen Schuß dein Wilderer gehört hat. Er hat illegale Geschäfte mit Jagdtrophäen gemacht. An jenem Morgen ist er Expósito über den Weg gelaufen, hat verstanden, was gespielt wird, und wollte Geld dafür, daß er den Mund hält. Das haben sie ihm zwar gegeben, aber da war der Stab bereits über ihn gebrochen. Übrigens, richte deinem Wilderer meinen Dank aus. Er war eine große Hilfe.«

»Ich hab's ja gleich gesagt«, brüstete sich Alkali. Dann schwieg er kurz und grübelte über etwas, das er nicht begreifen konnte. Schließlich fragte er: »Die beiden Anwälte waren so gut miteinander befreundet?«

»Eine merkwürdige Freundschaft, diese Art Verständnis, das zwei Menschen füreinander aufbringen, die an der gleichen Krankheit leiden. Der Teniente hat mittlerweile alles geklärt. Er hat es gut verstanden, die beiden zu gegenseitigen Beschuldigungen zu provozieren, indem er jedem gegenüber behauptete, der andere würde ihn als Anstifter für die Morde hinstellen. Es sieht so aus, als wäre Expósito die erste Bemerkung herausgerutscht, etwas in der Art: ›Ich würde sogar einen Mord begehen, um diese Ländereien zurückzubekommen.‹ Wenn der Boden, auf den ein solcher Satz fällt, ausreichend mit Groll gedüngt ist, kann die Saat leicht aufgehen, es kommt ein Mechanismus in Gang, der nicht mehr so einfach zu stoppen ist. Während Expósito den ersten Schritt tat, ohne recht zu wissen, wo der hinführen würde, machte Anglada die nächsten zwei und zwang den anderen mitzuziehen. Sie haben einander schon während des Studiums gut ergänzt.«

»Wie die Krokodile und diese Vögel«, befand Alkali.

»Expósito hat ihm mehr als einmal geholfen, die schwersten Examen zu bestehen. Dafür war Anglada einer der wenigen Kommilitonen, die ihn gelten ließen. Die beiden waren so verschieden, daß sie gut miteinander auskamen, denn sie konkurrierten nicht. Trank Anglada, mußte Expósito reihern was das Zeug hielt; eroberte Anglada die Studentinnen, versuchte Expósito es gar nicht erst, weil er sich sicher war, daß sie ihn abblitzen lassen würden; konnte Anglada damit protzen, etliche Länder bereist zu haben, so kannte Expósito nur die Strecke von Breda nach Madrid. Letztlich zwei Seiten einer Medaille.«

»Aber am Ende nicht mal Bronze«, urteilte Alkali.

Noch gab es Fragen zu stellen, und Cupido war darauf vorbereitet, Alkali sämtliche Einzelheiten zu erzählen, damit der dann mit diesen Informationen aus erster Hand angeben und all die Phantasiegeschichten auseinandernehmen konnte, zu denen die Gerüchte nach jedem Verbrechen aufgebauscht werden, als ihn Alkali mit einer Bemerkung überraschte:

»Ich kann Expósitos Gründe für die Morde verstehen. Ich hatte dir ja selbst gesagt, daß du die Lösung in dieser Richtung finden würdest«, sagte er. »Aber Angladas Motive begreife ich nicht.«

Cupido nahm zum erstenmal einen Schluck von seinem Cognac.

»Wir alle haben einen wunden Punkt, an dem wir nicht angegriffen werden dürfen. Solange es nicht um unseren eigenen geht, fällt es uns immer schwer zu glauben, daß jemand wegen so wenig zum Mörder wird. Gloria hatte ihn ein paarmal betrogen, und das wußte er. Das waren allerdings flüchtige Affären gewesen in einer Zeit, als die Beziehung der beiden weder stabil noch ernst zu nehmen war. Aber vor kurzem hat sie ihm in einem schwachen Moment von einer Geschichte erzählt, die zwei oder drei Monate lang gelaufen ist, obendrein mit einem sonderbaren, heruntergekommenen Typ, was den Betrug in Angladas Augen noch demütigender machte. Auch ich verstehe nicht, warum Anglada da plötzlich reagiert hat. Ich nehme an, es war so ähnlich wie bei einem Mann, der es schafft, sein Haus vor einem Hurrikan zu retten, und kaum hat sich der Sturm verzogen, bricht er angesichts einer herausgebrochenen Türangel zusammen und ist unfähig, den Schaden zu beheben. All das vergangene Leid wird ihm plötzlich gegenwärtig, weil er seine letzten Kräfte verbraucht hat, um sich dagegen zu wehren. Er konnte nicht aufhören, sie zu lieben, war aber unfähig, noch einmal einen Betrug auszuhalten. In dieser Situation, als er zwischen Verzeihen und Hassen hin- und hergerissen war, aber womöglich schon wußte, daß letzteres die Oberhand behalten würde, traf er eines Tages Expósito an einem der Madrider Gerichte. Sie waren sich schon einmal im Reservat begegnet, hatten sich aber nur flüchtig Hallo gesagt, denn damals war es zu einem kleinen Brand gekommen, und in dem Durcheinander war keine Zeit für mehr gewesen. Diesmal gingen sie zum Mittagessen in ein Restaurant und redeten von alten Zeiten und von ihrer Arbeit. Expósito erzählte Anglada von den Schwierigkeiten, die er mit dem Gerichtsverfahren um die Ländereien von El Paternóster hatte – derselbe Ort, wo Gloria oft hinfuhr –, von seiner Furcht vor einem endgültigen Urteil, mit dem die Enteignung rechtskräftig und das Gebiet touristisch nutzbar würde, von seiner Bereitschaft, alles zu tun, um die Invasion der Trekkingbegeisterten zu verhindern, sogar von seinen kleinen Sabotageakten und Einschüchterungsversuchen. Während dieses Mittagessens schmiedeten sie die ersten Pläne für ein Bündnis. Durch die Begegnung mit Expósito rückte für Anglada das, was er sich während der größten Eifersuchtsqualen in seinen übelsten Tagträumen ausgemalt hatte, in greifbare Nähe, es wurde machbar. Danach trafen sie sich öfter. Als Anwälten würde ihnen schon etwas einfallen, wie sie selbst kein Risiko eingehen müßten. Der Plan nahm schnell überzeugende Formen an. Sollte Anglada vorher noch Zweifel gehegt haben, so ließ er jetzt seinen Groll auch in jene letzten Winkel seines Denkens, die bislang noch verschont geblieben waren.«

»Wir alle können uns besser an erlittene Kränkungen erinnern als an Gelegenheiten, in denen jemand nett zu uns gewesen ist«, sagte Alkali und sah Cupido mit seinen ernsten, kleinen Augen durchdringend an. Er griff nach dem neuen Glas, das ihm der Kellner auf einen Wink hin gebracht hatte, versetzte die Flüssigkeit mit einem Kreisen des Handgelenks in Schwung und schnupperte daran.

»Einmal mehr die alte Geschichte von Liebe und Betrug, die sich unbarmherzig wiederholt. Wir sind nicht besonders originell. Die gleichen Empfindungen in immer neuen Herzen, die gleiche altbekannte Unbeirrbarkeit, mit der wir glauben, einen Weg zu gehen, den noch keiner vor uns gegangen ist.«

»Wie mit den Träumen«, sagte Alkali. »Wir glauben, es sei etwas Neues, das uns da jede Nacht widerfährt. Aber es genügt aufzuwachen, und schon begreift man, daß es immer der gleiche Albtraum ist.«

»Ja, immer der gleiche Albtraum.«

Klett-Cotta
Die Originalausgabe erschien unter dem Titel
»El interior del bosque«

Printed in Germany
Schutzumschlag: Klett-Cotta-Design
unter Verwendung des Bildes »A Choice of Nightmares«

Gesetzt aus der 9,5 pt Concorde von Hahn-Medien GmbH,
Kornwestheim
Auf säure- und holzfreiem Werkdruckpapier gedruckt und
gebunden von Clausen & Bosse, Leck
ISBN 3-608-93211-9

Juan Manuel de Prada bei Klett-Cotta:

Trügerisches Licht der Nacht

Roman

Aus dem Spanischen von Alexander Dobler
393 Seiten, gebunden, ISBN 3-608-93463-4

»Juan Manuel de Prada schreibt einen Kunst-Krimi und eine hinreißende Liebesgeschichte. Der junge Autor, Jurist, in Spanien mit dem ›Premio Planeta‹ höchstdekoriert, legt ein tolles Romandebüt vor... Die Üppigkeit des Renaissance-Bildes von Giorgione muß den Autor inspiriert haben. Alles ist appetitlich, elegant, hocherotisch.«

Harald Loch / Neues Deutschland

Junge Damen in Sepia

Erzählungen

Aus dem Spanischen von Alexander Dobler
212 Seiten, gebunden, ISBN 3-608-93229-1

»Zusammenhänge mit fast soziologischer Schärfe zu beschreiben und dennoch unterhaltend zu sein, bleibt die Kunst dieser Geschichten. Niemals gleitet de Prada ins Nebensächliche ab, niemals vergißt er, was er eigentlich erzählen will.«

Oliver Schmidt / Osnabrücker Zeitung

In den Winkeln der Lüfte

Roman

Aus dem Spanischen von Barbara Mesquita
Gedichtübertragungen: Petra Strien
ca. 620 Seiten, gebunden, zahlreiche Abbildungen, ISBN 3-608-93198-8

Ein ungewöhnlicher Roman über eine ungewöhnliche Frau und ihr gefährliches Leben: Dichterin, Vorkämpferin des Feminismus, Journalistin, Athletin, Kriegsberichterstatterin, Straßenmalerin im Vorkriegs-Paris, Kollaborateurin, Professorin für die katalanische Sprache. Befreundet mit Lorca.
Ein hinreißender, atemberaubender Roman einer detektivischen Spurensuche.

Klett-Cotta